D1584299

ANNIVERSAIRE FATAL

Diplômée de la prestigieuse Harvard Law School, Amy Gutman a été juriste à Manhattan avant de se consacrer à l'écriture. Une critique exceptionnellement élogieuse a salué les débuts plus que prometteurs de cette nouvelle « grande dame » du suspense.

AMY GUTMAN

Anniversaire fatal

ROMAN TRADUIT DE L'ANGLAIS (ÉTATS-UNIS) PAR PIERRE REIGNIER

ALBIN MICHEL

Titre original :

THE ANNIVERSARY

© Amy Gutman, 2003
© Éditions Albin Michel, 2005, pour la traduction française.
ISBN : 978-2-253-12050-6 – 1re publication LGF

À ma famille, encore une fois.

Prologue

Nashville, Tennessee
Onze ans plus tôt

Dès que le jury revint, elle sut.

Le visage sombre, les yeux baissés, ils regagnèrent l'un après l'autre leurs sièges, ces douze hommes et femmes qui tenaient une vie entre leurs mains. Aucun d'entre eux ne tourna la tête vers le public. Aucun ne croisa le regard de l'accusé. Assise au troisième rang parmi l'assistance, Laura Seton se pencha légèrement en avant, la main sur la gorge où elle percevait les palpitations saccadées de son cœur. Comme ses doigts glissaient sur son cou, elle songea à quel point il aurait été facile d'en briser les os, si délicats.

De son fauteuil haut perché, la juge Gwen Kirkpatrick – épais cheveux noirs striés d'argent et large bouche pareille à une balafre rouge vif – scrutait l'assistance qu'elle dominait. Un disque de bronze était accroché au mur derrière son dos : le Grand Sceau de l'État du Tennessee. Il flottait là comme un halo, une invocation de la plus haute idée du bien. Ce en quoi Laura ne croyait guère. Elle croyait désormais en bien peu de choses.

– Qu'il soit noté que le jury est de retour devant la cour au terme de ses délibérations, dit Kirkpatrick,

9

puis elle but une gorgée d'eau avant de se tourner vers le banc des jurés. Monsieur Archer, vous êtes toujours le président du jury, n'est-ce pas ?

– Oui, madame la Juge.

Archer, un petit homme trapu à la moustache toute blanche et aux bretelles bleues, venait de prendre sa retraite après trente ans de carrière dans les assurances.

– Je pense que vous êtes parvenus à un verdict ?

– En effet.

Laura jeta un coup d'œil à sa montre : 10 : 55.

Pour la première fois de la matinée, elle s'autorisa à le regarder.

Il était tranquillement assis à côté de son avocat. Vêtu d'un blazer marine, ses cheveux bruns coupés ras. De profil, il était particulièrement beau : front haut et régulier, nez droit, menton fin. Il donnait l'impression d'un homme à la fois fort et très sensible. Si elle ne voyait pas bien son expression, elle n'avait aucune peine à l'imaginer : le sourire quelque peu ironique, les sourcils légèrement arqués – comme s'il s'ennuyait mais s'efforçait par politesse de n'en rien laisser paraître. Ses yeux marron brillaient sans doute dans leurs orbites profondes, comme des galets dans le lit d'une rivière.

Il inclina le buste vers l'avocat pour lui parler. Laura l'adjura intérieurement de se tourner vers elle.

S'il te plaît, Steven. Il y a une chose que tu dois savoir...

Il se cambra, de façon presque imperceptible, comme s'il avait capté ses pensées, puis se figea de nouveau.

Elle n'avait pas eu l'intention de venir ce jour-là ; elle avait prévu de dormir jusqu'à ce que tout soit terminé. En se saoulant à mort, la veille au soir, au point de s'évanouir et de s'écrouler par terre. Mais, à

4 heures du matin elle s'était réveillée en sursaut. Elle avait gagné la salle de bains, les jambes en coton. Sous le néon blanc du miroir, elle s'était vue comme une mourante. Visage hagard, peau blafarde, yeux injectés de sang... « Je n'ai que vingt-quatre ans, s'était-elle murmuré à elle-même. Je n'ai que vingt-quatre ans ! »

La phrase lui avait paru significative, sur le moment, mais maintenant elle ne savait plus pourquoi.

À l'autre bout du tribunal, juge et jury continuaient de parler, mais Laura les écoutait à peine. Elle se forçait à respirer calmement. Sa jupe, remarqua-t-elle, la boudinait un peu. Ces derniers mois, elle avait grossi d'au moins cinq kilos. Tant pis. C'était même réconfortant, d'une certaine façon. Enfouie dans sa propre chair, elle se sentait en sécurité. Comme si personne ne pouvait plus la voir.

Les souvenirs défilaient dans sa tête à la manière d'une vidéo en lecture accélérée. Homard au Jimmy's Harborside. Camping dans le parc national des Smoky Mountains. Soirée dansante au 12th & Porter, sur de la country rock entraînante. *Je suis prête, je suis prête, je suis...*

Et puis tout le reste. Ce qu'elle ne voulait pas garder en mémoire.

Une chemise trempée de sang derrière le lit.
Des fragments d'os dans la cheminée.
Des couteaux. Un masque. Des gants en plastique.
Mais il avait toujours une explication.

Toujours une explication à tout. Jusqu'à ce qu'un jour, ça n'ait plus été possible.

– Monsieur Gage, veuillez vous lever et faire face au jury.

La juge avait élevé la voix.

Steven Gage se mit debout. Il avait l'air calme, et quelque peu perplexe. Il semblait agir machinalement, comme s'il s'était prêté à un jeu qui ne le concernait guère.

– Monsieur Archer, veuillez me lire le verdict en commençant par le premier chef d'accusation.

Archer se passa une main sur les lèvres puis, les yeux baissés, déclara :

– Nous, le jury, décidons à l'unanimité que l'État a prouvé, sans le moindre doute, les circonstances aggravantes telles que définies par la loi et dont voici la liste...

Les phrases continuèrent de déferler, interminables et dépourvues de signification. Un déluge verbal, officiel et aseptisé, qui dissimulait la réalité de ce qui était vraiment en train de se passer.

Maintenant, Steven. Regarde-moi. Maintenant.

Mais il resta les yeux rivés sur le jury. Il ne se retourna pas.

L'impression de déjà-vu qui tenaillait Laura se renforçait de seconde en seconde. Il lui semblait qu'ils avaient fait exactement la même chose dix jours plus tôt. Mais voilà, après que la culpabilité de l'accusé était affirmée, démarrait une nouvelle série de procédures. On appelait ça la *phase de condamnation*. Circonstances atténuantes. Circonstances aggravantes. Tout devait être entendu. Les témoignages avaient duré plus de deux jours, mais le jury avait bouclé ses délibérations en une heure.

Laura laissa son regard errer sur le public, l'océan de bancs surpeuplés qui l'entouraient. Le vieil homme assis près d'elle sentait l'essence de wintergreen. Les familles occupaient les premiers rangs, comme elles l'avaient fait tout au long du procès. Celle de Dahlia à droite du couloir central, celle de Steven à gauche. Les parents de Dahlia se tenaient raides comme des piquets, encadrant leur fils adolescent qui, renfrogné

12

et affalé sur le banc, détonnait complètement dans le tribunal. De l'autre côté, la mère de Steven était assise entre ses deux autres fils déjà adultes. Ratatinée sur elle-même, cette petite femme rondouillarde aux cheveux décolorés donnait une impression de grande faiblesse ; si ses enfants ne l'avaient entourée, elle se serait carrément effondrée.

Une vibration douloureuse, comme un éclair d'orage, fusa à travers le cerveau de Laura. Sa bouche était desséchée. Elle s'efforça d'inspirer l'air recyclé, trop chaud, diffusé par les aérateurs muraux. Des rideaux d'un brun grisâtre masquaient les fenêtres, empêchant le soleil de pénétrer dans le tribunal. Ici, le monde s'était replié sur lui-même. Il n'existait plus rien d'autre que ce qui se passait dans cette salle.

Les derniers mots de l'énoncé du verdict déchirèrent le cœur de Laura avant même qu'elle ait pris conscience de les avoir entendus :

– Nous, le jury, décidons à l'unanimité que la sentence applicable à l'accusé, Steven Lee Gage, sera la peine de mort.

Quelques instants de silence absolu – et puis une vague de murmures qui allèrent en s'amplifiant.

Laura eut un haut-le-cœur et joignit les mains sur son ventre. C'était fait, voilà, c'était fait, et elle n'arrivait pas à assimiler. Elle avait essayé d'imaginer ce qu'elle éprouverait, mais elle n'avait jamais imaginé *ça*. Cette absence totale de sentiment, ce vide qui ressemblait au néant du sommeil. Condamné à mort. *Condamné à mort*. Elle essaya de digérer la signification de ces mots. Mais, avant qu'elle y soit parvenue, il se passa quelque chose : devant elle, un tourbillon de gens en mouvement. Steven s'était précipité vers la juge.

– Je n'accepte pas ce verdict ! Je ne l'accepte pas, vous entendez !

Tremblant, les épaules voûtées, il fusillait Kirkpatrick du regard.

– Je suis innocent ! C'est *vous* les coupables, tous ceux qui sont ici aujourd'hui. Et les responsables de ce qui m'arrive paieront. Vous m'entendez ? Vous paierez, tous !

Rugissement sourd du public ; Kirkpatrick abattit son marteau.

– Maître Phillips, que votre client se maîtrise !

– Steven. Je vous en prie. Calmez-vous.

La main frêle de George Phillips se tendit vers Gage, qui l'ignora. Il fit un pas de plus vers la juge, qu'il continuait de toiser d'un air menaçant.

Deux agents de sécurité accoururent, prenant Gage en tenaille. Le premier, qui mesurait près de deux mètres, le saisit à bras-le-corps par-derrière. Il semblait avoir réussi à le maîtriser, lorsque Steven lui mordit la main. L'agent poussa un cri de douleur et recula en titubant. Son collègue se jeta à son tour sur Gage, de toutes ses forces, pour le renverser.

– Non ! hurla sa mère d'une voix implorante. Steven, non ! Oh, mon Dieu !

Elle éclata en sanglots en agrippant les bras de ses fils, à sa droite et à sa gauche.

Gage se débattait sur le sol comme un animal enragé. Il crachait, se convulsait, frappait des pieds et des poings. D'un bout à l'autre du tribunal, les spectateurs du drame se mettaient debout, bouche bée. Laura s'aperçut avec surprise qu'elle s'était levée, elle aussi, et tordait le cou pour contempler Gage – pour mieux voir son visage écarlate. Sa grimace haineuse. Les veines qui saillaient à ses tempes. Elle ne voulait pas regarder, mais elle était incapable de détourner les yeux.

C'est ça qu'elles ont vu, pensa-t-elle. *C'est ça qu'elles ont vu.*

Il avait réussi à se redresser et à repousser l'agent de sécurité, lorsqu'un huissier l'agrippa par les épaules, lui planta son genou au creux des reins et le poussa violemment contre une table.

– Pour l'amour du ciel, tenez-le ! Tenez-le !

C'était Tucker Schuyler, le frère cadet de Dahlia, qui avait crié. Il frappa sa paume gauche avec le poing droit. Sous ses cheveux roux, il avait le visage en feu.

De nouveau, l'accusé et les agents échangèrent des coups : Gage se libéra et se jeta vers les bancs des spectateurs. Ses yeux étaient exorbités de façon presque grotesque. Une vague de panique submergea le public, qui commença à se précipiter vers les portes. Les jurés, debout, avaient l'air stupéfait, incrédules. La jeune et jolie jurée numéro quatre, une main pla-quée sur la bouche, avait les yeux révulsés de terreur. Les jurés six et sept se dirigeaient vers la sortie. On leur avait dit que le système *fonctionnait*. Ils ne s'étaient pas attendus à ça.

– Putains d'enculés de fascistes ! s'égosillait Gage. Vous ne savez pas ce que vous faites. Ne me touchez pas, putain !

Il jurait et se débattait encore lorsque les menottes se refermèrent sur ses poignets. Son corps se convulsa frénétiquement, trembla, puis subitement s'avachit. Sa bouche s'ouvrit en grand. Il regarda l'assistance d'un air hagard, comme s'il était à bout de forces. Pendant quelques secondes, le silence retomba sur le tribunal. Steven Gage ne faisait plus un geste. Mais tout à coup il se cabra, ses yeux s'écarquillèrent, il rejeta la tête en arrière et poussa un hurlement déchirant.

Son cri dura, et dura encore – hululement aigu, plainte d'un animal désespéré pris dans les griffes d'un piège. Laura avait des frissons dans la nuque ; un froid glacial envahissait sa poitrine. C'était un cri de rage pure, totale, comme elle n'en avait jamais entendu.

Soudain, ce fut terminé.

Gage redevint silencieux. Son regard glissa sur le tribunal et vers les bancs du public. Il contempla les spectateurs. Puis il la fixa – elle.

Leurs regards se rivèrent l'un sur l'autre. Laura ne respirait plus. Elle avait l'impression qu'un rideau venait brusquement de se déchirer : enfin elle voyait la vérité. La vérité qu'elle avait ignorée, mise de côté pendant si longtemps, car elle lui était insupportable.

Ce qu'elle voyait, c'était un vide indicible, une désolation pire que le désespoir. Il y avait en lui quelque chose de cassé – et de *mauvais* – que rien ne pourrait jamais réparer. Steven plongea encore plus profond ses yeux dans les siens ; un demi-sourire lui monta aux lèvres. Alors, dans un terrible accès de clairvoyance, Laura sut ce qu'il était en train de penser. Il n'était pas vraiment là ; il flottait dans sa propre imagination. Il rêvait à la manière dont il la tuerait si seulement il en avait un jour l'occasion.

Mercredi 5 avril

Elle faillit ne pas voir l'enveloppe.

La boîte de pizza et une pile de livres en équilibre instable au creux du bras, elle tira la porte moustiquaire, tandis que plusieurs pensées, ou impressions, se bousculaient dans sa tête. L'odeur des pepperoni. La fraîcheur de la brise printanière. Son examen de la semaine prochaine en psychopathologie. Par la suite, avec le recul, cette légèreté d'esprit lui apparaîtrait comme une sorte de victoire. Le signe qu'après plus de dix ans de lutte elle avait vraiment réussi à reprendre le contrôle de sa vie. Mais ce ne serait pas avant des jours, voire des semaines, qu'elle s'en rendrait compte – et à ce moment-là il serait déjà trop tard. Elle ne pourrait plus que se retourner, impuissante, sur le monde qu'elle avait laissé derrière elle.

Par quelque mystère de la gravité, l'enveloppe resta là où elle était, comme collée au montant de la porte. Plus tard, elle essaierait de reconstituer cet instant, de se souvenir de sa première impression. Une enveloppe longue, ordinaire. Blanche. Son nom – *Callie Thayer* – dactylographié en noir. Plus tard, ce détail aussi lui semblerait étrange, mais sur le moment elle y prêta à peine attention. Elle vit l'enveloppe, l'attrapa et la fourra dans son sac en cuir.

Et pendant plus de trois heures, oublia cette bombe à retardement nichée au creux de son sac à main.

– Vous êtes là ? !

Elle savait, bien entendu, qu'ils étaient à la maison. On était mercredi après-midi, 17 heures venaient de sonner. Anna devait être rentrée de l'école. Rick, qui était de service le matin, avait sans doute déjà commencé à préparer le dîner.

Callie posa les livres sur la console de l'entrée et s'arrêta un instant pour se regarder dans le miroir. Visage en cœur et teint clair. Cheveux châtains. Une mèche rebelle s'était échappée de la barrette qui les retenait derrière sa nuque. Machinalement, elle saisit la pince pour se recoiffer. Le mois dernier, elle avait eu trente-cinq ans, et aujourd'hui elle trouvait qu'elle faisait son âge. De fines rides apparaissaient autour de ses grands yeux presque noirs. Deux sillons plus marqués lui barraient le front. Ça ne l'ennuyait pas – au contraire. Elle observait le paysage changeant de son visage avec une fascination avide, en y voyant la preuve tangible qu'elle n'était plus la personne qu'elle avait été dix ans plus tôt.

– Hé, chérie ! Je suis là.

Elle suivit la voix de Rick jusqu'à la cuisine. Il était en train de laver des légumes dans l'évier. La radio diffusait un air de country : les Dixie Chicks. S'essuyant les mains avec un torchon, il vint vers elle pour l'embrasser. Grand, dégingandé, un fond d'adolescence dans les traits, il portait un jean délavé, un t-shirt blanc à manches courtes et des Birkenstock. Il avait les cheveux brun foncé, un sourire nonchalant, des yeux verts piquetés d'or. Il avait l'air d'un ébéniste, ou peut-être d'un artiste, en tout cas quelqu'un qui travaillait de ses mains. Elle avait parfois encore du mal à croire qu'elle sortait avec un flic.

La bouche de Rick effleura la sienne. Callie posa une main sur son épaule. Il sentait l'origan et la menthe ; une odeur riche, terreuse. Ils se fréquentaient depuis huit mois, couchaient ensemble depuis quatre, et elle était parfois prise au dépourvu par les flambées de désir qui lui vrillaient le corps lorsqu'ils se serraient l'un contre l'autre. Cependant, quand les lèvres de Rick glissèrent vers son cou, elle s'écarta de lui. Anna était en haut, dans sa chambre, mais... D'ailleurs, il fallait qu'ils finissent de préparer le dîner.

– Tiens. Prends-moi ça.

Elle lui tendit le carton qui contenait la pizza généreusement garnie de viande, trop riche en lipides. Il le posa sur le plan de travail, se tourna de nouveau vers elle. Si Callie ne put déchiffrer son regard, elle n'en savait pas moins ce qu'il avait en tête.

– Tu n'as pas quelque chose à faire ? demanda-t-elle d'un air faussement sévère.

– Quelque chose... dans ce genre ?

Comme il l'enlaçait et lui caressait le creux des reins, une bouffée de désir l'embrasa. Ses yeux se fermèrent, elle appuya la tête contre son épaule. Il se serra contre elle et bougea les hanches en rythme, une fois, deux fois, et puis encore.

– Pas maintenant, murmura-t-elle contre sa poitrine. Arrête, Rick. S'il te plaît.

Pourtant, elle fut presque déçue quand il se détacha d'elle en laissant ses bras retomber contre ses hanches. Il se pencha pour un ultime et chaste baiser sur la joue, avant de se remettre à l'évier. Pendant quelques instants, elle ne fit pas un geste, luttant contre l'excitation et le léger désarroi qui la saisissaient. Puis elle alla ouvrir le réfrigérateur et en sortit une bouteille de

San Pellegrino ; elle prit un verre dans le placard vitré et s'assit à table.

— La journée a été dure ? demanda-t-il.

— Pas mauvaise, à vrai dire.

Callie but. Elle aurait aimé voir quelle tête il faisait, mais il lui tournait le dos. L'eau gazeuse lui pétilla dans la bouche.

C'était maintenant Roseanne Cash qu'on entendait à la radio ; une chanson qui parlait de l'inévitable passage du temps. Dehors, le ciel gris était strié de rouge et d'or. Callie observa Rick qui allait et venait, très à l'aise, dans la cuisine bien équipée et bien éclairée. Il sortit trois assiettes du placard, goûta la vinaigrette de la salade. La flambée de désir qui l'avait envahie s'était apaisée, pour laisser place à un sentiment de profonde satisfaction. Une prise de conscience délicieuse lui fit se dire que là, à cet instant précis, tout était parfait.

— Tu as besoin d'aide ? demanda-t-elle.

— Nan. C'est presque prêt.

De nouveau, le regard de Callie glissa sur la cuisine. Un lieu d'ordre et de bien-être. Parquet en pin, plans de travail en granite, casseroles et ustensiles suspendus aux murs. Sur le rebord de la fenêtre, des jardinières où elle faisait pousser de l'estragon, du basilic et du thym. C'était la vie qu'elle avait voulue pour elle-même, et par-dessus tout pour Anna. Elle songea, comme elle le faisait désormais souvent, à la chance qu'elles avaient de vivre dans ce pavillon douillet du Cape Cod, dans cette petite ville belle comme une image.

Merritt, État du Massachusetts. Population : 30 000 âmes.

Églises pimpantes aux clochers blancs.

Boutiques aux façades en brique.

Étourdissants feuillages d'automne.

Une communauté où les enfants pouvaient encore jouer ensemble sans avoir à prendre rendez-vous.

Il y avait bientôt sept ans qu'elle s'était installée là – à l'époque, mère célibataire et étudiante pétrie d'anxiété. Elle avait pu s'inscrire à l'université de Windham grâce à la Bourse Abbott, une prestation spéciale réservée aux étudiants qui avaient suivi un parcours « particulier » et visaient la licence. Avec pour matière principale l'anglais, elle avait décroché son diplôme trois ans plus tard avec la mention très bien. À ce moment-là, elle avait déjà acheté la maison, et elle était déjà tombée amoureuse de la ville.

Ce pavillon où elles habitaient depuis sept ans, en outre, Callie pouvait se féliciter de l'avoir acheté à l'époque : elle avait été stupéfaite, l'année précédente, d'apprendre que la maison d'en face venait d'être vendue plus de six cent mille dollars aux Creighton, une famille très aisée qui souhaitait quitter Boston. Bernie Creighton continuait de travailler là-bas, ce qui lui imposait deux heures de transport dans chaque sens, mais ça valait le coup, affirmaient sa femme et lui, pour la qualité de la vie. Une attitude un peu ridicule, de l'avis de Callie – qu'est-ce qu'il y avait de mal à vivre dans la banlieue de Boston ? Mais, dans la mesure où leur dernier enfant, Henry, était le meilleur ami d'Anna, elle n'avait guère de raison de se plaindre.

Elle-même avait envisagé, un temps, d'aller s'installer à Boston, où les perspectives d'emploi paraissaient meilleures. Mais, après une série d'entretiens d'embauche plus stressants qu'autre chose, elle avait décidé d'en rester là. D'une part, elle avait déjà sa maison ; d'autre part, si les salaires étaient bas à Merritt, il en allait de même de ses dépenses. Après avoir décroché sa licence, elle avait trouvé un emploi au bureau des anciens étudiants de Windham, emploi qui lui offrait une grande flexibilité d'horaires et lui laissait du temps libre pour s'occuper d'Anna. Et maintenant que sa fille était un peu plus grande, elle avait retrouvé les bancs de la fac à temps partiel : elle étudiait désormais la psychologie, avec l'espoir d'aller jusqu'en troisième cycle.

Rick coupait des carottes en fixant le couteau d'un regard intense. La lame heurtait la planche à découper avec un cliquetis sourd. Il mettait à faire la cuisine la même application qu'à faire l'amour. Callie l'avait taquiné, une fois, sur sa profonde concentration quand il préparait à manger. « La cuisine, avait-il répondu avec gravité, est la pièce la plus dangereuse de la maison. »

Une remarque un peu étrange, avait-elle pensé sur le moment – mais probablement juste.

– Et toi, comment ça va ? relança-t-elle. Tu as eu ton père au téléphone, aujourd'hui ?

– Je vais passer le week-end là-bas. J'ai trouvé un vol pas cher pour samedi matin.

– Mais..., fit-elle en le considérant avec inquiétude. Je croyais que les examens étaient bons ? L'électrocardiogramme...

Rick posa le couteau. Saisit la planche en bois pour faire glisser les carottes dans le saladier.

– Ce n'était pas assez précis. Maintenant, ils veulent faire un machin qui s'appelle une scintigraphie. Pour examiner comment le sang circule au niveau du cœur. Et en fonction de ce qu'ils trouveront...

Soudain le téléphone sonna derrière Callie. Un bêlement aigu qui les fit sursauter.

– Vas-y, dit Rick en désignant l'appareil d'un mouvement de tête.

Elle se retourna sur la chaise pour décrocher.

– Allô ? fit une voix d'homme, aussi douce qu'indécise, que Callie reconnut immédiatement.

– Nathan. Je suis vraiment désolée, mais nous sommes sur le point de nous mettre à table.

– Oh. Je vois. Pardon.

Callie l'imagina piquant un fard à l'autre bout du fil. Elle n'avait jamais connu d'homme, ni même de garçon, qui rougisse aussi facilement.

Elle avait fait la connaissance de Nathan Lacoste au cours d'introduction à la psychologie. Étudiant à Windham, âgé de vingt ans tout juste, il s'était plus ou moins entiché d'elle. Intelligent, pensait-elle, et plutôt séduisant, mais terriblement embarrassé de lui-même. Ayant compris qu'il avait du mal à se faire des amis, elle avait essayé d'être gentille avec lui car elle se rappelait, du temps de ses propres années de fac, à quel point il pouvait être douloureux de vivre seul, perdu au milieu de la foule, sans personne à qui se confier. Ces dernières semaines, cependant, elle avait commencé à regretter de n'avoir pas davantage tenu ses distances avec lui. Il avait pris l'habitude de l'appeler chez elle beaucoup trop souvent à son goût.

– Je vous laisse. Dîner, précisa-t-il.

Mais il ne raccrocha pas. Pour quelqu'un d'aussi pathologiquement timide, il savait se montrer très insistant.

– Je... est-ce que tu peux me dire ce que vous allez manger ?

– Pardon ?

Callie ne l'écoutait que d'une oreille. Elle n'aurait pas dû décrocher le téléphone. En regardant Rick, elle songea qu'il avait l'air vraiment fatigué. Ses parents vivaient en Caroline du Nord, près de Chapel Hill. Ce serait sa troisième visite chez eux en six semaines ; ces voyages commençaient à lui peser.

– Je me demandais ce que vous aviez choisi. De manger, je veux dire. J'avais faim, moi aussi, mais je ne sais pas... Genre, heu... Je n'arrive pas à savoir quoi me préparer.

Nathan espérait visiblement se faire inviter. Elle devait mettre un terme à la conversation.

– De la pizza. Nous mangeons de la pizza aux pepperoni. Et une salade composée.

– De la pizza, répéta-t-il, songeur. Ça me paraît bien. Quel genre de salade ? Tu sais, je ne sais jamais quoi mettre dans la vinaigrette. Des fois, j'en achète de la toute prête, mais je pense que c'est idiot. Ça vaut...

– Écoute, Nathan, je suis obligée de te laisser. On se parle demain, d'accord ?

– Ouais, OK. Bien sûr.

Il semblait blessé. Callie eut un pincement de culpabilité, puis se dit que ce n'était pas son problème. Elle pouvait être l'amie de Nathan jusqu'à un certain point, mais elle n'allait quand même pas l'adopter.

– C'était qui ? demanda Rick quand elle eut raccroché.

– Nathan Lacoste. Tu sais, le jeune type dont je t'ai déjà parlé.

– Le bizarroïde ?

– Eh bien..., fit Callie en grimaçant, car le qualificatif n'était pas inapproprié. Oui. Le *bizarroïde*...

– Il t'appelle drôlement souvent.

Si les coups de fil de Nathan finissaient par l'ennuyer, elle ne le prenait pas moins en pitié.

– Pas tant que ça, répondit-elle avec un haussement d'épaules. Deux ou trois fois par semaine, peut-être.

Pour lui, je représente une sorte de figure maternelle, je suppose.

– Tu *supposes*. Mouais...

– Oh, je t'en prie. Ce n'est qu'un gosse. Il est seul, il...

Callie se tut, observant Rick avec attention, et se dit qu'il valait mieux abandonner le sujet.

– Bon, et ton père ? Qu'est-ce que tu me disais ?

– Je crois que je t'ai à peu près tout dit. Tu veux bien mettre la table ?

Elle sortit du placard trois sets de table en vichy rouge et blanc.

– Donc... tu pars samedi ?

– C'est ça.

– Je pourrais te conduire jusqu'à Hartford. À l'aéroport.

– Mon avion est très tôt le matin.

À l'étage, une salve de rires enregistrés retentit dans la chambre d'Anna.

– Comment va-t-elle ? demanda Callie avec un geste en direction de l'escalier.

– Bien. Elle est en forme.

– Tu crois ?

– Mais oui. Tout à l'heure, quand elle est rentrée, elle est passée par la cuisine. « C'était comment, l'école ? » j'ai demandé. Elle a répondu « C'était génial », elle a attrapé un paquet de biscuits et elle est montée là-haut. Aucun problème.

– Elle est censée mettre la table, avant d'aller dans sa chambre.

– Je suppose qu'elle a oublié.

Callie soupira.

– Non. Elle n'a pas oublié.

– Eh bien alors, je suppose qu'elle n'avait pas envie de le faire.

Ayant disposé les couverts sur la table, Callie se rassit sur sa chaise.

– J'aimerais tellement qu'elle...

– Laisse-lui le temps, l'interrompit Rick. Elle n'a pas encore l'habitude d'avoir quelqu'un d'autre que toi dans la maison. Jusqu'à récemment, elle t'avait en exclusivité.

– Je sais. Tu as raison. Je voudrais juste... Je voudrais que ça se passe mieux, pour elle. Ce n'est pas comme si toi et moi on venait de se rencontrer. Elle a eu le temps d'apprendre à te connaître. Je ne vois pas où est le problème.

– Laisse courir, Cal. Elle va s'adapter. Petit à petit. Quand elle comprendra que je n'ai pas l'intention de vous quitter.

Quand elle comprendra que je n'ai pas l'intention de vous quitter. Ces mots étaient comme un cadeau – un cadeau qu'elle appréciait, mais auquel elle ne s'attendait guère. Ils résonnèrent bizarrement dans son esprit, qui ne savait pas très bien quoi en faire.

– Je croyais qu'à dix ans les choses devaient aller mieux, dit-elle. J'ai lu quelque part que neuf ans est un âge difficile, mais que les choses s'améliorent à dix ans. C'est censé être une période d'équilibre. Je pensais qu'il y aurait une sorte de... tu sais, de *pause*, avant qu'elle n'entre dans l'adolescence.

– Les enfants sont des individus. Ils ne grandissent pas selon un schéma préétabli.

Silence. Callie étira les bras au-dessus de sa tête, puis en replia un derrière le dos. Avec son autre main, elle tira sur son bras vers le bas. C'était un exercice de yoga qu'elle avait appris des années plus tôt, à l'époque où elle faisait ce genre de choses.

– En tout cas, elle te parle, reprit-elle. C'est déjà un progrès, j'imagine.

– Bravo. Tu vas dans le bon sens.

Callie souffla, puis répéta l'exercice en inversant les bras.

Elle était plus fatiguée qu'elle ne l'avait cru.

Elle aurait adoré se mettre au lit tôt, mais il fallait qu'elle lise pour ses études. Si elle se laissait distancer, à la fin de l'année scolaire elle serait fichue. Il était loin derrière elle, le temps où passer la nuit à travailler était facile et amusant.

– On est prêt à manger ? demanda Rick.

Il sortit la pizza du four, où il l'avait tenue au chaud. L'odeur agréable de la pâte au levain envahit la cuisine.

Callie leva les yeux vers lui et sourit. Sa nervosité s'évanouit. Elle adorait leurs soirées pizza du mercredi, un peu désordonnées et souvent joyeuses. Debout, elle s'étira une dernière fois avant de se diriger vers l'escalier.

– Mets la pizza sur la table. Je vais chercher Anna.

INTERDICTION
DE PASSER CETTE PORTE SANS AUTORISATION
OUI, VOUS ! ! ! !
SI VOUS ENTREZ SANS DEMANDER,
VOUS AUREZ DES ENNUIS AVEC LA JUSTICE
RICK EVANS N'A PAS LE DROIT
DE METTRE LES PIEDS DANS MA CHAMBRE
Signé : ANNA ELIZABETH THAYER

L'écriteau sur la porte d'Anna était une nouveauté. Avec un pincement d'angoisse, Callie relut la prose de sa fille. Elle repensa à ce que Rick venait de lui dire dans la cuisine – Anna ne faisait qu'exprimer sa jalousie. L'écriteau était donc sinon un appel à l'aide, du moins le signe qu'elle réclamait davantage d'attention.

Callie toqua sur le battant. Pas de réponse. À l'intérieur, elle entendait la voix haut perchée et surexcitée d'un personnage de dessin animé. Ses propos furent suivis d'un *bang* sonore, puis d'un sifflement et d'une explosion. Callie frappa de nouveau, plus fort, avant d'entrouvrir la porte.

– Bonsoir, ma puce.

Anna était vautrée sur le lit au milieu d'une ribambelle d'animaux en peluche. Elle portait un pantalon de jogging gris et un t-shirt blanc frappé du logo de l'école primaire de Merritt.

– Salut, maman.

– Je peux entrer ?

– Hmm-hmm, acquiesça Anna en reportant les yeux sur la télévision.

La chambre était livrée à son chaos habituel ; Callie dut se frayer un chemin entre les obstacles pour atteindre le lit de sa fille. Une brosse à cheveux. Un collier. Un soulier noir vernis. Un Harry Potter. L'ancien ordinateur de Callie, qu'Anna l'avait suppliée de lui donner, semblait avoir été reconverti en portant à vêtements : il disparaissait presque complètement sous une montagne de pantalons, de jupes et de pulls.

Callie s'assit au bord du matelas et se pencha pour embrasser Anna sur la joue. Comme elle la touchait, elle sentit un parfum inhabituel – doux et sirupeux – qui émanait de ses cheveux.

– Cette odeur... qu'est-ce que c'est ?

– Tu ne te rappelles pas ? C'était dans le courrier. Tu m'as dit que je pouvais le prendre.

Un échantillon de shampoing ; maintenant, Callie s'en souvenait. Une de ces minuscules bouteilles distribuées par millions dans les boîtes aux lettres. Un emballage d'un vert affreux, avec une photo de marguerites au-dessus du logo de la marque.

– Je préfère celui que tu utilises d'habitude.

– Mais, maman, celui de d'habitude, c'est du shampoing pour *bébé* !

– On l'appelle comme ça uniquement parce qu'il ne pique pas les yeux. Je m'en sers, moi aussi, et je ne suis pas un bébé.

– Mamaaaaaaan...

Anna roula des yeux et fixa le plafond, comme si l'opinion de sa mère sur le sujet la plongeait dans le plus grand embarras.

Callie se redressa en soupirant. Depuis quelques mois, il y avait de plus en plus souvent de ces petits moments de tension, et elle était obligée de choisir les points sur lesquels elle jugeait utile de batailler. Le foutoir de la chambre d'Anna, par exemple, était une des choses qu'en règle générale elle laissait de côté. Toutes les quatre ou cinq semaines, peut-être, elle insistait pour un grand nettoyage ; le reste du temps, elle se disait que c'était Anna, et pas elle, qui vivait dans cette pièce. La télévision, c'était une autre concession qu'elle regrettait parfois. Mais elle limitait Anna à une heure par jour, et seulement une fois qu'elle avait terminé son travail pour l'école.

– Tes devoirs sont faits ?

– Mmouais.

Recroquevillée sur elle-même avec son vieil ours en peluche tout pelé entre les bras, Anna ressemblait encore à une enfant. Cependant, Callie devinait sans peine ce qui se profilait à l'horizon. Là, sur le mur près du lit, un poster de Britney Spears : les seins ronds comme des ballons, la bouche humide et brillante, les cheveux décolorés, pareils à de la mousse. Un présage inquiétant des années à venir.

Callie regarda sa fille.

– Alors, c'est quoi cet écriteau ?

– Quel écriteau ?

Anna avait de nouveau les yeux rivés sur la télévision. Un écureuil vert bondissait, sans faire attention où il allait, le long d'une branche d'arbre très haut perchée. Il arriva au bout et continua sur sa lancée à travers les airs – jusqu'au moment où il baissa les yeux et, soudain paniqué, s'aperçut qu'il était au-dessus du vide. Cette prise de conscience sembla réveiller les lois de la gravité : avec un bruit étrange, à mi-chemin entre sifflement et chuintement, l'écureuil tomba comme une pierre vers le sol.

Anna rit bruyamment.

Callie connaissait sa fille ; son rire était forcé.

– L'écriteau sur ta *porte*, insista-t-elle, refusant de la laisser se dérober.

Anna haussa les épaules. Callie attendit une réponse, mais en vain. Sa fille restait obstinément muette. Au bout de quelques secondes, elle la relança :

– Qu'est-ce qui ne va pas, entre toi et Rick ? Avant, tu l'aimais bien. Tu te souviens quand vous êtes allés faire de la luge ensemble, cet hiver ? Toi, Henry, Rick... ?

Toujours pas de réaction.

Une explosion, dans la télévision, catapulta l'écureuil dans la stratosphère, puis à travers l'espace, au-delà de la lune, au milieu des étoiles et jusqu'aux anneaux de Saturne.

– Anna, éteins la télévision.

– Maman...

– Éteins la télévision.

Avec un gros soupir, Anna appuya sur le bouton de la télécommande. Mais toujours sans relever les yeux.

Dans le silence qui tomba soudain sur la pièce, Callie faillit décider d'en rester là. Mais il fallait bien qu'elles parlent de cette histoire à un moment ou un autre. Autant le faire tout de suite.

– Allez, ma puce. Explique-moi.

Anna haussa de nouveau les épaules, de façon plus ostensible. Son regard glissa sur le visage de sa mère, puis se fixa sur le mur derrière sa tête. Comme si elle cherchait une échappatoire, quelque part où Callie n'était pas.

– Rick... Ça va, il est gentil, dit-elle enfin. Mais je ne vois pas pourquoi il faut qu'il soit ici tout le temps.

– Il est ici parce qu'il s'attache. Il s'attache à nous deux, toi et moi, répondit Callie en dévisageant sa fille. Mais je crois qu'il y a autre chose. Quelque chose que tu ne me dis pas.

– Je ne suis pas obligée de *tout* te dire, quand même !

Anna baissa la tête ; ses cheveux lui tombèrent devant le visage.

– Non. Bien sûr que non, convint Callie avec douceur. Mais tu te sentirais peut-être mieux si tu m'en parlais.

La petite fille changea de position, et ses cheveux repassèrent derrière sa nuque. Ses lèvres tremblotaient. Elle avait l'air à la fois insolente et malheureuse. Callie eut envie de la toucher. De faire quelque chose – n'importe quoi – pour apaiser sa peine. Mais elle savait par expérience que cela n'aurait servi qu'à aggraver les choses. Quand Anna était dans cette humeur, le mieux était d'attendre que ça passe.

– C'est pas mon père.

Elle avait prononcé ces mots d'une voix ténue, presque inaudible. Callie la considéra avec stupéfaction en se demandant si elle avait bien compris.

– C'est pas mon père ! répéta Anna un ton plus haut, en soutenant son regard.

Callie prit une profonde inspiration pour dissimuler son trouble.

– Non, dit-elle. Tu as raison.

Son esprit battait la campagne, en quête d'une réaction appropriée, de la réponse la mieux à même de rassurer Anna. En même temps, elle se demandait d'où venait cette soudaine récrimination. Elle ne se souvenait même pas quand sa fille avait parlé de Kevin pour la dernière fois.

– Tu as pensé à ton père, ces derniers temps ?

– Non ! rétorqua Anna, puis elle ajouta un ton plus bas : Si, un peu.

Elle baissa la tête ; une fois encore, son visage disparut derrière le voile de ses cheveux.

– Et à quoi tu as pensé... ?

– Juste... à des trucs qu'on faisait ensemble. Comme quand on est allé chercher des citrouilles pour Halloween. Et puis le parc, aussi, où il m'a fait faire de la balançoire.

Elle était tellement petite, à l'époque ! Trois ans tout juste. Callie n'en revenait pas qu'elle se souvienne de tout cela. Quand, de son côté, elle repensait à Kevin Thayer, il ne lui restait quasiment aucun souvenir. Elle ne se rappelait guère que la monotonie du quotidien, ces journées interminables où elle s'efforçait de se persuader qu'elle avait eu raison de l'épouser. Même son visage était imprécis, désormais : sa mémoire lui présentait des joues bouffies sous une chevelure clairsemée, et un petit nez retroussé. Quand elle essayait de se représenter son ex-mari, en fait, elle voyait un œuf rond et lisse. Pourtant, Kevin n'était pas un mauvais homme. Tout simplement pas l'homme qu'il lui fallait.

– Et quand vous faisiez toutes ces choses, ça te plaisait ? dit-elle.

– Ouais.

Callie tendit la main vers son dos, mais Anna gesticula pour l'empêcher de la toucher. Après quelques secondes, elle tourna vers elle un regard étrangement perspicace et calculateur. Le regard d'un joueur qui pèse le pour et le contre d'un pari.

— Est-ce que tu vas épouser Rick ?

La question prit Callie au dépourvu.

— Je... je ne sais pas, ma chérie. Nous n'en avons pas parlé.

— Mais tu *risques* de l'épouser, non ?

— Écoute, mon cœur, je n'épouserai personne si... si nous ne sommes pas toutes les deux d'accord là-dessus. Si toi et moi nous ne décidons pas *ensemble* que c'est une bonne chose.

— Sérieux ?

Le visage d'Anna se décrispa enfin. Cette fois, quand sa mère la toucha, elle ne la repoussa pas.

Callie glissa la main sous son t-shirt et la chatouilla doucement, en faisant courir ses doigts sur son petit dos comme Anna l'aimait tant.

— Tu sais... si tu as envie de parler de ton papa, tu peux me le dire.

— D'ac', répondit Anna d'une voix étouffée, car elle avait enfoui le visage dans un oreiller.

— Est-ce que... est-ce qu'il te manque ?

C'était un peu pénible de poser cette question. Peut-être parce qu'elle voulait tellement croire qu'elle était capable de rendre Anna heureuse toute seule.

— Ça va, maman. Ça va.

Callie n'insista pas. Elle avait la curieuse impression qu'Anna cherchait maintenant à l'épargner. Elle se pencha en avant et l'embrassa sur les cheveux.

— Viens, ma chérie, on descend. Ce soir, c'est pizza !

– Alors, tu seras rentré mardi ?

– C'est ce qui est prévu.

Il était presque 20 heures. Toujours assis à la table de la cuisine. Rick feuilletait la *Merritt Gazette*, tandis que Callie épluchait le courrier – formulaires de cartes de crédit, catalogues, bulletins de loterie, etc.

– Tu vas me manquer, dit-elle en s'étonnant elle-même de l'émotion qu'elle mettait dans ces mots.

Rick redressa le menton et sourit. De minuscules rides apparurent autour de ses yeux. Quand il souriait comme ça, il avait l'air à la fois plus âgé et plus jeune qu'il n'était. En réalité, il avait trente-deux ans – c'est-à-dire trois de moins qu'elle.

Ils s'étaient rencontrés l'été passé, à l'occasion d'un barbecue organisé par des voisins. Rick ne vivait pas dans le quartier ; il avait été invité par son copain Tod Carver, qui était aussi son collègue et complice à la police de Merritt. Callie aimait bien Tod. Avec ses cheveux bouclés et son air timide, il lui rappelait vaguement un type avec qui elle était sortie autrefois au lycée.

Comme Callie, Rick était arrivé assez récemment à Merritt. Lui, il venait de New York. Au barbecue, ils s'étaient raconté leurs histoires respectives tout en déjeunant dans des assiettes en carton.

« Là-bas, j'étais à bout », avait-il simplement dit, quand elle lui avait demandé la raison de son déménagement.

De son côté, elle avait expliqué qu'elle était venue à Merritt pour ses études, puis qu'elle s'était éprise de la ville.

Il était tellement attachant, et entre eux la conversation était tellement facile, qu'elle s'était vite entichée de lui. Quand il avait proposé qu'ils dînent ensemble, cependant, elle avait beaucoup hésité. Elle était désemparée. Il y avait si longtemps qu'elle vivait seule ! Cette situation était plus sûre. Personne pour lui dire ce qu'elle devait faire, personne à qui rendre des comptes. Personne pour lui poser des questions difficiles et l'obliger à déterrer un passé douloureux. Sa vie était simple, désormais – rationalisée. Dans l'ensemble, elle fonctionnait. Et pourtant, il y avait quelque chose, chez Rick, qui lui avait fait réviser sa position. *Je vais sortir avec lui une fois*, s'était-elle dit. Voilà comment ça avait commencé.

Rick tourna la page du journal ; le bruissement du papier la ramena au présent. Un prospectus publicitaire tomba par terre. Posant le courrier, Callie se baissa pour le ramasser. Moins cinquante pour cent sur les confiseries de Pâques. Ça valait la peine de s'en souvenir. Mais quand était Pâques, au juste ? Dans deux semaines ? Plus tôt que ça ?

Pour vérifier la date, elle glissa la main dans son sac à main afin d'y attraper son organiseur. Comme elle tirait dessus, elle s'aperçut qu'il y avait quelque chose entre ses pages. L'enveloppe qu'elle avait trouvée tout à l'heure, coincée dans la porte d'entrée. Elle lui était complètement sortie de la tête. Callie la prit, glissa un ongle sous le rabat qu'elle déchira proprement. À l'intérieur, une simple feuille de papier. Et deux courtes phrases, dactylographiées :

Joyeux anniversaire, Rosamund. Je ne t'ai pas oubliée.

Le choc fut tellement brutal qu'au début elle ne ressentit rien du tout. C'était comme un plongeon dans un bain d'eau glacée, où l'on est incapable de reprendre son souffle et où l'on descend, descend, descend, sans savoir où ça va s'arrêter. Elle crispa les doigts sur le papier. Désormais, plus rien ne serait jamais pareil.

– Callie ? Qu'est-ce qui se passe ?

La voix de Rick la fit sursauter. Elle revint à elle et s'écarta du précipice.

– J'ai... un mot de l'institutrice d'Anna, mentit-elle. Il faut que j'aille lui parler.

Les doigts gourds, elle replia la feuille. La fourra dans l'enveloppe, et l'enveloppe dans l'organiseur. Elle allait le refermer quand ses yeux tombèrent sur la date du jour. Les lettres en gras, dans la petite case carrée, disaient : Mercredi 5 avril.

Elle regarda fixement la date. Elle en croyait à peine ses yeux.

Le 5 avril.

Aujourd'hui, c'est le 5 avril !

Comment avait-elle pu oublier ça ?

Jeudi 6 avril

    Ils dansent, serrés l'un contre l'autre.

    Sa tête repose sur l'épaule de l'homme, sa petite main glissée au creux de sa large paume. Sa longue robe blanche caresse doucement sa peau. Elle est la jolie fille à la jolie robe qui danse avec son nouvel époux. Il avance la jambe vers elle quand elle recule. Il vire, et elle vire avec lui.

    Un, deux, trois. Un deux trois.

    Une valse.

    Encore un tour, et puis un autre. Elle commence à avoir un peu le vertige. Mais quand elle lève les yeux pour le lui dire, elle est incapable de prononcer un mot. Il sourit et, d'une main ferme, lui rabat la tête contre sa poitrine. Comme s'il ne supportait pas de la regarder. Elle veut lui demander pourquoi. Mais quand elle essaie de bouger la tête, il la lui maintient en place.

    Un, deux, trois. Un deux trois.

    La pièce s'assombrit, semble-t-il, on dirait qu'il va pleuvoir. Elle s'aperçoit qu'ils ne sont plus dans la salle de bal, et que la foule a disparu. Ils dansent dehors, seuls, dans un parking entouré d'une haute clôture. On entend toujours de la musique. Je suis prête, je suis prête, je suis prête, je suis prête, je suis...

Un, deux, trois.

Un deux trois.

Elle se met à glousser en prenant conscience qu'ils dansent la valse sur de la country rock.

Une fois encore, elle essaie de lever les yeux vers lui ; il ne l'en empêche pas. Mais il ne la regarde pas ; il semble observer quelque chose, dans le lointain, au-delà de la clôture en treillis.

Il n'y a plus aucune voiture dans le parking. Il doit être très tard. L'homme resserre le bras autour de sa taille et la pousse en arrière jusqu'à la clôture. Il se presse contre elle – si fort que le grillage lui meurtrit le dos. Elle essaie de se dégager, mais il pèse sur elle de tout son poids. Lui coupe le souffle. Alors sa bouche s'écrase sur la sienne et plus rien ne compte que les sensations qui l'envahissent. Une chaleur intense se répand au bas de son ventre tandis qu'elle moule son corps contre le sien. L'homme glisse une main dans ses cheveux, et ils s'embrassent longuement.

Je suis prête, je suis prête, je suis prête...

Il la caresse. Ses mains parcourent son corps. Elle se cambre contre lui.

Soudain, plus forte que le désir, une flamme d'angoisse jaillit en elle.

Quelque chose ne va pas. Tout cela n'est pas réel.

Il faut qu'elle parte.

L'adrénaline fuse à travers son corps. Elle se penche brusquement en avant, se dégage de son étreinte et s'enfuit en courant. Un brouillard épais s'est abattu sur le parking ; elle n'y voit presque rien. Non loin derrière, elle entend les pas de l'homme, il se rapproche ! Si elle réussit à courir plus vite, elle pourra atteindre l'église. Là, elle sera en sécurité. Elle file à travers le paysage trouble un peu comme si elle volait. Tout à coup, elle reçoit un coup brutal en plein milieu du dos. Ses pieds se dérobent sous elle.

Elle sent le couteau avant de le voir, plaqué contre son bras. Déjà, elle a renoncé. Elle n'a plus peur, elle ne ressent plus grand-chose sinon une vague curiosité vis-à-vis de la mort : comment ce sera, de mourir ? Elle observe la lame, silencieuse et impitoyable, tailler la chair de son avant-bras. Un mince sillon rouge jaillit de sa peau blanche. La couleur des roses. La couleur des pommes. La couleur d'un papier cadeau de Noël. Elle est tellement belle, cette couleur ! C'est étrange que ça fasse mal.

De nouveau, l'homme lève le couteau et frappe, plongeant la lame à travers sa chair. Plus profond, cette fois, presque jusqu'à l'os.

Non. Par pitié. Stop.

Au loin, elle entend le gémissement des sirènes. Le couteau s'abat encore, semblant flotter dans les airs. Je suis ici je suis ici je suis ici. Qui est-ce qui hurle ainsi ? Les sirènes sont tout autour d'elle. Pourquoi est-ce qu'ils ne l'arrêtent pas ?

Elle se réveilla en pleurs, les joues inondées de larmes. Ce n'était pas inhabituel. Elle connaissait ça depuis qu'elle était gamine, au moins une fois par semaine. C'était comme si quelque immense tristesse, ancrée au plus profond d'elle-même, profitait de son sommeil pour se faire entendre. Sa sœur aînée, Sarah, l'avait réveillée un matin en la secouant. « Pourquoi tu pleures ? » avait-elle demandé. « Non, je ne pleure pas ! » avait répliqué Callie avec certitude. Puis elle avait touché son visage et senti les larmes salées sur ses lèvres... Mais ce rêve-là, d'où venait-il ? Il y avait des années qu'elle ne l'avait pas fait.

Elle enfila un peignoir, descendit l'escalier, trouva

sa fille attablée dans la cuisine. Anna avait commencé son petit déjeuner : le reste du gâteau au chocolat. Ses cheveux, qu'elle avait séparés par une raie irrégulière, étaient tirés avec soin par-dessus les conques délicates de ses oreilles et attachés derrière sa nuque en queue-de-cheval.

Callie faillit protester – *Du gâteau au chocolat pour le petit déjeuner ?* –, puis décida que ce n'était pas bien grave pour cette fois.

– Tu as pris tes vitamines ? demanda-t-elle.

– Oui.

– C'est bien.

Elle sortit un verre du placard et le remplit de lait frais. Au lieu de protester pour le gâteau au chocolat, elle n'avait qu'à compléter le repas de sa fille.

– Tiens. Je veux que tu boives ça.

– J'aime pas le lait, maman.

– Bois-le quand même, dit-elle en posant le verre à côté de l'assiette d'Anna. En entier.

Elle se tourna vers le plan de travail pour remplir la cafetière. Elle se sentait confuse, désorientée, un peu comme si elle avait été sous l'effet d'une drogue. Le cauchemar la hantait encore. Quelque chose d'autre occupait son esprit : *Joyeux anniversaire, Rosamund. Je ne t'ai pas oubliée.* Pendant une minute, elle se demanda si elle avait imaginé l'existence de ce mot – s'il ne faisait pas aussi partie de son rêve.

– Dis, maman, est-ce que tu crois qu'on pourrait avoir un chiot ? Les Johnson viennent de prendre un chien, tu sais, il est supermignon. C'est une fille. Elle est moitié terrier, moitié basset, enfin c'est ce qu'ils croient. Ils l'ont eue à la fourrière. Y a rien à payer sauf les vaccins, Sophie m'a dit. Ils l'ont appelée Florence. Elle est superjolie, avec ses grandes oreilles. Elle est un peu genre...

– Un chien, ça demande beaucoup d'attention, Anna. Nous ne sommes pas suffisamment présents à la maison pour ça.

Elles avaient déjà eu cette conversation. La réponse de la mère à la fille était automatique.

Callie prit une tasse dans le placard. Quand elle se servit du café, le liquide brun déborda du versoir. Elle attrapa une éponge pour essuyer le plan de travail. L'éponge était humide et visqueuse, le café renversé brûlant. Ça n'avait pas l'air d'un rêve. Tout ça était très réel.

– Mais pourquoi est-ce qu'on peut pas ? Je m'en occuperai, moi. Je ne vois pas...

La voix insistante d'Anna exaspéra soudain Callie.

– J'ai dit non ! N-O-N. *Non*, tu entends ? On n'en parle plus.

Les joues d'Anna s'empourprèrent, comme si elle avait reçu une paire de claques. Elle regardait sa mère d'un air totalement incrédule. Qu'avait-elle fait pour mériter ça ?

Callie fit un pas vers elle, mais Anna se levait déjà. Elle repoussa sa chaise, saisit son cartable et partit comme une flèche vers le couloir.

La porte d'entrée claqua derrière son dos.

Le bruit résonna longtemps à travers la maison.

Pendant un moment, Callie resta figée à sa place, le cœur serré, malheureuse. Elle n'aurait pas dû s'emporter ainsi, surtout après ce qui s'était passé la veille. Par la fenêtre, elle vit que le temps avait changé. Le ciel était sombre ; la pluie s'annonçait. Elle songea – trop tard – qu'elle aurait dû dire à Anna d'emporter son imperméable.

Le café avait refroidi. Elle le but quand même, posa la tasse dans l'évier, puis remonta à sa chambre avec l'intention de s'habiller. Mais, quand elle entra dans la pièce, elle se laissa tomber sur le lit en se prenant la tête entre les mains.

Lorsqu'elle eut enfin cessé de pleurer, Callie se sécha les yeux, passa à la salle de bains pour se moucher et s'asperger la figure d'eau froide. Elle se regarda dans le miroir. Son visage était bouffi ; sa peau couverte de taches rouges et blanches. Son expression l'effraya un peu. C'était la tête qu'elle avait *avant*.

Elle alla s'asseoir au bord du lit, décrocha le téléphone.

– Police de Merritt, bonjour.

C'était l'ami de Rick, Tod Carver. Il avait la voix posée et rassurante du shérif dans un vieux feuilleton télévisé.

– Tod ? Callie à l'appareil...

Elle grimaça en entendant sa propre voix, à la fois nerveuse et lasse. Espérant qu'il n'avait rien remarqué, elle poursuivit en s'efforçant de prendre un ton enjoué :

– Comment ça va, toi ?

– Ça va bien, je dois dire. Et toi ?

– Bien aussi. Au poil. Tu te prépares pour la chasse aux œufs de Pâques ?

– Oui. J'aurai les enfants à partir du week-end prochain, pour les vacances. Ils ont hâte de venir.

Tod avait quitté la Virginie l'année précédente, après un divorce tumultueux, pour venir s'installer à Merritt. Il supportait mal, Callie le savait, de vivre éloigné de ses gosses.

– Comment vont-ils, tes enfants ?

– Super. Lilly a commencé à prendre des leçons de gymnastique acrobatique. C'est incroyable. Elle est déjà capable de faire le saut périlleux arrière ! Moi, je suis mort de trouille pour elle, mais elle adore. Oliver a perdu sa première dent.

– Hou !

– Hmm...

Un silence. Callie se dit qu'elle avait assez papoté.

– Bien... Est-ce que Rick est dans les parages ?

– Mais oui. Je vais te le chercher. C'était sympa de se parler, Callie.

– Ça m'a fait plaisir. On se voit ce week-end.

Une pause, puis Rick prit l'appareil.

– Salut. Qu'est-ce qui se passe ?

Il semblait étonné, mais plutôt content. Elle l'appelait rarement à son travail.

– Dis..., commença-t-elle, hier j'attendais un paquet qui devait m'être livré par UPS. Je me demandais si tu l'avais trouvé. Je les ai appelés, ils prétendent qu'il a bien été déposé ici. C'est... des livres pour la fac. J'en ai besoin.

Elle s'aperçut avec soulagement que sa voix était de nouveau normale. Elle détestait mentir à Rick, mais elle n'avait guère le choix.

– Non. Désolé. Je n'ai rien vu.

– Est-ce que... quelqu'un est venu, avant que je rentre à la maison ? Je veux dire, tu as remarqué quelqu'un devant chez moi, dans la rue, ou... quelque chose ?

– Heu... Non. Pourquoi est-ce que tu n'appelles pas UPS ? Je parie qu'ils ont fait une erreur. Ils ont dû déposer le paquet chez un voisin.

– Oui. OK. Je vais faire ça.

Il y avait peu de chance que Rick puisse la rassurer, de toute façon. Elle savait déjà avant de prendre le téléphone, au plus profond d'elle-même, que la personne qui avait déposé l'enveloppe avait pris grand soin de ne pas se faire repérer. Ce n'était d'ailleurs pas bien difficile. Pendant la journée, le quartier était désert : les adultes étaient au travail ou sortis faire des courses, et les enfants à l'école. Et même si quelques piétons ou automobilistes avaient pu se trouver dans les parages, cela n'avait pas nécessairement d'importance. Après toutes ces années, elle ne cessait de s'étonner du peu d'attention des gens : ils ne voyaient rien.

– Est-ce que tu auras terminé à temps pour le dîner, ce soir ? J'ai envie de faire un poulet rôti.

L'un des plats préférés d'Anna. Un petit geste pour se faire pardonner sa réaction du matin.

– Tu sais, répondit Rick, je crois qu'après le travail je vais plutôt rentrer chez moi. Je dois faire mes bagages, préparer mon voyage. Et en ce moment, je suis assez fatigué.

– Bien sûr. D'accord, dit-elle en s'efforçant de dissimuler sa déception. Demain, en ce cas ?

– J'aimerais bien. Mais mon avion décolle très tôt.

– Alors je...

Callie laissa les mots mourir sur ses lèvres.

– Quoi ? fit Rick.

– Rien.

Elle avait failli dire qu'ils ne se reverraient pas avant son départ. Mais mieux valait se taire. Ne pas ajouter aux soucis de Rick. Si elle-même n'était plus aussi proche de ses parents que par le passé, elle n'en oubliait pas pour autant le réconfort qu'elle éprouvait à savoir, ne serait-ce que *savoir*, qu'ils étaient là, quelque part, bien portants.

– Bon, reprit Rick, je ferais mieux de me remettre au travail.

– Entendu. Eh bien... si on ne se reparle pas avant que tu partes, je te souhaite un bon voyage.

– Je t'appellerai quand je serai rentré.

– Tu crois que... est-ce que je pourrais avoir le numéro de tes parents ? Au cas où. Oh, enfin, je ne sais pas...

Elle rougit. Elle avait l'impression de quémander. De s'imposer dans un endroit où elle n'avait pas été invitée.

– C'est mieux que ce soit moi qui te téléphone, dit-il.

Quand elle raccrocha, elle se sentait encore plus mal qu'avant d'avoir appelé.

Une voiture passa dans la rue ; le bruit du moteur s'accrut, puis diminua à mesure que le véhicule s'éloignait de la maison. Callie se força à quitter le lit, alla ouvrir la penderie. Elle ôta le peignoir qu'elle laissa tomber par terre, retira sa chemise de nuit en coton. Nue devant le miroir, elle contempla son reflet.

Sa peau blanche et pâle, presque diaphane, semblait presque lumineuse dans la glace. Elle avait un petit corps mince, avec des seins hauts et fermes. Quand elle était gamine, elle avait pris des cours de danse classique et elle était plutôt douée. Avec la danse, elle avait découvert un monde où elle pouvait croire qu'elle était *vue*. C'était une chose dont elle n'avait jamais parlé à personne, pas même à sa sœur, ce sentiment qu'elle avait parfois d'être presque invisible. Seule, elle avait beaucoup lutté avec elle-même pour trouver un moyen de s'en sortir – une façon quelconque d'acquérir davantage de substance, de réalité. Puis à l'âge de neuf ans, elle avait décroché un solo dans le spectacle de fin d'année.

Tout était parfait, exactement comme elle l'avait imaginé. Elle s'était élancée à travers la scène, sous les feux des projecteurs, sachant que dans l'obscurité veloutée de la salle tous les yeux étaient braqués sur elle. Mais, après coup, quand le spectacle avait pris fin, elle s'était aperçue que rien n'avait changé. Dans les coulisses, pendant que ses parents et sa sœur la félicitaient et l'étreignaient, elle avait eu l'impression de se dissoudre. Elle n'arrivait pas à comprendre ce qui lui arrivait. Elle se sentait assommée, trahie. Elle avait tellement cru que cette soirée allait tout changer dans sa vie !

Sans un mot d'explication, elle avait abandonné la danse du jour au lendemain. Ses parents, étonnés, l'avaient interrogée, et incitée à revenir sur sa décision. Elle aimait beaucoup danser. Pourquoi arrêter maintenant ? Mais, après ce qui s'était passé, elle ne voyait aucune raison de continuer. Elle leur avait dit que la danse ne l'intéressait plus, voilà tout. Perplexes, ils avaient laissé tomber.

Comme elle portait toujours des vêtements à manches longues, ses bras étaient aussi blancs que son ventre. Bloquant tout à coup sa respiration, elle tourna lentement les avant-bras vers le miroir pour y contempler, sur la peau pâle et tendre, les rangées bien ordonnées de cicatrices. Les fines lignes blanches, trop nombreuses pour les compter, filaient des coudes jusqu'aux poignets.

C'est réel. C'est vraiment arrivé. Ça, tu ne l'as pas rêvé.

La première fois qu'elle avait couché avec Rick, il avait doucement touché ces cicatrices, sans dire un mot, en se contentant de l'interroger du regard. « Ça date d'une mauvaise époque, avait-elle dit. Je ne veux pas en parler. »

Ça remontait à quatre mois. Il ne lui avait plus jamais posé la question. Et maintenant, tandis qu'elle observait ses bras, le passé déferlait sur elle. Les cicatrices étaient les reliques d'une autre vie – sa propre histoire gravée dans sa chair...

46

De retour au cabinet juste après 17 heures, Melanie White se démena pour loger sa pleine brassée de courses dans la penderie de son bureau. Il y avait plus d'une demi-douzaine de sacs ; elle dut déplacer des choses dans le bas du placard pour leur faire de la place. Le sac laqué noir de chez Barneys, les deux bleus de chez Bergdorf-Goodman... Elle avait claqué plusieurs milliers de dollars, mais elle était euphorique. Après la victoire remportée le matin même, elle estimait qu'elle méritait bien ça.

Six heures plus tôt, tout juste, elle se trouvait au tribunal de grande instance, attendant que le juge de district Randolph Lewis rende son verdict. Elle était assise à la table des avocats en compagnie de Tom Mead, associé fondateur du cabinet. Très tendus l'un comme l'autre, ils gardaient les yeux rivés sur Lewis. Elle savait qu'ils avaient bâti un argumentaire impressionnant, mais cela suffirait-il ? Les juges détestaient rendre un arrêt de non-lieu en procédure sommaire, à cause du risque d'annulation. Il était plus sûr de laisser l'affaire aller jusqu'au procès, et de suivre la jurisprudence.

Quand le juge avait pris la parole, Melanie avait retenu son souffle. Jusqu'à en avoir mal dans la poitrine. Il mettait une éternité, semblait-il, à égrener la litanie des faits saillants de l'affaire – comment des vies avaient été brisées, des biens d'épargne dilapidés, des relations de confiance trahies. Nul auditeur, dans le tribunal, ne pouvait douter de sa sympathie envers les plaignants.

Puis il avait marqué une pause, levé les yeux vers le public, et Melanie avait entrevu une lueur d'espoir. Une étincelle que la suite de ses propos avait transformée en lumière vive :

« Néanmoins, aussi répréhensible que soit l'attitude

qui a conduit à la ruine des plaignants, je ne vois absolument aucune raison légale d'en rendre la banque United responsable. La banque United a prêté des fonds à Leverett Enterprises. Et ces fonds auraient été utilisés par Leverett pour mettre sur pied un projet visant à escroquer les plaignants. Mais, même si cette allégation était prouvée, les plaignants n'ont pas démontré que la banque United ait eu la moindre connaissance des méfaits de Leverett, encore moins qu'elle ait eu le devoir d'enquêter sur la question et de prévenir les plaignants. Pour les raisons qui précèdent, toutes les charges contre la banque United sont rejetées. »

Melanie avait gardé un visage impassible, mais en son for intérieur elle exultait.

On a gagné. On a gagné. On a gagné.

Une demi-heure plus tard, elle rassemblait ses affaires au milieu d'un tourbillon de gens venus la féliciter. En tant que collaboratrice principale, c'est elle qui avait abattu le plus gros du travail dans cette affaire, et elle voyait aux coups d'œil approbateurs que lui lançait Tom Mead qu'il ne risquait pas de l'oublier. Elle s'était mise sur les rangs pour être élue associée en mai. Les choses se présentaient bien.

Puis, comme elle se tournait pour confier sa sacoche de travail à un employé du cabinet, elle avait aperçu les Murphy. Les bancs s'étaient vidés tout autour d'eux, mais ils n'avaient pas bougé. Sur les cent cinquante mille dollars que le couple avait investis chez Leverett, il leur en restait moins de six mille. Lors de son témoignage, Penny Murphy avait expliqué qu'on lui avait assuré que l'investissement ne présentait aucun risque. « Ils savaient que nous sommes déjà vieux et que Wilbur est malade, avait-elle précisé. Ils savaient que nous ne pouvions pas nous permettre de perdre notre argent. »

L'année précédente, ils avaient été contraints de vendre leur maison. Penny travaillait à présent chez McDonald's. Wilbur avait fait une deuxième crise cardiaque, dont il se remettait mal. Pendant quelques secondes, tandis qu'elle les observait, Melanie avait eu le cœur serré. *Qu'est-ce qu'ils vont devenir ? Comment est-ce qu'ils vont s'en sortir ?*

Tom Mead lui avait pris la main et l'avait retenue quelques instants. Sa main était ferme et fraîche.

« Beau travail », avait-il murmuré.

Elle lui avait adressé un sourire tendu. « Merci. »

De nouveau, elle avait jeté un coup d'œil vers les Murphy, mais cette fois avec moins de culpabilité. Ce qui leur était arrivé était terrible, mais ce n'était pas la faute de la banque United. Comme le juge l'avait dit lui-même, le client du cabinet n'était pas responsable. C'était Leverett qui avait menti aux plaignants. C'était Leverett qui devait les rembourser. Le problème, bien sûr, comme tout le monde le savait, c'était que Billy Leverett avait disparu. L'argent qui restait, s'il en restait, était introuvable. Au point où les choses en étaient, il aurait fallu un miracle pour que les plaignants récupèrent leur mise. La banque United avait été leur meilleur espoir – leur *ultime* espoir –, et maintenant ils avaient aussi perdu cela.

N'empêche, s'était répété Melanie, ce n'était tout simplement pas son problème. Son rôle consistait à protéger les intérêts de son client. Et elle avait admirablement rempli son rôle. La banque United n'était pas une entreprise tordue comme les tristement célèbres Enron ou WoldCom. Ses dirigeants n'étaient pas corrompus. Au pire, estimait-elle, ils avaient manqué de jugeote en faisant affaire avec un bonhomme comme Leverett.

Après le tribunal, ils étaient allés au Bernardin en compagnie d'un aréopage d'avocats du cabinet. Melanie avait commandé un carpaccio de thon avec une mayonnaise au gingembre et au citron vert. Sans entrée. Elle n'avait pas faim à ce point-là.

« À Harwich et Young, le meilleur cabinet d'avocats de la ville. Et en particulier à Tom et Melanie, qui ont été sur le pont jour et nuit jusqu'à la victoire. »

Harold Linzer, l'avocat maison de la banque United, avait levé sa flûte à champagne. Manchettes de chemise blanches et amidonnées, ongles carrés et chevalière en or à l'index.

Melanie avait picoré une bouchée de thon cru, puis bu une gorgée de champagne qui lui avait pétillé à travers tout le corps. Elle avait laissé ses pensées vagabonder. Pendant six pleines semaines, elle avait consacré chaque minute de son existence à l'affaire. C'était presque un luxe de pouvoir enfin reprendre possession de son propre espace mental. Brièvement, elle avait songé de nouveau aux Murphy – *Où est-ce qu'ils déjeunent, eux ?* –, puis vidé le veuve-clicquot d'un trait et tendu son verre au serveur.

Son après-midi de shopping avait été sa récompense. Elle prévoyait de rentrer chez elle aussitôt après, mais, la force de l'habitude prévalant, elle avait décidé de repasser un moment au bureau. Il fallait, au minimum, qu'elle écoute ses messages et ouvre son courrier. Tom Mead l'avait encouragée à prendre des vacances, mais elle avait poliment refusé. Avec les élections du nouvel associé prévues pour le 22 mai, il n'était pas question qu'elle quitte l'arène.

– T'as fait quelques achats, à ce que je vois...

Vivian Culpepper se tenait sur le seuil du bureau.

Son élégant tailleur-pantalon couleur pêche s'accordait à merveille avec sa peau café au lait.

Melanie se redressa en lissant du plat de la main le devant de sa jupe noire. Elle essaya de pousser la porte du placard, mais quelque chose la bloquait. Elle se pencha pour repousser un sac rebelle et réussit enfin à fermer le battant.

– Félicitations, reprit Vivian. On m'a dit que vous avez été parfaits.

Elles s'étreignirent. Les exubérantes boucles brunes de Vivian contrastaient avec le court carré blond de Melanie.

– J'allais t'appeler. J'arrive à l'instant.

Vivian était une véritable amie – une des rares qu'elle ait jamais eues. Elles s'étaient rencontrées en première année de fac, à Princeton, où elles partageaient une chambre. Elles étaient vite devenues inséparables ; leur amitié s'enracinait dans le fait qu'elles étaient toutes deux originaires du Sud. Vivian, qui avait grandi dans le Mississippi, était ensuite partie étudier le droit à Yale, tandis que Melanie, née à Nashville, avait opté pour l'université de Virginie. C'était presque drôle de voir à quel point elles se ressemblaient, en dépit de leur différence de couleur. Elles étaient toutes deux grandes et minces, élancées, avec des pommettes hautes et des yeux aux orbites très larges. Comme si un artiste avait voulu représenter un seul sujet en blanc et en noir.

– Qu'est-ce qu'en pense Paul ? demanda Vivian quand elles se furent assises de part et d'autre du bureau de Melanie.

– Paul... ?

Melanie regarda son amie d'un air coupable ; le visage étroit et délicat de Paul flotta à travers son esprit.

– Je... je ne lui ai pas encore dit.

– Tu ne lui as rien dit ? Tu remportes une affaire en procédure sommaire pour l'un de nos plus gros clients, et tu ne te donnes même pas la peine de prévenir ton fiancé ? !

– Ça ne date que de ce matin, répondit Melanie.

L'excuse sonnait faux, elle-même devait en convenir.

– Ma chérie, répliqua Vivian avec un sourire rusé, si tu as eu le temps d'acheter la moitié de Madison Avenue, tu avais le temps de téléphoner à l'homme que tu envisages d'épouser.

– Je vais l'appeler.

– Je te donne mon avis ?

– Est-ce que j'ai le choix ?

Vivian continua sur sa lancée :

– Jamais tu ne te marieras avec lui. Et le plus tôt tu t'en rendras compte, le mieux ça vaudra pour vous deux. Paul est un gentil garçon, Mel. Pourquoi est-ce que tu lui fais ça ? Si c'est à cause de Frank...

– Frank ? l'interrompit Melanie. T'as perdu la tête, ou quoi ? C'est *moi* qui l'ai quitté, souviens-toi.

– Oui, je me souviens.

Vivian la regarda droit dans les yeux pendant quelques secondes, comme pour dire : *Je me souviens d'un tas de choses.*

– Alors, est-ce que tu l'as rappelé ?

Melanie se pencha sur le courrier empilé devant elle. Une invitation à bénéficier d'une assistance judiciaire. Des brochures sur la formation continue des avocats. Le relevé d'opérations de sa carte American Express. Elle jeta le papier de la formation continue dans la corbeille – Harwich et Young avait son propre programme en interne –, et mit de côté les deux autres documents, auxquels elle accorderait davantage d'attention plus tard.

– Non. Bien sûr que non, répondit-elle d'un ton égal. Je te l'ai déjà dit, je ne veux plus lui parler.

– Je crois que tu devrais l'appeler.

Melanie dévisagea son amie.

– Tu plaisantes ? Toi-même, tu détestes Frank.

– Je ne te dis pas que tu devrais te remettre avec lui. Seigneur, jamais je n'irais dire une chose pareille ! Ce type n'est qu'un salopard et un monstre d'égoïsme. Mais je crois que tu ne le sais pas encore. Peut-être que si tu le revoyais, si tu lui parlais en face, tu arriverais enfin à le voir tel qu'il est. Sinon, tu resteras accro à lui. Et tu continueras à passer d'un homme à l'autre, des types par ailleurs parfaitement convenables, mais dont tu n'as strictement rien à fiche. Leur principal avantage est qu'ils ne sont *pas* Frank Collier, mais tu n'es absolument *pas* amoureuse d'eux.

– Là, tu deviens ridicule. Pourquoi est-ce que j'envisagerais d'épouser quelqu'un dont je ne suis pas amoureuse ?

– Je te le répète, tu n'as pas réellement envie d'épouser Paul.

Melanie roula des yeux et leva les mains en signe de capitulation. Elle était encore trop enthousiasmée par sa victoire de la journée pour laisser Vivian la déstabiliser.

– Merci, docteur Freud. Et maintenant, si ça ne te dérange pas, je voudrais regarder mon courrier en retard avant de rentrer chez moi. Depuis deux jours, je n'ai pas dû dormir plus de quatre heures en tout.

Quand Vivian fut sortie, Melanie se remit au travail. Un courrier de l'association des anciens élèves de Princeton. La lettre d'information du Barreau de New York. Des brouillons de propositions, rédigés par des avocats de la maison, pour une affaire impliquant la responsabilité d'un industriel. À la moitié de la pile, elle tomba sur une enveloppe blanche, sans timbre, avec son seul nom dactylographié au recto. Elle en déchira le rabat avec un coupe-papier et en sortit une feuille blanche pliée en deux.

Joyeux anniversaire, Melanie. Je ne t'ai pas oubliée.

Elle contempla ces mots pendant quelques secondes. Peu importait l'absence de signature : elle n'avait aucun doute sur l'identité de l'expéditeur. Mais pourquoi ? C'était *ça*, la question. Pourquoi est-ce qu'il faisait ça ? Elle avait l'impression d'être un insecte coincé sous une épingle, incapable de s'échapper. C'était déjà assez lamentable de sa part d'avoir laissé ce message, la semaine précédente, alors qu'elle lui avait demandé de ne pas l'appeler. Tout ce qu'elle voulait, c'était qu'il la laisse tranquille – seule ! Était-ce vraiment si difficile ? Il n'avait pourtant pas eu tant de mal à le faire pendant leurs années de mariage ! Mais on pouvait faire confiance à Frank Collier pour resurgir au pire moment possible. Comme la semaine dernière, alors qu'elle avait besoin de se concentrer sur le dossier United. Et maintenant, alors qu'elle méritait bien d'être heureuse, de savourer sa victoire...

Joyeux anniversaire, Melanie. Je ne t'ai pas oubliée.

Ces mots étaient une véritable insulte. Dans sa vie, elle n'avait pas raté grand-chose, mais son mariage avait été un désastre. Elle avait parfois l'impression que tous les succès qu'elle avait connus n'étaient que des prix de consolation, destinés à compenser, d'une façon ou d'une autre, l'amour qu'elle n'avait jamais reçu. Morose, Melanie interrompit le flot de ses réflexions, réprima cette envie de s'apitoyer sur elle-même qui la saisissait tout à coup. Sa vie n'avait rien d'exceptionnel. Mariage, trahison, divorce. Rien qui n'eût été vécu par des milliers de femmes avant elle. Des centaines de milliers. Des millions de femmes. Il fallait savoir relativiser. D'autant, se dit-elle, que beaucoup de femmes connaissaient un sort bien pire que le sien. Elle avait la chance de faire une très belle carrière ; elle gagnait plus d'argent qu'elle ne pouvait en dépenser. Et, bien sûr, elle avait Paul Freeman, l'homme qu'elle envisageait d'épouser.

Paul.

Il fallait vraiment qu'elle lui téléphone. Vivian avait raison. Elle devait aussi lui parler de ce cocktail auquel ils étaient invités. Était-ce demain, d'ailleurs, ou après-demain ? Elle jeta un coup d'œil au calendrier posé au coin de son bureau. Il était encore à la page de mardi. Aujourd'hui, on était quoi, jeudi ? Oui. Jeudi, 6 avril.

Jeudi, 6 avril.

Elle eut l'impression de recevoir une balle en plein cœur. Ils s'étaient mariés un 17 décembre. Frank avait plus de trois mois de retard. Alors qu'elle avait cru qu'il ne pourrait plus la blesser – plus jamais, en aucune manière –, il venait de réussir à retourner la lame un peu plus profondément dans la plaie.

Joyeux anniversaire.

Et il n'était même pas capable de le faire à la bonne date.

Elle accueillit avec plaisir la colère intense qui l'envahit. La façon dont cette fureur lui éclaircissait l'esprit.

Les lèvres serrées, elle saisit la feuille de papier, la plia et la déchira. En deux, en quatre, en huit.

C'est terminé. C'est terminé. C'est terminé.

Frank Collier, tu ne fais plus partie de ma vie.

Emmitouflée dans une épaisse parka et recroquevillée sur une chaise longue en bois, Diane Massey contemplait les falaises et l'océan gris et morne qui s'étendait devant elle, en contrebas de la pelouse. Une rafale de vent glacial lui fouetta le visage ; elle enfouit le menton dans le col de son pull. Elle avait oublié à quel point les hivers, dans le Maine, pouvaient être longs. Mais, même s'il faisait terriblement froid sur la véranda, elle ne voulait pas rentrer dans la maison. Ni retrouver la table de la salle à manger encombrée de pages de manuscrit. Ni revenir au labyrinthe tortueux de l'histoire qu'elle n'arrivait pas à raconter.

En tant qu'écrivain, elle avait toujours su se discipliner ; professionnelle chevronnée, elle tenait ses délais sans difficulté. Ses romans inspirés de crimes réels étaient lus par des millions de gens à travers le monde, et toujours très attendus. Huit ouvrages les uns à la suite des autres sur la liste des best-sellers du *New York Times*, et elle n'avait jamais rendu un manuscrit en retard une seule fois à son éditeur ! Mais, depuis qu'elle avait entamé ce nouveau livre, tout allait de travers ; le projet n'en finissait pas d'accumuler des revers.

Pendant des mois elle avait lutté contre elle-même, à New York, dans son appartement, pour essayer de trouver le rythme du récit. Mais, plus elle travaillait, plus elle était perdue. Quelque chose clochait. Pour la première fois depuis qu'elle écrivait, elle s'était mise à éviter son bureau. Elle avait commencé à accepter des invitations à dîner pour lesquelles, auparavant, elle n'avait jamais de temps libre. Elle allait même jusqu'à répondre au téléphone pendant les heures normalement réservées à l'écriture.

Le sujet de ce nouveau livre était Winnie Dandridge, la meurtrière mondaine de Houston. Une femme délicieuse qui avait payé son mafioso d'amant pour liquider son riche mari. Les liens que le couple entretenait avec la pègre avaient constitué un vrai sujet d'inquiétude pour Diane. Elle avait d'ailleurs reçu deux lettres anonymes lui conseillant de renoncer à son projet. Mais la question de sa sécurité, même si cela la taraudait, ne comptait pas vraiment. Elle avait, pour l'essentiel, des problèmes avec l'histoire proprement dite – la façon dont elle voulait la raconter. Elle ne voyait pas comment s'y prendre.

Et puis un jour, tout à coup, elle s'était aperçue que c'était déjà presque la fin mars. La date butoir du 1er juin arrivait à toute vitesse. C'est alors qu'elle avait pensé au Maine, à la maison de ses parents sur l'île de Blue Peek. En cette saison, l'île était quasi déserte. Il ne s'y trouvait qu'une poignée de gens – les habitants à l'année, des pêcheurs pour la plupart. C'était l'endroit idéal pour travailler. Trois jours plus tard, ses valises étaient faites et elle prenait la route. Deux personnes seulement savaient où elle était : son éditrice et son agent.

Elle était arrivée depuis une semaine, bien décidée à avancer son roman. Mais, à son plus grand dépit, elle avait vite découvert que le changement d'environnement ne l'aidait absolument pas. Elle faisait de longues marches, elle contemplait la mer – et elle se rongeait les sangs au sujet de la date de remise du manuscrit. Chaque après-midi, à cinq heures, elle allait courir ; elle faisait une boucle de cinq kilomètres en bord de mer. Un rituel qui lui rappelait chaque jour le peu qu'elle avait accompli. Elle était devenue maîtresse dans l'art de se trouver des excuses, de rejeter la faute sur les circonstances extérieures. La lumière – son absence ou son abondance – était devenue une obsession : pendant la journée, elle se plaignait du soleil trop vif ; le soir, elle accusait l'obscurité.

Bien sûr, elle savait au plus profond d'elle-même que tout ça c'était dans sa tête. Si elle avait vraiment voulu travailler, rien n'aurait pu l'arrêter. Pendant des années et des années, elle avait écrit dans des conditions bien pires. Une fois, elle avait tapé toute la nuit au clavier dans une chambre de motel, à côté d'un couple qui n'arrêtait pas de faire l'amour, leurs cris et leurs gémissements se mêlant à ceux de la victime de son récit. La mort et le sexe. Le sexe et la mort. Une association tellement courante, l'explosion de haine faisant suite à l'amour avec une logique insaisissable. Elle avait alors écrit presque en état de transe, oubliant où elle était. Et puis, il y avait ses années de journalisme, quand elle rédigeait ses articles au milieu d'une salle de rédaction bruyante, avec les collègues au téléphone, les rédacteurs en chef qui réclamaient en hurlant les papiers des uns ou des autres... Non ! Si elle avait été prête à travailler, les mots lui seraient venus sans problème.

Au loin, elle apercevait le ferry, ballotté par les vagues, qui s'éloignait vers le continent. Elle songea qu'elle n'avait qu'à aller chercher son courrier tout de suite. Ça serait fait, au moins.

Le bureau de poste se trouvait non loin de la villa, dans la rue principale. Un bâtiment discret, tout blanc, avec un toit de bardeaux et un drapeau américain pimpant pendu à la façade. Rien n'avait changé depuis son enfance, à l'époque où elle passait tous les étés sur l'île. Elle se souvenait quand elle attendait son tour pour acheter des timbres et qu'elle était trop petite pour voir le dessus du guichet.

Une sonnette tinta quand elle poussa la porte.

– J'ai pas encore fini le tri, Diane. J'en ai pour au moins dix minutes.

Jenny Ward, une femme aussi grande que robuste, insulaire à cent pour cent, était de quelques années la cadette de Diane. Elle avait repris la place de receveuse des postes quand sa mère s'était mise à la retraite.

– Ça ne fait rien, répondit Diane. Je vais attendre.

La pièce était bien éclairée et bien chauffée ; on y sentait une odeur de café et de colle. Des rangées de petites boîtes aux lettres cuivrées tapissaient le mur de droite. Diane s'assit sur un tabouret en bois au-dessous d'une fenêtre.

– Alors ? Ce livre, ça avance ? demanda Jenny derrière le comptoir, sans cesser de classer le courrier.

– Oh... ça va, répondit Diane avec le faux sourire qu'elle adressait à ses amis new-yorkais quand ils lui posaient la même question.

– Bien ! Moi, j'espère que tu le termineras vite, parce que j'ai vraiment hâte de le lire. Je ne sais pas comment tu fais pour trouver tous ces mots, ça, je ne sais vraiment pas !

Moi non plus, je ne sais pas. Crois-moi. Moi non plus !

Jenny continua de faire la conversation presque à elle toute seule, offrant à Diane un exposé détaillé de la vie de l'île. La saison du homard. Un nouveau bébé. L'augmentation des impôts fonciers. Jenny paraissait complètement sereine – à l'aise dans son existence. Diane se dit qu'elle l'enviait. Quoique, en ce moment, elle aurait pu envier n'importe quelle personne qui n'avait pas un livre à écrire.

– Ça, c'est pour toi.

Jenny lui tendit deux paquets FedEx, l'un de son agent, l'autre de son éditrice.

D'abord, celui de l'éditrice ; Diane en déchira rapidement l'emballage. À l'intérieur, trois enveloppes pastel. Rose pâle. Bleu pâle. Blanc. Elles faisaient penser à des œufs de Pâques. Une carte était agrafée à la première, avec le griffonnage familier de Marianne : « On dirait du courrier d'admirateurs. Je me suis dit que ça te remonterait le moral. » Diane sourit – un sourire un peu jaune – et se répéta que Marianne ne savait pas à quel point elle était en retard.

Elle ouvrit l'enveloppe rose, parcourut rapidement l'écriture en pattes de mouche de sa lectrice : « Depuis que ma fille m'a donné *La Mort en songes*, j'ai lu tous vos livres. Je voulais vous demander si parfois vous n'avez pas peur que certaines des personnes sur lesquelles vous écrivez ne veuillent s'en prendre à vous. »

L'enveloppe suivante était la blanche. À l'intérieur, une feuille de papier blanc, très mince, que Diane déplia pour découvrir un court message dactylographié :

Joyeux anniversaire, Diane. Je ne t'ai pas oubliée.

Joyeux anniversaire ?

Perplexe, elle retourna la feuille en cherchant une explication. Il y avait l'anniversaire de son entrée chez les Alcooliques anonymes, bien sûr, mais c'était dans plusieurs mois... Elle reprit l'enveloppe pour l'examiner. Ni timbre, ni cachet de la poste, ni coordonnées de l'expéditeur. Peut-être faudrait-il qu'elle téléphone à Marianne pour essayer de découvrir d'où venait ce mot étrange. En attendant, elle la fourra dans son sac à main. Avec le reste du courrier, qu'elle ouvrirait chez elle.

Ayant fait ses adieux à Jenny, elle remonta la rue principale. Entre les maisons, elle apercevait de temps en temps la mer, vaste étendue plane sous la toile grise du ciel. De légères crampes d'estomac la tenaillaient. Elle avait bu trop de mauvais café. L'arabica de premier choix qu'elle avait acheté n'y changeait rien ; le breuvage qu'elle absorbait plusieurs fois par jour n'avait jamais bon goût. La vieille cafetière en aluminium de la maison produisait une curieuse alchimie, en transformant la riche saveur du café en quelque chose de piquant et d'amer.

Elle songea à New York avec nostalgie. Les lumières, la circulation, le bruit. Et son appartement. Elle habitait un loft dans le quartier de Tribeca – un vaste espace, très ouvert, inondé de soleil. Un jour classique, elle aurait pris son petit déjeuner au Pain quotidien. Elle sentait presque sur ses lèvres la pâte feuilletée du croissant et le délicieux café au lait. Après quelques heures de travail devant l'ordinateur, elle serait allée à la salle de gym pour s'entraîner avec Bob, son coach personnel, avant – peut-être – de se faire masser. De retour chez elle, elle aurait trouvé le courrier du jour, avec son lot d'invitations. Signatures de livres en public et premières de cinéma. Invitations à participer à telle ou telle conférence. Elle avait une vie, à New York ! Des amis, des dîners, des fêtes. Toutes ces distractions auxquelles elle avait voulu échapper en venant ici lui paraissaient terriblement attirantes.

En arrivant à la maison, elle alla droit à sa table de travail et s'obligea à s'asseoir devant l'ordinateur. *Visse-toi le cul sur cette chaise. Fini de remettre sans arrêt à plus tard !* Elle écrivit pendant près de deux heures, puis alla se préparer un sandwich au thon – sans comparaison avec les sushi qu'elle serait descendue se chercher à New York, en bas de chez elle. Le sandwich à la main, elle retourna au boulot ; elle continua d'écrire tout en mangeant.

À trois heures de l'après-midi, elle s'aperçut avec stupéfaction qu'elle avait tapé plus de deux mille mots. Elle fourra une bûche dans le poêle, puis imprima ses pages de la journée. Assise au bureau, elle relut tout ce qu'elle avait écrit en annotant le texte au crayon, dans la marge. C'était plutôt bon. Bien meilleur qu'elle ne s'y était attendue.

Quand elle releva les yeux, il était cinq heures. Une bonne journée de travail. La meilleure qu'elle ait eue depuis des mois. Debout, elle fit quelques étirements, puis monta à l'étage pour se changer. Elle s'attacha les cheveux derrière la nuque, mit une casquette, glissa son collier sous le col de son pull. Sur une impulsion subite, elle décrocha le téléphone pour composer un numéro à New York.

C'est l'assistante de son éditrice qui prit la communication.

– Bonjour, Kaylie. Diane à l'appareil. Marianne est là ?

– Je regrette, elle est en rendez-vous. Je peux vous aider, peut-être ?

– Non. Enfin... je me demandais... Je viens de recevoir le courrier que vous m'avez réexpédié. Dedans, il y avait une lettre... Une enveloppe blanche, sans adresse, qui a dû être livrée chez vous en main propre. J'aurais aimé savoir de qui elle venait.

Un silence.

– Oh ! Oui. Quelqu'un l'a déposée à la réception. Mais je n'ai pas de nom. Si vous voulez, je peux aller voir s'ils ont noté quelque chose à ce propos.

– Super. Ce serait formidable, répondit Diane qui entendait des téléphones sonner derrière Kaylie et quelqu'un crier dans le couloir. J'aimerais savoir autre chose, aussi. Est-ce que vous pouvez me dire quand cette lettre est arrivée ?

– Ça oui, je peux regarder tout de suite. Voyons...,
fit Kaylie en tournant les pages d'un cahier. Elle est
arrivée... hier !

Diane raccrocha, attrapa sa veste Polartec et sortit
de la maison pour son jogging quotidien. Son trajet
était toujours le même. Elle remontait un moment Harbor Road, la rue principale de l'île, avant d'obliquer
vers Carson's Cove. Puis elle descendait un chemin de
terre ombragé d'épicéas, passait devant l'ancien han-
gar à bateaux de Fischer et longeait le promontoire
rocheux qui courait le long de la mer.

Elle se sentait toujours mieux quand elle se mettait
à courir, et ce jour-là ne faisait pas exception. Le vent
bruissait dans les hauts arbres sous la coupe magnifique du ciel. Elle songea à quel point il était facile de
perdre le sens des proportions, d'oublier quelle chance
elle avait. Ses pensées la ramenèrent à Nashville, là où
tout avait commencé. Elle se remémora la rencontre
accidentelle à partir de laquelle tout s'était enchaîné.
À présent, vu sa situation, l'aventure pouvait paraître
inévitable. Mais, si elle voulait être honnête, elle
devait admettre qu'elle avait eu beaucoup de chance.

Son premier emploi, elle l'avait décroché dans un
quotidien du matin de Nashville, comme pigiste aux
informations générales. La météo et les accidents de
la route. Les comptes rendus des réunions parents-pro-
fesseurs dans les écoles de la ville. Fastidieux avec le
recul, mais enthousiasmant à l'époque. Bien entendu,
il n'y avait aucune chance qu'on lui confie la couverture du procès Gage. Cet honneur était revenu à Bryce
Watkins, un vieux routier du journal, spécialiste des
affaires juridiques. Mais, comme tout le monde à travers le pays, elle avait été fascinée par cette histoire,
et totalement captivée par le drame qui se déroulait
dans le tribunal du comté de Davidson. Elle avait lu

absolument tout ce qu'elle avait pu trouver sur le sujet, et soutiré à Watkins toutes les infos qu'il avait à sa disposition. À deux reprises, elle avait laissé tomber son travail pour aller assister au procès.

Quoi qu'il en soit, elle serait restée sur la touche s'il n'y avait pas eu Laura Seton. Leur première rencontre avait eu lieu chez les Alcooliques anonymes, un soir, dans une église du centre de Nashville. Assise sur une chaise de la dernière rangée, elle avait vu Laura entrer et l'avait observée qui s'asseyait sans bruit à quelques sièges de distance du sien. Elle portait des lunettes noires et un chapeau, mais Diane l'avait immédiatement reconnue. Elle s'était alors complètement coupée de la discussion en cours pour se concentrer sur Laura, en se demandant comment l'approcher sans l'effrayer. Un court moment, elle avait débattu avec elle-même sur le bien-fondé de son attitude : elle savait qu'en agissant comme elle en avait l'intention, elle profiterait de la vulnérabilité de Laura. Mais, si cette question morale la titillait, elle n'en savait pas moins ce qu'elle avait à faire. L'ancienne petite amie de Gage était le témoin clé du procès. Une interview exclusive de Laura Seton, c'était le papier de sa vie...

À la fin de la réunion, Diane marcha droit vers Laura, qu'elle rattrapa sur les marches de l'église.

« Vous avez l'air bouleversée, bafouilla-t-elle. J'aimerais vous donner mon numéro de téléphone. Si vous avez besoin de parler, appelez-moi. N'importe quand. »

Elle lui tendit un morceau de papier sur lequel elle avait noté le téléphone de son domicile.

« Merci », marmonna Laura d'une voix à peine audible, en gardant les yeux baissés.

Elle fourra le papier dans sa poche et s'éloigna. Après quoi, les semaines passèrent sans qu'elle revienne aux réunions des Alcooliques anonymes. Ce qui n'étonnait pas vraiment Diane. Ce genre de chose arrivait tout le temps. Nombre de nouveaux venus assistaient à une réunion ou deux, puis retournaient à leur bouteille.

Le procès de Steven Gage continua.

Le jour où il fut condamné à mort, le téléphone sonna chez Diane vers 2 heures du matin.

« Il faut que je parle à quelqu'un, dit Laura en sanglotant. Je suis désolée, j'avais votre numéro et... je ne savais pas... pas qui appeler. »

Diane se précipita à l'appartement de Laura, où elle commença par mettre à la poubelle plusieurs bouteilles de vodka entamées. Puis elle s'assit pour l'écouter. Pendant des heures, la jeune femme parla : un épanchement intarissable de désespoir et de haine d'elle-même. Elle semblait supposer que Diane savait qui elle était. Sinon, c'était que l'alcool lui avait terriblement embrumé l'esprit.

« Je l'aimais tellement ! répétait Laura en gémissant. Et même avec... malgré tout ce qui s'est passé, je l'aime encore. Je l'aime ! Je n'arrive pas à croire que j'ai fait ça. J'ai tué l'homme que j'aime.

– Vous ne l'avez pas tué, Laura. Il fallait que vous disiez la vérité. »

Diane répondait de façon machinale en tapotant l'épaule de la jeune femme. Une partie d'elle-même se consacrait à la réconforter, l'autre mémorisait tout ce qu'elle entendait. Son cerveau tournait déjà à plein régime, avec le livre en ligne de mire.

Plus de dix ans après, elle était encore terrifiée par la jeune femme ambitieuse qu'elle était alors. Terrifiée, mais également reconnaissante. Si tous ses livres étaient des best-sellers, son premier avait connu un succès foudroyant. Huit ans après sa première parution, *L'Homme fantôme* était toujours disponible en librairie, et il s'en était vendu des millions d'exemplaires dans vingt-trois langues différentes.

Diane sortit de la forêt pour revenir vers Harbor Road. Comme elle passait devant une grange abandonnée qui s'effondrait sur elle-même, elle se demanda ce qu'elle allait se préparer pour le dîner. Il n'y avait pas grand-chose dans les placards. Peut-être des pâtes à la sauce tomate, quelque chose de simple et de rapide. Puis elle se remettrait au travail jusqu'à l'heure d'aller se coucher. Si elle continuait sur la lancée d'aujourd'hui, elle réussirait peut-être même à tenir le délai. Aujourd'hui on était le... quoi ? Le 6 avril. Il lui restait près de deux mois. Si seulement elle arrivait à...

Joyeux anniversaire, Diane. Je ne t'ai pas oubliée.

Une pensée se mit à tourbillonner dans sa tête, tandis que passé et présent entraient en collision. Elle regarda la date sur sa montre Cartier. Aujourd'hui, on était bien le 6 avril. Si la lettre avait été déposée la veille, comme le disait Kaylie, ça voulait dire le 5. *Le 5 avril.* Une date qui restait gravée dans sa mémoire, une date qu'elle n'oublierait jamais. Diane fronça les sourcils. Comme c'était curieux qu'elle ait pensé à lui juste avant de comprendre ! Comme si son subconscient avait déjà fait le lien...

Le 5 avril, cinq ans plus tôt.

La date de l'exécution de Steven Gage.

Ce soir-là, Callie découvrit avec soulagement qu'Anna était de très bonne humeur. Elle reprit deux fois du poulet rôti et babilla avec enthousiasme au sujet de Harry Potter, donnant à sa mère l'impression qu'elle avait complètement oublié leur dispute du petit déjeuner.

– Maman, est-ce que tu trouves que Henry ressemble un peu à Harry Potter ?

– Oui, je crois qu'il a un peu la même tête.

– Sauf qu'il n'est pas magicien.

– Ça, Anna, on n'est jamais sûr de rien...

– Maman, si tu allais à Poudlard, dans quelle maison est-ce que tu voudrais être, si tu ne pouvais pas être à Griffondor ?

– Mais je *veux* être à Griffondor, répondit Callie d'un ton enjoué.

Il le fallait, puisque c'était la maison de Harry.

– OK, mais... tu ne peux pas ! Alors, laquelle ?

– Eh bien..., dit Callie en faisant mine de réfléchir très sérieusement à la question. Je ne voudrais pas être à Serpentard, bien sûr...

Anna la considéra d'un air approbateur.

– Peut-être à Serdaigle. C'est bien la maison de Cho, non ?

– Hmm, acquiesça Anna.

– Je pourrais devenir son amie.

Il y avait un moment qu'elles n'avaient pas passé ensemble une soirée aussi agréable.

Ce n'est qu'après avoir mis Anna au lit qu'elle se rendit compte à quel point elle était fatiguée. Ces derniers temps, elle avait dû faire des heures supplémentaires au bureau. L'annuaire de la Cinquième réunion des anciens élèves de Windham était en retard, l'imprimeur trépignait, et avec Debbie Slater en congé maternité, tout le boulot retombait sur ses épaules et celles de Martha. L'étudiante stagiaire qu'elle avait réussi à faire engager ne les aidait guère. Elle s'appelait Posy – Posy Kisch –, mais Callie et Martha l'avaient surnommée Kabuki Girl, à cause de la tartine de maquillage blanc et de rouge à lèvres rouge vif qui couvrait son visage. Cette semaine, ses cheveux étaient verts. Les bons jours, elle téléphonait quand elle envisageait de sécher le travail. La plupart du temps, elle ne se donnait même pas cette peine.

Peu importait sa fatigue, il fallait qu'elle lise un moment. Laissant la vaisselle à tremper dans l'évier, Callie monta dans sa chambre et s'assit à sa table de travail. De la rigueur. Après des mois de tâtonnements, elle avait compris que c'était la seule méthode possible. Elle alluma la lampe halogène et sortit de sa sacoche une liasse de documents polycopiés. *Ce qui se voit un jour, ce qui se voit un autre jour : déplacement inconscient et erreur d'identification.* Feuilletant la série d'articles, elle finit par trouver celui dont elle avait besoin.

Son regard glissa sur les lignes imprimées, et elle oublia bientôt le monde qui l'entourait. L'article portait sur la mémoire, un sujet qui la passionnait. Les jurés accordent une extrême importance aux dépositions des témoins oculaires, écrivait l'auteur. Un seul témoin oculaire, du moment qu'il est crédible, peut envoyer un accusé derrière les barreaux. Et pourtant, à de nombreuses reprises, il a été prouvé que les déclarations sous serment de tels témoins étaient fausses. « Dans quelques cas, les personnes mentent, mais la plupart se trompent, tout simplement. On accorde bien trop peu d'attention aux vicissitudes de la mémoire. »

Une sorte de tapotement, quelque part au fond de l'esprit de Callie : le passé qui lui rendait visite.

Des choses dont elle se souvenait, ou croyait se souvenir.

Des choses qu'elle aurait préféré oublier.

Elle acheva de lire l'introduction et passa au développement de l'article, les études de cas sur lesquelles l'auteur s'appuyait pour étayer sa thèse. Dans la première, un guichetier désignait un marin comme l'homme qui l'aurait dévalisé en le menaçant d'une arme. Mais le marin, innocent, avait un alibi. On découvrit plus tard qu'il avait acheté des billets au témoin à une date ultérieure à l'attaque. C'est uniquement parce qu'il lui rappelait quelqu'un que le guichetier l'avait désigné dans la file de suspects. Dans un autre exemple, un psychologue se voyait accusé de viol ; une fois encore, il était désigné par la victime parmi d'autres suspects. Mais, au moment même où le viol se déroulait, le psychologue passait en direct à la télévision ! L'explication ? La victime regardait l'émission juste avant d'être agressée, et manifestement le souvenir de ce qu'elle avait vu à l'écran s'était mélangé au souvenir du viol. Un autre cas exemplaire de déplacement inconscient – un faux pas de la mémoire.

Déplacement inconscient.

Callie recopia ces mots. Les contempla quelques instants, méditant l'article qu'elle venait de lire.

On accorde bien trop peu d'attention aux vicissitudes de la mémoire...

Bien trop peu d'attention. Peut-être.

Mais parfois beaucoup trop, au contraire.

Elle aurait aimé en savoir davantage sur ces témoins, si sûrs d'eux-mêmes, si inflexibles. Y avait-il un type de personnalité particulièrement encline à ce genre d'erreur ? Et que dire de cet autre genre de personnalité, celle qui *doute* constamment d'elle-même ? Qui sait très précisément ce qu'elle a vu, mais se refuse à le reconnaître ? Callie elle-même appartenait à cette catégorie, elle en était convaincue. Face à la nécessité d'identifier quelqu'un parmi une rangée de suspects, elle aurait été accablée de doutes. Aussi sûre soit-elle de son propre jugement, une petite partie d'elle-même ne cesserait jamais de se demander si elle ne se trompait pas. Elle se rappela tout à coup une fille qui s'appelait Laura Seton, elle revit ses yeux hagards, elle l'imagina à la barre, pendant le procès, désignant Steven Gage du doigt. Elle repensa à Sharon Adams, l'amie de Dahlia Schuyler. À l'époque, déjà, elle s'était demandé comment on pouvait être aussi sûr de soi. N'y avait-il pas toujours l'ombre d'un doute, une petite voix qui murmurait que peut-être on se trompait ?

Au fil des ans, elle avait appris à laisser certaines choses de côté. C'était une attitude qu'elle avait cultivée avec soin, parce qu'elle l'aidait à survivre. D'abord, elle l'avait fait pour sa fille ; ensuite pour elle-même. Pendant longtemps, cette stratégie l'avait bien servie, et elle ne l'avait jamais remise en cause. C'est seulement maintenant qu'il lui apparaissait qu'elle pouvait avoir ses revers. Le mot qu'elle avait trouvé glissé dans la porte la veille au soir, par exemple : elle l'avait chassé de son esprit. Elle se força à le sortir du tiroir où elle l'avait enfoui.

Joyeux anniversaire, Rosamund. Je ne t'ai pas oubliée.

Callie prit un carnet à spirale et l'ouvrit à une page vierge. S'humectant les lèvres, elle contempla la feuille blanche. Par où commencer ?

Qui pourrait avoir déposé ce mot ?

C'était ça la première question.

Il devait s'agir de quelqu'un qui savait où elle habitait, donc quelqu'un qui était également déterminé à la trouver.

Callie leva les yeux vers la fenêtre. Elle scruta les branches des arbres, noires et ciselées comme de la dentelle contre le ciel nocturne. Dans la maison de l'autre côté de la rue, la lumière brillait à une fenêtre du premier étage. La silhouette de la Mercedes noire de Bernie Creighton se découpait sur l'allée du garage. Callie avait déjà vérifié que portes et fenêtres étaient bien fermées. Elle avait branché l'alarme. Et pourtant, au moment où le vent avait agité les frondaisons, il lui avait semblé apercevoir quelqu'un...

Subitement, Callie se leva et alla jusqu'à la fenêtre pour baisser le store vénitien en bambou. Il tomba avec un claquement brutal, éclipsant la nuit menaçante. Elle inspira profondément, se rassit et s'efforça de se calmer. Puis elle regarda à nouveau le carnet, son papier blanc strié de lignes d'écriture bleu pâle. La question n'était pas seulement de savoir qui, mais *pourquoi*. Pourquoi quiconque aurait-il fait une chose pareille – déposer ce mot dans sa porte ? Dans quel but ? Qu'est-ce que cette personne espérait obtenir ?

De l'argent, peut-être. Un chantage.

Ou bien il s'agissait d'une vengeance.

Cette pensée aiguë, aveuglante, terrifiante, enflamma son esprit. Puis, résolument, elle se dit que ce n'était pas vrai, que ce n'était pas possible. Steven Gage était mort.

À moins que...

Une nouvelle idée s'insinua en elle ; une idée d'une logique effroyable.

Il aurait pu prévoir ça à l'avance. Il aurait pu avoir tout organisé...

Cette idée lui fit l'effet d'une décharge électrique. À peine avait-elle pensé ces mots, elle sut qu'ils étaient vrais. Pendant quelques instants, il lui sembla qu'elle n'arrivait plus à respirer. Son esprit se mit à battre la campagne. Puis, lentement, elle réussit à retrouver son calme, à réfléchir avec lucidité – à se poser des questions concrètes.

Qui aurait-il recruté ?

Qui aurait accepté d'agir pour lui ?

La réponse lui vint presque aussitôt : Lester Crain.

Ce qui s'était passé entre Steven Gage et Lester Crain avait été l'ultime outrage, l'insulte définitive aux familles endeuillées des victimes de chacun des deux hommes. Crain avait l'apparence d'un banal petit voyou, maigre et vulgaire, mais c'était un terrible violeur et assassin. Il avait tout juste dix-sept ans quand il avait commis le meurtre pour lequel il avait été condamné à la peine capitale : l'épouvantable torture et mise à mort d'une adolescente fugueuse. Après avoir violé sa victime à plusieurs reprises, il l'avait attachée au plafond, lui avait arraché les tétons avec des tenailles et lui avait injecté de l'eau de Javel dans le vagin. Ce qui restait d'elle, après un tel traitement, était à peine humain. Mais Crain ne devait pas qu'à son crime sa triste notoriété. Elle venait surtout de l'enregistrement sur cassette audio – qu'il avait conservée – des hurlements de sa victime.

Gage et Crain avaient fait connaissance dans le couloir de la mort de la prison du Tennessee. Ils avaient rapidement fait alliance. Gage était déjà une légende vivante ; Crain était devenu son disciple. L'incroyable succession d'événements qui avait suivi leur rencontre avait commencé dans la bibliothèque de la prison, où Gage avait si bien affûté ses connaissances juridiques qu'il était devenu l'avocat officiel de ses codétenus. Grâce à lui, Crain avait obtenu un nouveau procès en persuadant un juge que la cassette des cris de la victime entendue par le jury avait été saisie par la police lors d'une fouille qui bafouait ses droits constitutionnels. Par la suite, pendant une conférence de presse, Crain avait déclaré en jubilant qu'il devait cette seconde chance à Steven Gage. Il ferait tout son possible, avait-il promis, pour s'acquitter de sa dette envers lui un jour ou l'autre.

Tout ça, déjà, était affreux. Pourtant, les choses ne s'étaient pas arrêtées là.

Pendant qu'il attendait son nouveau procès, Lester Crain s'était évadé de prison. Une évasion qui avait soulevé une tempête médiatique, d'un bout à l'autre des États-Unis, pendant des mois. En plus du meurtre du Tennessee, il était suspect dans d'autres affaires criminelles. Deux viols avec meurtre au Texas. Un autre dans le sud de la Floride. La peur de la population était exacerbée par les experts, qui affirmaient que Crain tuerait encore. Les psychopathes sexuels dans son genre, affirmaient-ils, ne s'arrêtaient tout simplement jamais.

Pendant des mois, donc, puis des années, le pays avait attendu de voir Crain surgir ici ou là. Mais, plus le temps passait sans qu'on entende parler de lui, plus il paraissait probable qu'une des trois choses suivantes se soit produite : Lester Crain était peut-être mort. Ou bien il était « immobilisé », réduit à l'impuissance pour une raison ou une autre. La troisième possibilité, c'était qu'il ait réussi à quitter le pays. Crain avait connu plusieurs années de débauche au Texas, à rôder le long de la frontière, quand il vivait avec son père alcoolique aux abords d'El Paso. Le plus dur, pour lui, aurait été d'aller du Tennessee jusqu'au Texas. S'il avait pu atteindre la frontière, cependant, il ne devait pas avoir eu grand mal à entrer au Mexique.

Tout cela datait d'un passé lointain – sept, huit ans plus tôt. Mais, si Crain était vivant, il fallait bien qu'il se trouve quelque part. Se pouvait-il qu'il soit ici, à Merritt ?

Brusquement, Callie se redressa, une décharge d'adrénaline lui traversant le corps. Elle éprouvait le besoin irrépressible de parler à quelqu'un. Rick dormait sans doute, à l'heure qu'il était, mais c'était plus fort qu'elle. Ses doigts se crispèrent sur le téléphone tandis qu'elle martelait les chiffres de son numéro. Au bout de quatre sonneries, le répondeur prit l'appel ; la voix enregistrée de Rick s'éleva dans l'écouteur. Elle faillit laisser un message, changea d'avis, raccrocha.

Le carton était sur la plus haute étagère de la penderie, derrière une rangée de boîtes de chaussures.

Elle grimpa sur un tabouret et tendit les bras pour l'attraper.

Assise sur la moquette, elle posa le carton entre ses jambes. Il ressemblait à ceux qu'elle avait dans son bureau à Windham : une simple grosse boîte blanche destinée à l'archivage de dossiers ou de classeurs. Pendant quelques secondes, elle en contempla le couvercle et sa fine pellicule de poussière. Elle songea un instant à Pandore et à cette autre boîte, plus mythique... Laisser le couvercle sur sa propre boîte ne lui assurait aucune sécurité. La cause de son angoisse était là, quelque part, tout près d'elle, et nulle boîte, nul couvercle, *rien* ne pouvait l'enfermer.

Le carton était plein à ras bords. Dossiers. Agendas. Photographies. Elle sortit avec soin tous les éléments en les posant autour d'elle sur le sol. Un classeur rempli de coupures de journaux jaunies. Un petit carnet bleu à spirale. Son estomac se noua à la vue de l'écriture énergique, aux lettres inclinées, qui couvraient les pages... Elle resta là un moment, sans bouger, presque terrorisée à l'idée de toucher ces choses.

La boîte était quasi vide quand elle trouva le livre qu'elle cherchait. En le saisissant, elle détourna les yeux de la photo de couverture. Elle ne voulait pas voir son visage. En tout cas, pas tout de suite. Elle constata que la reliure commençait à s'abîmer, à s'écarter des pages. Prenant garde à ne pas la détériorer davantage, elle ouvrit le volume pour lire la page de titre.

DIANE MASSEY

L'Homme fantôme :
la vie secrète de Steven Gage, tueur en série

Lentement, elle tourna les pages pour arriver au premier chapitre, à ces lignes d'introduction si familières.

Durant les mois qui précédèrent son arrestation à Nashville, dans le Tennessee, Steven Gage parcourut le pays en tous sens. Il y avait quelque chose de frénétique dans ses voyages, qui se décidaient d'une minute à l'autre, et sans raison apparente. De Boston à San Francisco, puis Miami et retour à Boston. De Nashville à Phoenix, de Phoenix à Burlington. De Charlotte à Indianapolis. Quand les diverses pièces à conviction furent mises en rapport les unes avec les autres – factures d'essence payées avec des cartes de crédit volées, billets d'avion achetés sous des noms d'emprunt, etc. –, il s'avéra que pendant ces épouvantables six derniers mois il avait parcouru près de cinquante mille kilomètres. Et partout où il allait, des femmes trouvaient la mort...

Les minutes s'égrenaient. Callie continuait de lire, les yeux rivés sur la page. Chaque ligne, chaque mot, chaque image la replongeait un peu plus dans le passé :

Avec le recul, il peut paraître stupéfiant que Gage ne se soit jamais fait repérer. Il prenait le volant de sa propre voiture, utilisait souvent son véritable nom, se déplaçait en plein jour sans aucune crainte. D'aucuns avanceraient par la suite l'hypothèse qu'en fait il avait envie d'être capturé. Malgré quoi, pendant au moins dix ans, Gage tua en toute impunité. Même les personnes avec lesquelles il avait été en contact avaient, au moment de témoigner, de la peine à le décrire. Toutes tombaient d'accord sur le fait qu'il s'agissait d'un homme de haute stature, et séduisant, mais aucune ne pouvait dire grand-chose de plus. Beau garçon, mais ne laissant aucun souvenir particulier à quiconque : le déguisement idéal pour un tueur. Il n'avait pas besoin de porter de masque. Son propre visage remplissait cette fonction. Il se fondait dans les univers de ses diverses victimes, les emportant avec lui quand il disparaissait. Même quand les corps furent retrouvés, on ne découvrit aucune trace de lui. Ni cheveux, ni fibres, ni empreintes digitales. On l'appelait l'Homme fantôme.

Les souvenirs – l'horreur de ses crimes – déferlaient sur Callie comme des vagues. Et puis il n'y avait pas que les victimes, mais aussi leurs proches, tous ceux qu'elles avaient laissés derrière elles. Maintenant qu'elle avait Anna, Callie savait que la douleur de perdre un enfant dépasse tout ce qu'on peut imaginer. Elle pensait à la famille de Dahlia Schuyler, aux familles de toutes les autres, des dizaines, des centaines de vies brisées, à jamais altérées. Elle pensait au jeune frère de Dahlia, qui se sentait responsable de sa mort parce qu'il croyait que s'il n'était pas arrivé en retard à leur rendez-vous, Dahlia aurait pu être sauvée. Elle pensait à toutes les autres vies détruites – une interminable liste de noms : Fanny Light, Clara Flanders, Dana Koppleman... Des dizaines de femmes jeunes, belles, aux longs cheveux blonds.

Cela se produisait lentement, ce n'était pas une brusque métamorphose, mais quelque chose était en train de changer en elle. Sous le tumulte de ses pensées, un sentiment s'imposait avec clarté : la foi en l'idée qu'elle pouvait faire ce qu'il faudrait pour protéger la vie qu'elle s'était construite.

Lentement, elle referma le livre et contempla la photo de la couverture. Elle s'obligea à le scruter, en se refusant à détourner le regard. Les yeux globuleux, les veines du cou saillantes, les lèvres retroussées en une expression de rage pure. Elle n'avait plus peur, à présent ; elle était déterminée. Sans cesser de fixer le livre, elle murmura :

– Cette fois, tu ne gagneras pas.

Lundi 10 avril

Ce tailleur Prada lui allait à la perfection. Comme elle était l'une de ses meilleures clientes, Melanie avait convaincu M. Lin de lui faire les retouches dès le samedi. Et maintenant qu'elle s'engageait dans le couloir menant à son bureau, elle sentait les regards admirateurs qui se posaient sur elle. La longue jupe noire moulait ses hanches et descendait en s'évasant légèrement à l'ourlet. La veste noire, cintrée, lui faisait une superbe silhouette. Elle avait l'impression d'être à la fois cuirassée et très séduisante – un mélange grisant. Personne n'avait envie de chercher noise à une femme qui pouvait s'offrir ce genre de tailleur. Elle se sourit à elle-même en traversant le couloir.

On regarde, mais on ne touche pas.

– Wouaou ! s'exclama sa secrétaire. Vous êtes splendide !

– Merci, Tina, répondit Melanie, et elle s'arrêta un instant devant son bureau. Dites... Dans l'immédiat, j'ai un truc important à régler. Vous bloquez les appels pendant un petit moment, OK ?

Dès qu'elle eut refermé la porte sur elle, son sourire s'évanouit. Si elle portait ce tailleur ce jour-là, c'était pour une raison précise. Elle voulait avoir l'impression de maîtriser la situation. Dehors, vingt-deux étages plus bas, un flot de voitures défilait sur Park Avenue. Elle observa la scène un petit moment, puis se tourna vers le téléphone. Il était tout juste huit heures et demie, mais Frank arrivait toujours à son bureau très tôt. Une des choses qu'ils avaient en commun. Une des *rares* choses, en fait.

– Je voudrais parler à Frank Collier, je vous prie. Melanie White à l'appareil.

– Oui, madame White. Je vous le passe.

La voix lui était inconnue, mais manifestement la secrétaire savait qui elle était. En attendant qu'il lui réponde, Melanie repensa, non sans étonnement, à certaines choses qu'elle avait entendu dire à leur sujet. *Vous vous rendez compte que c'est* elle *qui l'a quitté !* Lui ! *Elle me fait l'effet d'une vraie salope.*

– Salut, Melanie. Merci de me rappeler.

Sa voix traînante, si familière, la mit aussitôt mal à l'aise. Même à des centaines de kilomètres de distance, Frank Collier avait une présence presque étouffante. Elle se le représenta dans son immense bureau du centre de Washington, avec vue sur le Capitole. Plus d'un mètre quatre-vingt-dix, une carrure d'athlète, des cheveux acier et des yeux du bleu de l'innocence. Il devait s'être renversé en arrière dans son fauteuil en cuir, avec le sourire confiant de l'homme qui sait qu'il finit toujours par avoir le dernier mot.

– Désolée d'avoir tardé. J'avais une audience pour une affaire très importante.

Elle écoutait sa propre voix : polie, mais distante. Exactement ce qu'elle souhaitait. Elle n'avait aucune intention de lui montrer à quel point elle redoutait cette conversation.

– Et comment ça s'est passé ?

– Bien. Nous avons gagné. Le juge a pris sa décision sur le siège.

La pointe de fierté qui perçait dans sa voix l'agaça. Elle avait l'impression d'être un chat déposant un oiseau à ses pieds. L'impression de mendier les félicitations de « Frank Collier, le Grand Avocat ». Peut-être que ça ne l'aurait pas ennuyée à ce point si ça n'avait pas été vrai pendant si longtemps.

– Ça ne m'étonne pas, Melanie. Tu es une avocate formidable.

Elle perçut de la condescendance dans son ton, mais peut-être était-ce le fruit de son imagination. De toute façon, cela n'avait guère d'importance. Il était temps d'entrer dans le vif du sujet :

– Écoute, Frank. Il faut que tu arrêtes de chercher à me contacter. Je veux dire... les appels, ce mot. Ça suffit.

– *Les* appels ? répliqua-t-il, perplexe. Mais je ne t'ai appelée qu'une seule fois, Melanie. La semaine dernière, quand je t'ai laissé un message. Et le mot ? Là, je ne vois pas du tout de quoi tu parles.

– Mais je...

Melanie était confuse. Voilà une réponse qu'elle n'avait pas envisagée. Qui d'autre pouvait lui avoir envoyé ce mot ? Et pourtant, pourquoi Frank lui mentirait-il ? S'il en était l'auteur, elle ne voyait pas pour quelle raison il ne l'aurait pas admis.

– Melanie, je t'en prie, crois-moi, reprit-il. En fait, je t'appelais pour une raison bien précise.

Une longue pause, lourde de sens. La spécialité de Frank Collier quand il plaidait.

– Il m'a paru nécessaire de te mettre au courant. Je vais me remarier.

D'abord, elle faillit éclater de rire, car elle crut à une plaisanterie. Mais le silence qui suivit lui prouva qu'elle se trompait.

Pendant un instant, le monde se figea autour d'elle.

Le temps s'arrêta. Puis tout se remit à bouger dans sa tête, très vite. Et sa colère fut si profonde qu'elle se retrouva incapable de parler. *Espèce de salaud. Fumier !* Elle fut tentée de lui annoncer ses propres fiançailles, de lui renvoyer *ça*, au moins, à la figure. Mais elle savait qu'il était déjà trop tard. Elle avait attendu trop longtemps. Arrivant après celle de Frank, sa déclaration aurait un parfum de défaite. Comme si elle essayait, pathétiquement, de le convaincre qu'elle était encore désirable. Si seulement elle le lui avait dit *avant* ! Mais à quoi bon rêver ? Le mieux à faire, maintenant, c'était de jouer l'indifférence.

— Félicitations, dit-elle froidement. Je te souhaite tout le bonheur du monde.

Diane était de méchante humeur.

Elle tapa quelques mots sur le clavier de son portable, puis laissa son regard se perdre dans le vide. Tout avait commencé le matin même, quand elle était allée chercher son courrier. Jenny lui avait appris qu'un homme était passé au bureau de poste pour demander si l'écrivain Diane Massey était sur l'île en ce moment. Il n'avait pas souhaité laisser son nom. Il affirmait être écrivain, lui aussi. Et lui aussi, avait-il précisé, recherchait la solitude – mais c'était bon de savoir que sa collègue Diane était dans la région. Inutile de mentionner sa visite, avait-il dit. Il ne voulait déranger personne.

Diane n'en croyait pas un mot.

Immédiatement, elle avait pensé à Warner.

Ils avaient rompu depuis plus de trois mois, mais lui n'avait pas renoncé. À New York, il continuait de l'appeler plusieurs fois par semaine, la suppliant de leur donner une nouvelle chance, insistant, répétant qu'ils devaient *parler*. Ses messages, auxquels elle ne répondait jamais, la plongeaient toujours dans un état de grande nervosité. À cause du contraste entre l'homme qu'il était et celui qu'elle avait cru connaître. Si la description que Jenny lui avait donnée du visiteur l'avait quelque peu tranquillisée – Warner ne portait pas la barbe –, la simple idée qu'il puisse réussir à retrouver sa trace la mettait horriblement mal à l'aise.

Elle travailla encore quelques heures, mais elle était trop irritée ; elle avait perdu sa concentration. Elle fut soulagée quand la pendule sonna 17 heures. L'heure de son jogging. Avant de quitter la maison, elle prit son walkman avec une cassette de Garbage. D'habitude, le silence l'apaisait, mais ce jour-là elle voulait du bruit. Un truc braillard et plein de colère, qui endiguerait son anxiété.

Encore un jour monochrome. Le gris dans toutes ses nuances. La mer pareille à une plaque d'ardoise. Le ciel au fusain délavé. Les grands arbres anthracite. Difficile de croire que le printemps finirait par arriver. Encore plus difficile d'imaginer la splendeur éclatante de l'été. Elle vit une voiture approcher sur la route, mais entendit à peine le bruit du moteur : le fracas de la musique, dans les écouteurs, couvrait tous les bruits extérieurs.

Elle tourna sur le chemin de terre qui menait à Carson's Cove, et la forêt se referma sur elle. Les sapins grêles, très hauts, étaient plantés en rangées incroyablement denses. La plupart du temps, courir lui remontait le moral, mais ce jour-là le miracle ne se produisait pas. La chose qui l'agaçait le plus était l'impression, menaçante, que quelqu'un cherchait à faire intrusion dans sa vie. C'était sans doute un peu irrationnel. Cette île ne lui appartenait pas, après tout ! Mais elle n'arrivait pas à se débarrasser de la désagréable sensation qu'on cherchait à s'imposer à elle. Exactement le genre de chose qui avait alimenté ses disputes avec Warner. Il n'avait jamais compris le besoin qu'elle avait d'être *seule*. Mais elle refusait d'y penser davantage. Car il semblait ne pas y avoir de solution. Au final, le choix se posait toujours de la même façon : travail *ou* amour. Pas les deux.

Pendant un temps, elle avait cru que Warner était différent. L'exception qui confirme la règle. Il travaillait tant, de son côté, qu'elle s'était dit qu'ils se comprendraient. Mais bientôt, lui aussi s'était mis à ronchonner, à lui en demander davantage. Comme tous les autres, en fin de compte, il voulait qu'on s'occupe de lui.

Il y avait toujours un moment – un peu difficile – où elle comprenait que la relation ne fonctionnerait pas. Et ça arrivait à chaque fois dans un brusque flash de conscience qui la prenait par surprise. Elle aurait préféré que ce soit un processus progressif, quelque chose qui se développe au fil du temps – une lente accumulation de preuves, comme lorsqu'on prépare un dossier pour un procès. Mais, aussi loin qu'elle puisse s'en souvenir, ça ne se passait jamais de cette façon. Au contraire, il y avait un instant unique, et précis, où tout se cristallisait.

Pour chacune de ses aventures, elle pouvait retrouver avec précision le moment en question. Avec Don Bishop, le cardiologue, c'était arrivé un soir après le dîner. Après avoir contemplé d'un air perplexe sa bibliothèque, il avait soudain demandé : « Tu ne crois pas que tu as assez de bouquins ? » Avec Phil Brooks, le tournant datait du jour où il avait laissé ce message sur son répondeur : « C'est moi. » Ce n'était pas tant l'expression qui l'avait choquée, que l'intonation de sa voix – la fatuité dont elle témoignait. Ensuite, Diane avait cessé de le rappeler, et il avait abandonné.

Avec Warner, le point de rupture, c'était le jour où il avait élevé la voix contre elle. Ses pensées la ramenèrent à cette nuit fatale – la dernière fois qu'ils s'étaient vus. Ils avaient dîné chez Raoul, tout près de son loft. Pendant le repas, déjà, elle avait perçu quelque chose de sombre chez lui, comme un courant menaçant sous le masque d'affabilité. Entre deux bouchées de steak au poivre, elle s'était demandé si elle ne devait pas dire quelque chose. Et puis, en revenant à son appartement, ils avaient eu cette terrible dispute...

Elle arrivait maintenant à l'étroit sentier menant au rivage. À l'instant même où elle apercevait la mer, elle reçut un violent coup dans le dos. Son souffle se bloqua dans sa gorge. *Qu'est-ce... ?* Elle n'eut même pas le temps de poursuivre cette pensée. Un autre coup la catapulta en avant. Elle se vit trébucher, étonnée, ne sachant trop si ce qui lui arrivait était anodin ou grave. Elle n'avait aucun moyen de le savoir, à vrai dire. Elle essaya d'arrêter sa chute avec les mains, mais réagit trop lentement. Son visage s'écrasa sur la terre, et il lui sembla que son cerveau se pulvérisait. Pendant un bref moment, tout se figea autour d'elle. Puis, comme si on avait actionné un interrupteur, les sensations affluèrent d'un bout à l'autre de son corps. Des vrilles de douleur fusèrent dans son torse, ses membres, sa tête. Sa vision se brouilla. Tout se mélangea : son esprit, son corps, le ciel, la terre – plus rien n'avait de sens.

Quelque part au-dessus d'elle, vaguement, elle entendit une respiration.

Ses ongles s'enfoncèrent dans la terre dure du sentier ; par réflexe, elle essayait de s'agenouiller. Mais, alors qu'elle réussissait à se redresser sur un coude, un pied se posa en travers de son dos. Un pied et, au-dessus, le poids d'un corps. Elle entendit un os craquer. Elle balança un bras de côté, en protestation muette, mais n'agrippa que du vide. Elle essaya de crier, mais elle n'avait plus de souffle ; un glapissement ténu franchit ses lèvres. Puis le corps de son agresseur pesa sur elle ; ses genoux la prirent en tenaille. Elle vit une paire de cuisses musclées, moulées dans un jean noir. Elle sentit quelque chose sur son cou, quelque chose qui se resserrait lentement en coulissant autour de sa peau. La peur se mêla à la douleur, l'empêchant de penser de manière cohérente. Elle voulait vivre. *Vivre !* Ses poumons aspiraient furieusement le peu d'air qui arrivait jusqu'à eux.

L'homme la retourna sur le dos. Elle suffoquait et pleurait tout à la fois. Ses yeux glissèrent sur les manches noires de sa chemise, jusqu'à son visage. Il ne dit rien. Il la regardait, simplement – impassible. Malgré la barbe, elle le reconnut. Elle n'oubliait jamais un visage.

Vous ! pensa-t-elle. *Pourquoi vous ?*

Elle aurait vraiment voulu savoir.

Puis la chose qui ceignait son cou se resserra encore, et Diane n'arriva plus à respirer. Au-dessus d'elle, le vent bruissait dans les arbres. Elle se mit à flotter vers eux. Une explosion de couleurs jaillit derrière ses yeux. Elle songea à Dahlia Schuyler. *Alors c'est ça qu'elle a connu*, pensa-t-elle, juste avant que le ciel ne s'assombrisse.

Il la contemplait, étendue sur le sol, en s'efforçant de reprendre son souffle. Il éprouvait un sentiment de jubilation comme il n'en avait jamais connu.

De tout ce qui est écrit, je n'aime que ce que l'on écrit avec son propre sang...

Les mots du grand philosophe allemand s'épanouissaient en lettres rouges dans son esprit.

À contrecœur, au bout d'un petit moment, il regarda sa montre. La grande aiguille pointait sur le chiffre deux, la petite tombait sur le six. Il lui fallut quelques instants pour prendre conscience qu'il était, simplement, 18 h 10. Était-ce vraiment arrivé si vite que ça ? Cela paraissait impossible. Sursautant, il se demanda si sa montre s'était arrêtée. Quelle heure était-il, en réalité ?

C'est alors qu'il remarqua le bracelet en or qui ornait le pâle poignet de la femme. De sa main gantée, il lui retourna le bras pour voir la montre. Il aperçut le nom « Cartier » sur le cadran. Même lui, il connaissait ce nom. Cette montre devait valoir des milliers de dollars – cinq, ou même dix. Rien à voir avec les 29,95 dollars qu'il avait déboursés pour la sienne. Mais les deux montres donnaient la même heure. Il jugea la chose très satisfaisante. Timex. Cartier. Peu importait, au fond. Le temps était une de ces rares choses, dans la vie, qui étaient absolument impartiales. Justes.

La vie n'est pas juste. Il avait grandi en entendant ça tout le temps. Comme s'il s'agissait de quelque chose qu'il fallait accepter. Comme si on était impuissant face à la fatalité. Eh bien, par Dieu, lui il n'acceptait pas ! Il était un homme d'action. Peut-être qu'on ne pouvait pas changer le passé, mais au moins on pouvait s'en venger. Avec les années, il en était arrivé à la conclusion que les gens étaient fondamentalement faibles. Ils préféraient geindre sur ce qui leur arrivait plutôt que de prendre les choses en main. Ils ne cherchaient pas des occasions d'agir, ils se cherchaient des excuses. Combien auraient eu les tripes de faire ce qu'il venait de faire ?

Peux-tu être ton propre juge et lé vengeur de ta propre loi ?

Oui, oui, trois fois oui ! Et finalement, il l'avait prouvé.

Une fois encore, ses yeux tombèrent sur le corps étalé par terre en travers du sentier. Il aurait bien aimé rester là, comme ça, un long moment, pour laisser cette image se graver en lui. Mais, même si l'île était quasiment déserte, il ne devait pas oublier d'être prudent. Il lui fallait se débarrasser du cadavre, puis retourner au bateau. Il l'avait mené jusqu'ici à la faveur de la nuit, il repartirait de la même façon. Il devait respecter son programme, faire ce qu'il avait à faire et ficher le camp.

Formule de mon bonheur : un Oui, un Non, une ligne droite, un but.

Les mots familiers retentirent dans sa tête, lui rappelant son objectif. Il devait se dépêcher de boucler son travail pour être de retour à Merritt à temps.

Mardi 11 avril

Assise au bord du lit, Callie tirait les peluches de son pull. Une occupation qui avait quelque chose d'apaisant, car elle pouvait s'y oublier complètement. Elle avait terminé de nettoyer la partie droite et s'attaquait maintenant à la gauche, arrachant une à une les petites boulettes de laine pour les jeter à la corbeille. Quand elle releva enfin les yeux, elle se sentit vaguement désorientée. Vingt minutes avaient passé.

En fait, elle était dans cet état d'esprit depuis près d'une semaine. Préoccupée. Distraite. Le monde qui l'entourait lui paraissait de plus en plus irréel. C'était la nuit, quand elle était allongée, endormie, inconsciente, qu'elle percevait la réalité. Le vieux cauchemar lui revenait maintenant presque chaque soir. Steven Gage sur le parking. Ses mains qui exploraient son corps. La chaleur du désir et la peur de la mort. Pis encore, le rêve avait commencé à muter, comme s'il avait une existence propre. De temps en temps, Steven était Lester Crain. Une fois, il avait eu le visage de Rick. Cette métamorphose-là l'avait épouvantée. Elle lui faisait l'effet d'une trahison. Deux minutes après s'être réveillée en sursaut, elle avait filé aux toilettes pour vomir.

Pas plus que la semaine précédente, elle ne savait

quoi faire. Comment réagir ? Elle avait passé des heures sur Internet à chercher des informations sur Lester Crain. Mais, comme elle l'avait craint, il n'y avait rien, ou très peu, qu'elle ne sût déjà. Elle se répétait que c'était bon signe ; il était peut-être bel et bien mort, après tout. Tous les experts s'accordaient à dire qu'un tueur comme Crain ne pouvait pas s'arrêter. Pourtant, depuis plusieurs années qu'il s'était évadé, aucun crime n'avait pu lui être attribué.

Si seulement elle avait pu parler à quelqu'un ! Mais maintenant elle n'avait personne. Elle songeait à ses parents, qui vivaient dans l'Indiana – comme elle les avait trouvés vieillis à Noël : les cernes sous les yeux de son père, l'étrange fragilité de sa mère. Après tout ce qu'elle leur avait déjà fait subir, elle ne voulait pas les accabler avec ces nouveaux problèmes. Si elle leur parlait, d'ailleurs, comment pourraient-ils réellement l'aider ? Ils s'inquiéteraient, voilà tout, comme ils l'avaient fait par le passé, pendant tant et tant d'années. Et une fois de plus, ils seraient impuissants à protéger leur fille bien-aimée. Rien qu'à imaginer ce qu'elle aurait éprouvé si elle avait été à leur place, elle était ivre de culpabilité. Qu'y avait-il de pire au monde que de craindre pour la vie de son propre enfant ?

Sa sœur aînée, Sarah, avait toujours été sa plus proche confidente. Mais Sarah, si calme et si parfaite, avait maintenant des problèmes de son côté. Son mari et elle avaient été durement touchés, dans les années quatre-vingt-dix, par le crash des sociétés informatiques. Gary avait été licencié ; Sarah, médecin, avait dû se remettre à travailler à plein temps, alors qu'elle avait deux enfants en bas âge, dont l'un était autiste, et voulait rester à la maison le plus possible pour s'occuper d'eux. Maintenant, les enfants passaient la journée à la crèche, tandis que Gary continuait de chercher du travail.

La seule autre possibilité, c'était son ex-mari, Kevin Thayer. Lui, au moins, connaissait son histoire. Elle n'aurait pas à tout lui expliquer. Kevin et son visage rond au teint rose, Kevin et son odeur de savon Ivory. Étrange que parmi toutes les solutions envisageables, cet homme représentât la meilleure. Ces dernières années, ils s'étaient pourtant à peine parlé. Leur divorce n'avait pas été facile. Elle doutait qu'il lui ait pardonné de l'avoir quitté. Néanmoins, avec le recul, lui-même devait avoir fini par se rendre compte que leur mariage n'aurait pu durer bien longtemps. Maintenant qu'il avait une nouvelle vie, sa colère devait s'être apaisée. Aux dernières nouvelles, il avait un fils et un deuxième bébé en route. Il travaillait pour un cabinet de comptabilité de Chicago. Sa femme tenait la maison et s'occupait des enfants.

Callie avait une autre raison d'appeler Kevin, bien sûr. Elle songeait à sa fille. En dehors du problème du mot glissé dans la porte, les propos qu'Anna avait tenus l'autre soir prouvaient qu'elle se languissait de son père. C'était ainsi, voilà tout. Elle devait à sa fille de parler à Kevin, et d'essayer de réparer les dégâts. Le remords l'accablait, tout à coup, car elle comprenait à quel point elle avait été aveugle – elle n'avait eu absolument aucune idée de ce que la petite endurait. Le fait qu'elle ne savait pas ce qu'Anna ressentait ne constituait guère une excuse. Elle aurait dû se douter de quelque chose. Elle aurait dû la questionner, lui parler.

Le numéro de Kevin n'était pas dans son organiseur. Elle l'avait fourré quelque part dans la commode, avec l'arrêt du divorce. Agenouillée, elle ouvrit le tiroir du bas et examina les dossiers qu'il contenait, jusqu'à ce qu'elle trouve le bon.

La page de carnet sur laquelle elle avait gribouillé le numéro était jaunie et froissée. Depuis combien de temps était-elle dans ce tiroir ? Le numéro était-il encore bon ? Elle examina les chiffres, hésitante, en se demandant quoi faire.

C'était tellement facile de décrocher le téléphone, comme ça, et d'appeler. Mais, une fois qu'elle aurait pris cette décision, plus question de faire machine arrière. Peut-être valait-il mieux qu'elle attende au moins un moment où Anna ne serait pas à la maison... Et si la petite entendait sa conversation ? ou décrochait le téléphone de la cuisine ? Et il y avait Rick, aussi ; lui, c'était encore autre chose. Il serait là ce soir. Il arriverait d'ici deux heures. Il fallait qu'elle se douche et se change.

On n'entendait pas un bruit dans la chambre d'Anna. Que faisait-elle ? Nerveuse, Callie se leva et sortit dans le couloir.

En frappant à la porte de sa fille, elle remarqua que l'écriteau de l'autre jour avait disparu.

Bruissements de l'autre côté du battant.

– Entre !

Machinalement, Callie tourna son regard vers le lit. Mais Anna ne s'y trouvait pas. Elle était assise devant l'ordinateur, les yeux rivés à l'écran, la main sur la souris. Les vêtements qui recouvraient auparavant l'appareil étaient empilés sur une chaise.

Callie s'immobilisa derrière elle.

– Attends une seconde, maman, d'accord ?

Anna contemplait un carré plein de petites boîtes de couleur vive qui disparaissaient rapidement les unes après les autres. Un clic de souris, et une boîte se volatilisait. Bientôt, il n'en resta plus une seule.

Une mélodie triomphale s'éleva des haut-parleurs.

– Et voilà ! dit Anna.

– Qu'est-ce que c'est ?

– Un jeu que Henry m'a montré.

– Ça vient de l'Internet ?

– Non, c'est sur un CD.

Bien, songea Callie pour elle-même. Elle avait réglé AOL, sur l'ordinateur d'Anna, de telle sorte qu'elle n'ait accès qu'aux sites pour mineurs. N'empêche, elle s'inquiétait de savoir qui pouvait bien rôder dans les forums de discussions prétendument réservés aux enfants. Elle avait clairement expliqué à sa fille l'importance de respecter certaines règles. *Ne donne jamais ton vrai nom. Ne dis jamais où tu habites. Si quelqu'un demande à te rencontrer, parle-m'en immédiatement.* Elle n'aurait pas été contre l'idée de lui interdire carrément de surfer sur Internet, mais bon : maintenant, tous les enfants avaient AOL !

– Tu as fait tes devoirs ?

– Hmm-mouais.

Réponse mi-figue, mi-raisin. Classique.

– Alors ?

– Ouais ! Tu veux vérifier ? répliqua Anna en redressant le menton.

– Pas la peine. Je te fais confiance.

– Non, tu ne me fais pas confiance. Sinon, tu ne me poserais pas la question. On dirait que t'as toujours besoin d'être sur mon dos. Je veux dire, tout le week-end il a fallu que je fasse des trucs avec toi. Le week-end *tout entier* !

C'était la vérité, admit Callie en son for intérieur. Elle s'était montrée plus protectrice que d'habitude ; elle avait voulu qu'Anna reste près d'elle à tout moment. Mais quelque chose la poussa à nier – un désir de normalité, peut-être :

– Ce n'est pas vrai. Tu oublies dimanche. Tu as passé l'après-midi chez les Creighton.

– Tu es quand même venue là-bas *deux fois*.

– Il fallait que je parle à la mère de Henry.

– Pourquoi ? Tu ne l'aimes pas !

Callie regarda Anna avec surprise. Qu'avait-elle dit, ou fait, pour que sa fille ait ainsi percé ses sentiments ? Cependant, ce n'était pas qu'elle *n'aimait pas* Mimi Creighton – simplement, elles n'avaient pas grand-chose en commun. Mimi, avec ses diplômes de Harvard, dirigeait sa famille comme une entreprise. Avant d'avoir des enfants avec Bernie, elle travaillait comme consultante en ressources humaines. À présent, elle consacrait toute son énergie à élever une progéniture parfaite. Mimi parlait de ses enfants comme d'investissements. Les résultats époustouflants de Benjamin à ses examens d'entrée à l'université. Les trophées d'Emma au football. Quant à Henry, eh bien... Lui, c'était le plus doué. Quasiment un génie.

– Rick arrive tout à l'heure, dit Callie pour changer de sujet.

– Oh. Je croyais qu'il était parti en voyage.

– Oui, mais maintenant il revient.

Anna ne répondit pas.

Callie voulait dire quelque chose – *Je comprends. Je veux juste que tu sois heureuse* –, mais les mots se bloquèrent dans sa gorge. Au lieu de parler, elle tendit le bras et caressa les cheveux de sa fille.

Pour toi, je ferais n'importe quoi, pensa-t-elle.

Anna gesticula pour se dégager.

De retour dans sa chambre, Callie décrocha le téléphone. Elle avait laissé la page de carnet sur la table de chevet, à côté du combiné. Elle composa le numéro. S'il n'était pas chez lui, se dit-elle, elle ne laisserait pas de message. S'il n'était pas là, ce serait un signe. S'il n'était pas là...

– Allô ?

Une voix douce, presque enfantine. La deuxième Mme Thayer.

– Donna ? Callie à l'appareil.

Un silence, et puis :

– Oh ! fit Donna, comme si elle se rappelait tout à coup qui était son interlocutrice. Je... Kevin n'est pas là, dit-elle d'un ton soudain plus circonspect. Je regrette, il n'est même pas en ville. Il est parti pour affaires.

En arrière-plan, Callie entendait la télévision et des enfants qui se chamaillaient.

– Est-ce que c'est urgent ? demanda Donna.

– Non. Mais il faut que je lui parle, tout de même. C'est à propos... Enfin, est-ce que vous pourriez lui demander de me rappeler, s'il vous plaît ? Mais pas chez moi ! Attendez, je vous donne mon numéro de portable.

– Je devrais l'avoir au bout du fil ce soir. Si j'avais un numéro pour le joindre, je vous le donnerais, mais il... C'est-à-dire que lui et ses collègues se déplacent beaucoup, et...

– Ça ne fait rien.

– Il devrait m'appeler bientôt. Je ne manquerai pas de lui passer le message.

Callie la remercia avec effusion et raccrocha.

En reposant le combiné, elle se rendit compte qu'elle aurait pu insister pour avoir le numéro de portable de Kevin. Elle hésita à rappeler Donna, puis renonça. Elle risquait de tomber sur Kevin à un mauvais moment, et elle ne voulait surtout pas l'importuner. Mieux valait attendre qu'il téléphone lui-même. Elle l'aurait au bout du fil bien assez tôt.

Anna attendit d'avoir entendu la porte de la chambre de sa mère se refermer, puis, d'un clic de souris, se connecta à AOL. Elle consulta la liste de ses contacts déjà en ligne. Magicien 93 était encore là. Elle cliqua pour lui envoyer un message. Une nouvelle fenêtre apparut à l'écran :

PAPILLON146. Des fois je déteste ma mère.

En relisant ses propres mots, elle se sentit un peu mal à l'aise. Elle ne détestait pas sa mère. Elle avait juste cette impression... de temps en temps.

Un carillon, et d'autres mots s'affichèrent sous les siens. Il lui répondait :

MAGICIEN93. Je te l'ai déjà dit, rien ne t'oblige à rester chez toi. Elle ne peut pas te forcer.

Anna saisit une mèche de cheveux qu'elle porta à sa bouche. Est-ce que c'était vraiment ça qu'elle voulait ? Est-ce qu'elle pouvait s'enfuir de chez elle ? Elle regarda autour d'elle. Le dessus-de-lit bleu et blanc qu'elle s'était choisi l'année précédente. Les montagnes d'animaux en peluche. Ses livres préférés, même. Mais des fois sa mère lui cassait tellement les pieds qu'elle ne la supportait plus. Si elle partait, sa mère aurait du chagrin. Peut-être que les choses changeraient. D'ailleurs, elle n'aurait pas à disparaître si longtemps que ça. Juste assez pour lui faire peur.

PAPILLON146. Et on irait où ?
MAGICIEN93. On irait où on voudrait...

La sonnette de l'entrée carillonna. Callie se précipita au rez-de-chaussée. Elle déverrouilla fébrilement

96

la porte et ouvrit en grand. Tout à coup, il était là, devant elle, la lampe de la véranda illuminant son visage. Il ne sourit pas tout de suite ; il la dévisageait d'un air presque grave. Il portait un pantalon en toile, des mocassins, sa vieille veste en cuir. Elle songea à toutes les fois où elle l'avait vu avec cette veste au cours des derniers mois. Un soir en sortant du cinéma, alors qu'elle avait froid, Rick la lui avait passée autour des épaules. À cet instant, elle s'était sentie plus proche de lui que jamais.

Il est revenu, il est vraiment revenu.

C'était seulement à ce moment-là qu'elle réussit à croire à leurs retrouvailles.

Elle se jeta dans ses bras. La bouche de Rick se joignit à la sienne.

Ils restèrent là, en silence, à s'embrasser, pendant une éternité. Il lui caressait la nuque. Elle glissa une main autour de son cou. La peau de Rick était froide. Ou peut-être était-ce sa paume qui était brûlante.

– Comment va ton père ? murmura-t-elle.

– Mieux. Beaucoup mieux.

À l'intérieur, lorsqu'elle eut verrouillé la porte, il la reprit doucement dans ses bras et la tourna vers lui. Ils se regardèrent, les yeux dans les yeux, et quelque chose – une étincelle – jaillit entre eux. Le cœur de Callie battait à tout rompre tandis qu'ils s'enlaçaient. Leurs bouches s'unirent à nouveau, Rick la poussa contre le mur, elle glissa une jambe autour de la sienne pour le serrer davantage contre elle. Elle sentait les os de son bassin contre la cuisse ferme de Rick. Elle n'avait jamais rien éprouvé de tel, elle n'avait jamais été à ce point terrassée d'amour et de désir. Saisissant la main de son amant, elle l'entraîna vers l'escalier.

La porte d'Anna était fermée. Elle devait dormir. Ils se glissèrent dans la chambre de Callie, fermèrent à clé derrière eux, s'écroulèrent en travers du lit – et Rick couvrit de baisers chaque parcelle de son corps. Comme elle se livrait aux sensations, des images se mirent à défiler dans son esprit. La veste en cuir de Rick. Les yeux de Steven. *Joyeux anniversaire...*

Rick lui retira son chemisier, dégrafa son soutien-gorge. Il lui embrassa un sein. Elle ferma les yeux. Leurs corps bougeaient ensemble, ils avaient déjà trouvé le rythme. Un vide se creusait en elle, maintenant, auquel elle s'abandonnait complètement. Elle lui agrippa les cheveux. La bouche de Rick glissa vers son autre sein. Elle lui saisit une main et la porta jusqu'à son entrejambe pour qu'il la caresse là. Elle se frotta contre sa paume – elle avait envie, envie, envie !

C'était trop long. Elle le voulait en elle.

– Maintenant, murmura-t-elle. Maintenant...

Elle entendit un emballage de préservatif se déchirer.

Après quelques secondes, ou une éternité, il revint enfin. Elle leva les hanches vers lui et il se mit à bouger en elle, d'abord lentement, puis de plus en plus vite. Callie caressait le bas de son dos tout humide de sueur. Comme ils se balançaient l'un dans l'autre, son sang se mit à bouillir. Il n'y avait rien au-delà de ce plaisir, rien au-delà de cette étreinte.

Ils se retournèrent pour que Rick se retrouve sous elle. Callie s'assit sur lui, les mains de part et d'autre de ses épaules. Pendant un moment, ils restèrent ainsi, immobiles, les yeux dans les yeux. Puis ils se remirent à bouger et ce fut une irruption de sensations. Callie rejeta la tête en arrière tandis qu'elle le chevauchait dans la nuit, plus fort et plus vite, et plus fort encore, jusqu'à l'embrasement final.

Oui, oui, oui.

Elle entendit Rick crier sous elle.

Après, ils restèrent silencieux, dans la quiétude de la nuit. Les yeux de Rick étaient fermés. Sa poitrine se soulevait et retombait doucement. Callie lui embrassa l'épaule. Lovant son corps contre le sien, elle se demanda s'il dormait.

En sécurité. Voilà ce qu'elle avait dans la tête. Elle se sentait *en sécurité*. Pour elle, c'était encore quelque chose de nouveau.

Durant les premiers mois de leur relation, elle avait oscillé entre la peur qu'il reste et la peur qu'il s'en aille. Elle était déterminée à ne pas perdre l'autonomie qu'elle avait eu tant de peine à acquérir. En même temps, à mesure que le lien entre eux se renforçait, une vieille angoisse s'était ravivée en elle. La crainte qu'un jour il ne la trouve trop attachée à lui, trop dépendante, et qu'il ne disparaisse.

Elle était comme une enfant de deux ans qui veut deux choses contradictoires. Un jour, alors qu'elle avait à peu près cet âge, Anna avait piqué une colère au milieu des escaliers. Agenouillée près d'elle, Callie avait réussi petit à petit à lui tirer une explication. Anna voulait à la fois être en haut avec ses jouets et en bas avec sa mère.

Avec Kevin, elle avait réussi à éviter ce dilemme grâce à un moyen simple : elle ne tenait pas tant que ça à lui. Ils avaient fait connaissance à l'église – celle des parents de Callie – lors d'une réunion de quartier hebdomadaire. Elle avait observé son visage rond tandis qu'ils sirotaient du thé dans des tasses en porcelaine. Il donnait une impression de sérieux et d'honnêteté, plaisante mais pas du tout excitante. Il avait beaucoup parlé de ses neveux. Elle avait vu qu'il aimait les enfants. La fadeur de la réaction qu'il lui inspirait lui avait paru éminemment rassurante.

Ils s'étaient mariés à l'église. Une cérémonie sans

chichis, juste avec leurs familles. Callie tenait à la main un bouquet de fleurs mélangées. Sans roses, cependant. Pas de roses. Ils avaient acheté une petite maison entourée d'une pelouse vert vif dans la banlieue d'Indianapolis. Et pendant des mois et des mois elle s'était laissée aller à la dérive, hébétée. Elle regardait la télévision, répondait au téléphone, s'occupait de sa fille. Durant les deux années et quelques qu'ils avaient passées dans cette maison, elle ne s'était pas fait un seul ami. C'était presque comme si elle avait su qu'elle partirait un jour ; elle ne voulait pas perdre de temps avec des rencontres inutiles. Pourtant, avec le recul, elle ne pouvait pas dire qu'elle avait été malheureuse. Le bonheur, comme elle le savait maintenant, était une notion très relative.

C'est après le deuxième anniversaire d'Anna que les doutes avaient sérieusement commencé à la ronger. Elle s'était regardée à travers les yeux de sa fille, et elle n'avait pas du tout aimé ce qu'elle voyait. Elle dépendait de Kevin en toutes choses. Elle n'avait aucun objectif à elle. Quel genre de modèle parental offrait-elle à Anna ? Kevin l'observait avec méfiance, l'encourageait à prendre du Prozac et à consulter un psy. Mais, plus elle y voyait clair, plus il lui apparaissait que son mariage était une erreur.

Rick murmura quelque chose qu'elle ne comprit pas, mais qui la ramena au présent. Callie sentait son propre corps, souple et fluide, contre sa poitrine ferme. Maintenant encore plus que pendant qu'ils faisaient l'amour, cet homme était une partie d'elle-même. Elle commençait à avoir une crampe dans la jambe, mais elle ne voulait pas bouger ; elle ne voulait rien faire qui risquât de rompre cette fragile paix. Doucement, elle glissa sa main dans la sienne. Elle regarda son bras. Les rangées de fines cicatrices qui l'attachaient à son passé.

Relevant les yeux, elle s'aperçut que Rick s'était réveillé. Ses pupilles brillaient dans l'obscurité. Il ne dit rien ; il la contemplait avec intensité. Elle faillit se détourner, mais se força à soutenir son regard. Une autre petite victoire dans la bataille qu'elle menait pour s'unir à lui.

– Je crois que nous devrions nous marier.

Il avait prononcé ces mots d'une voix si douce qu'elle se demanda si elle avait bien entendu.

– Callie, est-ce que tu veux m'épouser ?

Elle resta quelques instants immobile, le souffle court, puis tourna la tête de côté. Elle éprouvait bien quelque chose, mais quoi ? Elle n'arrivait pas à identifier son sentiment.

– Callie ? Cal ? fit Rick, et il lui caressa l'épaule. Ma chérie, qu'est-ce qui ne va pas ?

– Je...

Elle enfonça son visage dans l'oreiller. Ses joues étaient brûlantes et sèches.

– Quoi ? insista Rick.

Son haleine sentait la menthe. Elle ne trouvait rien à répondre. Que pouvait-elle dire ?

Finalement, elle se tourna pour le regarder.

– Il y a Anna...

– Nous trouverons une solution.

– Je...

Callie avait le sentiment que sa vie se désagrégeait.

– Je t'aime, Callie.

Elle leva le visage vers le plafond – qu'il ne puisse plus la voir ! Les larmes emplissaient ses yeux. Si seulement tout avait été aussi simple qu'il semblait le penser.

– Comment tu sais ? demanda-t-elle.

– Comment je sais quoi ?

Rick se redressa sur un coude pour la regarder. Elle détourna davantage la tête, laissant ses cheveux tomber en travers de son visage.

– Comment tu sais... que tu... m'aimes ?

Les mots franchissaient difficilement ses lèvres :

– Parce que tu vois, Rick, un jour quelqu'un m'a dit ça et... je l'ai cru. J'ai cru tout ce qu'il me disait, mais ce n'était que des mensonges. Et donc... si je te crois maintenant, qu'est-ce que ça signifie vraiment ? J'ai fait tellement d'erreurs autrefois, et... et je suis toujours la même personne. Différente par certains côtés, mais toujours la même. Peut-être que je ne comprends pas ce que c'est que l'amour. L'amour entre un homme et une femme, je veux dire. Quand j'y réfléchis, c'est le vide dans ma tête. Je n'arrive pas à...

– Je ne suis pas ton ex-mari, Callie.

Surprise, elle tourna la tête vers lui. Ses larmes s'étaient taries.

– Je ne suis pas Kevin, reprit-il. Je ne vais pas te quitter. Tu me connais bien pourtant, non ?

– Oh...

Il fronça les sourcils. Il percevait sa gêne.

– Tu parlais de Kevin, n'est-ce pas ?

– Non. C'était quelqu'un d'autre. Kevin est venu... après.

Elle songea encore une fois, non sans étonnement, à quel point il savait peu de choses sur les événements essentiels de sa vie. Avait-il conscience des béances qu'il y avait en elle ? Voyait-il à quel point les morceaux collaient mal les uns aux autres ? Tant de mensonges, grands et petits, empilés les uns sur les autres ! Mais... même si elle lui disait la vérité, serait-il capable de lui faire confiance ?

102

– Je me demande, poursuivit-elle, si on peut jamais connaître quelqu'un. Savoir vraiment qui est l'autre. Autrefois, je croyais que oui. Je croyais le savoir.

Quelque chose envahit soudain sa poitrine, s'imposa, grandit en elle. Et explosa. Elle fondit en larmes. Mais, cette fois, elle ne détourna pas les yeux. Elle laissa Rick la regarder.

– Je t'aime, moi aussi, murmura-t-elle en lui serrant la main.

Elle avait l'impression que ces mots s'étaient arrachés de son cœur malgré elle, en y laissant une blessure immense. Mais la douleur s'accompagnait d'une étrange légèreté – comme si quelque chose venait de commencer pour eux deux.

Rick la prit dans ses bras et la berça, lui murmurant des paroles rassurantes au creux de l'oreille. Il lui caressa le dos tandis qu'elle sanglotait tout son saoul contre son épaule. Il ne paraissait nullement contrarié, ni même troublé. Il semblait accepter sans difficulté le chaos de ses émotions. Du coup, elle arriva presque à croire qu'il comprendrait, à croire qu'elle pourrait tout lui dire.

Elle y arriva *presque. Presque...*

Presque, mais pas complètement.

Au bout d'un moment, elle n'aurait su dire combien de temps, les larmes cessèrent enfin. Épuisée, elle resta allongée contre Rick en accordant sa respiration à la sienne. Elle avait l'impression d'avoir été jetée sur ce lit après avoir affronté une violente tempête sur une mer déchaînée. Son bras gauche barrait la poitrine de Rick. Une fois encore, elle vit les cicatrices qui le couvraient. *Tu nous appartiens*, semblaient-elles dire. *Voilà ce que tu es.*

Mercredi 12 – samedi 15 avril

Le soleil qui entrait à flots par la fenêtre réchauffait la cuisine. Assise à la table, Callie buvait du café en essayant de lire. Le souvenir de la nuit passée l'obsédait. Elle était là depuis deux heures, incapable de se concentrer. Deux fois elle avait relu la même page sans que rien s'imprime dans son cerveau.

Son téléphone portable sonna, l'arrachant à sa rêverie. Elle le sortit de son sac à main. Kevin. C'était Kevin. Aussitôt, elle se sentit mal à l'aise.

Il lui dit à peine bonjour.

– Il y a un problème ? demanda-t-il.

Sa voix était telle qu'elle se la rappelait, monocorde et nasale. En même temps, c'était la voix d'un inconnu. Il était devenu quelqu'un qu'elle ne connaissait pas. Elle avait cru qu'elle pourrait peut-être lui parler, le mettre au courant de la lettre qu'elle avait reçue. Mais maintenant qu'elle l'avait au téléphone, elle comprenait son erreur.

– Non, répondit-elle d'un ton ferme. Tout va bien. Aucun problème.

– Pourtant, tu m'as appelé, dit-il sèchement. Je suppose qu'il y a quand même une raison.

– Oui. J'avais une raison de t'appeler...

Des centaines de kilomètres les séparaient, mais elle

percevait son irritation comme s'il avait été là, dans la pièce. Elle avait eu tort d'imaginer que le temps aurait apaisé le ressentiment de Kevin à son égard. Cet homme ne se mettait pas facilement en colère, mais il avait la rancune tenace. S'il n'y avait pas eu Anna, elle lui aurait raccroché au nez. Puisqu'elle l'avait au bout du fil, cependant, elle devait se forcer à s'expliquer :

– Je voulais te parler d'Anna.

– Quoi ? Qu'est-ce qu'il y a, avec Anna ?

Il avait répondu d'un ton dédaigneux, mais elle le sentait déjà plus attentif. Elle aurait tellement préféré éviter cette conversation, songea-t-elle encore une fois. Mais elle n'avait guère le choix.

– Tu lui manques. Est-ce que tu pourrais envisager de la voir ?

Un long silence à l'autre bout de la ligne.

– Pourquoi maintenant ? demanda-t-il enfin d'une voix pleine d'amertume.

– Ces derniers temps, elle a parlé de toi, répondit Callie, puis, en faisant un certain effort sur elle-même, elle ajouta : Anna se pose des questions.

– Ah oui ? répliqua Kevin d'un ton moqueur. Ça, ça m'étonne. Comment connaît-elle seulement mon existence ? Je croyais que tu avais fait ce qu'il fallait pour...

– Tu croyais que *moi* j'avais fait quoi que ce soit ? *Moi* ? Mais comment est-ce que tu t'es mis ça dans la tête ?

Il leur avait fallu moins de cinq minutes pour retomber dans leur vieux schéma. Kevin, accusateur et glacial. Elle, trop émotive.

– Tu as pris les décisions que tu voulais, dit-il.

– C'était une décision commune. Tu étais d'accord.

106

– Est-ce que ça aurait changé quoi que ce soit si je m'étais opposé à toi ?

Une réponse trop vive lui monta aux lèvres, qu'elle réussit à garder pour elle.

– Contentons-nous de considérer le présent, d'accord ? Pensons à Anna. Aujourd'hui, elle veut te voir. Qu'est-ce que ça te fait ?

– Je ne sais pas, répondit-il au bout de quelques instants. Je ne sais vraiment pas. Il faudrait que j'en parle à Donna. Ma femme. Je dois y réfléchir.

– Parfait. Tu lui en parles, tu réfléchis, et ensuite tu me rappelles. Mais ne téléphone pas à la maison. Utilise mon numéro de portable, celui que tu viens de composer. Je ne veux pas qu'Anna réponde. Tu peux aussi me joindre à mon travail. Tiens, voici le numéro.

Elle l'entendit noter les chiffres qu'elle égrenait. C'était sans doute bon signe.

– Merci, dit-elle.

– De quoi ? Je n'ai pas dit que je le ferai. Et même si je le fais, ce ne sera pas pour toi.

De nouveau, elle fut frappée par la force de son ressentiment. Le temps n'avait rien arrangé. Mais elle se dit qu'il valait mieux laisser couler. Elle avait entrepris cette démarche uniquement pour Anna.

Son impression de malaise à la suite de cette conversation déstabilisante passa avec le temps. Comme tous les mercredis, elle eut beaucoup de travail au bureau, et les heures filèrent. Ce n'est pas avant le dîner, ce soir-là, qu'elle repensa à Kevin et réfléchit sérieusement aux forces qu'elle avait mises en branle. Et s'il essayait de retourner Anna contre elle ? Que se passerait-il dans ce cas ? Et si Anna décidait de vivre avec lui ? Comment Callie survivrait-elle à leur séparation ? Certes, Kevin n'avait même pas dit qu'il voulait voir sa fille, mais son esprit ne pouvait s'empêcher d'imaginer les pires hypothèses possibles.

– Tu en veux encore ? demanda Rick en désignant la pizza.

– Oh oui !

Callie prit une part dans le carton et mordit dedans à pleines dents.

Anna mangeait avec application, en laissant les croûtes en demi-lune sur le bord de son assiette : apparemment, elle en était déjà à sa troisième part. Petit à petit, l'angoisse de Callie reflua. Pourquoi craignait-elle à ce point d'avoir des ennuis avec Kevin ? À en juger d'après sa réaction au téléphone, elle doutait fort qu'il accepte seulement de revoir Anna !

Avec Rick à la maison, elle avait moins de mal à garder les pieds sur terre. Les peurs informes qui l'avaient assaillie les jours précédents lui semblaient avoir perdu de leur force. Ses idées sur Lester Crain, par exemple : quelle preuve avait-elle ? Et puis, si quelqu'un lui voulait vraiment du mal, pourquoi se serait-il donné la peine de déposer ce mot dans la porte ?

Qui que ce soit, cette personne sait où je vis. Et elle est venue jusqu'à notre maison...

Non. Elle refusait de penser encore à cela. En tout cas, pas maintenant.

Le jeudi soir, Rick travaillait tard. Anna et Callie peignirent des œufs de Pâques. Le vendredi, Rick l'emmena dîner au restaurant pendant qu'Anna passait la soirée chez les Creighton.

Le samedi fut une journée fraîche et lumineuse, annonciatrice d'un printemps précoce. Rick passa à la maison de bonne heure pour manger des pancakes et du bacon, puis ils partirent en balade. Le Holyoke était un petit mont situé à une quinzaine de kilomètres de la ville. Un sentier sinueux, en pente douce, menait jusqu'au sommet et à la vue spectaculaire qu'on avait de là-haut sur la campagne environnante. Tandis qu'Anna et Henry partaient devant en cavalant, Callie et Rick marchèrent d'un pas nonchalant, la main dans la main, en silence. Ça signifiait quelque chose, se dit Callie, d'être bien comme ça ensemble, sans se sentir obligé de parler. Tout le monde insistait sur l'importance de la *communication*, la nécessité d'échanger des mots. Mais bien souvent, le besoin de combler le silence reflétait un manque d'autre chose.

Au sommet du mont se trouvait le Summit House, un ancien hôtel de luxe reconverti en musée. De sa vaste terrasse balayée par les vents, le spectacle était extraordinaire : la minuscule et parfaite commune de Merritt, le patchwork des fermes et des champs, le fleuve Connecticut sillonnant tout ce paysage.

Callie s'accouda à la rambarde. Le soleil lui chauffait agréablement le visage. Quelque part en contrebas, elle entendait Anna et Henry s'interpeller. Rick s'approcha derrière elle, l'enlaça de ses deux bras. Pendant un moment, ils restèrent ainsi, immobiles, détendus, admirant la vue. Puis Rick la serra un peu plus fort, pour lui murmurer à l'oreille :

— Alors, est-ce que tu as réfléchi ? À notre mariage, je veux dire.

Callie frémit. Le paysage parut s'assombrir devant ses yeux.

— Il faut que j'y réfléchisse encore.

Ce soir-là, après que Henry fut rentré chez lui, ils regardèrent une vidéo. Et quand ils eurent terminé leur repas chinois, Callie remplit les paniers pour la chasse aux œufs de Pâques du lendemain. Comme Anna s'amusait à chiper des petits œufs en chocolat sur la table, elle dut lui ordonner d'arrêter.

– Il en a mangé plus que moi, protesta la fillette en désignant Rick, qui prit un air contrit.

– Eh bien, je suis sûre que si sa mère était là maintenant, elle lui dirait que ça suffit.

Anna était déjà montée se coucher quand Rick se leva pour partir.

– Tu es sûre que je ne peux pas t'aider ? demanda-t-il en désignant les paniers.

– Non. Ça va. Je fais ça tous les ans.

Ils s'embrassèrent sur la véranda, puis Callie retourna au salon terminer les paniers.

Une nuée d'étoiles illuminait la coupe du ciel, un moment plus tard, quand elle sortit de la maison. Elle s'immobilisa au milieu de la pelouse pour inspirer à pleins poumons et savourer la fraîcheur de la nuit. Les yeux plissés, elle chercha la Grande Ourse et la croûte blanchâtre de la lune. Un peu plus bas dans la rue, le faisceau d'une torche électrique balayait les buissons. Naomi ou Morton Steinmetz. Ou peut-être David Enderly. Callie agita la main pour saluer le voisin, quel qu'il soit, puis se mit au travail.

Agenouillée près de la véranda, elle glissa un panier sous l'escalier du perron. Anna participait à la chasse aux œufs de Pâques depuis qu'elle avait quatre ans. Callie avait des piles de photos sur le sujet, qui remplissaient plusieurs albums. Anna à cinq ans, découvrant d'un air presque horrifié un énorme œuf bleu. La béatitude, à huit ans, d'une petite fille entourée d'une multitude de paniers. Et tant d'autres... Cette fois, cependant, serait la dernière. Dix ans, c'était l'âge limite.

Callie se redressa en prenant subitement conscience de la fuite du temps. Chaque moment, aussi important, aussi réel fût-il, s'évanouissait avant qu'on s'en soit rendu compte, pour être renvoyé à un destin incertain dans les confins de la mémoire. Cette soirée-là par exemple – la bonne entente, l'ambiance chaleureuse et les rires qu'ils avaient partagés –, combien de temps s'en souviendraient-ils ?

Pendant une petite demi-heure, elle alla d'un côté et d'autre du jardin pour dissimuler ses paniers. Anna se plaignant toujours qu'elle lui rendait la tâche trop facile, cette année Callie avait réfléchi à plusieurs nouvelles cachettes. Un panier dans l'un des conteneurs de recyclage, sous un amas de bouteilles en plastique. Un autre dans la boîte aux lettres. D'accord, c'était une idée plutôt banale, mais elle ne l'avait jamais exploitée. Elle était particulièrement satisfaite de la dernière niche qu'elle avait trouvée. Se faufilant entre les buissons sur le côté de la maison, elle glissa un petit panier dans le tuyau d'évacuation de la gouttière. Il en tomba deux ou trois fois avant qu'elle ne réussisse à le caler.

Elle sortait des buissons lorsqu'un bruit la fit sursauter. Cela venait d'en face, quelque part dans le jardin des Creighton. Il y avait eu un craquement, comme une branche d'arbre qui se brise, puis un claquement sourd. Callie se figea, terrifiée, scrutant les ténèbres. Mais rien ne se produisit. Tout semblait normal. Elle n'entendait plus que le bourdonnement distant et ténu de la circulation, et le souffle du vent dans les frondaisons.

Joyeux anniversaire, Rosamund.

Les mots venaient de resurgir dans son esprit, menaçants.

Elle regarda vers le bout de la rue. La torche électrique avait disparu. À présent, elle était complètement seule. Traversant la pelouse d'un pas vif, elle retourna vers la maison.

Une fois à l'intérieur, elle verrouilla la porte et vérifia que l'alarme était branchée. Puis elle s'efforça d'oublier la sensation troublante qu'elle venait d'éprouver : celle d'être observée. Elle avait sans doute entendu un animal, ou une branche qui tombait par terre. Aucune raison de se mettre dans tous ses états. Aucune raison de s'inquiéter.

Elle disparut dans la maison, et il attendit de voir la lumière s'allumer à l'étage. Au bout d'un moment, un halo doré filtra entre les lattes du store de sa chambre. Il fut tenté d'attendre encore quelques minutes, pour voir si elle allait lever le store. Parfois, il le savait, elle faisait ça juste avant de se coucher ; elle restait là, à la fenêtre, à contempler la nuit avec une expression troublée, perdue. C'était un regard qu'elle n'avait jamais le jour, en tout cas jamais en la présence d'autrui. Une expression privée, intime, réservée aux instants où elle se croyait seule.

Depuis toutes ces années, elle avait imaginé tant de choses ! Sans la moindre justification. Elle avait imaginé que personne ne l'observait. Que personne ne la retrouverait. Alors qu'en réalité, cela n'avait pas été très difficile. Une recherche assez basique, via Internet, et le tour avait été joué. L'identité de Callie était restée secrète uniquement parce que personne ne l'avait sérieusement cherchée. Même chose pour Diane Massey. Cette fausse impression qu'avait l'écrivain de préserver sa vie privée le faisait bien rire. Il lui avait suffi de bavarder avec le portier de son immeuble en se faisant passer pour un vieil ami. Le type ne savait pas grand-chose, mais il supposait qu'elle était partie dans le Maine. Dans plusieurs interviews, elle avait mentionné l'île de Blue Peek. Et bien sûr, c'est là-bas qu'il l'avait dénichée !

112

Il regarda fixement les stores baissés comme s'il avait pu voir à travers. Puis, à contrecœur, il se tourna. C'était dangereux de rester là trop longtemps.

Il rampa sur le sol de la cabane perchée dans l'arbre, jusqu'à l'ouverture, près du tronc. Avec précaution, il baissa une jambe pour que son pied rencontre le premier échelon de l'échelle.

Quand il fut presque en bas, il sauta sans bruit sur l'épais lit de feuilles qui tapissait le sol. Une odeur riche, humide, s'en élevait : un mélange de terre et de végétation en décomposition. Cette odeur l'étonna. C'était presque la même... Mais oui ! Inspirant profondément, il repensa à Diane Massey.

Timex. Cartier. Aucune importance. Seul le temps est juste.

Accroupi, il scruta le jardin des Creighton, puis la rue, pour s'assurer que personne ne l'avait entendu. Après quelques secondes de patience, il commença à se déplacer à quatre pattes sous l'arbre. Brindilles et petits cailloux lui piquaient les paumes tandis qu'il palpait le sol à la recherche des jumelles qui lui avaient glissé des mains. Il n'arrivait pas à croire qu'il avait pu faire une telle bêtise – surtout alors qu'elle était si près de lui. Elle avait entendu le bruit. Alarmée, elle avait fait volte-face. Heureusement pour lui, il s'était déjà baissé derrière le mur de la cabane.

Il trouva les jumelles, en passa la bandoulière autour de son cou. À travers les lattes d'une porte, il apercevait l'arrière-cour des Creighton, entourée d'une haute palissade. La porte donnait sur une terrasse où se trouvaient un gril à gaz et une table de pique-nique. Tout l'attirail d'une vie de famille ordinaire et bien réglée. Pourtant, l'impression de sécurité, le calme, la perfection pouvaient voler en éclats en un clin d'œil. Dahlia avait grandi dans une maison comme celle-ci – une jolie fille à l'abri du danger, pleine d'assurance face à la vie. Mais rien ne l'avait protégée le soir où elle avait fait la connaissance de Steven Gage.

Il se fraya un chemin à travers les arbres et les buissons, jusqu'à atteindre le trottoir. Après une seconde d'hésitation, il quitta la protection de la végétation et, sous le halo d'un réverbère, traversa rapidement la rue. Ses semelles claquaient doucement sur le bitume. Il arriva dans le jardin de Callie.

Les buissons sur le côté de la maison. En la voyant disparaître par là, il avait compris que ce serait l'endroit idéal. Il se glissa là où elle était passée et, s'accroupissant près du mur recouvert de lattes en bois, scruta les ténèbres. Il écarta des branches, passa les mains ici et là sur le sol et sur le mur. Elle était venue à cet endroit avec le dernier panier ; en ressortant, elle ne l'avait plus à la main.

Le panier devait être quelque part. Mais où, nom de Dieu, où ça ? C'est alors qu'il aperçut un bout de ruban jaune pâle dans le tuyau de la gouttière. Avec précaution, il y glissa la main, tâtonna... et toucha le panier. Celui-ci était bien calé dans le tuyau étroit ; il eut un peu de mal à le sortir. Avec impatience, il tira sur l'osier.

Quand le panier vint enfin, les confiseries s'en échappèrent et tombèrent par terre. Il attrapa un œuf enveloppé d'aluminium, le déballa et le glissa entre ses lèvres. Le chocolat fondit dans sa bouche, tandis qu'il glissait la main dans sa poche pour en sortir un autre œuf – en plastique rose, celui-là. Il l'ouvrit et regarda l'objet qu'il avait placé à l'intérieur. Il se demandait combien de temps il faudrait à Callie pour comprendre. Elle était futée, il fallait lui accorder ça. Elle ne mettrait sans doute pas bien longtemps.

Je ne suis pas un homme, je suis de la dynamite.

114

Il sourit en se récitant mentalement les mots du philosophe.

Ayant refermé l'œuf en plastique, il le déposa dans le petit panier. Cet œuf avait l'air bien anodin, là, parmi les autres confiseries. Qui pouvait deviner ce qu'il contenait ? Il redressa l'anse du panier avant de le remettre dans la gouttière.

Quand il fut certain qu'il tenait bien en place, il se releva avec satisfaction. Tout était en ordre. Tout était prêt. Maintenant, il était temps qu'il rentre chez lui et s'offre une bonne nuit de sommeil. La seule chose qui lui restait à faire, c'était de veiller que ce soit Anna, et personne d'autre, qui trouve le panier.

Dimanche 16 avril

– Anna est tellement grande ! Mais, quel âge a-t-elle ?

– Dix ans, répondit Callie.

De l'autre côté de la rue, sa fille courait en tous sens dans le jardin des Creighton. La horde des gosses du quartier s'était lancée à la recherche des paniers de Pâques.

– Alors, c'est sa dernière chasse aux œufs ?

– Hmm, acquiesça Callie avec un pincement de cœur.

Naomi Steinmetz hocha la tête, ses courts cheveux gris s'agitant autour de sa tête. Les verres épais de ses lunettes à la trop large monture lui grossissaient curieusement les yeux. Elle venait de prendre sa retraite après une longue carrière de professeur de latin à Windham. En la regardant, Callie pensait toujours à un gros et sympathique insecte.

C'était une de ces matinées un peu magiques de début de printemps, où le temps semble avoir suspendu son cours. Le ciel était d'un bleu très vif, parsemé de nuages blancs cotonneux. D'un bout à l'autre de la rue, les enfants riaient et s'égosillaient en cherchant le butin dissimulé ici et là. Ils étaient plus de vingt ; chaque année, l'événement prenait davantage d'ampleur. En coulisses, inutiles et ignorés, les parents bavardaient entre eux en observant la quête frénétique de leurs petits avec des sourires nostalgiques et légèrement mélancoliques.

– Maman, j'en ai trouvé *encore un* !

Anna fourra un panier entre les mains de Callie et repartit en courant.

Naomi éclata de rire.

– Elle ne manque pas d'énergie, cette petite.

– En effet...

Les jours comme celui-ci, quand Anna avait l'air si heureuse, Callie réussissait presque à oublier tout le reste ; elle arrivait à se convaincre que les sautes d'humeur de sa fille ne reflétaient que des difficultés normales, inhérentes à la croissance d'un enfant.

Naomi s'éloigna pour aller retrouver son mari. Callie monta sur la véranda, ajouta le dernier panier récolté par Anna au tas déjà constitué, puis consulta de nouveau sa montre. Onze heures et demie passées. Rick était en retard.

Les jumeaux Henning, deux ans tout juste, se dirigeaient en titubant vers une cachette d'œufs. L'un des bambins les regarda fixement pendant quelques secondes, puis se détourna avec résolution. L'autre se mit à courir derrière lui, chancela et tomba sur le derrière. Après quoi il ne s'intéressa plus qu'à sa chaussure gauche, dont il examina la semelle un long moment avant de se la fourrer dans la bouche.

– Attendez voir l'année prochaine, lança Callie à leur mère. Ils galoperont d'un bout à l'autre de la rue sans que vous puissiez les arrêter.

En face, Anna et Henry s'ébattaient avec le chiot d'un voisin. L'animal attrapa un petit panier en osier dans sa gueule et prit la fuite dans le jardin. *Photo*, songea Callie. Elle entra dans la maison pour prendre son appareil.

Elle ressortit en glissant une nouvelle pellicule dans le boîtier. L'ayant refermé, elle écouta avec attention le bourdonnement qui indiquait que la pellicule se chargeait normalement. Au même moment, elle entendit un autre bruit derrière elle. Mais, avant qu'elle ait pu se retourner, deux mains s'abattirent sur ses épaules. Son sang se glaça. Elle poussa un cri et fit volte-face.

Ce n'était que Tod Carver, qui sourit d'un air penaud.

– Salut, Callie. Désolé... je ne voulais pas te faire peur.

L'appareil photo lui avait échappé. Tod se baissa pour le ramasser.

– J'espère qu'il n'est pas cassé.

– Il est tombé sur l'herbe. Je suis sûre que ce n'est rien.

Callie sourit à Tod, embarrassée.

– Je m'excuse d'avoir hurlé, reprit-elle. Tu m'as prise au dépourvu.

Bien sûr, ce n'était pas la seule raison pour laquelle elle avait réagi aussi violemment. Mais que pouvait-il en savoir, lui ?

– Tes gosses sont ici ?

Tod afficha un sourire encore plus contrit.

– Nan. J'ai enfermé Oliver et Lilly à la maison et je suis venu chercher les œufs de Pâques tout seul. Je me suis dit que, vu ma grande taille et ma force, je pourrais battre tous les gosses à plate couture.

– Et si ça ne suffit pas, tu n'as qu'à leur montrer ton insigne.

– Ça, c'est une idée ! approuva Tod en riant.

Callie sourit ; leur conversation légère l'apaisait.

– Ils sont par là-bas, reprit Tod en désignant le jardin des Steinmetz.

Callie aperçut Lilly, magnifique avec ses longs cheveux et ses jambes fluettes. Elle avait deux ans de moins qu'Anna, et Tod l'adorait.

Comme Rick, Tod n'était pas le genre d'homme dont on aurait deviné au premier coup d'œil qu'il était flic. Discret, chaleureux, l'air gentil, il avait un beau visage juvénile et les cheveux cuivrés. En le regardant, elle pensa une fois de plus qu'elle ne comprenait pas pourquoi il n'avait pas de compagne. Rick affirmait que son divorce l'avait durement secoué. Il n'était pas encore prêt à se remettre avec quelqu'un.

– Où est Rick ? demanda Tod, très à propos.

– Il devrait être arrivé..., marmonna-t-elle en scrutant la rue.

– Hé ! Tod ! Callie !

Mimi Creighton marchait droit sur eux, un sourire éclatant sur les lèvres. Mocassins Gucci, cheveux châtains avec mèches plus claires, sac à main Louis Vuitton. Elle avait beau avoir quitté la grande ville, elle en conservait tous les signes extérieurs.

– N'est-ce pas une journée *magnifique* ?

Elle avait l'air surexcitée, presque ivre ; ses yeux brillaient. Pris séparément, les traits de son visage n'étaient pas séduisants, mais ensemble ils donnaient un résultat qui, étrangement, fonctionnait. Elle avait les dents du haut trop en avant, le nez bosselé et des petits yeux de fouine vert-gris. Mais elle dégageait une impression d'énergie qui compensait largement son manque de beauté.

– En effet, répondit Tod, laconique mais souriant.

Mimi sembla à peine l'entendre. Elle regardait son fils d'un air rêveur.

– Je n'arrive pas à croire que pour Henry c'est la dernière année.

– Pour Anna aussi, observa Callie.

– Enfin, bon ! dit Mimi d'un ton enjoué. Il faut bien qu'ils grandissent, n'est-ce pas ?

Cette idée ne semblait guère la tracasser, à vrai dire. Callie sentait qu'elle avait déjà planifié l'avenir de son fils, établi la carte de son parcours depuis l'école primaire de Merritt jusqu'aux plus hautes instances de la nation. Ses deux autres enfants étaient déjà à l'université, l'un à Yale, l'autre à Brown. La naissance de Henry, supposait Callie, n'avait pas à proprement parler été *prévue*.

Callie jeta un coup d'œil vers le jardin des Driscoll, où Anna et Henry, vautrés par terre tête contre tête, discutaient de Dieu sait quoi. Henry était plutôt mignon, avec ce look de « petit génie empoté », que Harry Potter venait de remettre à la mode. Pas très grand, mince, il avait des yeux intelligents et vifs derrière des lunettes à monture d'écaille. Comme Anna, il faisait parfois plus vieux que son âge – et à d'autres moments, beaucoup plus jeune. Callie se disait que c'était un peu étrange que le confident d'Anna soit un garçon, mais bon, les choses avaient bien changé depuis qu'elle-même était gamine et que les garçons n'étaient que des « débiles ».

– Chers voisins, bonjour.

Bernie Creighton, très décontracté, glissa un bras autour des épaules de sa femme. Il avait l'air d'un homme satisfait de lui. *Bien rembourré* était l'expression qui venait à l'esprit de Callie quand elle le regardait. Petit – plus petit que sa femme, peut-être un mètre soixante-dix –, il avait un torse puissant, une moustache bien taillée, et surtout il était rondouillard. Mais ses kilos superflus ajoutaient à l'effet général :

il donnait davantage l'impression d'être bien nourri que d'être dépassé par son problème de poids.

– J'ai *obligé* Bernie à venir aujourd'hui, dit Mimi, l'air très contente d'elle-même. La semaine dernière, nous avons vu un film où le père ne connaissait pas le deuxième prénom de sa propre fille. D'ailleurs il ne savait même pas qu'elle avait un deuxième prénom !

– *La Famille Tenenbaum*, dit Callie. Nous l'avons vu, nous aussi.

– Oui, c'est bien ça. En tout cas, j'ai dit à Bernie qu'il allait finir par oublier jusqu'aux *prénoms* de ses enfants, s'il ne les voyait pas plus souvent !

Callie et Tod rirent poliment. Mais ce n'était pas vraiment drôle.

Bernie haussa les épaules.

– Nous préparons un procès important. C'est comme ça, voilà tout.

– Il a même pris un appartement à Boston, précisa Mimi.

– Seulement jusqu'à la fin du procès.

La conversation continua sur cette lancée ; Callie décrocha. Elle entendait Tod donner les réponses appropriées. *Oui. Non. Vraiment ?* Avec les Creighton, on n'avait jamais à se soucier de trouver un sujet de conversation. Mimi et Bernie ne demandaient pas mieux que de parler d'eux-mêmes.

Comme elle scrutait la rue à la recherche de Rick, Callie aperçut quelqu'un qu'elle ne s'attendait pas du tout à trouver là : son camarade de fac Nathan Lacoste, à vélo, qui venait dans sa direction. Elle ne lui avait pas reparlé depuis la fois où il avait essayé de se faire inviter à leur soirée pizza. Le *bizarroïde*, avait dit Rick. Qu'est-ce qu'il fichait ici ? Callie se détourna, espérant de tout son cœur qu'il ne la verrait pas. Peut-être se rendait-il sur le campus de Windham, qui n'était qu'à quelques pâtés de maisons de là ? Mais il vivait de l'autre côté de la ville. Cette rue n'était pas du tout sur son chemin.

Elle se retourna et constata avec soulagement qu'il poursuivait sa route. Pédalant doucement, il traversa la petite foule qui occupait la rue, s'arrêta un instant au carrefour et disparut à droite.

— Hé, vieux ! Par ici !

Tod apostrophait quelqu'un. Elle suivit son regard : Rick arrivait enfin.

— Désolé, ma chérie. J'ai dormi tard. J'avais oublié de mettre le réveil.

Rick se pencha pour l'embrasser, et la journée prit tout à coup une tournure plus heureuse. Callie attrapa sa main, large et chaude, pour y glisser la sienne.

L'excitation commençait à diminuer. Callie prit quelques photos. Les enfants s'asseyaient çà et là par petits groupes avec les paniers qu'ils avaient récoltés et se goinfraient sans vergogne de sucreries. Lapins et œufs en chocolat. Poulets en guimauve et bonbons à la gelée. Évidemment, pas un seul d'entre eux ne mangeait un œuf dur.

Bernie et Mimi, bras dessus bras dessous, repartirent vers leur pavillon. Quand les gosses de Tod reparurent, tous trois s'en allèrent à leur tour.

— Tu as l'air fatigué, Rick, dit Callie en lui prenant les mains.

Il haussa les épaules.

— Ça va. Je n'ai pas très bien dormi, mais ça ne fait rien.

— Tu as faim ?

— Maintenant que tu le dis...

Anna venait vers eux en sautillant. Elle portait un jean et un chemisier jaune qui allait bien avec ses cheveux dorés.

– Mes préférés, c'est les œufs bleu clair, déclara-t-elle. On dirait des œufs de rouge-gorge, mais en plus gros.

Ils entrèrent dans la maison. Callie déposa sur la table de la cuisine du pain, de la moutarde, des restes de poulet et de la laitue.

– Alors, comment va ton petit copain ? demanda Rick d'un ton narquois, tout en sortant les assiettes du placard.

Callie leva les yeux au ciel.

– Arrête. Ça remonte à vingt ans !

Rick la mettait toujours en boîte à propos de la ressemblance entre Tod et son petit ami du lycée, Larry Peters. Aujourd'hui, en tout cas, songea-t-elle, Tod avait l'air vraiment heureux.

– Ça doit être dur pour lui, que ses gosses soient si loin d'ici.

– C'est dur, oui, convint Rick, laconique.

Callie étala de la moutarde sur une tranche de pain.

– Pourquoi est-ce qu'il est venu vivre ici, si les enfants sont restés en Virginie ?

– Je crois qu'il avait besoin d'une vraie coupure. D'un nouveau départ. Et puis, il connaît la région. Il vivait dans le coin quand il était gamin.

– Je comprends qu'il ait voulu revenir. N'empêche, il doit se sentir drôlement seul, dit-elle, et elle regarda Rick avec une moue hésitante. J'ai pensé organiser une rencontre entre Martha et Tod...

– Martha ?

– Tu sais, ma collègue de travail. Elle a divorcé il y a déjà un moment.

– Celle qui a les cheveux crépus ?

– Ils ne sont pas *crépus*, ils sont bouclés. Certaines femmes paient cher pour se faire faire ce genre de chevelure.

– Eh bien, je suis content que tu ne sois pas de celles-là.

– C'est ça qui t'ennuie ? Tu crois qu'elle n'est pas assez jolie ?

– Non, ma chérie, ce n'est pas ça.

– Quel est le problème, alors ?

Rick eut un haussement d'épaules.

– Essaie, si tu veux. Pour voir. Mais je ne crois pas que Tod mordra à l'hameçon.

– Bon... Eh bien, ça ne coûte rien d'essayer. Nous pourrions les inviter à dîner ensemble, ici. Ça n'aurait pas l'air d'un rendez-vous galant.

Anna, dans le salon, poussa tout à coup des cris admiratifs :

– Wouaou !

– Qu'est-ce qui se passe ? cria Callie.

Sa fille entra dans la cuisine, radieuse, serrant quelque chose au creux de sa paume.

– Elle est géniale, cette montre !

Une montre ? Callie s'approcha d'elle.

– Fais-moi voir ça.

Anna la regarda d'un air inquiet, puis tendit la main en écartant les doigts.

La montre possédait un bracelet doré très élaboré. Sur le cadran était écrit le mot « Cartier ».

Callie la saisit et la soupesa. Elle ne s'y connaissait guère en bijouterie de luxe, mais cette montre paraissait authentique. Autrefois, elle avait eu une fausse Rolex. Son métal bas de gamme ne faisait pas du tout le même effet que cette montre-là.

– Où as-tu trouvé ça ?

Anna fronça les sourcils, déconcertée.

– C'était dans l'œuf en plastique. Dans le panier que tu avais mis dans le tuyau de la gouttière.

– Où est ce panier ?

Si Callie parlait d'une voix calme, en son for intérieur elle s'alarmait. Elle ne savait pas ce qui se passait au juste, mais ça ne lui plaisait pas du tout.

— Dans le salon, je suppose, répondit Anna avec un haussement d'épaules.

— Qu'est-ce qu'il y a ? demanda Rick.

Callie ne vit aucune raison de lui cacher la vérité :

— Une montre. Anna a trouvé une montre dans l'un des paniers.

Rick, près du plan de travail, regardait d'un air songeur les préparatifs abandonnés de leur repas.

— Qu'est-ce que tu dirais si je terminais les sandwichs ?

— Ce serait super. Merci.

Elle alla au salon, où elle trouva le panier avec son ruban jaune. L'herbe synthétique verte qui faisait office de rembourrage intérieur était dispersée tout autour comme sous l'effet d'une explosion. Par terre, il y avait les deux parties d'un œuf rose, creux, en plastique. Callie les ramassa, les retourna entre ses doigts, puis les unit l'une à l'autre. Ce genre d'œuf existait quand elle était gamine ; elle n'en avait pas vu depuis des années.

Elle revint à la cuisine avec l'œuf en plastique. Anna était assise sur une chaise, avachie.

— La montre était là-dedans ?

Sa fille hocha la tête.

— Tu me la rends, maman, hein ? C'est moi qui l'ai trouvée.

— Ma chérie, c'est une erreur. Je n'ai pas mis cette montre là-dedans.

— N'empêche, elle est quand même à *moi*. Quelqu'un l'a laissée dans le panier, et c'est moi qui l'ai trouvée.

126

Callie secoua la tête.

– Elle appartient à quelqu'un. Nous devons découvrir qui.

– Mais, maman, c'est pas juste ! Je l'ai trouvée ! répliqua Anna, qui paraissait maintenant au bord des larmes. Bon, d'accord. *Très bien !*

Elle repoussa sa chaise, si brutalement qu'elle faillit basculer en arrière, et sortit de la pièce en courant.

Callie regarda fixement la montre. En haut, la porte de la chambre d'Anna claqua. Adieu, la journée parfaite.

– Fais-moi voir ça, dit Rick.

Callie lui tendit la montre. Il l'examina quelques instants.

– Tu penses que c'est une vraie ? demanda-t-il.

– Pourquoi ? Pas toi ?

Rick haussa les épaules.

– Ça ne me paraît pas très probable. Pourquoi quelqu'un se serait-il amusé à cacher une Cartier dans un œuf de Pâques ? C'est sûrement une fausse. Un voisin a dû la trouver dans son grenier, ou je ne sais où, et la mettre dans le panier.

Callie se retint de se lancer dans une explication. Elle aurait voulu dire qu'elle avait elle-même préparé ce panier et qu'elle n'avait pas placé de montre à l'intérieur... Mais elle se rendait compte que si elle ouvrait la bouche, ça ne ferait qu'aggraver les choses. Ça ne servirait qu'à soulever de nouvelles questions. Et ensuite, que dirait-elle ? Si elle persuadait Rick que la montre était une vraie Cartier, il voudrait l'emmener au poste de police. Alors qu'elle... elle voulait la garder. Pour quelle raison ? Elle n'aurait su le dire, mais ça lui paraissait important.

Elle tendit la main, Rick lui rendit la montre. Les

aiguilles indiquaient midi dix. Elle la fourra dans sa poche.

— Tu as sûrement raison, dit-elle.

Il était près de neuf heures du soir, le 7 mai, lorsque Dahlia Schuyler, vingt ans, prit le volant de la Saab blanche que ses parents lui avaient offerte pour son anniversaire. Elle se rendait au Donovan's, un bar-restaurant où elle devait retrouver des amis pour boire un verre. La jolie jeune femme blonde, étudiante en troisième année à l'université Vanderbilt, avait commencé par décliner l'invitation car elle devait réviser un examen de chimie organique, puis elle s'était laissé persuader d'y aller, ne serait-ce qu'un moment. « On lui a dit qu'on n'était jeune qu'une fois, se souvient Cindy Meyers, une amie, membre de son club d'étudiantes. Elle préférait rester chez elle, mais elle n'a pas voulu nous décevoir. Elle était comme ça, Dahlia. Elle faisait toujours passer ses amis avant elle. Je sais que ça fait un peu cliché, mais tout le monde aimait Dahlia. »

Ces mots trouvent un écho, encore et encore, chez les amis de Dahlia Schuyler et dans sa famille. Tous le disent : la jeune et pétillante étudiante, qui se destinait à la médecine, vivait une existence enchantée. Fille d'un riche promoteur immobilier et de son épouse, une personnalité très active de la haute société de Nashville, Dahlia avait joui d'une enfance privilégiée. À Harpeth Hall, l'école privée de filles où elle avait fait sa scolarité secondaire, elle était toujours en tête de classe. Ses camarades se souviennent d'elle comme d'une personne très appréciée de tous, et qui avait un large cercle d'amis. Ses succès scolaires trouvaient leur compensation dans de saines activités de loisir. Pendant de nombreuses années, sa grande passion fut le cheval ; elle montait chaque fois qu'elle en avait l'occasion – le weekend, le soir après l'école, l'été en vacances –, et remportait de nombreuses compétitions. Toute jeune, elle voulait devenir vétérinaire. Elle aimait aussi beaucoup les

128

enfants et, lorsque vint pour elle le moment d'entrer à Vanderbilt, elle décida de viser une carrière de pédiatre. Un rêve qui ne la quitterait plus jusqu'au terme de sa courte existence.

Ce printemps-là, Dahlia était heureuse de la vie qu'elle menait. À juste titre. Avec des résultats universitaires exceptionnels et les louanges de ses professeurs, elle savait qu'elle pourrait se faire accepter dans les meilleures facs de médecine du pays. Si le début de la saison avait été un peu mouvementé – six semaines plus tôt, elle avait rompu avec celui qui était son petit ami depuis deux ans –, elle bénéficiait du soutien et de la tendresse de sa famille et de ses amis, et un avenir radieux, prometteur, s'ouvrait à elle. « Nous savions tous que Dahlia avait traversé une mauvaise passe, se rappelle encore son amie Cindy. Mais elle ne voulait jamais parler d'elle. Quand elle avait le cafard, Dahlia concentrait son attention sur les autres. Vous lui demandiez comment elle allait, et vous vous retrouviez à parler de vous. Elle était très forte, et très mature. La plupart des gens voudraient être heureux tout le temps ; Dahlia, elle, acceptait les mauvais moments comme les bons, et elle essayait simplement de se concentrer sur le positif.

À la lumière de ces propos, il ne faut sans doute pas s'étonner que la dernière chose que Dahlia ait faite avant de partir rejoindre ses amis fut de téléphoner à son frère cadet. Avec seulement deux ans d'écart, Dahlia et Tucker avaient toujours été très proches. Si Dahlia menait une vie aisée sur tous les plans, le jeune homme de dix-huit ans connaissait, lui, une existence beaucoup plus pénible. Depuis qu'il avait quitté le lycée, un an plus tôt, il pataugeait, enchaînant les petits boulots mal payés dans divers restaurants de Nashville et passant, de l'avis de Dahlia elle-même, beaucoup trop de temps tout seul. « Elle se sentait un peu coupable vis-à-vis de Tucker, précise Cindy. Comme si lui avait la vie dure parce que pour elle tout allait bien. Comme si elle se reprochait d'être une créature parfaite, tandis que lui n'était qu'un raté. » Le *soir en question, Tucker étant particulièrement nerveux, Dahlia lui avait proposé de les rejoindre, ses amis et elle, pour qu'il se change les idées en leur compagnie.*

Le Donovan's est un établissement un peu vieillot, sombre, mais très apprécié des journalistes et des politiciens locaux, ainsi que des étudiants. Ce soir-là une clientèle nombreuse s'y pressait. Dahlia trouva rapidement ses amis. Cindy Meyers et Sharon Adams étaient arrivées une heure plus tôt et entamaient leur deuxième tournée de margaritas glacées. Après s'être assise avec les deux jeunes femmes, Dahlia voulut commander à boire, mais elle ne réussit pas à attirer l'attention du serveur. Elle décida d'aller elle-même au bar se chercher un Coca light. Elle était fatiguée, dit-elle à ses amies, mais elle voulait attendre Tucker.

C'est près de vingt minutes plus tard que Cindy et Sharon, plongées dans une conversation sur le bal de fin d'année qui se préparait à la fac, se rendirent compte que Dahlia n'était pas revenue. « En me tournant vers le bar, j'ai vu qu'elle discutait avec un type, raconta Cindy Meyers. Ils donnaient l'impression de bavarder ensemble depuis un moment. Je me souviens de m'être dit que ça me faisait plaisir pour Dahlia, parce qu'elle ne s'était intéressée à personne depuis sa rupture avec Jim. Je pensais que c'était bon signe. Elle était assise sur un tabouret, au bar, tout près du type qui lui parlait en se penchant vers elle. J'ai failli me lever pour aller les voir, mais je n'ai pas voulu les déranger. Je crois que Sharon et moi on s'est remises à discuter. Ensuite, alors qu'on avait terminé nos verres depuis un moment, Dahlia était encore avec le même type. Sharon et moi, on a décidé de partir, mais avant je suis allée la voir. Au moment où je m'approchais, le type lui a murmuré quelque chose à l'oreille et il s'est éclipsé. Je lui ai expliqué qu'on rentrait, elle a répondu qu'elle voulait rester encore un peu. Tucker n'était toujours pas arrivé ; elle l'attendait. C'est ce qu'elle m'a raconté. Mais je voyais bien, aussi, qu'elle

voulait rester avec le type. Elle m'a dit qu'il s'appelait
Steven. »

Dix heures venaient de sonner quand Cindy et Sharon
reprirent la direction du campus de Vanderbilt.

À onze heures, quand son frère arriva, Dahlia Schuyler
avait disparu...

Callie posa le livre et s'adossa au mur, les jambes tendues devant elle, pieds nus. Elle prit la montre sur la moquette, à côté d'elle, et l'examina avec attention. Pendant quelques secondes, elle se demanda si elle n'avait pas perdu la tête. Se pouvait-il qu'elle ait mis cette montre dans le panier d'Anna, et l'y ait ensuite oubliée ? Elle aurait peut-être préféré cette explication à celle à laquelle elle devait maintenant faire face. Ce bruit qu'elle avait entendu la veille au soir dans le jardin. Il y avait *bel et bien* quelqu'un qui l'observait. Cette montre, et le mot « d'anniversaire ». Il devait y avoir un lien.

Il était presque une heure du matin.

Le livre était posé, ouvert devant elle. Distraitement, elle rabattit la couverture et retourna l'ouvrage, puis regarda la très belle photographie de la jaquette. Les cheveux de Diane Massey était coiffés sur le côté droit de son visage, et elle regardait l'objectif par-dessous sa frange. Peut-être parce qu'elle ne souriait pas, elle avait l'air quelque peu dédaigneuse. Elle se tenait les bras croisés sur la poitrine. À son poignet gauche, elle portait une montre.

Stupéfaite, Callie se pencha vers la photo en se disant : *Non, ce n'est pas vrai...*

Il ne pouvait s'agir de la montre qu'Anna avait trouvée. Impossible. Carrément impossible. Parce que sinon, sinon...

Son esprit se refusait à aller au bout de cette pensée.

Callie observa la montre, examina de nouveau la

photographie. L'image était trop petite. Il lui fallait une loupe. Il y en avait une quelque part dans un tiroir de la cuisine, celle qu'Anna emportait en cours de sciences naturelles.

Au rez-de-chaussée, assise à la table où ils prenaient leurs repas, elle examina encore une fois la photo. Elle leva puis abaissa la loupe jusqu'à ce que la montre apparaisse clairement sous le verre grossissant.

Le même bracelet en or.

Le même cadran blanc.

Et si elle n'arrivait pas à lire le nom de la marque, Callie le devinait sans peine.

Lundi 17 avril

– Où étiez-vous censée la retrouver, au juste ?

La femme, à l'autre bout du fil, ne cachait pas son scepticisme. Elle était polie, mais tout juste. Elle s'appelait Marianne North, c'était l'éditrice de Diane Massey.

– À mon appartement. Pour le déjeuner. Elle devait venir hier, mais elle..., répondit Callie, hésitante. Je ne l'ai pas vue.

– À votre appartement à *New York* ?

– Hmm... Oui. C'est ça.

Callie entortilla une mèche de cheveux entre ses doigts. Elle se félicitait d'avoir appelé avec son portable en bloquant la présentation du numéro, mais elle regrettait de n'avoir pas davantage réfléchi à l'excuse qu'elle invoquerait pour appeler la maison d'édition. Pour autant qu'elle sache, Diane était peut-être à Los Angeles, ou même en voyage à l'étranger.

Elle décida de jouer le tout pour le tout :

– Écoutez, croyez-moi ou non, peu importe. Mais qu'y a-t-il de mal à vérifier où elle est en ce moment ?

Quelques secondes plus tard, quand elle raccrocha, elle se sentait terrassée.

Une heure de l'après-midi. La journée était grise et froide. Elle avait prévu de travailler toute la matinée

– pour rattraper son retard de lecture pour la fac. Au lieu de quoi elle avait passé la plus grande partie de son temps à essayer de joindre Diane. Naturellement, l'écrivain n'était pas dans l'annuaire ; Callie avait donc appelé sa maison d'édition. Chez Carillon Books, elle avait été transférée de poste en poste, mise en attente, et on lui avait raccroché au nez. Elle avait laissé de nombreux messages, personne ne l'avait rappelée. Elle envisageait de renoncer et de contacter la police de New York lorsque Marianne North avait enfin accepté de la prendre au téléphone.

Assise au bord de son lit, Callie tourna la tête vers la montre posée sur la table de chevet. Elle se pencha pour la saisir. Au dos du cadran, des chiffres et des lettres : « 1120 », suivi de « 157480CD ». Un numéro de série, supposa-t-elle, qui associait la montre à son propriétaire. Elle se répéta pour la énième fois qu'elle n'avait aucune certitude qu'il s'agisse de la montre de Diane. Mais elle avait beau essayer de se rassurer, son anxiété ne cessait de croître.

Elle n'avait rien avalé depuis le petit déjeuner. Peut-être un repas léger lui ferait-il du bien.

Comme elle descendait au rez-de-chaussée, le silence de la maison, brisé par le seul frottement de ses semelles sur le tapis d'escalier, l'oppressa soudain. Les visages des photographies fixées au mur suivaient sa lente descente. Anna et elle sur une plage de Nantucket. Anna à Disney World. Un portrait scolaire d'Anna à six ans. Anna sur une luge. Elle ne put s'empêcher de s'interroger sur ces images – pourquoi en avait-elle tant ? C'était comme si elle cherchait à se prouver qu'elle avait réellement une vie. *Tu vois, nous sommes ici. Et ici, et ici, et ici !* Pendant quelques instants, elle trouva ça légèrement bizarre, presque embarrassant.

Dans la cuisine, elle ouvrit le réfrigérateur et en observa sans enthousiasme le contenu. Si elle avait eu davantage de temps, elle aurait pu se cuisiner quelque chose – un plat de son enfance, qui la réconforterait. Une tourte à la viande avec de la purée de pommes de terre. Des macaronis au fromage. Au lieu de quoi elle opta pour un sandwich au beurre de cacahouète, avec un verre de lait.

Elle posa le sandwich sur une assiette et s'assit devant la table. Tout en mangeant, elle regarda autour d'elle. Mais quelque chose clochait. Le plaisir qu'elle éprouvait d'habitude dans la cuisine n'était pas au rendez-vous ce jour-là. Partout où elle posait les yeux, elle se trouvait confrontée à des dangers potentiels. Le bloc à couteaux sur le plan de travail. Une longue fourchette à trois dents. Les brûleurs de la gazinière, inodores mais mortels. Pour la première fois, elle saisit à quel point la remarque de Rick était vraie. Elle voyait pourquoi la cuisine était, de fait, la pièce la plus dangereuse de la maison.

Mardi 18 avril

À l'embarcadère de Blue Peek, le shérif adjoint Tim O'Hara quitta le ferry au volant de sa Jeep Cherokee. Il regrettait de n'avoir pas eu le temps de se changer avant de venir sur l'île. Avec son pull en shetland et son pantalon en toile bien repassé, il se trouvait un peu trop *voyant*. Il avait l'air du jeune blanc-bec maladroit qu'il était, malgré tous ses efforts pour prouver le contraire.

O'Hara quitta le parking pour s'engager dans la grand-rue. Il n'était pas venu sur l'île depuis l'été précédent, et à présent l'austérité des lieux le frappait. En juillet et août, la population grimpait jusqu'à plus d'un millier de personnes, mais, pendant les longs et sombres hivers, elle se réduisait à moins de deux cents âmes. Aux alentours de juin arriveraient les premiers estivants et la grand-rue reprendrait vie. Mais pour le moment, difficile de croire qu'un tel changement puisse seulement se produire. Tout ce qu'il voyait lui paraissait gris. Il avait l'impression de circuler dans une ville fantôme.

Il avait été désigné l'été précédent pour occuper le poste de shérif sur l'île – une rotation standard parmi les adjoints récemment entrés au service du shérif du comté de Hanson. Blue Peek se trouvait à quarante-

137

cinq minutes de bateau du continent, mais administrativement elle faisait partie du comté. Quatre jours par semaine, pendant trois longs mois, à ne rien faire ou presque. Il s'était promené en voiture à travers l'île, il avait patrouillé le long de ses routes et de ses chemins trop paisibles. Il avait collé plusieurs contraventions pour excès de vitesse, arrêté un vandale de boîtes aux lettres. De son point de vue, il ne faisait que son boulot, quelque chose qui justifiait son salaire. Mais les insulaires avaient pris la mouche. Ils s'étaient mis à l'appeler Columbo. Il avait serré les dents et fait semblant d'en rire, mais il ne trouvait pas ça drôle du tout. OK, il n'avait que vingt-trois ans. Il n'en méritait pas moins qu'on le respecte.

Maintenant, ce serait différent. En tout cas, il l'espérait. Peut-être, disons *peut-être* qu'il allait enfin tomber sur sa première vraie affaire. Une étape importante pour atteindre son objectif ultime : un poste dans la police de l'État du Maine.

Il était sur la route pour aller chercher sa fiancée quand le sergent l'avait appelé. Ils avaient prévu d'aller dîner chez les parents de Molly après avoir fait quelques emplettes au centre commercial.

« Je voudrais que tu ailles sur l'île voir un truc. Une personne portée disparue. Peut-être. En tout cas, c'est ce qu'on nous signale. J'enverrais bien Barrett, avait précisé le sergent, mais il ne connaît pas l'île.

– Aucun problème, avait répondu O'Hara. Je prends le prochain bac. »

Une personne portée disparue. Ça, ça pouvait être intéressant !

Il avait sorti un mince carnet de notes de sa poche et, en bas de la première page, il avait écrit *1*. Ça pouvait avoir de l'importance si le carnet devait être présenté au tribunal. Une numérotation précise des élé-

138

ments de son rapport aiderait à prouver que les indices de l'enquête n'avaient subi aucune altération.

« La personne disparue s'appelle Diane Massey. »

O'Hara s'était figé, le stylo en l'air.

« C'est une blague ?

– Tu la connais ?

– Ben ouais, bien sûr ! Je veux dire c'est..., avait répondu O'Hara, et il s'était mordu la langue – pas la peine de ridiculiser son supérieur. C'est un écrivain, avait-il précisé d'un ton neutre. Elle a écrit le bouquin sur Steven Gage. Vous savez, le tueur en série.

– Je sais qui est Steven Gage. Alors tu la connais, cette femme ? Massey ?

– Je ne la connais pas vraiment, non. Je veux dire, je l'ai aperçue l'été dernier quand elle est venue rendre visite à ses parents. Ils ont une villa, gigantesque, juste au bout de North Point.

– Oui, c'est ce qu'on m'a raconté. En tout cas, voilà l'affaire. J'ai reçu un appel d'une femme de New York. Elle s'appelle, attends que je vérifie... Marianne North. C'est l'éditrice de Massey. Elle dit qu'elle n'arrive pas à la joindre. Y a sans doute aucune raison de s'inquiéter, tu sais, mais la bonne femme s'est montrée vraiment insistante. »

Sans doute aucune raison de s'inquiéter.

Mais peut-être que si...

O'Hara gara son véhicule le long du trottoir. Aujourd'hui, il avait le choix. La propriété des Massey se trouvait là-bas, au bout de la rue, dominant le détroit. La maison était visible de l'endroit où il se tenait, son imposante masse à moitié noyée dans le brouillard. C'était un certain Thomas Massey qui l'avait fait construire, il y avait déjà plus de cent ans de ça.

L'été précédent, en passant deux bonnes heures au

musée historique de l'île, O'Hara en avait appris pas mal sur les riches familles de Boston qui avaient bâti les premières maisons de villégiature de la région. Elles s'autoproclamaient *pastoralistes*, amateurs des plaisirs simples de la campagne. Leurs étés se passaient entre régates de voiliers, grandes soirées entre amis et pique-niques champêtres. À présent, les descendants de ces premiers colons venaient avec leurs propres enfants. Mais bon, encore une fois, les estivants n'arriveraient pas avant au moins un mois. L'île était quasiment déserte. Pourquoi Diane Massey se trouvait-elle ici ?

Un escalier de granite conduisait à la maison, que dissimulait une haie de hauts sapins. De là où il se tenait, il ne distinguait qu'un morceau du toit de bardeaux. Le vent soufflait en rafales, faisant bruire les frondaisons. O'Hara souleva le loquet du portail, poussa le battant et monta lentement les marches.

Il frappa à la porte de derrière – trois petits coups secs. Il attendit un moment, puis essaya encore. Pas de réponse. La véranda faisait tout le tour de la maison. Il la longea jusqu'à l'entrée principale. Ses semelles produisaient un bruit creux sur le plancher usé. Devant lui, une vaste pelouse descendait en pente douce jusqu'à la falaise. L'été, l'herbe était comme un tapis de velours souple, couleur d'émeraude. À présent, elle était miteuse et marronnasse, et infestée de mauvaises herbes.

Près de la porte, il y avait une chaise longue en bois avec des coussins en toile. À côté, sur une table branlante, un cendrier plein de mégots. Il frappa sur le battant, plusieurs fois. Toujours pas de réponse. Il saisit la clenche et la tourna : ouvert.

– Madame Massey ? Vous êtes là ?

Il s'avança et découvrit un immense vestibule, haut

de deux étages, avec un large escalier en demi-cercle sur la gauche. Au fond du couloir central, une porte fermée.

– Hé, oh ! cria-t-il.

Il faisait beaucoup plus sombre dans la maison que dehors. O'Hara actionna un interrupteur. Un lustre massif en fer forgé diffusa une lumière cendreuse sur le vestibule.

En inspirant, il perçut quelque chose... comme une légère odeur de pourriture. Il traversa le vestibule, s'engagea dans le couloir. L'odeur devint plus forte. Sa main droite se referma sur son arme. Un instant, il songea à appeler ses collègues, puis renonça. S'il s'avérait que c'était une fausse alarme, il le regretterait longtemps. Il s'était déjà fait suffisamment allumer avec Columbo. Mieux valait régler ça tout seul. Pas la peine de se monter la tête.

Poussant la porte, il découvrit une cuisine. Vide, personne là non plus, mais l'odeur était si forte qu'elle lui retourna l'estomac. Il actionna l'interrupteur mural et scruta la pièce. Il y avait une vieille cuisinière à bois et, à côté, une gazinière moderne. Une table avec quatre chaises en rotin. De la vaisselle sur l'égouttoir près de l'évier. Tout semblait propre, et bien rangé. D'où venait cette puanteur ?

À gauche, près de la vieille cuisinière, il remarqua une porte étroite.

Il s'en approcha, l'ouvrit à la volée, regarda à l'intérieur. Des balais et des serpillières. Des produits d'entretien. Un grand placard, rien de plus.

Là où il se tenait maintenant, l'odeur était un peu moins forte. Elle était plus intense vers l'entrée, près du couloir. Il repartit dans cette direction en reniflant. Oui, ça se rapprochait. Sous l'évier, il y avait un placard. Il s'agenouilla et l'ouvrit. Une pestilence infernale lui vrilla l'estomac.

Seigneur.

Respirant par la bouche, il tira d'une main tremblante la poubelle en plastique qui se trouvait là. Des boîtes de thon, du riz et des haricots moisis – un méli-mélo gélatineux et infect. Qui aurait cru que des aliments ordinaires puissent dégager une telle puanteur ? Luttant contre l'envie de vomir, il referma le placard. Son esprit cherchait une explication. Pendant l'été, la décharge de l'île était ouverte les mardis et samedis. Mais, même si elle ne l'était qu'un jour par semaine hors saison, il fallait bien que Diane Massey se débarrasse de ses ordures de temps en temps ! Se pouvait-il qu'elle ait quitté l'île en oubliant de vider sa poubelle ? C'était une éventualité, bien sûr, mais ça paraissait plutôt improbable.

Il avait la chair de poule. Comme autrefois, tout gosse, quand il allait à la chasse avec son père et qu'il savait que quelque chose allait se produire – mais quoi ? quand ? Il sortit de la cuisine, retourna vers l'escalier.

Il passa devant le salon, dont tous les meubles étaient recouverts de housses blanches pareilles à des linceuls. Comme il ralentissait le pas, il remarqua une porte au fond de la pièce. Il s'en approcha et l'ouvrit, découvrant un bureau.

Contrairement aux autres pièces de la maison, celle-ci donnait l'impression d'être utilisée. Sur l'immense table qui en occupait le centre trônait un ordinateur portable Sony relié à une imprimante. Il y avait aussi des piles de papier sur la table et par terre. Un radiateur électrique dans un coin. Des coupures de journaux ici et là, débordant de classeurs et de dossiers divers. Jetant un coup d'œil sur les titres, O'Hara aperçut le nom de Winnie Dandridge. Tout s'éclaircit soudain. Diane Massey était venue là pour écrire.

Il revint sur ses pas à travers le salon, jusqu'au vestibule, monta l'escalier et suivit un couloir bordé d'une demi-douzaine de portes, toutes fermées sauf une. Il s'y arrêta. Elle était entrouverte.

– Madame Massey ? Vous êtes là ?

Son cœur battait de plus en plus vite. La main sur son arme, il poussa le battant. Mais dans cette pièce non plus il n'y avait personne. Des rideaux blancs aux fenêtres, qui donnaient sur la mer. Deux lits à une place. L'un défait, l'autre encombré de piles de vêtements. Au moins six paires de chaussures alignées sous le sommier. Des chaussures de jogging. Des bottes de marche. Une paire d'escarpins dont les talons étaient si hauts qu'il se demanda comment elle pouvait marcher avec des trucs pareils. La seule fois où il avait vu des chaussures de ce genre, c'était dans la série télé que Molly l'obligeait à regarder avec elle, celle des quatre jolies nanas de New York qui couchent avec tout le monde et n'importe qui.

Il regarda dans les placards, sous les lits, puis alla dans les autres pièces. De retour au rez-de-chaussée, il inspecta les zones qu'il n'avait pas encore visitées. Puis, certain que la maison était vide, il réfléchit à ce qu'il devait faire maintenant. Qui Diane devait-elle rencontrer le plus fréquemment sur l'île ? Il songea aussitôt à Jenny Ward. Une personnalité comme Diane Massey devait recevoir beaucoup de courrier. Le bureau de poste était fermé l'après-midi. Jenny était sans doute chez elle. O'Hara sortit son téléphone portable et obtint le numéro aux renseignements.

– Oui ? répondit une voix d'homme – Phil, le mari de Jenny.

– Jenny est ici ?

– Qui la demande ?

– Tim O'Hara, le shérif adjoint.

Une sorte de reniflement dédaigneux se fit entendre à l'autre bout du fil. *Et que puis-je pour vous, monsieur Columbo ?* O'Hara rougit. Il avait beau ne pas avoir mis les pieds sur l'île depuis des mois, sa réputation lui avait survécu.

– Elle est ici ?

Un silence, et puis Jenny prit la communication.

– Bonjour ? dit-elle, comme si elle avait posé une question.

Il se souvenait bien d'elle. Une femme agréable, très facile d'approche, qui était toujours gentille avec lui.

– J'essaie de retrouver Diane Massey. Je sais qu'elle était sur l'île...

– Oui, elle est venue pour écrire. Je lui ai dit que c'est de la folie de loger là-bas, au-dessus de la mer. La maison n'est pas équipée pour l'hiver, vous savez. Même avec les radiateurs électriques, elle doit quand même être frigorifiée. Et puis il y a le risque d'incendie. Je crois...

– Je me demandais si vous l'aviez vue ces derniers jours, l'interrompit O'Hara.

Un silence.

– Non. Pas depuis une semaine, je dirais. Pourquoi ?

O'Hara entendit un bébé se mettre à pleurer derrière Jenny. Il hésita. Ce n'était pas le genre de conversation qu'il avait envie d'avoir avec un téléphone portable. Pas assez confidentiel.

– Écoutez, ça vous ennuierait que je passe vous voir tout de suite ? Quelques minutes, pas plus.

– Heu, attendez une seconde...

Des bruits sourds, et puis Jenny revint à l'appareil.

– En fait, là on se préparait à sortir...

144

Elle parlait d'une voix artificiellement joyeuse. O'Hara comprit qu'elle mentait.

– Ça ne prendra qu'un tout petit moment, affirma-t-il.

– Eh bien..., marmonna-t-elle d'un ton anxieux.

– Je serai chez vous dans trois minutes.

Avant qu'elle ait pu répondre, il raccrocha.

Les Ward habitaient une maisonnette confortable au centre de l'île. Dans un quartier, à dire vrai, qui était à un univers de distance des riches demeures du bord de mer. Là, les maisons étaient simples, robustes, et surtout conçues pour être habitées toute l'année. Les casiers à homards empilés dans les cours attestaient d'un dur labeur quotidien. Devant les garages étaient stationnées des camionnettes à plateau – vieilles Ford et autres Chevrolet.

Jenny l'accueillit à la porte. Elle portait un bébé en travers de la hanche.

– Alors, de quoi s'agit-il ? demanda-t-elle quand ils se furent assis dans le salon.

– Il n'y a sans doute aucune raison de s'inquiéter, dit O'Hara en reprenant les propres mots du sergent.

Jenny fit rebondir son énorme bébé contre sa hanche. *Ce qu'il est moche, ce gamin, nom de Dieu !* Souriant au bambin, qui avait une tête de gros poisson, O'Hara sortit son carnet.

– J'essaye de trouver Mme Massey. Elle n'est pas chez elle. Avez-vous la moindre idée de l'endroit où elle aurait pu aller ?

Tout en parlant, il numérota rapidement les pages de son carnet : 6, 7, 8...

Phil Ward, un grand costaud taciturne, entra d'un pas lourd dans le salon.

– Faut qu'on aille chez ma mère, maintenant. On est déjà en retard.

– Je croyais qu'elle avait dit cinq heures, observa Jenny en levant les yeux vers lui.

Il la fixa d'un air renfrogné.

– Plus vite nous en terminerons avec mes questions, plus vite je vous quitterai, dit O'Hara en se forçant à rester poli.

– Comme vous voulez, *monsieur Columbo*, dit Phil Ward, et il sortit de la pièce en traînant les pieds.

O'Hara l'entendit ouvrir le frigo, puis décapsuler une cannette. Jenny fronçait les sourcils. Maintenant, elle avait l'air nerveuse. Tout en continuant de bercer son gros gamin, elle jetait des coups d'œil inquiets vers la cuisine.

– Au sujet de Mme Massey, relança O'Hara, imaginez-vous où elle pourrait se trouver ?

– La plupart du temps, elle est à la maison, dit Jenny en secouant la tête. Elle ne va même pas au marché, ou à peine. Elle est arrivée du continent avec des réserves de provisions.

– Elle a des visiteurs ?

– Non. En tout cas, pas que je sache. Elle est venue ici pour terminer son livre. Vous avez lu ses bouquins ? Ils sont tous formidables, mais mon préféré, ça reste le premier, celui sur Steven Gage. Je ne me souviens pas du titre... Ça parle de disparition...

– *L'Homme fantôme.*

Jenny le regarda d'un air enthousiaste.

– Oui ! C'est ça. Vous l'avez lu ?

O'Hara acquiesça, et il enchaîna :

– Quand l'avez-vous vue pour la dernière fois ?

– Je n'en suis pas certaine... Ce n'était pas cette semaine. Peut-être au début de la semaine dernière ? Elle est passée au bureau, je me souviens, elle avait reçu des paquets FedEx. J'ai le reçu de livraison. Je pourrais... Oh, mais je viens de penser à quelque chose ! Diane a l'habitude de courir, tous les après-midi. Elle fait un grand tour par Carson's Cove. Elle m'a dit que ça l'aidait à réfléchir. Mon Dieu, j'espère qu'elle n'a pas eu un accident !

Le bébé poussa un gémissement grognon. Jenny lui tapota le dos.

– Elle va sans doute très bien, assura O'Hara. Elle a dû repartir pour le continent, ou quelque chose comme ça.

– Peut-être, fit Jenny d'un air peu convaincu. Nous avons eu quelques ennuis avec des garçons qui s'amusaient à tirer au fusil de chasse dans les bois. J'aurais dû lui rappeler de porter des couleurs vives. Elle vient de la ville, vous savez. Elle a pu ne pas penser à ça.

De gigantesques arbres bordaient le chemin en terre criblé d'ornières qui menait à Carson's Cove. Au volant de la Jeep, O'Hara sentait l'atmosphère se rafraîchir à mesure qu'il se rapprochait de la mer. La voie se terminait dans une petite clairière, où il gara rapidement la voiture. Il marcha vers l'étroit sentier pédestre qui s'enfonçait dans les bois.

Il n'avait pas plu depuis au moins deux semaines ; le sentier était couvert de feuilles marron desséchées. Même si Diane était passée par là, elle n'aurait pu laisser d'empreintes de pas. Il lui vint à l'esprit qu'il n'avait pas vu de voiture près de la maison Massey. Il aurait dû demander à Jenny si Diane était venue sur l'île avec un véhicule.

Il venait d'apercevoir la mer bleu ardoise au bout du chemin, lorsqu'il remarqua quelque chose de curieux sur le sol. Derrière lui, les feuilles et les aiguilles de pin formaient un lit compact et souple. Là, elles étaient dispersées, cassées, écrasées par endroits. Il se baissa, puis se mit à genoux pour examiner le sol de plus près. Des brindilles et des pommes de pin lui meurtrirent les paumes tandis qu'il avançait, lentement, à quatre pattes. Aucune empreinte de pas, aucun signe de présence humaine. L'explication la plus probable, conclut-il, c'était qu'un ou plusieurs animaux s'étaient arrêtés là pour s'ébattre, ou quelque chose comme ça.

O'Hara se releva. Un oiseau poussa un cri aigu. Des feuilles et de la terre étaient restées accrochées à son pantalon. Il le brossa vigoureusement. La forêt, silencieuse et oppressante, lui donnait l'impression de se refermer sur lui. Il repartit sur le sentier, en direction de l'eau, et accéléra le pas.

Un peu plus bas, il tomba sur une cabane à l'abandon, quelques mètres en retrait du chemin. Les planches vermoulues des murs s'écartaient les unes des autres ; le toit s'effondrait en partie. Il n'y avait qu'un vide à l'emplacement de la porte.

Se frayant un chemin à travers les mauvaises herbes, O'Hara s'approcha de la cabane. Il braqua le faisceau de sa lampe torche à l'intérieur, explorant ses recoins les plus sombres. L'endroit, plutôt vaste, était plein des déchets de toute une vie. Une remorque à bateau rongée par la rouille. Des outils de charpentier. Des vieux casiers à homards, des bouées. Lentement, O'Hara balaya ces objets avec la lumière. Rien n'indiquait que quelqu'un soit venu là dans un passé récent. Il éteignit la lampe et recula.

Par la suite, il ne saurait dire ce qui avait attiré son attention sur le côté de la cabane, vers l'épais enchevêtrement de branches mortes et de rondins empilés contre le mur. Mais en s'approchant pour y regarder de plus près, il aperçut quelque chose, là, derrière, qui lui noua la gorge. Il fit un pas de plus. L'angoisse le tétanisa. Pendant quelques instants, il fut incapable de penser.

Elle était recroquevillée sur le côté droit, dépouillée de ses vêtements. O'Hara piétina les broussailles pour s'agenouiller près d'elle. Ses yeux marron, vides, fixaient sans les voir le haut de ses bottes en cuir. Un filet de sang séché, couleur de rouille, coulait à la commissure de ses lèvres. Son visage était bouffi et salement contusionné, mais il savait sans le moindre doute à qui il avait à faire.

Une odeur lui envahissait les narines, à présent, comme une odeur de poisson ou de crevettes en putréfaction. Il y avait quelque chose autour du cou de la femme – une ligature noire, qui l'étranglait. Naturellement, il eut l'impulsion de tendre la main pour la dénouer, mais il se refréna. Son boulot, c'était de protéger le lieu du crime, de laisser tout exactement comme il venait de le trouver. Le corps devait rester tel quel jusqu'à l'arrivée de la police de l'État.

Puis il remarqua autre chose, et son ventre se convulsa. Le bras. Il y avait sur le bras de la femme une série d'entailles profondes, bien alignées, bien nettes. Des entailles faites avec application ; le tueur avait pris son temps. Cela lui rappelait des images qu'il avait déjà vues, mais seulement dans un livre – dans un manuel sur les homicides où l'on montrait des exemples de travail de tueurs en série.

O'Hara frissonna ; il se sentait perdu, désemparé. Il prit conscience que c'était la première fois qu'il voyait un cadavre.

Puis il se redressa et sortit son téléphone portable.

Détachant ses yeux du corps de Diane Massey, il appela ses collègues.

Jeudi 20 avril

Après un exaltant voyage de fin d'études à travers toute l'Europe, j'ai opté pour le programme de formation de Lowell & Cafferty, une société de courtage de Boston. C'est là que j'ai fait la connaissance de Joe Flick. Immédiatement, nous avons su l'un et l'autre que nous avions trouvé l'âme sœur. Nous sommes tous les deux coureurs de marathon, et notre samedi soir idéal c'est d'aller à un concert. Plus important encore, peut-être, nous nous sommes découvert une passion commune pour le milk-shake vanille-amande-soja de chez Fresh Samantha ! À Noël dernier, nous avons annoncé nos fiançailles. Si tout se déroule comme prévu, nous serons mariés quand vous lirez ces lignes, et en train de nous installer à Boston dans notre nouvel appartement de Back Bay.

Callie détourna les yeux du rapport de la Cinquième réunion qu'elle travaillait à mettre au point depuis plus de deux heures. Toutes ces histoires de vies pleines de promesses, cet océan d'autosatisfaction lui donnaient le vertige. Avec une pointe de cynisme, elle se demanda si la réalité était aussi exaltante. Ces chroniques lisses d'existences réussies, qu'oubliaient-elles de dire ? Elle songeait, aussi, aux anciens élèves qui n'avaient pas rempli le questionnaire, à ceux qui avaient juste renvoyé leur nom et leur adresse, ou n'avaient carrément pas donné suite. Peut-être qu'ils avaient essayé de répondre aux questions, et puis renoncé, accablés par le sentiment qu'à l'âge de vingt-six ans ils avaient déjà perdu la bataille.

Callie se frotta les yeux. C'était l'heure de faire une pause.

Elle sortit de son bureau, passa à la réception et posa une liasse de pages retravaillées sur le bureau de Posy Kisch. Comme d'habitude, la jeune fille était pendue au téléphone. Elle ne leva pas les yeux. Ses cheveux étaient ce jour-là presque de la même couleur que son rouge à lèvres. Rouge violacé.

– Alors j'ai dit, genre, pas question ! Et il m'a dit de la fermer, mais tu vois...

Martha était dans son bureau, penchée sur le clavier de son ordinateur. Elle redressa la tête d'un air quelque peu égaré quand Callie entra dans la pièce et referma la porte derrière elle.

– Qu'est-ce qu'on va faire de Kabuki Girl ? C'est désespérant !

Martha haussa les épaules en signe d'impuissance.

– Qu'est-ce qu'on pourrait faire ? De toute façon, il n'y en a plus que pour un mois. Peut-être que l'année prochaine, nous décrocherons un meilleur numéro.

Callie s'assit lourdement sur une chaise.

– Windham, la fac où les étudiants font la loi ! Ça devrait être notre devise. L'année prochaine, nous devrions insister pour avoir au moins la possibilité de faire passer des entretiens d'embauche.

– Oui. Je suppose que tu as raison.

Martha prit la tasse en céramique bleue posée au bord de sa table et but une gorgée de café.

152

– Aujourd'hui elle est venue, ajouta-t-elle d'une voix douce. C'est déjà ça.

– Pour une fois ! s'exclama Callie en levant les yeux au ciel.

Ces dernières semaines, l'assiduité de Posy, déjà irrégulière, était devenue de plus en plus fantaisiste. Elle avait dû boucler un devoir en retard. Son furet était malade. Son réveil n'avait pas sonné. À ce stade, Callie avait décidé de ne même plus se donner la peine de lui demander la raison de ses absences. « Essaie de prévenir, quand tu ne viens pas », avait-elle dit d'un ton las. Morose, Posy avait répondu qu'elle n'y manquerait pas. Puis elle avait manqué trois jours de suite.

– Comment va-t-elle faire pour garder un emploi, quand elle aura terminé ses études ?

– Dieu merci, ce n'est pas notre problème, dit Martha.

– Tu as raison.

Une longue boucle de cheveux tomba en travers du front de Martha ; elle la repoussa en arrière d'un geste machinal. Elle avait des mains d'artiste, solides et agiles, avec des ongles courts. En dehors de son boulot à Windham, elle se consacrait à sa passion pour la céramique. Mariée très jeune, divorcée, elle avait maintenant deux enfants adolescents à charge. Mais elle prenait la vie comme elle venait, ce que Callie admirait beaucoup.

– Alors ? Et toi, comment ça va ? demanda Martha après avoir bu une autre gorgée de café. Je t'ai à peine vue cette semaine. Comment c'était, Pâques ?

Le ventre de Callie se contracta légèrement.

– Super, dit-elle. C'était amusant.

– Anna va bien ?

– J'ai l'impression. Pas d'explosions ces derniers jours, en tout cas.

– Et Rick ?

– Il... lui aussi, il va *bien*.

Callie s'efforça d'afficher une sérénité qu'elle était loin de ressentir. En fait, les choses étaient compliquées avec Rick. Elle ne savait plus très bien où ils en étaient. Sa demande en mariage planait au-dessus d'eux comme un gros point d'interrogation.

– C'est un type bien, dit Martha.

– Oui. Vraiment super.

En croisant le paisible regard bleu de Martha, Callie éprouva un pincement de culpabilité. Pourquoi avait-elle Rick alors que son amie, elle, n'avait personne ? Martha ne s'en plaignait pas, elle n'avait pas besoin d'homme. Mais sans doute serait-elle plus heureuse avec un compagnon. Elle répondait de temps en temps à des petites annonces de rencontres, et des amies essayaient parfois de lui présenter des hommes. Mais ces tentatives, si elles lui donnaient quelques histoires cocasses à raconter, n'avaient guère porté de fruits.

Sans plus réfléchir, Callie se pencha vers elle.

– Il y a quelqu'un que j'aimerais bien te présenter.

Martha haussa un sourcil, comme pour dire : « Vas-y, dégaine. »

– C'est un flic. Un ami de Rick. Il habite dans mon quartier.

Elle lui décrivit Tod Carver en quelques mots. Martha semblait intéressée.

– Rick pense qu'il n'a pas encore tourné la page de son ex-femme. Mais il faut bien commencer un jour. Il a deux gamins en bas âge. Ça te pose problème ?

– Nan.

Callie sourit.

– OK. Je verrai ça avec lui cette semaine. J'aimerais vous inviter ensemble à dîner.

On frappa à la porte ; Posy passa la tête dans l'entrebâillement. Tout ce maquillage qui couvrait son jeune visage avait quelque chose d'étrange. Pour la énième fois, Callie se demanda pourquoi elle se tartinait comme ça. Était-ce une façon un peu désespérée d'attirer l'attention sur elle, ou bien est-ce qu'elle aimait réellement, et tout bêtement, ce style ?

– Il y a un type qui s'appelle Nathan, là, pour vous, dit Posy.

Nathan. Callie grogna en son for intérieur. Elle avait presque oublié qu'ils devaient se voir ce jour-là. Nathan l'avait appelée en début de matinée pour lui proposer de déjeuner avec elle. Elle s'était excusée, expliquant qu'elle avait trop de travail, puis avait finalement accepté de le recevoir pour prendre le café.

– Il dit que vous l'attendez, ajouta Posy.

– Merci. J'arrive.

Posy referma la porte en la claquant presque. Le bureau trembla.

– Tu peux encore dire non, murmura Martha, comme Callie se levait pour partir.

– Pourquoi est-ce que je n'y ai pas pensé plus tôt ? répondit-elle à voix basse. La prochaine fois, je n'y manquerai pas. Hé ! Tu as terminé de lire le *Globe* ?

– Prends-le.

Callie attrapa le journal sur l'étagère et sortit retrouver Nathan.

Il se tenait près du bureau de Posy, grand échalas dégingandé, les bras ballants, qui se balançait d'un pied sur l'autre en gardant les yeux rivés au sol. Callie s'approcha ; il redressa subitement la tête et devint tout rouge.

– Salut, Callie.

Il avait l'air très nerveux – plus encore que d'habitude. Callie prit une décision express.

– Nathan, je suis débordée aujourd'hui. Je n'ai pas

le temps de sortir. Si tu veux, nous pouvons prendre le café ici. Ensuite, il faut que je me remette vite au travail.

Elle eut l'impression qu'il allait ouvrir la bouche pour protester, puis il parut y renoncer.

— OK, dit-il avec un haussement d'épaules embarrassé. On n'a qu'à rester ici, alors.

Tandis qu'elle servait le café, Callie s'aperçut que Posy dévisageait le jeune homme. Au lieu de l'expression d'indifférence mêlée d'ennui qu'elle affichait d'habitude, elle semblait le regarder avec un intérêt presque avide. Un instant, Callie se demanda à quoi elle songeait. Puis Nathan se mit à parler.

Café en main, ils allèrent s'asseoir dans son bureau. Elle ne ferma pas la porte. Désignant à Nathan le siège réservé aux visiteurs, elle prit place dans son fauteuil de travail.

— Est-ce que je t'ai manqué ? demanda-t-il sans préambule.

Il la couvait d'un regard intense et un sourire bizarre oscillait sur ses lèvres.

— Manqué ? répéta-t-elle d'un ton léger. Mais je ne savais pas que tu avais disparu !

Le sourire de Nathan se mua en grimace irritée.

— J'ai été malade. J'avais la grippe. Tu n'as pas remarqué que je n'étais pas en cours ? Le plus souvent, toi et moi on s'assied ensemble.

— Je suis contente que tu sois rétabli.

Nathan ne répondit rien. Il se mit à regarder autour de lui, à examiner la pièce d'un air préoccupé.

— J'ai vu une vidéo fantastique, l'autre soir. Un film de propagande nazie. Des images incroyables où on voit des nazis qui embrassent des bébés. Des tas de trucs comme ça.

Callie le dévisagea. Avait-il toujours été aussi flip-

156

pant... ? Au début de leur relation, elle le trouvait bizarre, mais gentil. Maintenant, il lui paraissait bizarre tout court.

– Pas le genre de chose qui m'emballe, je l'avoue, dit-elle finalement.

Quand ils se dirent au revoir une dizaine de minutes plus tard, Callie éprouva un vif soulagement. Elle le raccompagna à la porte du service et resta là, immobile, jusqu'à ce qu'il ait disparu au bout du couloir.

Comme elle retournait à son bureau, Posy l'interpella :

– C'était qui, ce type ?

– Un étudiant. Il s'appelle Nathan Lacoste.

– D'où vous le connaissez ?

– Nous avons des cours ensemble. Pourquoi toutes ces questions ?

– Pour rien, marmonna Posy en baissant la tête. Je me demandais, c'est tout...

Sous l'épaisse couche de maquillage blanc, son visage rosissait indiscutablement.

Posy s'intéressait à Nathan ! Callie faillit éclater de rire. Nathan et Kabuki Girl. Le couple de choc ! En tout cas, c'était une idée à garder à l'esprit si Nathan revenait traîner dans les parages. Qui sait ? Peut-être même que ça pourrait marcher. Peut-être qu'ils se feraient du bien l'un à l'autre.

Ayant repris place à sa table de travail, Callie se lança à l'attaque d'une nouvelle pile de questionnaires.

Mon diplôme en poche, je me suis installé à New York où j'ai été engagé comme auxiliaire juridique chez Cravath, Swaine & Moore...

Seigneur, ce que c'était assommant ! Elle attrapa le journal qu'elle avait chipé à Martha et parcourut les titres de la une. Elle aurait bien aimé aller au cinéma, ce week-end – en évitant le genre de film dont Nathan avait parlé. Elle tourna les pages, cherchant les programmes des cinémas.

Diane Massey.

Le nom lui sauta aux yeux. L'espace d'un instant, elle crut que son imagination lui jouait des tours. Mais une partie d'elle-même savait que... Non. Le sang lui monta à la tête. Son cœur se mit à battre la chamade. En son for intérieur, une voix murmura : *C'est ça que tu attendais.*

Pendant de longues secondes, le nom flotta devant ses yeux, comme s'il était isolé sur la page du journal, sans aucun rapport avec quoi que ce soit. Puis, lentement, elle réussit à se concentrer à nouveau et à lire les mots qui suivaient : « LE MYSTÈRE S'ÉPAISSIT DANS L'ENQUÊTE SUR L'ASSASSINAT DE L'ÉCRIVAIN ». Et, sous ce titre, en plus petits caractères : *« Elle a passé les derniers jours de sa vie au calme, sur une île... »*

Elle parcourut rapidement l'article, puis le relut une deuxième fois plus lentement.

Ce n'était manifestement pas le premier article sur sa mort, et peut-être même pas le deuxième. Il fallait attendre la fin du papier pour avoir un récapitulatif des faits marquants du crime. Diane s'était installée sur l'île pour y terminer, dans le calme, la rédaction d'un livre. Tout donnait à penser qu'elle avait été attaquée en fin d'après-midi, pendant qu'elle faisait son jogging quotidien. Pour le moment, aucun suspect n'avait pu être identifié. Diane était morte d'avoir été battue et, surtout, étranglée. Quand son cadavre avait été découvert, elle avait un bas en nylon noir noué autour du cou.

Les yeux de Callie se rivèrent sur le journal.

Un bas en nylon noir.

Un brouillard épais envahissait son esprit. Elle se mit debout et, chancelant, alla jusqu'au bureau de Martha. Elle ne se sentait pas très bien, dit-elle. Peut-être un coup de froid – la grippe. L'expression soucieuse de Martha lui parut lointaine, très lointaine. En même temps, elle percevait son propre corps d'une manière étrangement amplifiée. Elle sentait son sang couler dans ses veines, sa peau adhérer à sa chair, et sa chair à ses os. Chacune des cellules qui la composaient semblait vibrer à la vitesse de la lumière.

Callie parcourut les sept pâtés de maisons jusqu'à chez elle sans prêter la moindre attention à son environnement. Une Coccinelle Volkswagen pila dans un crissement de pneus quand elle traversa la rue au vert. À travers le pare-brise, elle distingua le visage stupéfait de la conductrice, ses yeux pareils à des billes brillantes. Vaguement, Callie se rendit compte qu'elle aurait pu être renversée, mais son esprit ne s'attarda pas sur ce détail. *Qu'est-ce que je vais faire ?* se demandait-elle. *Qu'est-ce que je vais faire ?* Elle ne pouvait affronter cette situation seule, plus maintenant, ça au moins c'était clair. Mais vers qui se tourner pour obtenir de l'aide ? À qui parler ? Il fallait que ce soit quelqu'un qui connaisse son histoire. Quelqu'un en qui elle puisse avoir confiance.

Alors, comme elle ouvrait la porte de la maison, un visage surgit du passé. Elle passa en revue, mentalement, les qualités requises. Une croix en face de chacune. Personne intelligente et perspicace. Connaissant son histoire. Et, détail supplémentaire qui avait son importance : pour raison professionnelle, elle serait obligée de garder pour elle tous les secrets que Callie pourrait lui révéler.

Pour la première fois depuis qu'elle avait vu le journal, Callie retrouva un minimum de lucidité. Elle monta les escaliers quatre à quatre, se précipita dans sa chambre. Ses anciens répertoires étaient fourrés dans un tiroir plein de bric-à-brac. Elle sortit le noir avec une couverture en vinyle et le feuilleta jusqu'au *W*.

— Mme White ne travaille plus dans notre cabinet.

Callie en eut le cœur déchiré.

— Savez-vous où je pourrais la joindre ?

Un silence.

— Je vous passe quelqu'un qui saura peut-être.

Cela prit un moment, mais elle obtint enfin le numéro de téléphone dont elle avait besoin. Elle raccrocha et pianota aussitôt sur le cadran.

— Harwich et Young, répondit une standardiste.

Le cœur de Callie battait à tout rompre.

— Je souhaiterais parler à Melanie White.

Un déclic, et puis une sonnerie.

— Bureau de Melanie White, annonça une voix féminine sans chaleur.

La main de Callie se crispa sur le combiné. La scène lui paraissait tellement irréelle.

— Je... j'ai besoin... Puis-je parler à Melanie ?

Elle était assise au bord de son lit, penchée en avant. Ses jambes croisées, ou plutôt *nouées* l'une sur l'autre, étaient complètement engourdies.

— Je regrette, mais Mme White est en réunion. Désirez-vous laisser un message ?

— Dites... dites-lui que Callie Thayer a appelé. Il est important que je lui parle.

Une demi-heure plus tard, elle réessaya.

— Je vous en prie. C'est urgent.

— Si je pouvais informer Mme White de la raison de votre appel..., répliqua son interlocutrice avec une pointe d'agacement.

— Non. Je regrette. C'est... c'est personnel.

160

Après avoir raccroché, elle se renversa sur les oreillers. Elle resta là encore vingt minutes, en faisant à peine un geste. Elle se sentait complètement épuisée, comme si elle n'avait pas dormi depuis des jours. Elle avait envie de tirer le drap et la couverture, de se glisser dessous et de dormir. Mais une autre partie d'elle-même était pleinement réveillée et savait qu'elle n'avait d'autre solution que de...

Allongée sur le dos, elle reprit le téléphone. Elle n'avait plus à regarder le numéro. Elle l'avait déjà mémorisé.

– Bureau de Mme White.

La même voix glaciale.

En un instant, tout son passé défila dans la tête de Callie, son passé et le long chemin qui l'avait conduite jusqu'ici. Maintenant, c'était comme si elle se tenait au bord d'une falaise, suspendue au-dessus du vide, immobile, prête à sauter. Elle ne voulait pas faire ce pas-là, mais elle n'avait pas le choix. Elle prit une profonde inspiration. Ferma les yeux.

– Dites-lui, s'il vous plaît, que Laura Seton est à l'appareil.

– Laura Seton ?

Melanie White leva subitement la tête. Elle était accroupie au milieu d'une mer de cartons et de papiers, pour vérifier le travail abattu pour elle par une équipe d'avocats débutants. Dehors, le ciel était d'un bleu éclatant, mais elle n'y prêtait aucune attention. Tous ces documents devaient être photocopiés et expédiés avant minuit.

– C'est la même femme, j'en suis sûre. Celle qui a déjà téléphoné plusieurs fois.

Tina Dryer était petite, moins d'un mètre soixante,

et enceinte jusqu'aux dents. Ses lèvres pincées témoignaient de sa désapprobation à l'égard de la femme qui osait faire ainsi perdre son temps à sa supérieure.

– Je..., fit Melanie en regardant fixement Tina.

Elle était totalement prise au dépourvu. Les éléments du dossier Connor Pharmaceuticals entraient en collision avec le passé, son analyse sur les parts de marché et la position dominante de la compagnie cédant le pas à une vague de nostalgie.

Sur l'avenue, en bas, les klaxons retentissaient, les pneus des véhicules crissaient sur l'asphalte, mais Melanie ne les entendait pas. Elle se revoyait à Nashville dans une Ford Escort de location, conduisant sur l'autoroute 40 en direction de la prison. Le pénitencier de haute sécurité de Riverbend. Le couloir de la mort du Tennessee. Un immense soleil rouge descendait sur l'horizon tandis qu'elle parlait, frénétique, dans son téléphone portable. *Combien de temps reste-t-il ? Vous avez eu des nouvelles ? Pas moyen d'avoir encore une seule, une seule, une seule... ?*

Puis elle se retrouva dans une chambre d'hôtel saturée de fumée de cigarette, avec Mark Kelly et Fred Irving. C'était en découvrant les visages hagards des deux associés qu'elle avait compris que c'était terminé. Ils buvaient du café, ils fumaient, ils continuaient de parler « stratégie », mais dans les yeux durs et clairs de ces hommes mûrs, elle avait découvert la vérité.

– J'ai essayé de lui faire dire pourquoi c'était si important, mais...

Tina agita les deux mains en un geste d'impuissance, puis les posa sur son ventre rond et hypertendu.

– Laura Seton, répéta lentement Melanie, comme si en s'attardant sur ces deux mots ils allaient lui fournir une explication.

Résolument, elle se mit debout.

– Très bien, je vais lui parler.

Léger haussement de sourcils, mais Tina ne protesta pas. Elle tourna les talons et quitta la pièce en fermant la porte.

Melanie s'assit à son bureau et décrocha le téléphone à la première sonnerie :

– Melanie White.

– Melanie ? Laura... Laura Seton à l'appareil. Je sais que ça remonte à loin...

La voix de la femme surprit Melanie. Un peu rauque, et plus forte qu'elle ne s'y attendait. Pas du tout la voix dont elle se souvenait. Ou croyait se souvenir. Pas le moins du monde celle qu'elle aurait associée à la Laura Seton qu'elle avait connue.

Dans sa tête, Laura était une image brumeuse, aux contours flous. Et ce n'était pas seulement à cause du passage du temps ; c'était aussi le cas à l'époque. Laura lui avait toujours donné l'impression d'être légèrement... brouillée. Comme si elle se présentait au monde à travers l'objectif d'une caméra dont la mise au point n'aurait pas été faite. Peut-être était-ce les mèches de cheveux fauves qui lui tombaient sur le visage – et son geste vague, inefficace, pour les repousser en arrière. Melanie se rappelait encore à quel point ce geste avait fini par l'agacer. Elle avait dû plusieurs fois se retenir de saisir la main de Laura...

– Vous vous souvenez de moi ? demanda la voix de Laura qui n'était pas celle de Laura.

Elle posait une question, mais son ton était plutôt celui d'une affirmation. Comme si elle avait conscience que le passage du temps ne pourrait jamais effacer ce qu'elles avaient partagé.

– Oui, répondit Melanie. Bien entendu.

Une autre vague de souvenirs la submergea. L'excitation grisante de ses débuts comme avocat chez Watkins & Graham. Elle venait d'arriver à Washington, juste après avoir réussi l'examen du barreau. Elle avait un minuscule appartement à Dupont Circle, à deux stations de métro du cabinet. Le jour où elle avait été appelée dans le bureau de Mark Kelly avait commencé comme un jour ordinaire. Elle travaillait sur une longue note de service traitant d'un choix de procédure. Kelly, l'air soucieux et très concentré, l'avait dévisagée un moment comme s'il avait évalué son potentiel. « J'ai une affaire bénévole à vous confier. C'est nous qui nous occupons du procès en appel de Steven Gage. »

Sur le moment, elle avait pris ça comme une splendide, une incroyable chance, mais bien sûr elle était naïve. Ce n'est que des années plus tard qu'elle avait compris la raison pour laquelle elle avait été choisie. Comme Dahlia, elle avait grandi à Nashville. Leurs familles habitaient le même quartier. C'était donc presque comme si Dahlia elle-même allait se battre pour sauver la vie de Gage. Cela n'avait pas la moindre importance sur le plan juridique ; c'était une question d'atmosphère. Face à la perspective d'une rude bataille en appel, le cabinet avait considéré que ce « lien social » ne ferait pas de mal.

Pour finir, cependant, cela n'avait rien changé. Gage avait quand même été tué. Et elle au milieu de tout ça, elle n'avait été qu'une jeune avocate inexpérimentée, quasiment inutile pour le cabinet. Un élément coûteux dans la comptabilité, difficile à justifier. Elle avait comparu devant le tribunal un nombre incalculable de fois – beaucoup plus souvent que d'autres avocats de sa catégorie. Mais la spécialisation dans les affaires de peine capitale n'était pas un savoir transmissible en un coup de baguette magique et ne lui aurait de toute façon pas servi à grand-chose dans les affaires commerciales qu'elle aurait à traiter par la suite.

Avec le recul, elle comprenait qu'elle était en partie responsable de ce qui lui était arrivé après. Elle aurait pu au moins faire l'effort de garder un pied dans chaque monde : traiter des affaires commerciales lucratives tout en s'occupant de son dossier bénévole. Mais, sur le moment, les dossiers « alimentaires » lui avaient paru terriblement banals, sans aucun poids dans la balance par rapport au combat à mener pour sauver la vie d'un homme. Que cet homme eût peut-être tué plus de cent femmes, eh bien... elle ne s'attardait pas sur cette question. Elle s'était efforcée de refouler ces pensées, de se concentrer sur le *principe* de l'affaire : la peine de mort était une pratique barbare. Quels que soient les crimes de Gage.

N'empêche... Plus de cent femmes ! Ce nombre était écrasant. De l'opinion générale, Steven Gage était le tueur en série le plus actif que le pays ait jamais connu. Ted Bundy, malgré son immense notoriété, restait loin derrière. On considérait qu'il n'avait assassiné qu'une trentaine de femmes avant d'être appréhendé. De tels chiffres, bien sûr, étaient discutables. Personne ne savait vraiment. Mais, quelle que soit la façon dont on envisageait la question, les crimes de Gage étaient stupéfiants.

Certes, se rappela-t-elle, il était loin d'être recordman du monde dans sa catégorie. Le médecin britannique Harold Shipman alignait plus de deux cents victimes. Pedro Lopez, « le monstre des Andes », était associé à plus de trois cents morts. Mais le spectre de telles atrocités ne minimisait guère celles de Steven. *Plus de cent femmes*. Pendant longtemps, elle avait eu de la peine à assimiler ce fait.

Toutes ces considérations étaient venues plus tard

– après coup. Au début, elle avait juste été transportée de joie. Une des premières choses qu'elle avait faites en prenant le dossier en charge avait été de lire la déposition de Laura au procès. Laura, petite amie de Gage pendant plusieurs années, avait été un témoin à charge dévastateur. Durant des mois, elle avait suivi les mouvements de Steven à la trace, en conservant ou en copiant relevés téléphoniques et reçus de carte de crédit. C'était un de ces tickets qui avait permis d'établir le lien entre Steven et le dernier endroit où Dahlia avait été vue vivante : au Donovan's, où il avait payé des consommations un certain 7 mai, jour de la disparition de la jeune femme.

Melanie avait longuement étudié les déclarations de Laura pour se préparer à l'interroger. Avec pour objectif de trouver une faille, quelque chose qui ne collait pas. Elle l'avait rencontrée de nombreuses fois, mais le courant n'était jamais vraiment passé entre elles. Certes, elles avaient le même âge, vingt-cinq ans à l'époque, mais pas grand-chose d'autre en commun.

S'arrachant à sa rêverie, Melanie se souvint que Laura l'attendait au bout du fil.

– Comment allez-vous ? demanda-t-elle avec empressement.

– Bien. Je... tout est très différent, aujourd'hui.

– Je suis heureuse de l'entendre.

Il était difficile d'imaginer, ajouta Melanie en son for intérieur, que sa vie ait pu changer autrement que dans le bon sens.

– J'espère que ça ne vous ennuie pas que je vous téléphone... ? reprit Laura d'un ton qui démentait la déférence apparente de la question. Il fallait que je parle à quelqu'un. Quelqu'un qui... connaisse mon passé.

De nouveau un silence, comme si Laura réfléchissait. Puis elle poursuivit :

– Je vis sous un autre nom, aujourd'hui. Je m'appelle Callie, Callie Thayer. Thayer, c'est le nom de mon ex-mari, et j'ai choisi de le garder. Je vis à... Enfin, ça n'a guère d'importance, sinon pour dire que personne ne sait, ici, qui je suis. En tout cas, c'était ce que je croyais. Je travaille dans une petite université spécialisée dans les sciences humaines, au bureau des anciens élèves. Ma vie est très tranquille. J'ai repris des études et je... Mais je n'ai pas besoin de vous raconter tout ça, n'est-ce pas ? Si je vous appelle aujourd'hui, c'est parce que j'ai reçu une lettre. Ça a commencé par cette lettre que quelqu'un avait glissée dans la porte, devant chez moi. Là, j'ai compris que... que quelqu'un sait. Au début, ça m'a bouleversée, mais j'ai réussi à me calmer. Je me suis dit qu'au pire c'était du chantage, ou même qu'il pouvait s'agir d'une sale blague. Vous savez, un ado qui aurait réussi à me retrouver en surfant sur Internet...

» Et puis dimanche dernier, il y a eu la chasse aux œufs de Pâques. Chaque année, tout le quartier y participe. J'avais caché un des petits paniers en osier dans une gouttière, sur le côté de la maison. Quand ma fille l'a trouvé, quelqu'un en avait modifié le contenu. Je l'avais rempli avec des œufs en chocolat enveloppés d'aluminium. Mais, l'un d'eux avait été remplacé par un œuf en plastique rose. Et à l'intérieur il y avait une montre.

» J'ai compris aussitôt que c'était mauvais signe. Mais je ne savais pas pourquoi, ni comment. Et puis un peu plus tard, alors que je regardais *L'Homme fantôme*, le livre de Diane Massey, je l'ai vue. Elle la porte au poignet sur la photographie qui est au dos du livre – la montre que ma fille a trouvée ! J'ai appelé son éditeur la semaine dernière pour demander qu'on la contacte. Et puis hier, j'ai ouvert le journal...

Le flot de mots se tarit subitement.

– Oui ? la relança Melanie.

Elle hésitait entre perplexité et méfiance. Une lettre. Une montre. Un œuf en plastique. C'était complètement insensé.

– Eh bien..., Diane a été assassinée, vous savez. La semaine dernière. Sur une île, dans le Maine.

– Diane Massey a été assassinée ? !

Melanie se redressa dans son fauteuil. Soudain, le déluge verbal de Laura prenait une tout autre dimension. Elle se demanda un instant si cette histoire d'assassinat était vraie. N'aurait-elle pas dû en entendre parler ? Mais bon, ces dernières semaines, elle avait travaillé comme une dingue. Elle avait à peine eu le temps de jeter un œil aux journaux.

Elle se connecta à Internet et ouvrit la page du *New York Times*. Dans la fenêtre « Recherche », elle entra le nom de Diane Massey. Les références de deux articles s'affichèrent à l'écran.

– Elle a été étranglée, dit Callie, puis elle se tut un instant avant d'ajouter : Le meurtrier a utilisé un bas noir.

Le cœur de Melanie s'emballa.

– Est-ce que vous avez parlé à la police ?

– Non ! dit Callie d'une voix presque terrifiée. Non, ça, je ne peux pas.

– Pourquoi pas ? répliqua l'avocate du tac au tac, tellement la question était évidente.

– Ma fille. Je... je ne veux pas qu'elle sache. Si j'allais voir la police, le tapage médiatique... Ici, j'ai toujours réussi à garder le secret sur mon passé. Je ne veux pas que ça change.

– Quel âge a votre fille ?

— Dix ans.

Ça n'a aucun sens, songea Melanie, *de ne pas aller voir la police.* Elle ouvrit la bouche pour contredire Laura, puis se retint. Avant de se lancer dans une discussion quelconque, elle voulait en savoir davantage.

— Qu'est-ce qui vous fait penser que cette montre est celle de Diane ?

Tout en posant cette question, Melanie se rendit compte qu'il y avait bien d'autres choses sujettes à caution dans cette conversation. La seule information confirmée, en fait, c'était celle qu'elle lisait sur le site Web du *Times*. Laura ne mentait pas en affirmant que Diane avait été assassinée. Quant à l'histoire des œufs de Pâques, le verdict restait incertain.

— C'est exactement la même que celle de la photo, répondit Callie. Mais il ne s'agit pas que de la montre. Il y a aussi... tout le reste. Le moment où ça s'est passé. La lettre que j'ai reçue.

— Et cette lettre, qu'est-ce qu'elle racontait ?

— Je ne vous l'ai pas encore dit ? répliqua Callie d'une voix interloquée.

— Non, vous m'avez juste dit que vous aviez reçu une lettre. Que quelqu'un l'avait glissée dans la porte devant chez vous.

— Elle disait « Joyeux anniversaire, Rosamund. Je ne t'ai pas oubliée. » Rosamund, c'est un surnom que Steven me donnait. Ça venait d'une blague un peu bête que nous avions entre nous. Parce que j'aimais les roses rouges. Il m'en offrait souvent.

Melanie tendit la main vers son agenda pour consulter son emploi du temps du lendemain. Et puis son bras retomba sur le bureau.

— Joyeux anniversaire ?

— Oui. C'est ce qui est écrit sur la feuille. Et ça date du 5 avril.

169

– Du 5 avril, répéta Melanie, et subitement la pièce se refroidit autour d'elle.

– La date anniversaire de l'exécution, précisa Callie.

En un éclair, tout s'expliqua. Melanie se souvenait de la façon dont Frank avait nié, perplexe, quand elle lui avait reproché ce mot d'« anniversaire ». Son ex-mari n'avait pas menti. Il ne lui avait rien envoyé.

Melanie ferma les yeux. La tête lui tournait. Il fallait qu'elle raccroche.

– Je suis absolument désolée, dit-elle, mais je dois partir en réunion. Est-ce que je peux vous rappeler cet après-midi ?

– Quand ?

– Plus tard dans la journée. Avant ce soir, sans faute.

– Je... D'accord.

Callie rechignait à en rester là, mais elle n'avait guère le choix.

Melanie allait raccrocher, quand une dernière question lui vint à l'esprit :

– Laura ?

– Oui.

Callie était encore à l'appareil.

– Pourquoi est-ce que c'est moi que vous avez appelée ?

– Eh bien..., fit Callie avec hésitation, je savais que je pourrais me fier à votre jugement. Et puis... il y avait le secret professionnel.

– Le secret professionnel ? Je ne vous suis pas.

– Je savais que vous seriez obligée de garder pour vous tout ce que je vous dirais.

Melanie se figea. Le secret professionnel avocat-client, voilà ce dont Laura voulait parler. La règle sacrée qui interdit à un avocat de dévoiler à quiconque les secrets de son client. Mais Laura n'était pas sa cliente, n'est-ce pas ? Elle avait appelé... comme ça, en surgissant de nulle part !

Cependant...

La mort dans l'âme, Melanie comprit qu'elle était déjà beaucoup plus engagée dans cette histoire qu'elle ne l'avait cru.

La bibliothèque de Harwich & Young se trouvait au soixante-troisième étage. C'était le royaume des collaborateurs débutants ; rarement Melanie y avait mis les pieds. Quand elle était entrée au cabinet, un peu plus de quatre ans auparavant, c'était déjà quasiment en tant que collaboratrice principale, ce qui voulait dire qu'elle confiait ses recherches à d'autres plutôt que d'avoir à se les coltiner elle-même. Il était 19 heures passées quand elle pénétra dans la bibliothèque. La nuit était tombée. En contrebas s'étendait l'océan de lumières de New York la trépidante. Un spectacle qui compensait un peu le caractère fastidieux du travail des collaborateurs débutants.

– Vous avez besoin d'aide ? demanda une bibliothécaire de l'équipe du soir en levant les yeux de son ordinateur.

Melanie sourit. La femme lui évoquait une chouette.

– Non, merci.

La salle de lecture était un havre silencieux d'acajou vernis. Des lampes à abat-jour éclairaient les box individuels, dont plusieurs étaient occupés par de jeunes avocats au travail. Une blonde pimpante, vêtue d'un tailleur-pantalon gris, avait retiré l'un de ses escarpins Gucci. Elle lisait un document et prenait des notes tout en frottant son pied aux ongles impeccablement laqués sur la moquette. Melanie eut l'impression déconcertante de se voir autrefois, quand elle était jeune. Elle eut soudain envie de la prévenir, de lui dire *Il n'est pas trop tard*. Cette pensée l'étonna. D'où venait-elle ? Après tout, elle adorait son travail. Ce n'était pas son travail, le problème.

Détournant les yeux, elle se dirigea vers les rayonnages de livres. Comme elle longeait les allées en scrutant les étagères, elle eut soudain l'impression d'attirer les regards. Les jeunes avocats la dévisageaient, ils se demandaient manifestement ce qu'elle venait faire là. Elle aurait pu effectuer ses recherches sur l'ordinateur de son bureau, en payant son écot au site Westlaw. Mais ça aurait signifié laisser une trace, ce qu'elle préférait éviter.

Elle dénicha le *CPLR*, une compilation des lois de New York, trouva le volume dont elle avait besoin et l'emporta dans un box. Elle lut rapidement, une fois, la loi qui l'intéressait, puis se pencha sur le commentaire : « La confidentialité avocat-client est peut-être la plus ancienne des obligations de confidentialité du droit coutumier. Or les tribunaux de New York continuent de s'appuyer sur les bases du droit coutumier... »

Elle passa en revue une liste de résumés d'affaires, en y cherchant un précédent significatif. Quelle obligation professionnelle avait-elle vis-à-vis de Laura ? C'était ça la question clé. Pour le moment, Laura n'était pas sa cliente, mais Melanie estimait que ça n'avait pas d'importance. Les clients *potentiels*, autant qu'elle s'en souvienne, tombaient d'emblée sous le coup du secret professionnel. Mais Laura était-elle une cliente potentielle ? L'avait-elle appelée pour obtenir une assistance juridique ? Peut-être leur discussion relevait-elle davantage de la simple communication téléphonique entre amies.

Non. Cette analogie sonnait faux. Au téléphone le

matin, Laura avait été très claire : elle avait appelé parce qu'elle considérait que tout ce qu'elle dirait resterait confidentiel. Une règle surgit à l'esprit de Melanie, souvenir d'un ancien cours de déontologie : *Si une personne estime avec quelque raison qu'elle est cliente, la confidentialité avocat-client prévaut.* Elle ne se souvenait pas de la référence de l'affaire, mais la signification de la règle était limpide. L'essentiel, par conséquent, pour l'avocat, c'était qu'il fallait être prudent. Et toujours, jusqu'à présent, elle avait été prudente. Dans les fêtes et les soirées, en voyage, avec ses amis, elle avait toujours fait très attention. *Bien entendu, je ne peux vous donner de conseil juridique. Je ne suis pas votre avocate...*

Melanie nota quelques références, puis se leva pour trouver les livres qu'elle voulait. De retour dans le box, elle se mit aussitôt à lire, rapidement, sans prendre de notes. Elle faisait là ce qu'elle savait faire le mieux : étudier un problème juridique. Évaluer les points forts et les faiblesses, dénicher la faille dans la cuirasse. Malgré son calme apparent, cependant, elle se sentait frustrée, presque furieuse. Pas contre Laura. Non. Elle était en colère contre elle-même. Elle qui était toujours si prudente, elle avait laissé Laura la prendre au dépourvu. Il aurait pourtant été tellement facile de répondre « Je ne peux vous donner de conseil juridique » !

Au mieux, la situation était trouble. Ce qui lui laissait deux solutions : soit elle expliquait à Laura qu'il y avait un malentendu. Soit, deuxième option, encore moins plaisante, elle se tournait vers le cabinet. Elle présentait l'affaire devant le Comité d'éthique, demandait conseil sur la meilleure façon d'agir. Mais la seule idée d'aller trouver ces trois hommes lui retournait l'estomac. Elle voyait déjà leurs visages froids, leur attitude calculatrice. Le simple fait qu'elle soit là, devant eux, leur prouverait qu'elle avait foiré. Les élections du nouvel associé auraient lieu dans quelques semaines. La situation valait-elle vraiment qu'elle prenne un tel risque ? En ce moment, Melanie avait intérêt à ramener des clients et de l'argent à la société, pas à lui créer des ennuis.

Une heure avait passé quand elle interrompit ses lectures. Elle était censée retrouver Paul à 21 heures pour dîner dans un restaurant proche du bureau. Mais, en pensant à lui, en imaginant la soirée à venir, elle sentit que tout son être s'y opposait.

Elle prit son téléphone dans son sac à main et sortit dans le couloir.

— Salut, chéri, dit-elle, quand Paul prit la communication. Écoute, je suis vraiment désolée, mais je vais devoir travailler tard ce soir. Mon client... Enfin, bon, tu sais comment c'est ! Ils veulent un prérapport demain matin. Je crois qu'il vaut mieux reporter.

Des voix étouffées à l'autre bout du fil, et celle, autoritaire, de Paul :

— Alors, rangez ça dans les dossiers bleus. Nous avons pris la décision hier soir. D'un ton plus amène, il ajouta : Excuse-moi. Qu'est-ce que tu disais ?

Elle répéta son couplet d'une voix artificiellement joyeuse. Allait-il s'apercevoir de quelque chose ? Non, il semblait préoccupé.

— Ne te fais pas de souci, dit-il. Ici aussi, nous sommes très chargés.

Encore des bribes de conversations à l'autre bout du fil, puis Melanie entendit Paul répliquer d'un ton agacé :

— Non, je crois que c'est Joe qui les a. Hein... ? Eh bien, posez-lui la question !

Mentalement, elle se projeta dans le bureau de son

fiancé, à cinq blocs de là. Les livres disposés en piles bien nettes sur sa table. Les listes de choses à faire près du téléphone. Sur un tas de documents, le presse-papier mille-fleurs qu'elle lui avait offert à Noël. Étrange, mais, quand elle pensait à Paul, c'était toujours son bureau qu'elle voyait.

Cette fois, il ne s'excusa pas quand il s'adressa de nouveau à elle :

– Tu veux que je passe chez toi plus tard ? À quelle heure tu penses rentrer ?

– Oh, tu sais, j'ai déjà la migraine. Je crois qu'il vaut mieux que j'aille direct au lit.

– Ah bon ? Je pourrais te masser le dos, si tu veux.

– C'est adorable, mais... Demain, d'accord ? Je suis sûre que demain soir je me sentirai beaucoup mieux.

En raccrochant, elle se rendit compte qu'elle avait effectivement mal à la tête – une douleur aiguë, lancinante, qui montait de la nuque. De toute la journée, elle n'avait mangé qu'un yaourt allégé au café. Elle longea le couloir jusqu'à la kitchenette, où se trouvaient une cafetière et des distributeurs.

Elle acheta un Snickers qu'elle avala en trois bouchées. Aussitôt, elle fut prise de nausée. Un bout de chocolat collait à sa main : elle voulut le chasser d'une pichenette, mais, au lieu de s'en débarrasser, elle ne réussit qu'à l'écraser sur son doigt. La tache marron sur sa peau et la texture visqueuse du chocolat achevèrent de la dégoûter.

Elle jeta l'emballage de la confiserie à la poubelle, se lava les mains à l'évier, les sécha avec des serviettes en papier, puis traversa le couloir pour entrer dans les toilettes. Par chance, personne ne s'y trouvait. Elle se précipita dans une cabine et vomit. À l'exception du Snickers qu'elle venait d'avaler, elle n'avait rien dans le ventre. Elle tira la chasse d'eau et s'adossa à la porte. Son front était couvert de sueur. Elle l'essuya d'un revers de main.

Quand elle trouva la force de ressortir de la cabine, elle se dirigea vers les trois lavabos alignés contre le mur du fond. Dans son sac à main, elle avait toujours une petite brosse à dents de voyage dans un boîtier en plastique bleu. Pendant qu'elle se lavait les dents, elle se concentra sur la texture des poils de la brosse ; elle compta les va-et-vient de sa main, avec application, pour éviter de penser à quoi que ce soit. Ensuite, elle se peigna et se remit du rouge – rose pâle – sur les lèvres. Elle se regarda dans le miroir mais en évitant de croiser son propre regard, pour ne pas y voir la honte qui l'accablait. Il y avait bien longtemps qu'elle n'avait succombé à ce genre de nausée, mais le sentiment qui l'assaillait aussitôt après était encore le même.

Elle avait toujours associé les troubles du comportement alimentaire aux angoisses de l'adolescence. Elle-même, elle avait franchi ces années-là indemne. À une époque où ses copines grandissaient en prenant du poids et en ayant le visage couvert de boutons, elle avait gardé une peau de bébé et une silhouette de sylphide. Elle ne s'était jamais préoccupée de son poids – en tout cas, elle n'en avait pas souvenir. Elle se regardait dans le miroir et appréciait ce qu'elle y voyait. Elle était belle, elle était forte. Ça lui faisait du bien de savoir qu'elle était très appréciée de son entourage. Le téléphone sonnait constamment chez elle. Les garçons avec qui elle acceptait de sortir se montraient toujours reconnaissants. Pendant ces années-là, elle n'avait jamais douté qu'elle avait pleinement le contrôle de son existence.

Quel choc, donc, de se retrouver à trente ans à vomir au-dessus d'une cuvette de toilettes ! La première fois que ça lui était arrivé, c'était quand elle avait trouvé Frank au lit avec Mary Beth. Elle ne savait toujours pas ce qui avait déclenché cette nausée, d'où *l'idée* lui était venue. Mais, aussitôt après, elle avait éprouvé un immense soulagement. C'est comme ça que ça avait commencé. Elle avait déjà compris, à ce moment-là, que ce n'était pas une réponse satisfaisante sur le long terme. Mais cette prise de conscience demeurait abstraite, d'une certaine façon, sans rapport avec sa vie quotidienne – tandis que le réconfort que lui procuraient ces nausées était tout à fait réel.

Elle avait été soulagée, juste après s'être installée à New York, de voir le symptôme s'atténuer radicalement. Elle avait alors considéré qu'il n'avait plus d'utilité et qu'il disparaissait de lui-même. Le cycle avait repris peu de temps après que Paul lui eut fait sa demande en mariage. Mais, ces tout derniers mois, ça s'était de nouveau arrangé ; elle ne s'était pas purgée une seule fois depuis cent huit jours – elle avait noté ça dans son agenda. De nouveau, elle s'était presque convaincue que le problème avait disparu...

Il y avait un miroir en pied près de la porte des toilettes, où elle examina rapidement son reflet. Elle fut rassurée de voir que de l'extérieur elle avait l'air impeccable. Et d'ailleurs, qui pouvait dire qu'elle n'était pas réelle, cette image dans le miroir ? Tant qu'elle ressemblerait à cette femme-là, tout irait bien.

En retournant à la bibliothèque, elle repassa par la kitchenette où elle versa de l'eau minérale dans un gobelet en papier pour avaler deux cachets d'Advil. Tant mieux que Paul ait eu la tête ailleurs, se dit-elle, et qu'il n'ait pas remarqué que quelque chose clochait chez elle. Sous le soulagement, cependant, sourdait un vague malaise qu'elle n'arrivait pas à s'expliquer. Ce n'était pas qu'elle aurait voulu qu'il lise dans ses pensées, mais peut-être, tout de même, qu'il s'aperçoive de *quelque chose*.

Frank, lui, aurait tout de suite pigé ; il lui aurait demandé ce qui n'allait pas. Cette pensée lui transperça le cœur avant qu'elle ait pu la refouler. Elle décida d'en rester là pour aujourd'hui et déposa ses livres sur un chariot de rangement.

Vingt minutes plus tard, elle entrait dans le lobby de son immeuble de Central Park South.

– Bonsoir, madame White, dit le portier.

Elle le salua d'un coup de tête. Elle ne se souvenait pas de son nom. Il y avait moins d'un mois qu'il travaillait là ; le personnel de la sécurité changeait tout le temps. L'immeuble comptait plusieurs centaines d'appartements et une équipe de plus de douze gardiens. À Noël, chaque année, elle leur offrait un chèque-cadeau de plus de mille dollars.

Son appartement, au quarantième étage, offrait une vue époustouflante sur le parc. Deux chambres, un grand salon, la cuisine et la salle de bains. Elle vivait là depuis plus de quatre ans, mais les pièces étaient à peine meublées. Un canapé et un fauteuil blanc. Quelques jolies antiquités et des tapis. Elle avait débarqué à New York juste après le naufrage de son mariage, hébétée, désespérée. Elle avait voulu alors un cadre impersonnel – un refuge temporaire. Cet appartement s'était présenté à elle comme l'endroit idéal où se cacher et panser ses blessures. À défaut de réussir à oublier son passé, elle pouvait au moins l'ignorer.

Ce soir-là, elle alla droit au réfrigérateur pour en sortir une bouteille de vin. Elle déboucha le chardonnay bien frais et s'en servit un verre. Une longue gorgée suffit pour qu'elle se sente aussitôt pompette.

Déjà apaisée, elle se transporta d'un pas tranquille jusqu'au salon. Sur la table basse près du canapé, le voyant rouge du téléphone clignotait. Des messages. Le verre à la main, elle s'assit et appuya sur la touche Écoute. Un appel de son père. Un autre de Vivian.

Elle ne put s'empêcher de repenser à ce que Vivian lui avait dit à propos de son fiancé : *Tu n'aimes pas Paul*. Ces mots lui faisaient mal. Elle connaissait ce ton de voix, l'assurance de son amie. N'empêche, pensa-t-elle, même Vivian pouvait se tromper. Elle n'aimait pas Paul comme elle avait aimé Frank, mais ça ne signifiait pas pour autant qu'elle ne l'aimait pas. D'ailleurs, le contraire était peut-être vrai. Son amour pour Frank n'avait pas été sain. Avec cet homme, elle avait complètement oublié qui elle était, comme un papillon attiré par une flamme. Avec Paul, elle se sentait exactement comme elle était avant leur rencontre.

Le vin lui tournait agréablement la tête. Elle se débarrassa de ses chaussures et s'allongea. Ses pensées la ramenèrent à Laura Seton, à l'annonce de la mort de Diane. Elle se souvenait de Diane telle qu'elle l'avait vue pour la dernière fois – une femme superbe, pleine de vitalité. Difficile de croire qu'elle était morte, qu'aujourd'hui elle n'existait plus. Mais bon, la mort était toujours difficile à appréhender. Elle songea à Steven Gage. Même si elle s'était *attendue* à sa mort, l'événement lui avait paru des plus irréels.

Au bout d'un moment, elle se leva et s'approcha des étagères qui occupaient un mur entier du salon. Des rayonnages de livres, et en bas une rangée de placards. Elle s'agenouilla et ouvrit une porte. Le livre était bien là. Elle le saisit, le retourna : ses yeux se fixèrent aussitôt sur la montre. Une Cartier classique ; une Panthère. Elle aussi possédait une Cartier, mais un modèle moins onéreux. Elle avait acheté la Tank et son bracelet en crocodile avec une partie de sa prime

179

de l'année précédente. Environ huit mille dollars. La Panthère valait dans les douze mille.

Elle regarda la photo de couverture. Steven Gage. Elle contempla le beau visage de l'homme dont elle avait essayé de sauver la vie. Son visage plein de rage. Les veines saillant à son front de manière grotesque ; ses yeux exorbités et injectés de sang. Ses lèvres retroussées en une grimace sauvage, plus animale qu'humaine. La photo donnait l'impression que son cerveau était soumis à une pression terrible, qui augmentait de plus en plus, au point que la boîte crânienne finirait par exploser.

Elle ouvrit le livre à la page de titre.

DIANE MASSEY

L'Homme fantôme :
la vie secrète de Steven Gage, tueur en série

Melanie tourna les pages. Le passage qu'elle cherchait était quelque part vers la fin. Il ne lui fallut que quelques instants pour le trouver. Elle se mit debout et entama sa lecture :

Environ une semaine avant la mort de Dahlia Schuyler, Laura s'aperçut qu'il lui manquait un collant, l'un des trois qu'elle avait achetés dans un grand magasin quelques jours plut tôt. Deux de ces collants étaient couleur chair. Le troisième, noir. Laura avait la certitude de les avoir rangés ensemble dans un tiroir de la commode de sa chambre. Mais, en ouvrant ce tiroir au moment où elle s'habillait pour aller au travail, elle ne trouva pas le collant noir. Il ne restait que la boîte, vide. Nulle trace du collant. Laura savait qu'elle n'avait pas ouvert l'emballage, sur ce point elle était formelle. Elle avait également la certitude que Steven était la seule personne susceptible d'y avoir touché. Personne ne leur avait rendu visite à l'appartement depuis qu'elle avait fait ces achats. C'est pourquoi elle lui demanda, quand il revint ce soir-là, s'il avait pris le collant – et pour quelle raison.

Il la regarda sans répondre, puis passa à la cuisine pour se servir à boire. De la vodka, devait-elle se souvenir, avec du jus d'orange. C'était sa boisson préférée à cette époque. L'ayant suivi à la cuisine, elle lui reposa la question. Elle ne cachait pas son agacement – ce qui était plutôt rare, de sa part, dans sa relation avec cet homme. Comme elle n'avait pas d'autre collant noir, elle avait été obligée de changer de tenue. À cause de ça elle était arrivée en retard à son travail. Laura détestait être en retard.

Pourtant, il ne répondait toujours pas. Il vida son verre d'une seule traite, puis se resservit. Cette fois, sans couper la vodka de jus d'orange. De l'alcool pur. Tout ce temps, il couva Laura d'un regard étrangement vide. Comme il buvait son second verre, elle s'inquiéta tout à coup et s'approcha de lui. Était-il malade ? Ensuite, le collant lui sortit de la tête. Elle l'oublia complètement, jusqu'à... beaucoup, beaucoup plus tard. Jusqu'à la mort de Dahlia Tucker et au moment où, enfin, les faits s'imposèrent à sa conscience. Jusqu'à ce qu'elle reste allongée dans le noir, la nuit, incapable de dormir, cherchant une explication. Pas seulement à propos du collant, mais aussi de toutes les autres choses qu'elle s'était donné tant de mal pour ignorer.

La fois où elle avait trouvé une chemise couverte de sang derrière la tête de lit.

La fois où, nettoyant la cheminée, elle avait trouvé des fragments d'os dans les cendres.

La fois où elle avait trouvé un sac dans la voiture de Steven, qui contenait des couteaux, un masque, des gants.

Ces incidents tourbillonnaient dans sa tête au point qu'elle n'arrivait plus à réfléchir. Seule, la nuit, elle réussissait à se convaincre que tous ces éléments pris ensemble signifiaient... quelque chose. Mais, quand le *jour se levait, quand elle voyait Steven devant elle, ses doutes s'évanouissaient. C'était l'homme qu'elle aimait, l'homme qu'elle espérait épouser. Enfin, après tant de faux départs, sa vie avait pris une vraie direction. Steven travaillait comme auxiliaire juridique, et bientôt il retournerait à l'université pour finir son droit. Elle gagnerait de quoi vivre pour deux pendant qu'il étudierait, ensuite ils fonderaient une famille. Elle imaginait leur avenir : une maison à eux, des enfants beaux et parfaits. Ce rêve, il fallait l'entretenir à tout prix. Quitte à ne pas voir la vérité en face.*

Au fil des ans, elle avait lutté avec courage pour accepter les histoires de son amant, elle avait fait de son mieux pour prendre pour argent comptant ses incroyables explications. La chemise ensanglantée ? Steven s'en était servi comme d'une compresse, pour soigner un automobiliste qui venait d'avoir un accident au bord de la route. Peu importait qu'il ne lui en ait jamais parlé auparavant, peu importait qu'il se rappelle mal le lieu et la date de l'événement. Laura avait gobé l'histoire. Ou s'était persuadée d'y croire. Il avait besoin des gants et du masque, avait-il affirmé, à cause de ses allergies. Il avait prévu d'emmener les couteaux dans une boutique pour les faire affûter. Les os étaient des os de poulet frit.

Melanie s'aperçut que tout en lisant elle hochait lentement la tête. C'était l'incapacité de Laura à faire le nécessaire pas en avant qui avait permis à Gage de continuer à tuer. Combien de vies auraient pu être sauvées si elle avait admis la vérité ? Probablement celle de Dahlia Schuyler. Et peut-être beaucoup d'autres. *Comment est-ce que vous pouviez ne pas savoir ?* Voilà la question qu'elle s'était toujours posée. À cause de cela, elle n'avait jamais totalement fait confiance à Laura. Pendant leurs entretiens, elle avait fait de son mieux pour dissimuler son scepticisme.

Mais, malgré ses efforts, elle avait eu l'impression que Laura percevait ses sentiments à son égard.

Le livre à la main, Melanie retourna vers le canapé. Elle se lova au milieu des coussins et regarda dehors, le ciel nocturne, par la baie vitrée. *Rétrospectivement, on voit toujours les choses de façon très claire*, disait souvent son père. Pour la première fois, elle essaya de considérer les événements comme Laura avait pu les vivre à l'époque. Laura avait besoin d'amour. Steven lui en offrait. *Tout comme toi tu avais besoin de Frank. En fait, c'est exactement la même chose.* Comme Laura, elle avait vu ce qu'elle voulait voir, et tiré un trait sur le reste.

Elle repensa à la facilité avec laquelle elle avait avalé les explications de Frank, tellement commodes pour lui. Ainsi, il avait déjà été marié deux fois. Il n'avait tout simplement pas trouvé la femme qu'il lui fallait. Sa première épouse manquait de confiance en elle ; elle avait besoin de lui pour exister à ses propres yeux. Il l'avait aimée, disait-il, il l'avait sincèrement aimée, mais comment vivre longtemps ensemble de cette façon ? Ensuite, il avait opté pour l'autre extrême en épousant une carriériste pure et dure. Une femme incapable d'avoir des relations intimes. Il s'était senti insupportablement seul dans son couple. Après ces aveux captivants, il avait plongé les yeux dans ceux de Melanie. Avec elle, avait-il ajouté, il avait enfin trouvé l'amour qu'il cherchait depuis toujours.

Pour dire les choses avec justesse, elle n'avait alors que vingt-six ans ; elle n'était pas encore tout à fait une femme. Frank, lui, avait cinquante-deux ans ; c'était un homme puissant, avec d'excellentes relations. Il lui avait joué le grand jeu pour l'éblouir et, naturellement, elle avait été éblouie. La première année de leur mariage, tout avait été parfait. Plongée dans son travail pour le procès en appel de Gage, elle avait à peine remarqué les changements qui se produisaient. Frank rentrait à la maison plus tard que d'habitude. Il avait davantage de déplacements à l'extérieur de Washington. Pendant des mois et des mois, il avait laissé d'innombrables indices derrière lui, mais elle avait refusé de les voir. Ce n'est qu'en le trouvant au lit avec une autre femme qu'elle avait enfin affronté la vérité.

Elle referma le livre de Diane et le posa sur la table basse. Elle n'avait pas encore décidé quelle suite donner au coup de téléphone de Laura.

Joyeux anniversaire, Melanie. La phrase s'imposa soudain à son esprit. Ces lettres anonymes avaient-elles un rapport avec le meurtre de Diane ? Laura avait-elle raison sur ce point ? À présent, Melanie regrettait d'avoir détruit la sienne. Elle aurait bien voulu la réexaminer. Une fois encore, elle se répéta que Laura mentait peut-être. Elle pouvait avoir écrit elle-même le mot, puis l'avoir apporté au cabinet. Quant à la montre trouvée dans l'œuf de Pâques – à condition qu'elle existât vraiment –, Laura l'avait peut-être glissée elle-même dans le panier. Elle ne lui avait en tout cas pas donné la moindre preuve, au téléphone, que la montre était celle de Diane.

Mais pourquoi Laura se serait-elle donné tant de mal ? Melanie se creusa les méninges. Était-il possible qu'elle se soit mise à regretter son ancienne notoriété ? Aurait-elle écrit le mot afin d'attirer l'attention sur elle, considérant l'assassinat de Diane comme une chance d'intéresser à nouveau les médias ? Pendant le procès, Laura avait connu un bref moment de célébrité – manifestement contre sa volonté –, lorsque son témoignage avait captivé les gens à travers le monde entier. La soif du public pour ce genre d'information

184

semblait insatiable. Comment était-ce, de partager sa vie avec un tueur psychopathe ? Du premier au dernier jour, Laura avait refusé de donner la moindre interview ; elle répétait qu'elle ne voulait pas alimenter la voracité des médias. Mais si elle éprouvait de tels sentiments, pourquoi avait-elle accepté de parler à Diane ? Pourquoi lui avait-elle accordé les interviews qui apparaissaient dans *L'Homme fantôme* ?

Retournant ces questions dans sa tête, Melanie se leva pour aller à la cuisine. Ce n'était pas bien de boire le ventre vide, mais elle n'avait toujours pas envie de manger. Elle se resservit un verre en admirant la teinte dorée du vin qui tombait en cascade de la bouteille froide, perlée de gouttelettes. Paul, qui était amateur de vin, se moquait de son penchant pour les blancs. Les rouges, disait-il, étaient plus *complexes*. Melanie s'en fichait. La complexité ne l'intéressait pas, que ce soit dans la vie ou pour les vins.

Comme elle revenait au salon, elle se prit les pieds dans un tapis et trébucha. Elle leva le verre à bout de bras, réussissant à ne pas le renverser. Marrant. Elle ne se sentait pas du tout saoule, pourtant, après ce qu'elle avait bu, ça devait être le cas. N'empêche, son esprit lui paraissait aussi clair que le cristal du verre. Elle réfléchissait bien. Si l'alcool avait un effet quelconque sur elle ce soir-là, c'était de l'aider à ordonner ses pensées.

C'est ce que se disent les alcooliques. Il faut vraiment que tu fasses attention.

Mais ce n'était pas là un problème qui la tourmentait. En fait, elle buvait à peine. Elle n'aimait pas perdre le contrôle d'elle-même, comme l'excès d'alcool l'impliquait. Laura avait été alcoolique, elle s'en souvenait. Même si elle avait déjà arrêté de boire lorsqu'elles s'étaient rencontrées pour la première fois.

Peut-être était-ce à cause de ça qu'elle avait toujours l'air d'avoir les nerfs à fleur de peau. Comme si sa peau était littéralement plus fine que celle d'une personne normale.

Melanie but une longue gorgée de vin. Quelque chose la tracassait. Le scénario qu'elle avait élaboré. Qu'est-ce qui clochait, là-dedans ? Comme elle se laissait retomber sur le canapé, elle comprit ce qui n'allait pas. La chronologie, voilà le problème. Les dates ne collaient pas.

D'après le *Times*, le cadavre de Diane n'avait été découvert que le mardi. Il avait fallu un jour, au minimum, pour que la nouvelle soit imprimée dans les journaux. Pourtant, la lettre était arrivée à son bureau près de deux semaines plus tôt. Elle était datée du 5 avril, et Melanie l'avait reçue le lendemain. Une fois encore, *près de deux semaines* avant que Laura n'ait pu apprendre...

À moins, bien sûr, que Laura elle-même n'ait été impliquée dans cet assassinat.

Laura Seton, meurtrière ? Ça, ça demandait un gros effort d'imagination. Elle était peut-être instable – elle l'avait été dans le passé, du moins –, mais elle n'avait jamais paru violente. Laura était la femme dépressive classique, qui retourne furieusement contre elle-même toute sa colère. En tout cas, elle était ainsi autrefois, au moment où Melanie l'avait connue. Depuis lors, pouvait-elle avoir complètement changé ? Melanie repensa à sa voix, au téléphone, cette force dans le ton qui l'avait tant étonnée. Si la voix de Laura avait pu changer de façon si radicale, son caractère avait-il aussi évolué de la sorte ? Restait la question du mobile, cependant. Ce point nécessitait encore quelques secondes de réflexion.

Elle pense que le livre de Diane a détruit sa vie.
Elle l'a tuée pour se venger.

Cette pensée était troublante. Melanie posa son verre de vin. Le livre avait mis Laura en colère, elle s'en souvenait à présent. Laura semblait considérer que Diane avait manqué à sa parole envers elle. Une réaction qui n'était guère étonnante, vu le portrait que l'écrivain avait brossé d'elle dans le livre... Mais si Laura avait tué Diane pour se venger, pourquoi l'avoir appelée, elle, Melanie ? Pourquoi faire quoi que ce soit qui augmente ses chances de se faire attraper ?

Même ça, songea-t-elle, la psychologie pouvait l'expliquer. On sait que les meurtriers se portent souvent volontaires pour aider à résoudre les crimes dont ils sont responsables. Souvent, ils demeurent étrangement proches du lieu du crime, ou y reviennent. C'est la raison pour laquelle les policiers photographient les foules de curieux qui se pressent autour des sites où un assassinat s'est produit. Ça paraît stupéfiant, mais souvent le tueur est là, rôdant d'un côté ou de l'autre. Peut-être l'appel de Laura relevait-il du même principe – une variation sur ce thème.

Laura. L'appel de Laura. En sursautant, Melanie prit conscience qu'elle avait accepté *ça*, aussi, sans se poser la moindre question. Mais comment pouvait-elle être sûre que la femme qui l'avait appelée était bel et bien Laura Seton ? La voix de la Laura d'autrefois était voilée ; son élocution, hésitante, pleine de soubresauts. Une fois encore, elle se remémora la voix de la femme ce jour-là – ferme, sûre d'elle-même. Melanie avait aussitôt remarqué la différence, mais elle n'était pas allée au bout de sa logique : peut-être cette femme n'avait-elle pas la voix de Laura parce qu'elle *n'était pas* Laura !

Melanie replia les jambes sous elle et termina son

vin. La vague de chaleur bienfaisante qui l'avait envahie un moment plus tôt se dissipait. Le téléphone
sonna. Elle se raidit. Décida de laisser le répondeur
prendre l'appel. La voix désincarnée de Paul résonna
à travers la pièce :

– Allô, chérie ? Tu es là ? Salut... Bon, alors je suppose que tu es déjà au lit. On se parle demain. Je
t'aime.

Je t'aime.

Ces deux mots lui résonnèrent aux oreilles, brièvement, avant de s'évanouir.

*Mais est-ce que moi je t'aime ? Est-ce que je t'aime
vraiment ?*

La question tournoyait sans fin dans sa tête.

En entendant le téléphone sonner, elle avait supposé
que c'était Laura. Laura, ou la femme qui l'avait appelée à son bureau. Son numéro était dans l'annuaire,
après tout, facile à trouver. Le fait que la femme n'ait
pas essayé de l'appeler chez elle la rassurait quelque
peu. Ou peut-être avait-elle tout simplement assez de
jugeote pour savoir que Melanie ne répondrait pas.

Elle se renversa sur les oreillers, les yeux rivés sur
le plafond. La légère ivresse que lui avait procurée le
vin laissait place à un brouillard qui s'épaississait de
plus en plus dans son esprit. Elle avait l'impression
d'être là depuis des heures, mais il lui restait encore à
trouver des réponses à ses questions. Elle ne cessait
de penser qu'il lui fallait davantage d'informations.
Elle avait envisagé d'aller elle-même à la police, pour
signaler le mot qu'elle avait reçu. Mais, comme Laura
– ou la femme qui prétendait être Laura –, elle aussi
préférait rester discrète à ce sujet.

Elle n'avait nullement l'intention de devenir la cible
des journaux à sensation – surtout pas au moment où
elle s'apprêtait à postuler comme associée aux élec-

tions du mois prochain. Harwich & Young était une société terriblement vieille école, circonspecte à l'extrême. Le moindre risque de scandale pouvait faire pencher la balance. Elle refusait de laisser ce genre de chose se produire. Sa carrière avait déjà dérapé une fois à cause de Steven Gage. Elle avait eu beaucoup de chance d'avoir une nouvelle opportunité. Elle ne pouvait pas tout flanquer en l'air.

Il faut que tu lui reparles. Il faut que tu la rencontres.

D'abord, cette pensée l'étonna. Mais bon, elle ne manquait pas de logique. En insistant pour la voir, pour qu'elles se retrouvent face à face, elle forcerait la main de la femme qui l'avait appelée. Si elle n'était pas Laura, elle disparaîtrait peut-être purement et simplement. Et si cette femme était Laura ? Qu'arriverait-il ? Melanie essaya de se projeter dans ce possible-là, d'en examiner les avantages et les inconvénients. Une rencontre compliquerait-elle encore une situation déjà suffisamment embrouillée comme ça ? Bien sûr c'était une possibilité, mais elle n'avait pas vraiment le choix. Et cette fois, au moins, elle serait préparée. Il fallait qu'elle prenne ce risque.

Dimanche 23 avril

Il fallait environ trois heures pour aller de Merritt à Manhattan, un peu moins en roulant vite. Callie avait prévu de se mettre en route plus tôt, mais elle avait traîné avec Anna au petit déjeuner. Elles s'étaient préparé des pancakes aux myrtilles et du jus d'orange frais. Quand elle avait enfin déposé sa fille chez les Creighton, il était déjà 9 heures passées.

Tout en roulant sur l'autoroute 91, elle songea à ce qu'elle voulait dire à Melanie. Elle avait été étonnée de l'entendre lui proposer une rencontre. Au téléphone, l'avocate lui avait pourtant assez nettement donné l'impression de ne pas lui faire confiance. Elle dut se répéter que la dernière fois qu'elles s'étaient vues, elle était dans un sale état. Melanie n'avait aucun moyen de savoir à quel point elle avait changé. Aujourd'hui, elle s'en tiendrait aux faits. C'était la meilleure approche possible. Elle avait apporté la montre et le mot, comme Melanie le lui avait demandé. Des preuves concrètes.

À l'approche de Manhattan, la circulation devint frénétique et hargneuse. Voitures et camions changeaient de voie à tout bout de champ, évitant de justesse les collisions. Un taxi jaune lui coupa carrément la route, leurs pare-chocs faillirent s'accrocher – et le chauffeur lui jeta un regard assassin ! Callie crispa les mains sur le volant. Devant elle se dressait la silhouette déchiquetée et majestueuse des gratte-ciel new-yorkais.

Elles avaient convenu de se retrouver à l'hôtel Lowell – une idée de Melanie. Lorsque Callie eut enfin garé sa voiture, elle avait près d'une demi-heure de retard. Et pas moyen de prévenir Melanie puisqu'elle n'avait pas son numéro de portable. Elle marcha à toute vitesse, en priant pour que l'avocate l'ait attendue. Elle traversa Park Avenue avec ses rangées d'immeubles à façades blanches, passa devant la tour Met Life, puis devant une église en brique rouge.

Arrivée à l'hôtel, elle se précipita devant le portier, descendit un court escalier et, à bout de souffle, continua sur sa lancée. Elle se retrouva soudain devant une grande et mince femme blonde qu'elle faillit bousculer.

Pendant quelques instants, elles se dévisagèrent.

Cette femme, c'était Melanie.

Une expression étrange passa sur son visage – un mélange d'étonnement, de regret et de confusion. Puis elle se ressaisit et lui tendit une main aux ongles impeccablement manucurés.

– Bonjour, Laura.

Callie se crispa. C'était une chose d'entendre ce prénom au téléphone, c'en était une autre quand quelqu'un l'utilisait pour s'adresser directement à elle. Laura Seton n'existait plus, sinon dans la mémoire d'une poignée de personnes.

– Je vous en prie, appelez-moi Callie, dit-elle en s'efforçant de sourire. Je suis vraiment désolée d'être en retard. Merci beaucoup d'avoir attendu.

– J'ai pensé que vous aviez dû vous perdre. J'espère que mes indications étaient claires... ?

192

– Elles étaient parfaites.

Callie inspira. Elle éprouvait un léger vertige.

Il y eut un bref moment de silence ; elles se regardèrent d'un air hésitant, puis Melanie l'entraîna vers les ascenseurs.

– Nous allons prendre le thé là-haut, dans la Pembroke Room. Le thé, ou le déjeuner. Ce que vous voudrez.

Elles ressortirent de la cabine au deuxième étage.

De la musique classique passait en fond sonore. Elles prirent place à une petite table ronde. La salle était une oasis d'élégance et de tranquillité ; la ville semblait à mille lieues de distance. Il y avait des rideaux en dentelle aux fenêtres, des tentures sur les murs et des tapis épais qui étouffaient les bruits. De la porcelaine blanche avec un liseré bleu et or. Une bougie sur la table.

– Ça fait tellement longtemps..., dit Melanie en dépliant sa serviette pour la poser sur ses genoux. Vous êtes splendide.

– Merci, répondit Callie, puis elle mentit : Vous aussi.

En fait, Melanie n'avait pas bonne mine. D'abord, elle était beaucoup trop mince. Son pull en jersey noir épousait ses côtes comme une seconde peau. Son corps donnait l'impression de n'être qu'angles et rebords saillants, un meccano d'os nerveusement ficelés les uns aux autres. Mais, plus important encore, c'était dans ses yeux que Callie voyait le changement le plus radical. Ils étaient du même bleu extraordinaire qu'autrefois, mais ils semblaient étrangement froids. *Éteints* fut le mot qui lui vint à l'esprit – comme si le feu de la vie s'en était échappé. La chevelure étincelante qui tombait autrefois en cascade jusque sous ses épaules rasait à présent ses joues, qui elles aussi paraissaient froides et ternes. Clair de lune plutôt que soleil.

Derrière leur table se trouvait un énorme bouquet de lilas dont l'odeur douceâtre parfumait l'atmosphère. Malgré l'ambiance paisible, Callie se sentait mal à l'aise. Sur la douzaine de tables qui les entouraient, deux étaient occupées. Dans un angle, un homme et deux femmes d'allure très conventionnelle prenaient le thé avec des scones. L'autre table, plus vaste, était occupée par un groupe de jeunes femmes qui riaient haut et fort. Il y avait davantage de gens autour d'elles que Callie ne l'avait escompté, certainement beaucoup trop à son goût. Elle se demanda si Melanie n'avait pas commis une erreur de jugement. Qu'étaient-elles donc venues faire ici ? Ce n'était guère le cadre qu'elle aurait choisi pour une conversation confidentielle comme celle qu'elles devaient avoir.

Callie ouvrit le menu. Melanie l'imita.

— C'est pour moi, s'empressa-t-elle de préciser tandis que Callie jetait un œil sur les prix.

Quand le serveur s'avança, Melanie commanda un thé avec des sandwichs. Hésitante, et n'ayant pas très faim, Callie choisit la même chose.

Le serveur s'éloigna. Callie s'aperçut que Melanie la dévisageait.

— Je suis désolée de vous regarder comme ça, dit l'avocate. C'est juste que vous avez l'air tellement... différente.

Callie esquissa un sourire.

— Je suis différente. Je suis une femme totalement différente de celle que j'étais.

— Alors, vous habitez dans le Massachusetts ?

— À Merritt. Dans l'ouest de l'État.

— Du côté des monts Berkshire ?

– Pas très loin. Plus près d'Amherst et de Northampton.

– Il y a une université, par là-bas, je crois ?

– Windham. J'y ai terminé ma licence. Maintenant, je travaille au bureau des anciens élèves, et en plus je suis inscrite en psychologie.

– J'étais dans la région il y a quelques années. Une très belle partie de la Nouvelle-Angleterre.

Agréable, mais totalement impersonnelle, la conversation continua sur cette lancée. Callie avait l'impression qu'elles piétinaient. Melanie attendait-elle quelque chose de sa part ?

Le serveur arriva avec des assiettes contenant divers petits sandwichs triangulaires disposés en pyramide, et une fleur.

En attendant que le thé refroidisse, Callie mangea un sandwich. L'appétit lui vint tout à coup ; elle s'aperçut même qu'elle était affamée. Elle avala un sandwich au saumon et en prit aussitôt un autre, au concombre.

– Alors, vous êtes venue directement de Washington à New York ? demanda-t-elle entre deux bouchées.

– Exactement. Ça fait maintenant cinq ans que je suis ici. J'adore cette ville.

– Et votre mari ? Ça lui plaît de vivre ici ?

Le visage de Melanie sembla se pétrifier.

– Je ne suis pas mariée.

– Je suis désolée. Je croyais...

– J'étais mariée, mais plus maintenant.

Le ton de Melanie incita Callie à abandonner le sujet.

– Ces sandwichs sont délicieux, dit-elle pour revenir sur un terrain plus neutre.

L'avocate buvait déjà sa seconde tasse de thé, mais elle n'avait rien mangé du tout. Elle poussa son assiette sur la table avec une grimace vaguement dégoûtée.

– J'ai pris mon petit déjeuner assez tard. Je n'ai vraiment pas faim.

Callie avait terminé ses propres sandwichs. Elle regarda Melanie.

– Ça vous ennuie si je...

– Je vous en prie, l'interrompit l'avocate en agitant la main. Faites-vous plaisir.

Le serveur apporta des fraises dans une coupe. Callie continua de manger. Par-dessus l'épaule de Melanie, elle jetait de temps en temps un coup d'œil vers le groupe des jeunes femmes joyeuses, dont les salves de rire emplissaient la salle. Une fête en l'honneur d'une future mariée, peut-être. Ou une sortie entre étudiantes. Quel que fût le motif de leur rencontre, il n'avait rien à voir avec la raison de sa présence à elle dans cette pièce.

Callie prit de la crème fraîche avec sa petite cuiller et la fit glisser sur les fraises. Puis elle jeta à Melanie un regard attentif, en se demandant ce qui allait maintenant se passer.

Comme si elle avait lu dans ses pensées, Melanie se pencha en avant.

– Je n'étais pas certaine que c'était vraiment vous qui alliez venir, dit-elle dans un quasi-murmure.

Pour la première fois, Callie perçut dans sa voix une trace d'accent du Sud. Stupéfaite, elle leva de nouveau les yeux vers elle.

– Pardon ?

– Quand vous m'avez téléphoné, vous aviez l'air si différente... Je me suis dit que ce n'était peut-être pas vous, qu'il pouvait s'agir d'un leurre. C'est pour ça que je voulais qu'on se rencontre ici, de cette façon.

Je me disais que vous ne viendriez peut-être pas. Ou que si vous veniez, vous seriez quelqu'un d'autre.

– Eh bien...

Callie ne savait plus quoi dire. Cet aveu la stupéfiait. Certes, elle avait perçu la méfiance de Melanie à son égard, mais elle n'en avait pas pris la pleine mesure. Si la femme qui lui faisait face avait douté de son identité, quels autres doutes nourrissait-elle à son sujet ?

– Et la lettre, la montre ? Avez-vous cru ce que je vous ai dit ?

Melanie se mordit la lèvre inférieure. Elle sembla réfléchir à quelque chose, puis prendre une décision.

– Nous devrions parler de tout ça en privé. Mon appartement est à quelques pas d'ici. Là-bas, nous serons plus à l'aise.

Callie acquiesça avec empressement. Melanie agita en l'air une carte de crédit. Bientôt, elles se retrouvèrent dans la rue. Ni l'une ni l'autre ne dirent mot pendant le court trajet en taxi jusqu'à l'immeuble de Melanie.

L'ascenseur s'éleva en silence jusqu'au quarantième étage.

– C'est magnifique, dit Callie.

En s'avançant dans l'appartement, elle venait de découvrir le spectacle de la ville qui s'étendait au-delà des baies vitrées du salon.

– On voit tout New York ! ajouta-t-elle avec enthousiasme.

– Seulement l'East Side. Et le parc, répondit Melanie en allumant une lumière. Voilà. Asseyez-vous.

Callie s'installa dans le canapé qu'elle lui désignait et embrassa la pièce d'un regard curieux. Murs blancs, canapé blanc, fauteuil blanc. *Melanie White*[1] *dans sa maison tout en blanc.* Comme dans un étrange conte de fées. Était-ce volontaire ? Était-ce une marque de snobisme ? Ou bien aimait-elle tout simplement le blanc ?

À l'exception de quelques photographies encadrées, rares étaient les détails qui personnalisaient le salon. Cet endroit semblait aussi réticent que Melanie elle-même à dévoiler la moindre information un tant soit peu intime.

– Je vous sers quelque chose ? Du café ? de l'eau de Seltz ?

– Non, merci. Ça va comme ça.

Melanie s'assit en face d'elle dans le fauteuil blanc aux confortables coussins. Les dimensions impressionnantes du siège soulignaient sa maigreur, la fragilité manifeste de son corps. Pour la première fois, Callie se dit qu'elle était peut-être malade. Elle s'interrogea malgré elle sur son mariage, sur la date de sa séparation.

– Avant que nous entamions la discussion, déclara Melanie, il faut que je clarifie une chose avec vous. Je ne peux pas vous donner de conseil juridique. Je ne peux pas être votre avocate. Je vous rencontre aujourd'hui en tant... en tant qu'amie, je suppose. Je veux que ça soit clair entre nous dès le départ. J'ai besoin d'être sûre que vous comprenez ça.

Melanie semblait nerveuse, tout à coup. Callie ne voyait pas pourquoi.

– En effet, acquiesça-t-elle. C'est ce que je pensais, moi aussi. Je veux dire, je ne vous paie pas.

Melanie se détendit manifestement, et cette fois ce

---

1. *White* : blanc en anglais. (*Toutes les notes sont du traducteur.*)

fut Callie qui se retrouva mal à l'aise. Elle avait l'impression d'avoir raté quelque chose, et elle aurait voulu demander quoi. Mais, avant qu'elle ait pu formuler la moindre question, son interlocutrice reprit la parole :

– Avez-vous apporté la montre ?

– Oui. La montre et la lettre, les deux.

– Je peux les voir ?

– Bien sûr.

Callie ouvrit son sac à main.

La montre se trouvait dans une petite boîte en carton. Melanie en souleva le couvercle.

– Il vaut peut-être mieux que je n'y touche pas. Même si elle a beaucoup été manipulée depuis que votre fille l'a trouvée, il y reste peut-être des empreintes.

Des empreintes. Callie sursauta. Pourquoi n'avait-elle pas pensé à ça ? Mais, à peine la question lui avait-elle traversé l'esprit qu'elle en trouva la réponse. Steven n'avait jamais laissé d'empreintes. Jamais. Pas une seule fois.

Melanie examina la montre, puis referma la boîte qu'elle posa avec soin sur la table près du fauteuil.

– Et la lettre ? demanda-t-elle en relevant les yeux.

Callie la lui tendit.

Melanie hésita.

– Attendez une minute.

Elle se leva pour aller ouvrir un placard dans le couloir d'entrée. Revint avec une paire de gants en cuir noir.

– Pas vraiment le modèle réglementaire, mais ça vaut mieux que rien, je pense.

Ayant enfilé les gants, elle saisit l'enveloppe et en sortit la feuille de papier. Pantalon noir, pull noir, et maintenant des gants noirs. Environnement tout blanc, vêtements noirs des pieds à la tête...

Malgré les gants, Melanie saisit la lettre d'un geste hésitant, en la prenant par un coin entre le pouce et l'index. Elle l'examina en penchant la tête de côté ; Callie ne voyait pas son expression.

Quand elle la regarda enfin, elle avait l'air troublée.

– Avez-vous la moindre idée de qui aurait pu écrire ça ?

Callie hésita.

– Pas vraiment. Je veux dire, je n'ai aucune preuve.

– Mais vous avez une idée ?

– C'est sans doute idiot, mais j'ai aussitôt pensé à Lester Crain.

– Lester Crain ? répéta Melanie, les yeux écarquillés.

– Le jour où Steven a été condamné, il a promis que nous allions tous payer, un jour ou l'autre. Il nous a regardés dans le tribunal, avec une haine incroyable sur le visage. Tout le monde a tiré un trait là-dessus en disant que c'était la réaction d'un fou furieux, mais... Moi, je le connaissais très bien. Il pensait vraiment ce qu'il disait. Et puis, bon, il ne pouvait pas se venger lui-même, bien sûr. Il fallait qu'il organise ça avec quelqu'un. Quelqu'un qui avait une dette envers lui. Steven a aidé Crain à obtenir un nouveau procès. Et Crain a toujours dit qu'il trouverait un jour le moyen de le remercier.

Melanie porta une main à son front.

– Je... c'est assez difficile à croire.

– Je ne dis pas que c'est la solution. C'est juste... ce à quoi j'ai réfléchi.

– Je pense que vous devriez aller voir la police.

Callie secoua résolument la tête.

– Non. Je ne peux pas.

200

– Pourquoi ?

Il y avait quelque chose dans la voix de Melanie, une sorte de politesse trop manifeste, qui mit Callie sur la défensive. Elle avait l'impression qu'elle essayait de la manipuler.

– Il faut que vous fassiez quelque chose, insista l'avocate. Vous ne pouvez pas vous contenter d'ignorer ce qui s'est passé. La police doit enquêter, aller au bout de cette histoire. S'il y a un rapport entre la mort de Diane et ces objets, la police sera la mieux à même de le découvrir. Sinon, s'il s'agit de tout autre chose..., elle pourra aussi y regarder de plus près.

Callie hocha la tête, lentement, en restant muette.

– Peut-être que ce n'est pas la montre de Diane, ajouta Melanie d'un ton apaisant. Après tout, ce n'est qu'une Cartier ordinaire. J'en ai une, moi aussi.

Elle tendit le poignet pour montrer sa Tank en or – avec un bracelet noir. Tout ce que Callie put penser, ce fut : *Ce n'est pas du tout la même !*

– Ce sont deux montres totalement différentes, dit-elle pour souligner cette évidence.

– Mais de la même marque. Le même fabricant.

– Et alors ? répondit Callie, méduséé. La montre qu'Anna a trouvée est *exactement* identique à celle de Diane sur la photographie.

Melanie se pencha en avant en joignant les mains devant sa poitrine.

– Écoutez, vous m'avez demandé si je vous croyais. Je ne suis pas certaine de savoir pourquoi, mais je vous crois. Néanmoins, vous m'avez mise dans une situation difficile. Quand vous m'avez appelée, vous m'avez prise par surprise. Ce n'est qu'à la fin de notre conversation que vous avez évoqué le secret professionnel avocat-client. Ça ne m'était pas venu à l'esprit. Le hic, voyez-vous, c'est qu'une affaire pareille... Je ne peux pas garder ça pour moi. Ce serait parfaitement contraire à la déontologie. Il y a une enquête criminelle en cours. Ce que vous m'avez dit pourrait être très utile dans le cadre de cette enquête. Vous-même, vous êtes peut-être en danger. Vous n'avez aucune idée de qui est derrière tout ça. Vous ne savez pas ce que le ou les responsables ont l'intention de faire demain ou dans les jours à venir.

– Je m'en rends bien compte ! répliqua Callie. Vous croyez que je n'y ai pas déjà pensé ?

Un silence tendu tomba entre les deux femmes.

Une pensée s'imposa à l'esprit de Callie. Maintenant, elle comprenait pourquoi Melanie avait pris grand soin de définir le cadre de leur discussion. Pas de relation avocat-client. *Amies*. Bien sûr, il y avait une raison à cela. C'était à cause de la règle de confidentialité, mais celle-ci devait avoir certaines limites. Si Melanie n'était pas officiellement son avocate, peut-être la règle ne s'appliquait-elle pas. Cette possibilité lui paraissait évidente, maintenant, bien qu'elle n'y ait pas pensé auparavant. Cependant, elle avait fait *confiance* à Melanie pour ne pas divulguer leur conversation. Est-ce que ça, ça ne signifiait pas quelque chose ?

– Je suis désolée, dit Callie. Je ne voulais pas m'énerver ainsi.

– La situation a de quoi vous énerver.

– Oui. C'est vrai, enchaîna Callie en s'efforçant de s'exprimer d'une voix ferme. Mais ce que j'en fais, de cette situation – si je fais quoi que ce soit –, ça ne concerne que moi. C'est une décision qui m'appartient. C'est pour ça que je vous ai appelée, vous, plutôt que quelqu'un d'autre. Je pensais que puisque vous êtes avocate, vous devriez respecter le fait que je vous parle en confidence.

– Je comprends bien ça. Mais, même quand la règle de confidentialité s'applique, elle n'est pas absolue. Par exemple, si vous me disiez que vous avez l'intention de commettre un crime...

Callie se redressa subitement sur le siège.

– Mais ce n'est pas du tout ça ! Ce n'est pas du tout la même chose !

– Non. Vous avez raison. N'empêche, ce n'est quand même pas le genre de chose que déontologiquement je peux garder pour moi. Au grand minimum, je dois en parler à l'un des associés de mon cabinet. Je travaille pour eux. Il faut qu'ils soient informés de cette affaire. La conversation que nous avons aujourd'hui... Là, la règle ne s'applique pas. Avant de commencer la discussion, nous sommes tombées d'accord sur le fait que je ne suis pas votre avocate. Quand nous avons parlé au téléphone avant cela – pour être honnête, là j'avoue que c'est un peu flou. Mais même si notre conversation est protégée par le secret professionnel, je peux quand même en référer aux avocats avec lesquels je travaille. La confidentialité s'étend par définition aux autres membres du cabinet.

– Oh, fit Callie, et elle se mordit la lèvre – elle n'avait pas pensé à ça. Et eux... est-ce qu'ils pourraient parler à quelqu'un ? À la police, je veux dire ?

– Ça dépend. Je ne peux pas prévoir leur réaction.

– Vous n'avez encore rien dit à personne ?

Un silence.

– Non. Je n'ai rien dit.

Callie connut un bref moment de soulagement. Au moins, il lui restait encore une chance. Mais elle commençait à perdre le contrôle de la situation ; elle était désemparée. Tout ce qu'elle savait, c'était qu'elle devait faire quelque chose pour empêcher Melanie de parler.

– Je vous ai appelée parce que je vous faisais confiance.

Les mots avaient franchi ses lèvres avant qu'elle ait eu le temps d'y réfléchir. Si elle n'était pas certaine de leur véracité, ils eurent au moins l'effet voulu : Melanie sembla tout à coup hésitante, incertaine. Callie tira parti de cet avantage :

– Si vous ne voulez pas être impliquée, très bien. Je comprends. Mais je ne veux pas que d'autres gens soient au courant. C'est mon problème. Je peux le régler seule.

– À vrai dire, ça, je n'en suis pas du tout sûre. Il ne s'agit pas que de vous, vous voyez. D'autres personnes sont peut-être en danger.

Callie la dévisagea avec étonnement.

– Que voulez-vous dire ?

– Simplement que... l'assassin de Diane est encore en liberté.

Melanie avait détourné les yeux. Elle paraissait assez mal à l'aise.

– Il y a autre chose..., dit Callie. Quelque chose dont vous ne m'avez pas parlé.

Melanie se rembrunit ; Callie songea qu'elle avait vu juste. Mais, une seconde plus tard, les traits de l'avocate retrouvèrent leur sérénité. Et quand elle reprit la parole, son expression était lointaine, son visage, un masque lisse :

– Qu'est-ce qu'il pourrait bien y avoir d'autre ? Diane a été assassinée peu après que vous avez reçu la lettre de menace. Laquelle lettre a été envoyée le jour anniversaire de l'exécution de Steven Gage. Diane a écrit un livre sur Steven. Quelques jours après le meurtre, quelqu'un vous a envoyé sa montre. Il ne faut pas chercher longtemps pour relier ces points entre eux. Ce n'est pas bon, Lau... – Callie.

– Le mot dit « Joyeux anniversaire ». Ce n'est pas à proprement parler une *menace*.

Melanie la regarda en secouant la tête, mais n'argumenta pas.

Callie poursuivit :

– Et comme vous l'avez dit vous-même, il peut ne pas s'agir de sa montre. Peut-être que je me trompe.

– Oui, peut-être. Mais, d'un autre côté, peut-être que vous avez raison.

Callie se leva soudain, marcha jusqu'à la baie vitrée et regarda la ville. Elle s'aperçut avec étonnement qu'il faisait encore grand jour, alors qu'elle avait l'impression d'être là depuis des heures et des heures. Ses yeux glissèrent vers les photographies posées sur les étagères à sa droite. Melanie en costume de remise des diplômes, à côté d'un homme âgé. Une jolie Afro-Américaine devant la tour Eiffel. Un groupe d'hommes et de femmes souriants alignés sur la pelouse d'une université. En examinant cette petite collection d'images, Callie comprit ce qu'il y manquait. Aucun signe de son ex-mari. Aucun signe, non plus, de Steven Gage. Voilà comment on se créait un passé. En sélectionnant tel ou tel morceau. En exposant les épisodes choisis, en éliminant le reste. Ensuite, si on avait beaucoup, beaucoup de chance, on réussissait à oublier.

La voix de Melanie s'éleva derrière son dos :

– J'ai une idée.

– OK, répondit Callie en se retournant, les bras croisés sur la poitrine.

– Vous souvenez-vous de Mike Jamison ?

– Je connais ce nom...

– Il travaillait pour le FBI. À l'Unité d'aide à l'investigation.

– Le spécialiste du profilage, acquiesça Callie, qui

se souvenait à présent. C'est lui qui a fait toutes ces interviews de Steven. Juste avant...

— Oui.

Malgré les années passées, elles évitaient encore, toutes les deux, de prononcer ces mots : *juste avant l'exécution.* Juste avant sa mort. Juste avant que l'État du Tennessee ne lui plante une aiguille dans le corps.

— Et alors ? relança Callie. Pourquoi pensez-vous à Mike Jamison ?

— Ce n'est qu'une idée... Je ne lui ai pas parlé depuis plusieurs années. Aux dernières nouvelles, il avait quitté le FBI et travaillait pour une société de sécurité. C'est un type remarquable. J'avais fini par plutôt bien le connaître pendant la procédure d'appel, et je... je l'aimais bien.

Melanie paraissait curieusement embarrassée, tout à coup. Ses joues rosirent. Une poussée de couleur qui ne fit que souligner la pâleur de son teint.

Rapidement, elle enchaîna :

— Je me disais que je pourrais lui passer un coup de fil. Il a de très bonnes relations dans la police et dans le monde de la justice en général. Il aurait accès à bien plus d'informations que vous et moi. Il pourrait faire analyser la montre et la lettre pour voir s'il s'y trouve des empreintes digitales. Il pourrait sans doute découvrir, aussi, si la montre appartenait à Diane.

Le cœur de Callie se mit à battre plus fort.

— Et... si elle lui appartenait bel et bien ?

— Là... je ne sais pas. Mais, prenons les choses l'une après l'autre.

— Et vous ne lui diriez pas qui je suis ? Ni où vous avez eu la montre ?

Melanie hésita.

— Dans l'immédiat, je n'aurais pas à le faire. Pas tant qu'on n'aura pas établi que la montre a appartenu à Diane, mais si c'était le cas. Là, il faudrait que je parle à quelqu'un. Je ne vois pas d'autre solution. Même maintenant, ça me semble problématique de garder tout ça pour moi.

Callie se mettait à la place de Melanie. Elle comprenait. Mais si rien ne l'empêchait de parler, pourquoi coopérait-elle ?

— Pourquoi feriez-vous tout ça ? demanda Callie avec une pointe de suspicion dans la voix.

Melanie rougit de nouveau, cette fois de façon plus marquée.

— Quand nous avons parlé au téléphone la première fois, vous pensiez pouvoir me faire confiance. J'aimerais ne pas vous décevoir, dans la mesure du possible.

— Je vois.

Une fois encore, Callie eut l'impression que Melanie lui cachait quelque chose, qu'elle avait une idée derrière la tête. Elle aurait aimé savoir de quoi il s'agissait avant de prendre une décision. Mais elle voyait à son expression déterminée qu'elle refuserait de se livrer davantage.

— Et si je ne suis pas d'accord ? demanda Callie. Que ferez-vous, en ce cas ?

La réponse de Melanie ne se fit pas attendre. Elle dit d'une voix ferme et assurée :

— Je devrais consulter certains membres de mon cabinet. Nous avons un Comité d'éthique.

Le soleil avait entamé sa descente ; des ombres envahissaient le salon. Callie jeta un coup d'œil à la Swatch qu'elle portait au poignet. *3 : 35*. Il fallait qu'elle ait repris la route d'ici une heure au maximum. Rick était parti une fois de plus chez ses parents. Quand elle avait déposé Anna chez les Creighton, elle avait promis de la reprendre avant le dîner.

Elle se tourna vers Melanie, soutenant son regard.

– Donc je n'ai pas vraiment le choix.

– Je crois que c'est à peu près ça.

Les tableaux étaient vraiment affreux. Pastels mièvres sur du mauvais papier – la pire espèce de croûtes pour touristes. Couchers de soleil sur le fleuve Hudson. L'Empire State Building. Deux gros enfants aux sourires débiles faisant du skate-board dans Central Park. Et, comble de malchance, il était arrêté devant l'un des plus laids. Mais c'était là qu'il devait se mettre pour avoir une vue dégagée sur la porte de la femme.

– Il vous plaît, celui-là ? Je vous fais un prix.

Le peintre – impossible de lui donner le nom d'*artiste* – était grassouillet, avec un visage rougeaud. Ses ongles étaient crasseux, ses yeux injectés de sang. Il empestait le gin et le tabac.

– Je vais y réfléchir.

Il décocha un sourire engageant au bonhomme, puis s'éloigna rapidement. Aussi prudent qu'il ait été dans le choix de son déguisement, ce n'était pas la peine de forcer le destin. Il était à peu près sûr que le peintre était alcoolique et ferait difficilement un témoin crédible. N'empêche, ce n'était pas strictement impossible qu'il se souvienne de lui. Avec regret, il songea qu'il ne devait jamais revenir dans ce lieu. Il lui faudrait trouver un autre endroit d'où observer l'immeuble de la femme. Par chance, ce jour-là il faisait froid – moins de cinq degrés. Personne ne risquait de trouver étrange qu'il porte un manteau, des gants et un chapeau.

Il décida de traverser la rue, de s'approcher pour mieux voir.

Mais, à l'instant où il s'engageait sur la chaussée, il

la vit – *elle ? !* – venir vers lui. Il se figea quelques secondes, incapable de faire un geste, comme un animal paralysé par le faisceau des phares d'une voiture. Un brouillard se leva dans son esprit. Il ne pouvait plus respirer. *Comment se fait-il qu'elle soit là,* elle ?

Extrêmement troublé, il battit en retraite au milieu de la foule. Il avait l'impression de vivre un rêve étrange et improbable, où rien n'était à sa place. Ici, c'était l'immeuble de Melanie. Manhattan. Central Park South. Pendant quelques instants de folle espérance, il songea qu'il avait fait erreur. Il avait vu quelqu'un qui *ressemblait* à Laura, mais ce n'était pas Laura. Son optimisme dura jusqu'à ce qu'il regarde la femme une seconde fois.

Elle se tenait au coin de la rue, hélant un taxi. Impossible de se méprendre sur son identité. Elle avait la même expression de perplexité un peu désemparée qu'il lui avait souvent vue quand elle était seule. Bien sûr, elle n'était pas seule à ce moment-là ; une foule de piétons déferlait autour d'elle. Mais, malgré la cohue, il percevait son sentiment de solitude. Tant mieux. La tristesse qui se lisait sur son visage lui procurait, à lui, une joie certaine. Elle avait *toutes les raisons* d'être malheureuse. Toutes les raisons de se sentir seule. Voilà ce qu'elle méritait ! Néanmoins, le plaisir qu'il éprouvait à la voir souffrir était diminué par une angoisse croissante. Que faisait-elle chez Melanie ? Pourquoi la retrouvait-il ici ?

Un taxi jaune s'arrêta dans un crissement de pneus. Laura s'assit sur la banquette arrière. La voiture tourna à droite et disparut. Il fixa pendant quelques secondes le carrefour où elle s'était tenue, puis partit en direction de la Cinquième Avenue. Ses jambes tremblaient. Son cœur battait à tout rompre. Il avait le vertige. Un tourbillon de questions tournoyait dans sa tête.

Il obliqua vers Central Park et y déambula un moment, sans but. Il passa devant des balançoires, un zoo, un étang. Tout autour de lui, les gens souriaient. Il aurait voulu les voir morts. Une femme accompagnée d'un petit chien blanc hocha gentiment la tête à son attention. Ses lèvres peinturlurées perdirent leur sourire quand il la fusilla du regard. Une seule question, à présent, l'obsédait : *Comment se faisait-il que Laura soit allée chez Melanie ?*

Il marcha et marcha encore, réfléchissant, essayant de comprendre. S'efforçant de modifier son plan d'action en fonction de ce nouveau développement. Donc, Laura et Melanie s'étaient trouvées. Ça, c'était l'évidence. Il était quasi certain que la visite de Laura avait un rapport avec les lettres et la montre. Mais que savaient-elles exactement ? Qu'avaient-elles compris ?

Pendant un moment, il fut hanté par l'idée, troublante, qu'il les avait sous-estimées. Il savait que ces deux femmes étaient intelligentes, bien sûr, mais il ne s'était pas attendu à *ça*. Le simple fait de les imaginer ensemble, en train de bavarder, l'emplissait de rage. Elles n'auraient pas dû se rencontrer. Ce n'était pas ça qu'il avait prévu. Enfin, bon, d'un autre côté... Au moins, il savait maintenant ce qui se tramait. Ça, tant mieux. Il avait découvert qu'il y avait un lien entre les deux femmes. Un sacré coup de chance. Il savoura cette dernière pensée un moment, en se délectant du fait qu'elles, en revanche, *ne savaient pas*. Peu à peu, comme le vent tourne, la confiance lui revint.

Il s'engagea sur un sentier ombragé par une voûte de feuillage. Comme il inspirait profondément, l'odeur de la terre fraîche, humide, lui envahit les narines et le fit penser à Diane. Belle ironie de savoir que cette odeur de printemps lui rappellerait toujours la mort, et la façon dont il l'avait abandonnée là-bas – recroque-villée, inerte, livide.

Puis il repensa à Melanie et à Laura, à leur petit rendez-vous privé. Peut-être que sa présence ici, ce jour-là, n'était pas une coïncidence. *Écris avec du sang et tu apprendras que le sang est esprit.* Ce qu'il venait de voir, se dit-il, était un signe – le signe qu'il devait passer à l'action.

Il était près de 20 heures, et un brouhaha de conver-sations emplissait la salle. Clarence était le nouveau restaurant à la mode de Manhattan. On y venait pour voir autant que pour être vu, songea Melanie, tandis qu'elle examinait le menu d'un œil attentif. Chaque minute qui passait voyait son irritation grandir. La liste des entrées était ridicule, les noms des plats rivali-saient de pédanterie. Confit de joues de bœuf ? *Vous plaisantez.* Profiteroles au saumon ?

De l'autre côté de la table laquée bleue, Paul avait chaussé ses lunettes. Sourcils froncés, il étudiait le menu comme s'il s'agissait du dossier d'un client. Il avait l'air tellement dépourvu d'humour, assis là sur sa chaise, qu'elle ne put s'empêcher de l'asticoter :

– Tu crois qu'ils vont bien vouloir me préparer un hamburger ?

Paul la dévisagea avec une expression navrée.

– Pff..., fit-elle. Je plaisantais.

Et puis soudain, elle se sentit un peu mal. Paul était enthousiaste à l'idée de venir ici ce soir. Il adorait découvrir de nouveaux restaurants.

Un serveur heurta le dos de sa chaise. Melanie serra les dents. Elle se concentra sur le menu, avec détermi-nation, mais rien ne la tentait. Elle se surprit à penser au porc au barbecue qu'elle adorait, enfant, à Nashville. Pas la version servie dans les bars branchés d'aujourd'hui, mais celle de la vraie cuisine traditionnelle du Sud. C'était un plaisir qu'elle partageait avec son père, au grand dam de sa mère. Leur bonne, Ruby, leur en ramenait de pleines boîtes d'un endroit proche de chez elle, dans le nord de la ville.

Elle relut la liste des plats. Confit de canard ? Côtelettes d'agneau ?

Elle ferma le menu et le posa sur la table.

– Choisis à ma place.

– Tu es sûre ? demanda Paul en levant les yeux d'un air vraiment content.

– Mais oui. Pourquoi pas ?

Après tout, il fallait bien qu'elle prenne quelque chose.

Les deux semaines précédentes, elle avait à peine mangé. Uniquement des yaourts, des carottes râpées et des jus. Elle avait essayé d'ingurgiter des flocons d'avoine le matin même, mais elle s'était étouffée au bout de deux cuillérées.

Paul appela le serveur, auquel il commanda plats et vins. Ses fins cheveux châtains se clairsemaient. D'ici cinq, dix ans maximum, il serait chauve.

–Tu es certaine que ça va comme ça ? demanda-t-il.

– Absolument.

Un serveur passa à côté de leur table avec des assiettes chargées de montages élaborés de nourriture. Elle perçut un mélange de parfums exotiques – de l'anis, aussi, et peut-être de la menthe. Paul saisit un gressin et le plongea dans un ramequin de sauce. Les bruits qu'il faisait en mâchouillant étaient plutôt agaçants.

Il se tapota les lèvres avec une serviette.

– Alors, comment était ta journée ?

Melanie but une gorgée d'eau.

– Excellente. Et toi ?

Il n'en fallait pas davantage. Il se lança dans un compte rendu complet. Comment il avait passé une heure entière à s'exercer sur le StairMaster avant de partir au travail. Et puis la satisfaction très manifeste de Jason Fisk – un associé prééminent – face au pré-rapport qu'il lui avait présenté. Elle se demanda avec une pointe d'amertume combien de temps il mettrait à remarquer son silence. Puis, confuse, se dit qu'elle n'était pas juste envers lui. Si elle n'avait pas envie de parler, elle ne pouvait pas lui reprocher de faire la conversation pour deux.

N'empêche, plus il bavassait, plus il lui tapait sur les nerfs.

Leurs assiettes arrivèrent. Paul continuait de parler. Les pensées de Melanie l'emmenèrent vers Mike Jamison. Elle se demanda s'il avait beaucoup changé. Il y avait plus de cinq ans qu'ils ne s'étaient vus – depuis l'exécution de Gage. Si le sourire de Paul était, certes, étincelant, celui de Jamison avait... du mordant. Elle se souvenait de la première fois qu'elle avait vu ce sourire, la façon dont tout son être y avait été sensible. C'était un sourire qui exprimait plusieurs sentiments à la fois : amusement, ironie, tristesse...

Elle avait appelé Jamison en fin d'après-midi, à son bureau, en laissant un message sur le répondeur. Par chance, elle connaissait le nom de la firme pour laquelle il travaillait à présent. Elle avait consciencieusement recopié les renseignements de la carte de visite qu'elle avait reçue quand il avait quitté le FBI. Il lui avait suffi de tourner les pages de son organiseur pour retrouver ses coordonnées.

– Alors, c'est comment ?

La voix de Paul la ramena au présent, à la nourriture déposée devant elle sur la table.

– Fabuleux, dit-elle. J'adore.

– Tu y as à peine goûté.

Melanie baissa les yeux sur son assiette. Il y avait des couches de jaune, de vert et d'orange par-dessus quelque chose qui était blanc. C'était quoi ce truc que Paul avait commandé pour elle ? Ça ressemblait à du poisson. Elle s'aperçut qu'elle en avait coupé plusieurs morceaux – avant de les aligner soigneusement.

Elle se força à en avaler une bouchée, puis poussa son assiette vers Paul.

– Je crois que je n'ai pas très faim. Veux-tu mon plat ?

– Très bien, répliqua-t-il d'un ton sec.

Manifestement, il était mécontent.

Ils se parlèrent à peine jusqu'à la fin du repas. Ils ne prirent pas de dessert. Melanie éprouva un vif soulagement quand Paul posa sa tasse de café et demanda l'addition.

Dehors, la nuit était fraîche. Il leur fallut un moment pour trouver un taxi. Ils attendirent en silence au bord du trottoir, le bras levé, comme s'ils se connaissaient à peine. Paul lui donna un baiser froid avant qu'elle ne monte dans la voiture. Il ne demanda pas à venir avec elle, ce dont elle lui fut reconnaissante.

La première chose qu'elle vit en arrivant chez elle, ce fut le voyant rouge clignotant du téléphone. Sans même avoir retiré son manteau, elle s'avança à grands pas vers l'appareil.

Elle avait oublié le timbre profond de sa voix, forte et pleine d'assurance. Le simple fait d'écouter ce message l'emporta vers le passé, vers ces semaines de désespoir qui avaient précédé l'exécution. Jamison était complètement absorbé par son travail ; c'est la chose dont elle se souvenait le mieux. Difficile de l'imaginer à présent dans le secteur privé, sans plus d'attaches avec le FBI.

« Melanie. Mon Dieu, ça fait plaisir d'avoir de vos nouvelles ! disait-il d'un ton apparemment sincère. Écoutez, si vous rentrez chez vous ce soir, appelez-moi à mon domicile. Ne vous tracassez pas pour l'heure. Je ne me couche jamais tôt. »

Suivait un numéro qui commençait par 703. *La Virginie*, songea-t-elle.

Il n'était pas encore neuf heures. Pensive, Melanie se dirigea vers la penderie, où elle accrocha son manteau. Elle n'avait pas envisagé qu'il rappellerait si vite. Pour des raisons qu'elle saisissait mal, son message la troublait. Il y avait eu un lien entre eux, une sorte de compréhension mutuelle, en tout cas c'était ce qu'elle avait ressenti. D'une certaine façon, difficile à exprimer, Mike Jamison avait été important pour elle. Il l'avait appréciée. Il avait cru en elle. Peut-être était-ce aussi simple que ça. En lui parlant de nouveau, elle prenait le risque de découvrir que ce qu'ils avaient partagé n'existait plus. Peut-être parce qu'elle avait tant perdu depuis, elle se raccrochait à ce qui lui restait de cette époque.

Jamison était arrivé à Nashville quelques semaines avant l'exécution. À ce moment-là, il était la star des spécialistes du profilage au sein du FBI, et le principal auteur d'une étude très importante sur les prédateurs sexuels. C'était Gage lui-même qui, après avoir lu certains de ses travaux, avait requis la présence de Jamison. Il lui avait envoyé une lettre très flatteuse, en demandant à le rencontrer. Le ton de sa lettre était doctoral – celui d'un expert s'adressant à un autre expert. Gage avait laissé entendre, pour l'appâter, qu'il accepterait peut-être enfin de se confesser entièrement, de dévoiler les cachettes des dizaines de victimes dont les dépouilles n'avaient jamais été retrouvées. À ce stade, conscient que le temps lui manquait, l'assassin se raccrochait au moindre espoir. Sa proposition était un stratagème évident pour retarder son exécution.

La façon qu'il avait eue de courtiser Jamison avait horrifié ses avocats. Elle se souvenait de l'expression incrédule de Fred Irving quand Gage avait annoncé son projet. Jamison, bien entendu, se fichait de ses motivations. Il ne pouvait laisser passer la chance qui se présentait à lui d'interviewer un meurtrier de son acabit. Et quand ils avaient compris qu'ils ne pourraient rien pour dissuader Gage, les avocats avaient suivi. Irving avait chargé Melanie de faire le lien avec Jamison. Sur le moment, elle avait pris cette mission pour une marque de confiance. Ce n'est que plus tard qu'elle s'était rendu compte qu'en réalité ses patrons avaient tout simplement renoncé.

Avec le recul, il était difficile de voir ce que les interviews auraient pu changer. Même si Melanie considérait que Gage avait fait preuve d'une grande habileté. En sa qualité de tueur en série le plus actif du pays, il détenait un certain pouvoir. Il savait que Jamison serait extrêmement enthousiaste à l'idée de le rencontrer. Il était logique, d'une certaine façon, que Gage recherche son aide et qu'il pense que le profileur du FBI ferait tout son possible pour préserver son spécimen.

Sa première discussion avec Jamison, Melanie l'avait eue autour d'un café, dans un Waffle House proche de la prison. C'était tard le soir, ils étaient quasiment les seuls clients du restaurant. Pour des raisons évidentes, ce qu'elle pouvait dire au sujet de l'affaire était strictement limité. En tant qu'avocate de Gage, il était exclu qu'elle discute des faits marquants de sa culpabilité. Toutefois, rien ne l'empêchait d'écouter

Jamison. Ils étaient restés là pendant des heures, assis sur les banquettes trop dures du box, à boire café noir sur café noir sous le néon cru du plafond. Elle avait exposé ses arguments pour sauver la vie de Gage, puis entendu Jamison.

Cet homme avait dans ses rapports avec autrui la décontraction, l'aisance d'un universitaire doublé d'un athlète. Et quelque chose qui inspirait confiance. On avait naturellement envie de se confier à lui. Était-ce une technique qu'il avait apprise, s'était-elle demandé, ou un talent qu'il avait toujours eu ? Mais la chose qui l'avait le plus impressionnée, c'était la passion qu'il avait pour son travail. Elle connaissait nombre d'hommes et de femmes hypermotivés. Son mari. Ses camarades de fac. Ses collègues. Mais en Jamison elle sentait une pureté qui était, pour elle, complètement nouvelle : il n'était motivé ni par l'argent, ni par le pouvoir, mais par l'envie de savoir.

Ils avaient parlé de la défense pour aliénation mentale et s'étaient demandé si Steven aurait pu y avoir recours. À ce moment-là, bien sûr, la question n'avait plus lieu d'être – même s'il avait voulu reconsidérer son système de défense. Jamison avait dit que Gage n'était pas fou, en tout cas pas au regard de la justice. Mais elle avait perçu dans sa voix une ironie qui l'avait fait tiquer.

« Vous ne pensez pas pour autant qu'il est sain d'esprit ? »

Haussement d'épaules de Jamison.

« Il savait ce qu'il faisait, et il savait que c'était mal. Ça, c'est la définition légale de base. Il ne fait aucun doute qu'il entre dans ce cadre-là. Mais sain d'esprit *réellement parlant* ? Pas de mon point de vue. Non. On a beaucoup discuté le fait que Gage était capable de contrôler ses pulsions. Quand il risquait de se faire attraper, il gardait profil bas. Après l'assassinat de Dahlia Schuyler, il n'y a plus eu de meurtres dans le Tennessee. Il a réussi à se retenir jusqu'à ce qu'il ait quitté cet État.

– Alors quoi ? Que voulez-vous dire ?

– Ce que je veux dire, c'est : Et alors ? Allons, madame White, vous êtes une femme intelligente. Qu'est-ce qui cloche dans ce tableau ?

– Je suis son avocate, monsieur Jamison. Je ne peux répondre à cette question. »

Ça faisait un peu trop solennel, même à ses propres oreilles, mais bon, elle était bien obligée de répondre ainsi.

« D'accord. Alors, parlons-en *en théorie*, dit Jamison avec, une fois encore, de l'ironie dans la voix. Un homme réussit à refréner son... sinon incontrôlable, disons son *impérieux* besoin de tuer des femmes, d'avoir des relations sexuelles avec leur cadavre et de les démembrer. Vous entendez parler d'un tel bonhomme. En vous fondant sur votre définition personnelle de la folie, diriez-vous qu'il est sain d'esprit ?

– Non.

– Ce que je veux dire, c'est que la définition légale de la chose n'est pas si utile que ça. En tout cas, pas du point de vue de la psychologie, alors que c'est ce domaine qui m'intéresse. Quand nous posons la question de savoir si un être humain est capable de *contrôler* son besoin de tuer d'autres êtres humains, à mon avis nous esquivons tout net les questions les plus intéressantes. Pour les gens normaux, ce besoin n'existe pas. Ils n'ont pas à le contrôler. Vous et moi, comme la plupart des gens, nous n'avons même aucune idée de ce que c'est que cette pulsion, cette envie de tuer. Les tueurs de ce genre sont profondément différents du reste de la population. Dire qu'il a réussi à *contrô-*

ler ses pulsions, c'est presque ridicule. Cela nous sert à nous rassurer, à croire que le monde est compréhensible. Nous disons : "Il n'est pas fou, il est mauvais. Il a choisi de faire ce qu'il a fait." Mais le genre de choix dont nous parlons là, ce n'est pas un choix que nous, nous avons à faire. C'est le choix de résister à une pulsion qu'aucune personne normale n'éprouve. Pour finir, je crois que nous trouverons un jour l'explication dans le cerveau – du côté des connexions neuronales, ou quelque chose comme ça. Toutes sortes de recherches s'orientent dans cette direction. »

Melanie se souvenait de cette discussion comme si elle avait eu lieu la veille. La première de plusieurs qu'ils avaient eues pendant cette période étrange et terrible à la fois, tandis que les jours s'égrenaient jusqu'à la date de l'exécution.

Puis, tout à coup, c'était arrivé : Steven Gage était mort. Elle s'était réveillée un matin pour découvrir que la raison du combat qui l'avait obsédée s'était volatilisée. Elle avait eu beau savoir que cela viendrait, et essayer de s'y préparer, elle n'avait pas pour autant réussi à encaisser le coup. Le premier jour, elle s'était sentie complètement vide, incapable de la moindre émotion. Elle avait emballé ses dossiers, ses vêtements, comme un robot. Ce n'est que lorsqu'elle avait retrouvé Jamison qu'elle avait enfin éclaté en sanglots. C'était lui qui avait passé cette soirée-là avec elle, à parler et à boire du whiskey.

Le lendemain, elle avait repris l'avion pour Washington, et trouvé Frank au lit avec Mary Beth.

Sans l'effondrement de son mariage, elle aurait pu rester en contact avec Jamison. Mais, à ce moment-là, elle avait eu besoin de toute son énergie pour survivre. Jusqu'alors, sa vie s'était déroulée comme elle l'avait prévu. Elle avait eu le sentiment de contrôler son destin. Puis, successivement, étaient arrivés plusieurs coups dévastateurs. L'exécution de Gage. La trahison de son mari. L'effondrement de sa carrière.

« J'espère que vous comprenez », avait dit Fred Irving, son crâne chauve luisant sous le plafonnier. Derrière son immense bureau, il paraissait un peu nerveux. « Ça n'a rien de personnel. Vous avez fait de l'excellent travail dans l'affaire Gage, mais... vos compétences sont limitées. »

Elle avait voulu hurler « À qui la faute ? », mais, au lieu de ça, elle était restée sagement assise, en hochant la tête. Déjà, elle pensait à son avenir. Elle avait besoin d'une lettre de recommandation de sa part.

Et puis avaient suivi le divorce, l'installation à New York, les années chez Harwich & Young où elle avait réussi à décrocher un poste grâce à Vivian. Si elle n'avait jamais oublié Mike Jamison, ils avaient complètement perdu le contact, et depuis fort longtemps.

Melanie saisit le téléphone, composa son numéro. Il décrocha à la seconde sonnerie.

Il ne dit pas bonjour, mais répéta simplement son nom. Il y avait quelque chose dans sa voix, une grande profondeur de sentiment, qui lui fit chaud au cœur.

– Comment ça va ? demanda-t-il.

– Ça va... *bien*, dit-elle, et puis : Pas vraiment. En fait, j'ai un problème.

– C'est ce que j'avais cru comprendre. Comment est-ce que je peux vous aider ?

Il lui parlait comme si le temps n'avait pas passé. C'était étrange, mais agréable.

– Je... j'ai besoin de vous parler. Confidentiellement.

– Bien sûr, répondit-il sans hésitation.

Ça se passait bien, beaucoup mieux qu'elle ne

l'avait imaginé. Elle lui dit tout. Sans nommer Laura
– Callie –, elle énuméra les éléments importants de
l'affaire. Comment une femme de sa connaissance
avait reçu un mot anonyme le jour anniversaire de la
mort de Gage. Comment, plusieurs semaines plus tard,
une montre Cartier avait été retrouvée par la fille de
cette femme dans un œuf en plastique le dimanche de
Pâques. Il était déjà au courant de la mort de Diane
Massey, qu'il avait apprise par les journaux. Par
conséquent, quand elle précisa que la montre ressemblait à celle de Diane, elle n'eut pas à s'expliquer
davantage.

– Vous pensez qu'il s'agit de la même montre,
affirma-t-il.

Elle essaya de se montrer prudente :

– Bien sûr, au fond je n'en sais rien. Mais cette
affaire est troublante. C'est beaucoup vous demander,
mais j'espérais... j'espérais que vous pourriez m'aider.
Je pensais qu'il vous serait peut-être possible de
demander si la montre de Diane a disparu.

– Je connais des gens dans la police d'État du
Maine. Je peux certainement leur parler. Mais bien
sûr, si c'est vrai, ils ne vont plus me lâcher. Ils voudront savoir d'où je tiens mes infos. Ils voudront
connaître tous les éléments...

– En effet. Je sais. Mais je me disais... Si vous évi-
tiez de mentionner la montre, et si vous jouiez simplement au curieux ? Comme si vous vous intéressiez
personnellement à l'affaire Massey, dans le cadre de
votre travail, de vos recherches. Ensuite, si la montre
de Diane a bel et bien disparu, eh bien... on partira de
là. Je reparlerai à... cette femme, et je lui dirai qu'il
faut qu'elle se dévoile. Je crois que si elle est certaine
que c'est la montre de Diane, elle sera d'accord pour

voir la police. Elle veut juste éviter de passer par cette épreuve si cela doit ne la mener nulle part.

— Je ne pense pas pouvoir faire ça, Melanie, répondit-il d'une voix pleine de regret, mais ferme. Je ne peux pas mentir à ces gens. Si je les approche, je dois être honnête avec eux. Sans doute, je peux leur préciser que dans un premier temps je garderai certaines informations pour moi, mais s'il y a la moindre chose, là-dedans, qui les intéresse, ça ne s'arrêtera pas là. Ils voudront vous parler. Ils voudront parler à cette femme. Si vous ne vous présentez pas à eux volontairement, il est possible que vous soyez toutes les deux assignées à comparaître.

Melanie laissa ses paroles faire leur chemin dans sa tête.

— La femme qui vous a parlé, reprit Jamison, pensez-vous qu'elle ait pu mettre tout ça en scène elle-même ? Qu'elle puisse se servir de la mort de Diane pour attirer l'attention sur elle ?

— Je me suis posé la même question. Mais, après l'avoir rencontrée, je pense vraiment que ce n'est pas ça du tout.

Il y avait aussi le problème de la chronologie des événements. Et de son propre mot d'« anniversaire », arrivé à son bureau avant l'assassinat de Diane. Mais de ça elle n'était pas prête à parler. En tout cas, pas pour le moment.

— Est-ce qu'elle a une explication ? A-t-elle une idée de qui pourrait être derrière tout ça ?

Melanie prit une profonde inspiration.

— Vous vous souvenez de Lester Crain ?

— Lester Crain ? Seigneur, oui ! Mais pourquoi...

La voix de Jamison mourut dans un soupir. Melanie entendit presque les rouages de son cerveau tourner.

– C'est à cause de cette histoire avec Gage, n'est-ce pas ? demanda-t-il.

– Exactement. Elle a dans l'idée que Crain pourrait essayer de venger la mort de Gage.

– Donc cette femme... Est-ce qu'elle connaissait personnellement Gage ?

– Je... je ne peux pas répondre.

À l'autre bout du fil, Jamison inspira brusquement.

– Mon Dieu, Melanie ! Est-ce que c'est vous ?

– Moi ? fit-elle, et elle poussa un petit rire rauque. Non. Bien sûr que non. Si c'était moi, je vous le dirais.

– Je l'espère. Parce que... si tout ça est vrai, s'il ne s'agit pas d'un traquenard, ça pourrait être très, très sérieux. Cette femme, quelle que soit son identité, est peut-être elle-même en danger. Est-ce qu'elle s'en rend compte ? Est-ce qu'elle se protège ?

– Je ne sais pas exactement ce qu'elle fait. Mais je lui reparlerai bientôt. Je la mettrai en garde.

– Faites-le, je vous prie.

La gravité de sa voix donna le vertige à Melanie. C'était la première fois qu'elle prenait pleinement la mesure du danger auquel elle-même était confrontée. Peut-être s'était-elle focalisée sur le problème de Callie pour éviter de faire face au sien.

– Avez-vous un conseil particulier ? Sur ce qu'elle devrait faire, je veux dire ?

– Elle devrait appeler la police, répondit-il aussitôt. Voilà ce qu'elle devrait faire !

– Je sais, mais c'est compliqué. Pour certaines raisons, elle ne veut pas.

– Alors il faut qu'elle fasse très attention. Si elle en a les moyens, qu'elle paie une société privée de sécurité. Sinon, qu'elle fasse le nécessaire pour protéger son domicile. Qu'elle ait un bon système d'alarme. Est-ce qu'elle vit seule ?

Melanie hésita. Elle la supposait célibataire, oui, mais qu'en savait-elle réellement ?

— Elle a un enfant, sinon je crois qu'elle est seule.

— Bien. Espérons que toute cette histoire n'est qu'une fausse alerte. Peut-être qu'il s'agit d'une farce.

— C'est ça. Une farce, répéta Melanie, que cette idée mit quelques instants de meilleure humeur.

— Bon, alors, qu'envisagez-vous ? reprit Jamison. Que voulez-vous faire ?

— Eh bien, vous pourriez dire à la police du Maine que vous détenez des informations potentiellement significatives. Expliquer que vous avez parlé à quelqu'un qui est en possession d'une montre qui pourrait avoir appartenu à Diane. J'ai la montre ici, chez moi. Je vais vous donner le numéro de série. Si elle lui appartient, il y a sans doute une preuve d'achat quelque part chez elle. Généralement, il la faut quand on porte une montre de ce genre à réparer.

— Et s'il s'avère qu'elle appartenait effectivement à Diane ? Ils voudront aussitôt interroger cette femme.

— Je la recontacterai. Je lui expliquerai qu'elle doit voir la police. Qu'elle n'a pas le choix.

— Ils pourraient faire le maximum pour la protéger. Et lui garantir l'anonymat.

— Je le lui dirai aussi.

Melanie doutait cependant que ces précisions puissent rassurer Callie, qui, manifestement, n'avait guère l'habitude de faire confiance à qui que ce soit.

— C'est entendu, dit Jamison. Je passerai quelques coups de fil dès demain matin. Vous me donnez les renseignements nécessaires sur la montre ?

— C'est une Cartier Panthère. Panthère, c'est le modèle. Voyons, il y a deux nombres au dos – onze vingt, et puis, dessous : un, cinq, sept, quatre, huit, zéro, C, D.

À l'autre bout du fil, un stylo crissait sur le papier.

— Je pensais aux empreintes digitales, aussi, ajouta-t-elle. À votre avis, ça vaudrait la peine d'essayer de les relever ?

— Pour ça, attendons. Laissez-moi d'abord parler aux gars du Maine.

— Bien sûr. OK.

Il y eut une interruption dans la conversation, comme si chacun attendait que l'autre reprenne la parole.

— Alors, et *vous* ? demanda-t-il. Comment ça va ? Seigneur, ça fait un bail !

— Oui. Ça remonte à loin. J'ai l'impression que c'était dans une autre vie.

— Vous êtes toujours avocate ?

— Je suis dans un cabinet de New York. Harwich et Young.

— Ah oui. J'avais entendu dire ça.

— Je devrais bientôt être élue associée. Les choses se présentent bien.

— Félicitations.

— Hmm, nous verrons. Et vous ? Que devenez-vous ?

— Voyons... Ça doit faire trois ans, maintenant, que j'ai quitté le FBI. Après ça, j'ai pris une année sabbatique. J'avais envie de passer du temps avec mes gosses. Et de voir où j'en étais sur le plan personnel. J'ai commencé mon nouveau job l'année dernière. Sécurité des entreprises. Enquêtes de contrôle sur les employés. Évaluations psychologiques. Après le 11 Septembre, le marché a explosé. C'est... différent de ce que je faisais avant, mais je ne suis pas sûr que ça soit un mal.

— Et votre femme, comment va-t-elle ?

— Elle... elle va bien, mais nous ne sommes plus

ensemble. Nous nous sommes séparés il y a quatre ans. C'est ma faute, pour l'essentiel, je crois.

– Je suis désolée...

– C'est mieux comme ça. C'était dur pour les enfants, au début, mais je crois que maintenant ça va. Ils étaient déjà tous les deux à la fac. Ça a facilité les choses.

– Moi aussi j'ai divorcé, dit Melanie. À peu près à la même époque que vous.

Elle ne parla pas de ses fiançailles. Elle ne mentionna pas Paul.

– Ah, Melanie... C'est dur, non ?

– Pas d'enfants, néanmoins. Et puis, nous n'étions pas ensemble depuis si longtemps que ça.

– N'empêche. Ce n'est jamais facile.

– Non. En effet.

Un silence.

– Vous savez, reprit-il, je passe assez souvent à New York. Ce serait bien de se revoir.

Melanie se rendit compte que c'était exactement ce qu'elle avait espéré entendre.

– Oui, dit-elle. Ça me plairait bien.

Mardi 25 avril

La cantine de Windham s'était lancée dans un déroutant programme de repas à thème. Certains n'étaient pas désagréables et proposaient des variations plutôt plaisantes, parfois même tentantes : Plaisir cajun. Folie chocolat. VégétaCaprice. Mais certains jours, Callie ne pouvait que se demander à quoi les cuisiniers se shootaient. Comme ce jour-là, par exemple, où le thème était Carnaval. Ils avaient sorti le grand jeu – y compris la musique, un vacarme de bastringue qui jaillissait d'un vieux ghetto-blaster.

Callie poussa son plateau devant les présentoirs, suivie de Martha. Des hot-dogs longs de trente centimètres. Des bretzels chauds. Un bac plein de pop-corn.

Elle se tourna vers son amie.

– Buffet de crudités ? demanda-t-elle.

Martha fronça le nez.

– Absolument.

La salle était bondée, mais elles trouvèrent deux places libres au bout d'une table. Comme elle piquait sa fourchette dans une feuille de laitue, Callie songea à son dîner prévu le jeudi soir. Elle avait abordé le sujet avec Tod la semaine précédente ; il avait accepté l'invitation avec plaisir. Elle n'avait pas présenté la chose comme l'occasion d'une rencontre entre Martha

227

et lui, mais simplement comme un dîner entre amis. En plus de sa collègue et de Tod, elle avait décidé d'inviter les Creighton. Anna passait tellement de temps chez eux qu'elle se sentait une dette envers Mimi et Bernie. De cette façon, en outre, elle pourrait laisser Anna chez eux, avec Henry et la jeune fille qui le gardait.

Elle consulta sa montre.

— Je dois faire mes courses pour jeudi soir cet après-midi. Cette semaine, j'ai un programme de dingue.

— Tu es sûre de n'avoir besoin de rien ? demanda Martha.

— Ouais. J'ai l'affaire bien en main.

— Comment tu vas t'habiller ?

— Oh, rien d'extraordinaire. Peut-être que j'aurai une jupe, mais uniquement parce que j'aime bien être à l'aise.

Elle regarda Martha, scruta son visage agréable et mûr, et éprouva soudain le besoin de la mettre en garde.

— Tu sais, avec Tod, je ne sais vraiment pas ce que ça peut donner. Rick pense qu'il est encore très attaché à son ex-femme, alors ce n'est pas sûr qu'il soit disponible. Mais c'est un type adorable. J'ai pensé que ça valait le coup d'essayer.

Martha repoussa une mèche de cheveux tombée devant son front. N'en déplaise à Rick, ses cheveux étaient *bouclés*, pas crépus.

— Crois-moi, affirma Martha, je n'attends rien de spécial.

— Ce sera amusant de toute façon. Et puis... qui sait ?

Martha se mit à sourire en regardant derrière Callie.

— Ne te retourne pas maintenant. Je vois Kabuki

228

Girl et Nathan qui déjeunent ensemble. J'ai l'impression qu'elle bavarde à n'en plus finir, mais il n'a pas l'air de s'en soucier.

– Tu sais, je me demande s'il n'y a pas quelque chose entre eux. Quand il est passé au bureau, l'autre jour, elle avait l'air vraiment intéressée.

Callie voulut jeter un coup d'œil discret par-dessus son épaule – mais ne fut pas assez rapide. Au moment où elle tournait la tête, Nathan releva les yeux. Il rougit. Puis il se leva, prit son plateau et vint vers leur table.

En voyant Nathan la quitter, Posy fusilla Callie du regard.

– Mince, marmonna Callie. Pourquoi est-ce qu'il a fallu que je le regarde ?

Nathan s'approcha.

– Ça vous ennuie si je m'assieds avec vous ? bafouilla-t-il.

La peau de ses joues, desséchée, pelait assez laidement. Sur son plateau il y avait deux énormes hot-dogs.

Martha jeta un regard désespéré à Callie. Qui chiffonna sa serviette en papier avant de la jeter sur son plateau.

– Nous avons terminé. En fait, nous allions partir.

Si Nathan ne s'était pas imposé, elles auraient pu lambiner encore un moment et prendre un café. Mais vu la situation, Callie décida qu'elle n'avait qu'à en profiter pour s'activer. Le lendemain, ce serait la folie. Elle avait des tas de choses à faire. Rick avait une séance de formation interne qui le retiendrait à Springfield pour la nuit, un déplacement qui l'empêcherait d'être à la maison pour leur habituelle soirée pizza.

Elle se rendit en voiture à Atkins Farms pour faire les courses pour le dîner. Elle savait qu'elle trouverait tout ce dont elle avait besoin dans ce marché couvert haut de gamme, où les producteurs vendaient directement aux consommateurs.

Comme elle quittait la route 9 pour s'engager sur la 47, les montagnes s'élevèrent autour d'elle, l'accueillant paisiblement entre leurs bras immémoriaux. Ce paysage ne manquait jamais de la calmer. C'était lui qui l'avait amenée ici. Avant de découvrir cette région, elle était complètement perdue. Elle vivait avec Kevin dans la banlieue d'Indianapolis, et c'était à cette époque, après la naissance d'Anna, qu'elle s'était mise à penser à reprendre ses études. Elle avait appris l'existence du programme boursier de Windham par le biais du centre d'information universitaire de sa ville. Mais ce n'étaient pas le programme des cours ou la réputation de la fac qui l'avaient attirée là, en tout cas pas au début. Ce qui l'avait captivée dès le premier instant, c'était la photographie du campus. La brochure montrait les bâtiments de brique rouge de Windham nichés entre les montagnes. Ça l'avait clouée sur place. *Je pourrais être heureuse, dans un endroit comme ça*, avait-elle aussitôt songé.

Le parking d'Atkins Farms, très encombré le week-end, était ce jour-là à moitié vide. Callie se gara rapidement et entra dans le long bâtiment de plain-pied. Elle prit grand plaisir à admirer les étalages de produits frais. Tomates rouges. Aubergines violacées. Légumes verts. Un panier à la main, elle sortit sa liste de courses. Premier arrêt, le boucher. Elle avait décidé de préparer un rôti de porc – facile à cuisiner et toujours apprécié. Le menu était un peu hivernal pour la saison, mais les soirées étaient encore assez froides.

Elle servirait le rôti avec des épinards, des oignons épicés et des rosevals.

Moins d'une heure plus tard, elle avait acheté tout ce dont elle avait besoin.

Elle mit les sacs dans le coffre de la Subaru et reprit la route de Merritt, en mâchouillant un beignet et en écoutant NPR. La circulation était plus dense, maintenant que les gens qui travaillaient dans les équipes du matin commençaient à rentrer chez eux. Quand elle se gara enfin devant la maison, il était près de 15 heures.

Elle l'aperçut sur la véranda en traversant la pelouse : une boîte blanche de fleuriste. Aussitôt, elle pensa à Rick et une vague de chaleur l'envahit. Il savait qu'elle avait été stressée ces derniers temps ; entre eux, il y avait eu des moments de tension. Son hésitation face à sa demande en mariage. Ses angoisses à propos d'Anna. Et le reste... Mais, comme d'habitude, Rick lui tendait la main le premier, il essayait de combler le fossé. Glissant un bras dans les anses des sacs de courses, elle se baissa pour ramasser la boîte.

Le soleil entrait à flots dans la cuisine. Elle posa les sacs sur la table, puis la boîte. Elle détacha avec précaution les autocollants dorés qui scellaient le couvercle. Elle ouvrit la boîte, baissa les yeux sur les fleurs et poussa un cri de stupeur.

Des roses. Des roses rouges.

Une bouffée de panique l'envahit.

Leur odeur lui montait aux narines, écœurante, oppressante. Elle avait chaud, elle avait froid, elle avait le vertige. Son cœur battait à tout rompre. Comme si elle se regardait de loin, elle se vit reculer, lentement s'écarter de la table. En touchant le mur, elle se figea. Elle sentait encore les fleurs, leur parfum agressif. Elle voulait crier, casser quelque chose, mais elle était comme paralysée, incapable de faire le moindre geste. Tout ce qu'elle pouvait faire, c'était regarder fixement, frappée d'horreur, la boîte débordante de ces fleurs à longue tige qu'elle haïssait pardessus tout. Il savait qu'elle détestait les roses. Qu'est-ce qu'il avait donc eu dans la tête ?

Qu'est-ce qui lui est passé par la tête ? !

Et puis tout à coup, le corps parcouru d'un immense frisson, elle comprit.

Ce n'était pas Rick qui lui avait envoyé ces roses.

Mercredi 26 avril

Il était presque 22 heures ; les bureaux étaient silencieux. C'était le moment que Melanie préférait pour bosser, le moment où elle abattait le plus de travail. Pendant la journée, le téléphone sonnait sans arrêt, il y avait les réunions, des problèmes à la chaîne dont il fallait s'occuper séance tenante. Tard le soir, elle pouvait enfin se concentrer et travailler sans être dérangée.

Depuis deux heures, elle était à son ordinateur, examinant des citations. Elle avait ébauché une plaidoirie pour l'appel Leverett quand elle avait décidé de jeter un œil sur la jurisprudence, pour être certaine qu'aucune des affaires citées n'avait été annulée depuis l'audience. Au début, elle voulait n'en vérifier qu'une ou deux – les opinions clés qui faisaient référence. Mais une chose en avait entraîné une autre, et maintenant, eh bien, elle en était là. Certes, elle aurait pu confier cette tâche à un collaborateur débutant. Mais si ce travail était essentiellement mécanique, il n'en avait pas moins une importance vitale.

Ce soir-là, sans raison particulière, elle se sentait triste. Il lui fallut un moment de réflexion pour comprendre pourquoi. C'est alors qu'elle les revit – leurs visages pleins d'effroi : Penny et Wilbur Murphy, le couple qui avait perdu toutes ses économies.

Elle n'était pas responsable de leur sort. *Ce n'est pas ta faute*, se répétait-elle. N'empêche, la culpabilité était là. Elle était entrée en fac de droit avec l'idée de rendre le monde meilleur. *Autrefois, j'étais quelqu'un de bien*, pensa-t-elle encore. Le dépit l'accabla.

Le téléphone sonna sur son bureau, un bruit aigu et insistant. Elle décrocha, heureuse d'être interrompue dans ses pensées.

– Melanie White.

– Melanie. C'est Mike.

En entendant sa voix, elle eut l'impression qu'un courant électrique lui traversait le corps.

– On peut se parler ? demanda-t-il d'un ton brusque. J'ai des choses à vous dire.

Avant qu'il ait ajouté quoi que ce soit, elle comprit pourquoi il appelait.

– La montre, dit-elle. C'était celle de Diane.

– On vient de me le confirmer.

Melanie recula son fauteuil en se détournant de l'ordinateur. Elle contempla la fenêtre d'un regard vide, la main crispée sur le téléphone.

– Que va-t-il se passer, alors ? Qu'est-ce qu'on fait ?

– Ils veulent la montre. Et cette femme qui l'a eue entre les mains. Qui que ce soit, ils veulent lui parler.

– Je vais l'appeler, dit Melanie comme si elle réfléchissait à voix haute. Lui expliquer la situation.

– Dites-lui qu'ils s'efforceront de collaborer avec elle. De protéger sa vie privée.

Melanie sentit son cœur s'emballer. *Joyeux anniversaire, Melanie.* Les mots s'affichèrent en lettres brillantes dans son esprit. Elle ne voulait pas songer à ce que pouvaient signifier les mots anonymes que Callie et elle avaient reçus.

– Où en est l'enquête ? demanda-t-elle. Est-ce qu'ils ont des pistes ?

– Aucune piste qui ait encore mené où que ce soit, d'après ce qu'ils m'ont dit. Ils ont interrogé le type que Diane Massey fréquentait, mais il est innocenté. Ils ont aussi cherché du côté du sujet du livre sur lequel elle travaillait. Au moment de son assassinat, elle finissait un bouquin sur Winnie Dandridge.

– La veuve noire du Texas ?

– Oui. Elle-même. Diane avait reçu des menaces de la part d'un acolyte de Dandridge, mais ça n'avait pas eu de suite. Ce type reste leur piste principale, mais il a un alibi solide. Le truc, c'est que personne n'avait aucune raison de croire que le meurtre pouvait être lié à l'affaire Gage.

– Et Lester Crain ? Vous avez cherché de ce côté ?

– Ils chercheront d'éventuelles empreintes sur la montre. Mais ce n'est pas Crain qui a tué Diane Massey.

– Pourquoi ? Comment le savez-vous ?

– La façon dont le crime a été perpétré, et le lieu du crime. Ce n'est pas une mise en scène à la Lester Crain. La signature d'un sadique sexuel reste toujours la même. Il peut y avoir des variations, mais les éléments de base, le noyau... ne changent pas.

– La *signature* ?

Melanie se souvenait avoir entendu ce terme, mais elle n'était pas sûre de sa signification.

– Voyez ça comme une carte de visite. Une sorte d'identifiant. Crain torturait toujours ses victimes avant de les tuer. Son plaisir, il ne le tirait pas du meurtre, mais en infligeant des souffrances à ces femmes. Certes, les méthodes qu'il employait pour les torturer pouvaient varier. Ça a créé de la confusion. Il a fallu du temps aux polices des différents États pour

235

s'apercevoir que les meurtres qu'elles examinaient étaient liés. Les enquêteurs se concentraient sur des détails techniques plutôt que sur l'acte de torture lui-même. En fait, les modifications techniques ne signifiaient qu'une volonté de perfectionnement. Crain a changé son mode opératoire – ses caractéristiques techniques – à mesure qu'il en découvrait de plus efficaces.

Melanie avait la bouche sèche.

– Et Diane... vous dites qu'elle n'a pas été torturée ? Donc le tueur ne peut pas être Crain ?

– C'est exact.

– Je ne comprends pas. Les gens changent.

– Je n'ai jamais vu une signature changer, en tout cas pas dans ses composants essentiels.

Quelque chose dans la voix de Jamison – son assurance – interdit à Melanie de le contester davantage. L'explication paraissait toutefois un peu tirée par les cheveux. *Jamais ?* Mais bon, c'était lui le spécialiste.

Une autre question lui vint à l'esprit :

– Et la signature de Gage ? Y a-t-il des... similitudes ?

– Non. Absolument rien à voir. Gage était nécrophile. Il tuait les femmes pour avoir le contrôle de leurs corps. Il les tuait, et les violait ensuite.

– C'est juste, admit-elle, le ventre noué.

Ce détail-là, elle avait toujours essayé de ne pas trop y penser. Il les tuait, et *ensuite* il avait des relations sexuelles avec elles. Les femmes n'étaient pour lui que des corps. Il en parlait comme de *sujets*.

Jamison enchaîna :

– D'après le rapport du médecin légiste, Diane n'a pas été violée. Le profil des victimes est différent, lui aussi. Crain visait des fugueuses et des prostituées. Des femmes en marge de la société. Maquillages voyants. Véritables crinières de cheveux. C'était ça son type physique.

– Et le profil des victimes... ça non plus, ça ne change pas ?

– Parfois, si, admit Jamison. Surtout quand le tueur est en état de stress, là il peut changer de pool de victimes. Prenez Ted Bundy, par exemple. Il avait un type. De jeunes et jolies femmes aux longs cheveux noirs, avec la raie au milieu. Et puis, quand il a commencé à décompenser, il a tué ce gosse en Floride. Mais pour lui c'était le début de la fin. Le signe qu'il s'effondrait. Dans les conditions normales, ces gars s'en tiennent à leur type de prédilection.

– Comme Steven, qui tuait des blondes grandes et minces.

– Exact.

Des femmes qui me ressemblaient. Elle refoula cette pensée et reprit rapidement le fil de la discussion :

– Du côté des indices relevés sur le lieu du crime ou sur la victime ? Des fibres, des empreintes, ce genre de chose ?

– Je ne sais pas. L'enquête est en cours. Ils ne pouvaient pas tout me dire. Il y a une autre chose que je voulais vous demander. Cette lettre anonyme dont vous m'avez parlé. Qu'est-ce qu'elle disait, au juste ?

– Simplement « Joyeux anniversaire. Je ne t'ai pas oubliée ». Et puis il y avait aussi son... ce surnom qu'elle avait.

Au point où ils en étaient, ça paraissait un peu absurde de cacher encore l'identité de Callie, mais Melanie se sentait dans l'obligation de garder le secret aussi longtemps qu'elle le pouvait. Elle préférait laisser Callie garder le contrôle et se dévoiler quand elle le voudrait.

– Quel genre de papier ? demanda Jamison.

– Blanc, format A4. Une sorte de papier à lettres de luxe, je crois.

– Écrit à la main ?

– Non, tapé à la machine. Ou peut-être imprimé avec une imprimante d'ordinateur.

Elle eut soudain un obscur pressentiment.

– Où voulez-vous en venir ?

– L'inspecteur responsable de l'enquête a examiné la correspondance de Diane. Quand j'ai parlé de la lettre, il m'a posé beaucoup de questions. Je pense donc qu'il y a de grandes chances pour qu'elle en ait reçu une semblable.

Comme elle ouvrait la porte de son appartement, un moment plus tard, Melanie se rendit compte avec surprise qu'elle avait faim. Depuis combien de temps cela ne lui était-il pas arrivé ? Elle n'aurait su le dire. L'envie de barbecue de l'autre soir lui revenait avec une force redoublée. Elle sentait presque la viande fumée sur sa langue, elle savourait la morsure de la sauce épicée... Un restaurant ? Elle pensa à Virgil's, près de Times Square, à Brother's plus bas en ville. Mais il y avait peu de chances qu'ils soient encore ouverts à cette heure-là, et il était encore plus improbable qu'ils livrent à domicile.

Tandis qu'elle feuilletait les Pages jaunes, une idée lui vint. Les travers de porc servis par les restaurants chinois. Peut-être que ça, ça ferait l'affaire. Le goût ne serait pas vraiment le même, mais la consistance de la viande était proche. Ça valait la peine d'essayer. Et des restaurants chinois, il y en avait partout – ouverts jour et nuit. Elle posa les yeux sur l'encart publicitaire d'une enseigne toute proche de l'immeuble, prit le téléphone et passa commande.

Comme elle raccrochait, elle faillit éclater de rire en imaginant la réaction de son père. Il serait amusé par son ingéniosité, mais horrifié tout de même. Ils étaient l'un et l'autre des puristes du barbecue, opposés à tout compromis.

– Papa, murmura-t-elle.

Des larmes lui montèrent aux yeux. Elle avait la nostalgie de l'intime complicité qu'elle avait eue avec son père jusqu'à l'affaire Steven Gage.

Quand elle était gamine, tout le monde supposait que Melanie serait la fille de sa mère. Après avoir eu quatre fils, Patricia White avait été enchantée d'accoucher d'une fille. Elle lui avait donné le prénom de Melanie Wilkes, la parfaite lady d'*Autant en emporte le vent*, parangon des vertus traditionnelles de la féminité sudiste. Enfant, Melanie s'était vue habillée de robes rose pâle à dentelles amidonnées. Avec socquettes blanches et souliers vernis étincelants. Elle dormait dans un énorme lit à baldaquin au milieu d'un océan de coussins en soie, prenait des cours de danse classique deux fois par semaine, possédait des dizaines de poupées aux cheveux de lin.

Mais, en grandissant, Melanie s'était mise à regimber devant les instructions de sa mère. Elle excellait dans tous les sports – la course à pied en particulier, et le tennis où elle avait un revers redoutable.

« Ne bats jamais un garçon au tennis », lui avait dit sa mère quand elle avait huit ans. À ce moment-là, Melanie savait déjà que l'ennemi c'était elle – sa mère. Elle avait respectueusement écouté cette nouvelle injonction, hoché la tête et répondu : « Oui, maman. » Tout en se disant : *C'est la chose la plus stupide que j'aie jamais entendue !*

Richard White était un éminent avocat de réputation nationale, spécialiste du droit du travail. La famille avait toujours considéré qu'un ou plusieurs de ses fils suivraient ses pas dans la carrière. Peut-être pas les quatre, mais au moins un ou deux. Au fil des ans, cependant, tous avaient pris des directions différentes. Alors, quand Melanie avait annoncé son intention de faire du droit, son père avait été ravi. Comme lui, elle avait commencé ses études à Princeton, pour passer ensuite à l'université de Virginie. Quelque part dans un coin de sa tête, elle avait toujours pensé qu'un jour, peut-être, elle entrerait dans le cabinet de son père. Même après son mariage avec Frank, ce fantasme était resté vivace. Son époux prendrait sa retraite bien des années avant elle. À ce moment-là, ils auraient des enfants. Nashville était un endroit fabuleux pour vivre en famille. Ils s'y installeraient tous ensemble.

S'il n'y avait pas eu l'affaire Gage, serait-elle rentrée chez elle ? À certains moments, elle pensait que c'était probable. À d'autres, elle ne savait pas. La seule chose qui était sûre, c'était que ce procès avait tout changé.

« Tu ne peux pas représenter Steven Gage. » Voilà ce que son père lui avait déclaré. Au début, sa réaction l'avait étonnée. Elle savait maintenant qu'elle était naïve. Ce n'était pas que les valeurs de son père n'étaient pas solides, mais simplement qu'elles étaient relatives. Après tout, ses parents et ceux de Dahlia Schuyler évoluaient dans le même cercle social. Les deux familles vivaient à quelques pâtés de maisons de distance dans la riche enclave résidentielle de Belle Meade. Et si son père n'avait jamais beaucoup apprécié les Schuyler, ça n'avait en l'occurrence aucune importance. Le différend entre les deux familles tenait davantage de la chamaillerie que de la guerre entre clans rivaux.

Melanie s'était disputée avec son père des heures

durant, en le traitant d'hypocrite. Il lui avait appris que tout individu avait le droit d'être défendu, sans considération pour le forfait qu'il avait pu commettre. Mais cet argument ne l'avait pas ébranlé. « Je ne dis pas qu'il ne devrait pas avoir d'avocat pour son procès en appel, avait-il répliqué de sa voix tonitruante. Mais il n'est pas nécessaire que ce soit *toi* qui t'en charges ! » Ainsi, pour la première fois de sa vie, elle s'était ouvertement opposée à lui. Pendant un an, ils ne s'étaient pas dit un mot. Il ne lui avait jamais pardonné. À cause de quoi était-il le plus en colère ? Parce qu'elle avait représenté Gage, ou parce qu'elle lui avait désobéi ? Après tant d'années, elle n'était pas encore sûre de la réponse.

Baissant les yeux sur le téléphone, Melanie vit que le voyant des messages clignotait. Elle appuya sur une touche. En entendant la voix de Paul, son fiancé, elle n'éprouva aucune émotion. Il évoquait un projet de sortie pour le week-end à venir – une pièce de théâtre pour laquelle il avait acheté des billets. Ils s'étaient à peine parlé depuis le dimanche soir, après ce dîner désastreux chez Clarence. Quelque chose, dans son intonation, donnait l'impression qu'il attendait des excuses de Melanie.

Elle s'empressa d'effacer le message. Elle ne le rappela pas. Ses pensées, constata-t-elle, la ramenaient à sa conversation avec Jamison. Elle essaya d'envisager les conséquences de ce qui était en train de se passer, pour elle-même aussi bien que pour Callie. Logiquement, elle se disait qu'elle pouvait être en danger, mais d'une façon étrange elle ne le ressentait pas ainsi. La flambée d'adrénaline, le cœur battant à cent à l'heure – elle ne connaissait rien de tout ça. C'était comme s'il y avait eu deux personnes différentes en elle, chacune observant l'autre avec détachement.

Elle se répéta que jusqu'à nouvel ordre la théorie de Jamison n'était que conjectures. Il n'avait pas la certitude que Diane avait reçu une lettre. Mais la montre... Ça, la montre avait bel et bien appartenu à Diane. Callie avait reçu un mot anonyme, elle aussi. Toutes les trois, elles avaient connu Gage. Il devait y avoir un lien. Le plus sûr aurait été d'aller à la police, de suivre elle-même le conseil qu'elle avait donné à Callie. Mais, à ce stade, elle ne savait pas quelles conséquences cela pouvait avoir. À la veille des élections du nouvel associé, elle se retrouverait mêlée à une affaire de meurtre... Elle pensait au risque de scandale – qui serait fatal à sa carrière. Ce n'était pas juste, bien sûr. Cette histoire, ça n'était pas sa faute. Mais maintenant elle avait assimilé la leçon : le monde n'était pas juste.

La situation aurait été différente si elle avait eu en sa possession des informations réellement significatives. Mais, si Callie ne se dévoilait pas, qu'est-ce que ça changerait ? Le témoignage de Callie permettrait d'établir un lien entre le meurtre de Diane et Steven Gage. Cela suffirait à modifier de façon radicale le cadre de l'enquête. D'un autre côté, si Callie pouvait choisir le moment de parler, quand ce serait fait, elle ne pourrait plus reculer. On comprenait pourquoi elle y réfléchissait à deux fois.

Quant à sa sécurité, Melanie n'était tout simplement pas inquiète. Peut-être se voilait-elle la face, mais c'était le sentiment qu'elle avait. Sa vie était tellement circonscrite, semblait-il, qu'il était difficile d'imaginer comment elle pouvait courir le moindre danger. Elle vivait dans un immeuble hypersécurisé, protégé par de nombreux vigiles. Avant de laisser entrer le moindre visiteur, le portier de service appelait par l'interphone. Au travail, la réception de Harwich & Young était tenue par des agents de sécurité. Les visiteurs devaient attendre en bas, dans le lobby, qu'un employé de la firme vienne les chercher et les accompagne jusqu'aux bureaux. Impossible d'entrer sans carte magnétique personnalisée.

L'interphone, près de la porte d'entrée, se mit à bourdonner. Elle s'arracha au canapé.

– Il y a un livreur pour vous, dit le portier.

– Merci. Faites-le monter.

En raccrochant le téléphone, elle avait déjà l'eau à la bouche. Elle resta à côté de la porte, le portefeuille à la main, jusqu'à ce qu'on frappe.

Elle ouvrit la serrure, tira le battant et se figea, confuse. Au lieu du livreur asiatique qu'elle attendait, il y avait là un homme blanc, barbu, qui tenait une longue boîte en carton. La visière de sa casquette de base-ball, descendue très bas, dissimulait son visage. Des fleurs, à en juger par la forme de la boîte. Un cadeau de Paul, peut-être ? Mais non, ce n'était pas possible. Paul n'était pas d'humeur à faire un tel geste.

L'homme fit un pas en avant.

– Je peux avoir une signature ?

– Heu... Bien sûr.

Il n'avait ni crayon, ni carnet de livraison entre les mains. Que voulait-il qu'elle signe ?

Elle eut la sensation, très brève, que quelque chose clochait – et tout à coup il fondit sur elle. Son haleine sentait le café et l'ail. Il dégageait une intense chaleur.

Avant qu'elle ait pu s'écarter, il lui donna une violente bourrade. Elle recula en trébuchant et s'écroula sur le dos. Un kaléidoscope explosa devant ses yeux. Elle s'efforça de reprendre son souffle. *Qu'est-ce qui se passe ?* songea-t-elle dans une flambée de terreur.

Puis elle entendit le claquement de la porte qui se refermait.

Jeudi 27 avril

Une délicieuse odeur de viande rôtie et d'épices emplissait la maison. Callie avait passé la plus grande partie de la journée à préparer sa soirée. Depuis deux jours que les roses avaient été déposées devant sa porte, elles n'avaient jamais longtemps quitté ses pensées, lui procurant une vive angoisse qui virait parfois à l'obsession. C'était surréaliste que sa vie puisse ainsi avancer sur cette double voie : d'un côté les préparatifs d'un dîner décontracté entre amis, de l'autre la peur de mourir.

Il était six heures passées. Ses invités ne tarderaient plus. Lasse et distraite comme elle l'avait été toute la journée, il fallait maintenant qu'elle se concentre davantage. Elle avait déjà dressé la table dans le living, avec sa jolie porcelaine et les couverts en argent. Elle avait rempli des bols en verre d'olives et de cacahouètes, de dés de fromage et de gâteaux apéritifs. Elle avait de la vodka, du rhum, du bourbon, et deux bouteilles de vin qu'elle avait achetées pour l'occasion.

Comme elle sortait du four un plateau de mini-soufflés aux champignons, la sonnette de l'entrée retentit.

— Bonsoir, Callie !

C'était Martha. Elle entra dans la maison dans un courant d'air froid, les joues rosies, l'air enthousiaste. Ses boucles châtain foncé dansaient autour de son visage.

Elle retira sa cape en laine grise et la tendit à Callie.

– C'est quoi, cette merveilleuse odeur ?

– De la cuisine du terroir. Rien d'extraordinaire. Rôti de porc, patates, épinards et oignons. J'ai fait une tarte aux poires pour le dessert.

Callie accrocha la cape de Martha au portemanteau, puis l'entraîna vers la cuisine.

– Tu veux du vin ?

– Avec plaisir.

– Rouge ou blanc ?

– Rouge.

Sur le plan de travail, il y avait déjà une bouteille débouchée et plusieurs verres à vin. Callie en remplit un qu'elle tendit à son amie.

– Où est Anna ? demanda Martha, après avoir bu une gorgée.

– En face, chez son copain Henry. Ses parents seront ici ce soir. Mimi et Bernie Creighton. Lui, c'est un avocat grosse pointure de Boston, et elle, c'est la maman yuppie typique. Pour être honnête, je ne les adore pas, mais Anna passe tellement de temps chez eux que je leur devais une invitation. Oh, et puis Bernie vient avec un de ses collègues de travail. Un associé de son cabinet. Alors, si les choses ne se goupillent pas bien avec Tod, qui sait ? Peut-être que ce type t'offrira une autre ouverture.

La sonnette retentit de nouveau. Callie désigna les soufflés aux champignons.

– Tu veux bien t'en occuper ? Il faut juste les mettre sur ce plat.

Elle s'essuya les mains à un torchon et alla à la porte.

Quand elle aperçut Rick dans l'œilleton, elle en eut la gorge nouée. Il avait sur les lèvres ce sourire un peu perplexe qu'elle aimait tant, et il tenait à la main un bouquet de tulipes. L'espace d'un instant, elle regretta de tout son cœur qu'ils ne dînent pas en amoureux ce soir-là.

En ouvrant la porte, elle s'aperçut que Rick était accompagné de Tod, qui apportait une bouteille de vin.

– Salut, ma chérie.

Rick lui tendit les tulipes et se pencha pour l'embrasser. Elle s'abandonna une seconde entre ses bras avant de se tourner vers Tod.

– Bonsoir. Je suis tellement contente que tu aies pu venir !

Tod, en pantalon de toile et veste vert chasseur, avait l'air très en forme, quoiqu'un peu intimidé. Il lui donna la bouteille de vin avec un sourire hésitant.

Encore un coup de sonnette. Les Creighton avec leur invité.

Une profusion de salutations et de bises, un mélange puissant de senteurs – le parfum floral et épicé de Mimi, l'after-shave de Bernie. Le collègue de Bernie était un brun costaud à l'air maussade, et renfermé.

– Callie, je vous présente John Casey. Comme vous savez, c'est un de mes associés. Nous travaillons ensemble, en ce moment, sur une grosse affaire.

– C'est très gentil à vous de me recevoir, dit Casey.

Avec surprise, Callie perçut dans sa voix une trace d'accent du Sud. Pendant quelques secondes, elle en fut paralysée, les yeux rivés sur son visiteur, la bouche sèche. Les souvenirs étaient si frais dans sa mémoire, ces jours-ci, que la moindre chose pouvait les faire resurgir. Une certaine lumière. Une mélodie. L'intonation d'une voix du Sud.

Rapidement, elle se ressaisit, réussit à sourire.

– Ça me fait plaisir. Plus on est de fous, plus on rit.

Callie prit les manteaux de tout le monde, puis il y eut une nouvelle ronde de présentations quand Martha sortit de la cuisine. Soudainement protectrice à son égard, Callie lui glissa un bras autour de la taille.

– Tu te souviens de Rick ?

– Bien sûr, répondit son amie en souriant.

D'autres salutations suivirent, Tod venant en dernier. Comme elle lui présentait Martha, Callie s'aperçut que Rick observait la scène avec attention. Ce n'était pas une coïncidence, songea-t-elle, si les deux hommes étaient arrivés ensemble. Rick protégeait Tod, comme elle, Martha.

– Très heureux de faire votre connaissance, Martha, dit Tod, tandis qu'ils se serraient la main.

– Je dois mettre ces fleurs dans l'eau, dit Callie en montrant le bouquet de tulipes. Allez tous vous installer dans le salon, Rick va vous servir à boire.

– Tu as besoin d'aide ? demanda Martha.

– Si tu veux bien t'occuper des hors-d'œuvre. Les amener sur la table basse.

– Je vais vous donner un coup de main, dit aussitôt Tod.

Bon début, pensa Callie.

Dans la cuisine, Tod prit les soufflés aux champignons, et Martha un petit plateau sur lequel elle avait disposé du pâté et des toasts.

– Il est mignon, murmura-t-elle à Callie en passant près d'elle.

Callie sortit du placard un vase en verre bleu épais. Comme elle y glissait les tulipes orange et jaune vif, ses pensées la ramenèrent tout à coup aux roses. Elle

se rappela la façon dont le temps lui avait paru s'arrêter quand elle avait découvert cette masse végétale
vermillon... Aussitôt après avoir surmonté le choc, elle
les avait jetées à la poubelle et, non contente de ne
plus simplement les *voir*, elle avait sorti le sac poubelle dans la rue.

Ce soir-là, elle avait évoqué les roses devant Rick,
avec l'espoir de s'être trompée. Mais non, ce n'était
pas lui ; il lui avait conseillé d'appeler le fleuriste.

« Ils ont dû faire erreur, avait-il dit. Ils ont déposé
la boîte à la mauvaise adresse. »

En fait, elle avait déjà appelé le fleuriste ; elle avait
déjà la réponse à cette question. Le commerçant
n'avait pas eu la moindre commande, ce jour-là, de
roses à longue tige. La boîte devait avoir été récupérée
d'une autre livraison, qui pouvait dater de n'importe
quand.

Callie entendait le murmure des conversations dans
le salon. Et puis soudain, des rires. Étrange comme
elle se sentait seule alors que ses amis n'étaient qu'à
quelques pas de là. Ses yeux se posèrent sur la bouteille entamée. La couleur du vin la fit de nouveau
penser aux roses. Brutalement, la pièce sembla disparaître autour de la bouteille, qui s'imposa à sa
conscience. Elle éprouva tout à coup le besoin impérieux de la saisir et d'en porter le goulot à ses lèvres.

Elle n'avait pas bu une goutte d'alcool depuis la
nuit de la condamnation de Steven. Mais, malgré les
années passées, elle se souvenait de tout. La façon
dont le monde se dissolvait autour de soi, la façon dont
la réalité s'adoucissait, en prenant une signification
secrète. Chez les Alcooliques anonymes, on lui avait
dit que l'alcoolisme était une maladie incurable. Elle
n'avait jamais contesté ce diagnostic, mais n'y avait
jamais non plus complètement souscrit. De son point

de vue, boire était une sorte de don furieusement destructeur. D'autres, génétiquement moins doués, cherchaient refuge dans le travail ou le shopping. Pour elle, quoi qu'il en soit, l'alcool avait toujours représenté le moyen le plus rapide de se sortir d'elle-même.

À présent, tandis qu'elle regardait la bouteille, elle prenait presque peur. C'était la première fois, depuis toutes ces années, qu'elle avait envie de boire. Elle attrapa le bouchon sur le plan de travail et le fourra dans le goulot. Quand ses invités seraient partis, elle viderait les fonds de bouteille dans l'évier. *Il n'y a aucun problème que la boisson ne soit pas susceptible d'aggraver* : une vérité, entendue chez les Alcooliques anonymes, dont elle n'avait jamais douté.

– Callie ?

Elle se retourna en sursaut, saisie par un absurde sentiment de culpabilité, comme si elle avait fait quelque chose de mal. Rick se tenait sur le pas de la porte ; il lui montrait la bouteille que Tod avait apportée.

– Il me faut un tire-bouchon, dit-il en s'avançant vers elle, et il fronça les sourcils. Ça va, toi ?

– Je... oui. Ça va bien, répondit-elle.

Mais sa voix démentait ses propos.

Rick posa la bouteille. Elle s'approcha de lui et se glissa entre ses bras. Fermant les yeux, elle se détendit contre sa poitrine en inspirant son odeur. Il sentait le savon et le frais. Comme leurs corps se moulaient l'un contre l'autre, un frisson chaud la parcourut. Elle aurait aimé s'abandonner à cette sensation, la laisser grandir. Le contact des peaux nues. La pénombre. L'oubli de soi dans le sexe.

Rick posa les mains sur ses épaules et s'écarta d'elle avec douceur.

– Tu as l'air vraiment fatiguée.

– J'ai mal dormi la nuit dernière.

– Nous ne terminerons pas la soirée très tard. C'est un jour de semaine, de toute façon.

Callie ouvrit le tiroir où se trouvait le tire-bouchon.

– Retourne auprès des invités. J'arrive dans une minute.

Rick lui donna un baiser sur le front, puis s'éloigna.

De nouveau seule, Callie vérifia l'état de son rôti. Il avait maintenant une somptueuse teinte caramel et dégageait une odeur délicieuse. Les oignons et les rosevals cuisaient déjà dans le four ; les épinards ne prendraient que quelques minutes le moment venu. Elle décida d'aller boire un verre avec ses invités avant de boucler les préparatifs du repas. Elle n'avait pas vraiment envie de compagnie, mais bon, elle était tout de même l'hôtesse ! Elle se prépara un jus de canneberge avec de l'eau de Seltz, puis se rendit au salon.

Elle découvrit avec plaisir que Martha et Tod s'étaient assis ensemble. Tod semblait prêter beaucoup d'attention à la conversation de la jeune femme. Laquelle était vraiment jolie, ce soir-là. Animée, et très décontractée. Son chemisier bleu à col rond s'accordait bien à ses yeux.

À l'autre bout du salon, Bernie et son collègue discutaient à bâtons rompus. Callie eut l'impression très nette qu'ils auraient préféré être n'importe où ailleurs qu'ici. Mimi était assise sur le canapé avec Rick. Ses cheveux blonds étincelaient – fruit d'un coûteux brushing. Elle triturait la sangle de son élégant petit sac à main. Elle semblait tendue, ce soir-là, plus encore que d'habitude ; un sourire crispé sur les lèvres, elle ne cessait de jeter des coups d'œil vers son mari.

Callie s'assit sur le bras du fauteuil de Martha.

– Alors, quoi de neuf ?

Tod leva les yeux vers elle.

– Martha était en train de me parler de ces soirées dansantes auxquelles elle participe. Ça a l'air drôlement bien.

Callie rit.

– La contredanse ? Ça fait des années qu'elle essaie de m'y emmener.

Tod regarda Martha.

– Alors, c'est un peu comme une sorte de quadrille ?

Martha agita la main et la porta à ses cheveux pour les rejeter en arrière. Ses doigts disparurent dans le nuage châtain foncé qui entourait sa tête.

– Certains pas sont identiques à ceux du quadrille, mais la danse se fait avec de longues rangées de participants qui commencent face à face.

– Est-ce qu'il faut prendre des leçons ? demanda Tod.

– Absolument pas. Ça n'a rien de formel. C'est très sympathique, très décontracté. Parfois, ils donnent un petit cours avant le début de la danse, mais pour l'essentiel, ça s'apprend sur le tas.

– Et ça se passe où ?

– C'est tous les samedis soir à Greenfield. Les gens viennent de plusieurs dizaines de kilomètres à la ronde, et même des États voisins.

Tod sourit.

– Vous savez quoi ? Il y a des années que je n'ai pas dansé, mais j'aimerais bien essayer, une fois, dit-il, et il se tourna vers Callie. Peut-être qu'on pourrait y aller tous les quatre ? Toi et Rick, Martha et moi.

Callie s'efforça de ne pas laisser éclater sa joie.

– Mais oui ! Bonne idée.

Soulagée de voir que les choses allaient aussi bien pour Martha, elle se leva pour circuler entre ses invités. Elle s'approcha de Bernie et de son associé – John Casey, si elle se souvenait bien.

– Ça va, vous deux ?

– Ça va très bien, dit Casey avec un sourire poli, et puis, agitant son verre, il demanda : D'où êtes-vous, Callie ?

– Vous voulez dire... où j'ai grandi ?

– Votre accent, dit Casey d'une voix où son propre accent était encore plus prononcé. Je crois que nous sommes tous les deux du Sud, non ?

Callie était troublée.

– Je ne savais pas que j'avais un accent. Je... j'ai vécu dans le Sud quelques années, mais ce n'est pas là que j'ai grandi.

– Où donc, alors ? Non, attendez, ne dites rien, laissez-moi deviner. Dans l'Alabama ? ou le Tennessee, peut-être ?

Callie sentit ses joues s'échauffer. Elle regarda fixement Casey. Pendant un moment, elle fut incapable de réagir ; il fallait pourtant qu'elle s'éloigne immédiatement ! Elle regarda sa montre et porta la main à sa bouche en écarquillant les yeux.

– Je n'avais pas vu qu'il était si tard. Je dois m'occuper du dîner.

Il était près de 22 heures quand les invités s'en allèrent. Anna, qui avait passé la soirée avec Henry de l'autre côté de la rue, était rentrée une heure plus tôt. En verrouillant la porte, Callie sentit la fatigue lui tomber brutalement sur les épaules. Elle laissa les muscles de son visage se détendre, et son sourire s'évanouir sur ses lèvres. Rick tendit les bras vers elle, en silence, et l'enlaça. Elle resta contre lui un moment, puis recula pour le regarder.

– Qu'est-ce que tu as pensé de la soirée ?

– C'était parfait.

– C'était un peu décousu, j'ai trouvé. Bernie et l'autre type sont restés complètement à l'écart.

Rick sourit.

– Tod et Martha aussi.

Callie se força à sourire. Derrière son front, sous sa boîte crânienne, elle percevait une sorte d'élancement douloureux. Pas exactement un mal de tête, mais quelque chose qui pouvait y donner naissance.

– Je n'étais pas sûre que tu avais remarqué. Ça t'étonne ?

Rick haussa les épaules.

– Je ne crois toujours pas que ça marchera entre eux.

– Il veut que nous allions tous ensemble au bal de Greenfield.

Là, elle avait réussi à l'étonner pour de bon.

– Danser ? Tod ? s'exclama Rick, et il éclata de rire.

– Sérieusement. Il l'a proposé lui-même.

– Je demande à voir, dit-il en secouant la tête. Bon, tu veux que je t'aide à ranger ?

Il restait dans le salon des serviettes sales, des assiettes et des verres à vin. Ils emportèrent le tout à la cuisine. Comme Callie vidait les fonds de vin dans l'évier, une odeur âpre lui envahit les narines. Elle s'empressa de saisir la bouteille de produit vaisselle pour rincer les verres.

Ils nettoyèrent la table du repas, puis chargèrent le lave-vaisselle, Rick rinçant les diverses pièces avant que Callie ne les dispose dans l'appareil. Quelque chose la tracassait, lui titillait l'esprit. Elle réfléchit et se rendit compte que c'était à cause du collègue de

Bernie, John Casey – de cette remarque un peu sans gêne qu'il lui avait faite.

– Rick, est-ce que tu trouves que j'ai un accent particulier ?

– Quoi ?

Callie prit l'assiette qu'il lui tendait et la mit dans le lave-vaisselle.

– Un accent du Sud. Est-ce que tu trouves que j'ai un accent ? Est-ce que c'est quelque chose que tu as remarqué, chez moi ?

Il secoua la tête.

– Non. Je ne trouve pas. En tout cas, pas autant que je m'en souvienne.

– Autant que tu t'en souviennes ? Qu'est-ce que ça veut dire, ça ?

– Peut-être qu'au début, les premiers temps où on était ensemble, j'ai pu me dire vaguement que tu avais quelque chose qui montrait que tu n'étais pas d'ici. Mais je ne sais pas si c'était ta voix, ou bien... ta façon d'être.

– Oh...

Pas très brillant, comme réaction, mais elle ne savait pas quoi dire.

– Cal, pourquoi es-tu si troublée ? Je veux dire... Quelle importance ? Il a deviné que tu as vécu dans le Tennessee, et alors ? C'est si grave que ça ?

– Je ne suis pas troublée. C'est juste que je ne vois pas comment il a pu savoir.

– Eh bien... Il vient lui aussi de ce coin-là, et peut-être qu'il a une sensibilité particulière...

– Oui, je suppose, l'interrompit-elle. Peut-être.

Elle claqua la porte du lave-vaisselle et appuya sur le bouton de démarrage. Si, en début de soirée, elle avait pu avoir très envie de se retrouver seule avec Rick, elle voulait maintenant qu'il s'en aille.

Le téléphone sonna. Une diversion bienvenue. Callie traversa la pièce jusqu'au combiné mural.

– Puis-je parler à Callie Thayer ?

Une voix d'homme, qu'elle ne connaissait pas.

– C'est moi.

– Mike Jamison à l'appareil.

Mike Jamison. Il ne lui fallut qu'une seconde pour se souvenir. L'ancien psychologue du FBI que Melanie avait prévu d'appeler. La colère envahit Callie – une sorte de brusque déluge émotionnel. Melanie n'aurait-elle pas pu au moins se donner la peine de la prévenir qu'il allait téléphoner ? !

Rick la dévisageait ; Callie s'efforça de répondre d'une voix tranquille :

– Je regrette, mais vous tombez mal. Puis-je vous rappeler demain ?

– Je regrette, mais c'est impossible, madame Thayer. Je vous appelle pour vous informer que Melanie White a été agressée dans son appartement. Hier soir. Elle est à l'hôpital.

Callie fut soudain incapable de respirer. De penser. Elle revit le visage de Melanie, ses yeux bleus, froids et clairs...

– Mais je viens juste de lui rendre visite, murmura-t-elle.

– Dimanche, précisa-t-il.

– Oui. C'est exact.

– Vous êtes... une de ses amies ?

Un instant de silence.

– C'est exact, dit-elle encore.

Rick s'était approché ; il lui touchait le bras, l'air soucieux. Il avait compris que cet appel téléphonique lui apportait de mauvaises nouvelles. Elle s'efforça, péniblement, de rassembler ses pensées, de décider quoi faire.

– J'ai besoin de quelques minutes, dit-elle enfin. Je vous rappelle très vite, OK ?

Elle griffonna le numéro qu'il lui donna. Raccrocha et se tourna vers Rick.

– Il faut que je sois seule. Maintenant.

Il la dévisagea.

– Qui était-ce ?

Callie baissa les yeux. Seul le ronronnement du lave-vaisselle rompait le silence tendu qui était tombé entre eux. Quelque part dans le lointain, elle entendit Rick soupirer.

– Callie, qu'est-ce qui se passe ? Depuis des semaines, tu es... Je ne sais pas. Il se passe des choses bizarres.

– Tu as raison, dit-elle sans cesser de regarder ses chaussures. Mais je... C'est compliqué.

– Est-ce que ça a un rapport avec moi ? Un rapport avec nous, je veux dire ?

Callie laissa échapper un petit rire. Elle porta les mains à son visage. Sa peau était sèche et brûlante, comme si elle avait eu de la fièvre.

– Oh, mon Dieu. Non ! Non, ce n'est pas du tout ça.

Il fit un pas vers elle et se figea, l'air hésitant, comme s'il avait peur de l'approcher de trop près.

– Alors, qu'est-ce qui se passe ? Qu'est-ce que tu ne m'as pas dit ?

Callie avait le sentiment d'être piégée dans une bulle – et coupée de Rick. Il lui parlait, elle l'entendait, mais il n'avait pas le pouvoir de la toucher. Ses doigts se crispèrent sur le morceau de papier portant le numéro de Jamison.

– Je regrette, mais il faut que tu partes. Tout de suite.

Rick la fixa encore quelques instants, puis se détourna en silence.

Elle l'entendit prendre son manteau dans le placard de l'entrée. Sans un mot d'adieu, il ouvrit la porte et sortit.

Ses pas résonnèrent sur le trottoir.

La porte de sa voiture claqua.

Un rugissement de moteur. Les pneus crissèrent sur l'asphalte quand il démarra. *Il doit être furieux*, songea-t-elle. Mais pour le moment ça n'avait pas d'importance.

Elle décrocha le téléphone – puis reposa l'appareil sur son support. Avant de rappeler Jamison, elle avait besoin de clarifier un minimum ses pensées. *Ce n'est peut-être qu'une coïncidence.* Cette idée était comme une lueur d'espoir. Peut-être que l'agression contre Melanie était un pur hasard. Ou peut-être s'agissait-il d'un truc personnel. Un petit ami violent. Un client mécontent. En tout cas, ça n'avait aucun rapport avec Steven.

Que savait Jamison, au juste ? Là, c'était une tout autre question. Que savait-il de la montre et de la lettre ? Connaissait-il sa véritable identité ?

La montre. La lettre.

Callie se figea. Elle les avait confiées à Melanie. Où étaient-elles, à présent ? L'agresseur de Melanie les avait-il trouvées ?

Elle composa le numéro de Jamison. Il répondit dès la première sonnerie.

Ils se saluèrent rapidement, pour la forme, puis Jamison lui exposa les faits. Comment l'agresseur de Melanie était monté chez elle déguisé en livreur de fleurs. Comment, ne la voyant pas arriver à son bureau le lendemain, le cabinet d'avocats avait envoyé quelqu'un à son appartement.

– Ça s'est passé vers 1 heure du matin, mais ils ne l'ont retrouvée qu'après 9 heures. Elle avait une réunion de travail prévue de très bonne heure. Comme elle ne venait pas et qu'ils n'arrivaient pas à la joindre au téléphone, ses collègues ont envoyé un employé la chercher. D'une certaine façon, elle a eu de la chance. Juste après que l'agresseur soit monté à son appartement, un autre livreur est arrivé. Elle attendait de la cuisine chinoise. L'agresseur a dû prendre peur en entendant frapper à la porte, et il s'est probablement enfui dès que le Chinois est redescendu.

– Comment va-t-elle ? demanda Callie. Qu'est-ce qu'il lui a fait ?

– Elle a été frappée avec un objet contondant – un mauvais coup, oblique, sur le côté du crâne. On l'a trouvée inanimée. Elle a été emmenée d'urgence à l'hôpital pour être opérée. Elle avait une hémorragie cérébrale. Le sang pousse alors sur le cerveau, en comprimant les tissus...

– Opérée, répéta Callie d'une voix tremblante. Est-ce que ça va aller, maintenant ?

– Pour le moment, nous ne savons pas. Elle est encore en réanimation. Elle a repris conscience pendant un petit moment, quelques heures après l'opération. C'est à ce moment-là qu'elle m'a dit de vous appeler. Ensuite, eh bien... Elle a perdu à nouveau connaissance. Là, en fait, elle est dans le coma.

– Mon Dieu. Je suis tellement, tellement désolée !

Elle s'aperçut qu'elle pleurait. Une larme roula sur sa joue, qu'elle essuya du revers de la main.

– Les fleurs que son agresseur a apportées, reprit-elle, savez-vous ce que c'était ?

– Je l'ignore. Vous avez une raison particulière de vous poser la question ?

– Non, c'est juste... Je ne sais pas, marmonna Callie

en réprimant un frisson. Mais... qu'est-ce que Melanie vous a dit à mon sujet ? Pourquoi vous a-t-elle dit de me téléphoner ?

– Elle n'arrêtait pas de répéter plusieurs noms, dont le vôtre. Votre numéro était dans son agenda. Le reste, je l'ai compris moi-même.

– Le reste ?

– Elle m'a parlé de la montre et de la lettre qu'une femme de sa connaissance avait reçues. Elle ne m'a pas donné de nom. Mais cette femme, c'est vous, n'est-ce pas ?

Callie déglutit avec peine.

– Où sont-elles ? demanda-t-elle. La montre et la lettre, je veux dire. Est-ce qu'il les a trouvées ?

– Heureusement, non. Elles sont maintenant entre les mains des autorités. Les enquêteurs de la police du Maine vont vouloir vous interroger à ce sujet. Ainsi qu'au sujet de l'affaire Massey.

– La montre...

– Appartenait à Diane. Ça, nous l'avons déjà vérifié. Melanie voulait vous prévenir. Manifestement, elle n'en a pas eu le temps.

Un peu tard, Callie songea qu'elle n'aurait pas dû se montrer si candide – elle n'aurait pas dû admettre si vite son lien avec la montre et la lettre. Jusqu'alors, Jamison n'avait que des soupçons. Maintenant, il avait des certitudes. En même temps, elle se sentait impuissante face à ce nouveau développement. Quelle importance, au fond, qu'il sache ou non dès maintenant ? De toute façon, ce n'était qu'une question de temps.

– Diane et Melanie avaient toutes les deux un rapport avec Steven Gage. Est-ce que c'est aussi votre cas ?

Elle sentait qu'il avançait au jugé, en tâtonnant. Son

instinct était bon. Il était perspicace. Mais il manquait d'informations concrètes.

— Sans vouloir me montrer impolie, dit-elle, je regrette, mais je ne peux pas répondre à cette question.

— Je comprends. Vous n'avez aucune obligation vis-à-vis de moi. Mais vous devrez parler à la police, madame Thayer. Le tueur est toujours en liberté.

— Mais qu'est-ce qui vous fait croire que je peux aider l'enquête ? Comment savez-vous qu'il y a un lien... ?

Elle se tut. Le silence se prolongea.

— Je ne sais pas, dit enfin Jamison, mais j'ai bien l'intention de découvrir la vérité. Et j'espère que vous ferez tout votre possible pour nous aider à résoudre cette affaire.

— Je... bien sûr, oui, je ferai ça. Mais je ne suis pas sûre...

Avant qu'elle ne sache elle-même ce qu'elle aurait voulu dire, Jamison l'interrompit :

— Melanie m'a précisé que vous avez un enfant, et que vous désirez protéger votre vie privée. Moi aussi j'ai des enfants. Je comprends votre inquiétude. Mais, même si vous êtes prête à prendre seule tous les risques, y compris au péril de votre vie, n'oubliez pas qu'il y a d'autres gens impliqués. C'est toujours le cas. Si vous étiez allée voir la police dès le début, ce drame ne serait peut-être pas arrivé.

— Ça, répliqua Callie, nous n'en savons rien.

Mais les propos de Jamison avaient fait mouche. Elle avait mis Melanie en danger ; de plus, elle l'avait empêchée d'agir. Elle était la seule responsable. Comme autrefois.

Comme autrefois.

Le remords la submergea.

— Je parlerai à la police, promit-elle. Je ferai tout

mon possible. Est-ce qu'ils... Pensez-vous qu'ils pourront garder le secret... sur le fait que je suis impliquée ?

– Je suis certain qu'ils feront le maximum pour collaborer avec vous en ce sens.

– Vous avez un numéro de téléphone à me donner ?

– Dans le Maine, vous devez contacter Jack Pulaski, de la police d'État.

Callie nota le nom et le numéro de téléphone que Jamison lui dicta.

– Les polices de New York et du Maine travaillent-elles ensemble sur cette affaire ?

– Pas encore, répondit Jamison. Il faut un petit moment pour que les enquêtes qui touchent plusieurs juridictions s'organisent et aboutissent à une vraie collaboration entre les équipes. D'abord, il faut clairement établir les liens. Or l'agression de Melanie vient juste de se produire. Mais bientôt, j'espère, les différentes polices travailleront ensemble. Vous pouvez jouer un rôle important dans cette affaire. Vous êtes le maillon manquant entre Diane et Melanie.

Callie entendit la chasse d'eau des toilettes de l'étage. Anna était réveillée.

– J'appellerai dès demain matin, assura-t-elle.

– Bien, dit Jamison. D'ici là, j'espère que vous ne prendrez pas mal que je transmette votre nom et votre téléphone ?

C'était un avertissement plein de tact. Si elle ne se présentait pas d'elle-même aux policiers, ils viendraient la chercher.

Anna apparut sur le pas de la porte, le visage chiffonné, les joues roses, les lèvres pincées en une grimace réprobatrice.

– Tu m'as réveillée.

Callie agita la main pour lui faire comprendre de patienter une minute.

– Bien. Je crois que tout est dit.

– Pour le moment. Et madame Thayer..., je vous en prie, faites attention à vous.

Dès qu'elle eut raccroché, Callie prit Anna dans ses bras.

– Désolée, mon cœur, dit-elle en frottant son nez contre ses cheveux soyeux.

– Qu'est-ce qui ne va pas ? Tu as un problème ? demanda Anna, de plus en plus réveillée.

Callie se força à sourire.

– Tout va très bien. Maintenant, je te ramène au lit.

Elle porta sa fille jusqu'à sa chambre, la coucha et borda les couvertures. La petite soupira d'aise, puis se tourna sur le côté. Dans l'obscurité silencieuse de cette chambre, le temps paraissait encore plus précieux qu'ailleurs. Elle avait toujours envisagé de dire la vérité à Anna *un jour* – quand viendrait ce moment, ce point distant qu'on appelle *un jour*. Le luxe de cette attente, elle ne l'avait plus. Ce soir-là – à cette minute précise –, son secret était encore bien gardé. Mais le lendemain tout pouvait changer. Comme elle contemplait le visage de sa fille endormie, elle se demanda comment lui parler.

Vendredi 28 avril

Des ombres. Des formes vagues. Des voix.

Ses paupières étaient lourdes, si lourdes... Il fallait qu'elle aille au travail. Une réunion importante pour l'affaire Leverett. Mais quelque chose la retenait... clouée par terre, l'empêchant de faire le moindre geste. Qui était dans la pièce avec elle ? Et où était-elle, d'ailleurs ?

Une autre voix. Celle d'un homme. « Comment va-t-elle ? Est-ce qu'elle a repris conscience ? »

Quelqu'un marmonna quelque chose qu'elle ne réussit pas à comprendre.

Allongée. Elle était allongée. Sur un lit. Et celle dont ils parlaient, comprit-elle tout à coup, c'était elle.

« Je vais bien ! Je vous entends ! voulut-elle dire. Aidez-moi juste à me lever. »

Puis, avec confusion, elle se rendit compte que non, finalement, elle ne devait pas aller si bien que ça. Si elle avait été en forme, elle n'aurait pas eu besoin de leur aide. Si elle avait été en bonne santé, elle se serait redressée et assise au bord du lit, tout simplement.

Que s'était-il passé ? Qu'est-ce qui clochait ? Elle s'efforça de retrouver la mémoire.

Elle avait dîné avec Paul. Il était en colère contre elle.

Seule dans son bureau de Harwich & Young, elle regardait l'écran de son ordinateur.

Des flashs de souvenirs défilaient dans son esprit, comme des images de vidéo amateur. Mais rien de ce qu'elle voyait n'expliquait ce qui lui arrivait maintenant.

Elle sentit une ombre grandir au-dessus d'elle. Quelqu'un se penchait vers son visage. La panique la saisit. Une véritable flambée de terreur. Steven Gage l'avait retrouvée ! Quelque part, au plus profond d'elle-même, elle savait que ça devait arriver. Peu importait qu'elle ait essayé de l'aider, qu'elle ait tenté de lui sauver la vie. Elle avait toujours eu l'impression, quand il la regardait, qu'il voulait la voir morte. Elle avait essayé de se persuader que non, ce n'était pas possible, mais au fond elle connaissait la vérité. Steven était un prédateur. C'était sa nature, tout simplement.

Puis la peur reflua, et dans une certaine mesure elle accepta son sort. Flottant sur un banc de nuages, elle voyait les choses sous un angle nouveau. Peut-être méritait-elle ce qui se passait. Peut-être que tout cela était logique. Elle avait toujours appartenu au camp des chanceux, mais la chance pouvait tourner. Pourquoi devait-elle continuer à vivre, elle, alors que tant de femmes étaient mortes ?

Lentement, l'ombre se retira. La personne qui s'était trouvée là s'éloignait. De toute façon, il ne pouvait s'agir de Steven Gage. Puisqu'il était mort.

Steven Gage était mort. Alors, de quoi avait-elle peur ?

C'est à ce moment-là que tout lui revint : Joyeux anniversaire, Melanie.

Mike Jamison contemplait la maigre silhouette étendue sous le drap d'hôpital amidonné. Il ne savait pas encore très bien ce qu'il faisait ici.

Il avait appris l'agression la veille, quand il avait appelé Melanie à son bureau. Elle ne s'y trouvait pas ; sa secrétaire lui avait expliqué pourquoi. À peine avait-il raccroché qu'il commençait à s'organiser. Il avait chargé son assistante de reporter tous ses rendez-vous et s'était précipité chez lui pour préparer ses bagages. Trois heures plus tard, il était dans l'avion de New York.

Et maintenant il regardait Melanie, son visage impassible, couvert d'ecchymoses. Elle était dans le coma depuis la veille au soir, une rechute postopératoire. Assis là à son chevet, il avait assisté au défilé incessant des médecins, des infirmiers, des aides-soignants, mais il n'avait pas souvenir de leurs visages, car il n'accordait d'attention qu'à Melanie. La gaze blanche qui couvrait le haut de son crâne ressemblait à un turban de neige. Une perfusion intraveineuse pénétrait son bras par un petit tube métallique. Des câbles, partant de sa poitrine, la reliaient au moniteur de l'électrocardiogramme, tandis qu'un étrange appareil mesurait la pression cérébrale. Cet équipement high-tech aurait dû le rassurer. Il le rendait au contraire encore plus anxieux.

Une infirmière entra dans la chambre pour arranger le lit de Melanie. Elle avait les joues roses, les cheveux frisés, et les gestes posés et efficaces d'une vraie professionnelle. Elle examina les yeux de Melanie avec une lampe-crayon en lui soulevant les paupières. Puis elle vérifia le niveau des poches plastique alimentant la perfusion.

– Vous voyez du changement ? ne put s'empêcher de demander Jamison.

– Ne vous inquiétez pas, dit l'infirmière d'un ton apaisant. Elle a bien le temps de se réveiller.

Mais il y avait dans sa voix une pointe de pitié qui renforça le désespoir de Jamison.

Quand elle sortit, il approcha de nouveau sa chaise du lit. En réanimation, d'ordinaire, seule la famille avait le droit de rendre visite aux malades. Mais il avait pu se glisser dans le service grâce à un copain de la police du quartier. Ce qui ne soulevait pas moins la question suivante : qu'est-ce qu'il était venu faire ici ? Un accord, avec Leeds Associates, lui laissait la liberté de travailler comme consultant sur des dossiers extérieurs à la firme. C'était l'un des points qu'il avait négociés avant d'entrer dans cette société privée. Jusqu'à présent, il avait traité ces contrats extérieurs *en plus* des clients qu'il avait chez Leeds. Cette fois, cependant, il avait tout lâché sans même prendre le temps de réfléchir.

En tant que profileur pour le FBI, il avait passé plus de dix ans à étudier les psychopathes, à plonger dans les recoins les plus obscurs de leurs esprits malades. Il avait fait la connaissance de Melanie peu de temps avant l'exécution de Gage, à une époque où il était encore absorbé par les entretiens qu'il menait dans les couloirs de la mort, et qui constitueraient bientôt ses travaux les plus célèbres. Ils s'étaient côtoyés peu de temps, mais il ne l'avait jamais oubliée. Ils avaient beau venir de mondes totalement différents, il s'était senti en phase avec elle.

S'ils s'étaient rencontrés en d'autres circonstances, ses sentiments auraient-ils été les mêmes ? Impossible de répondre à cette question. Les sentiments *étaient là*, de toute façon. Il se souvenait dans ses moindres détails de leur première discussion, dans le Tennessee. Ils avaient parlé des heures d'affilée, en carburant à l'adrénaline et au café noir. Ils partageaient la même obsession, ce qui avait contribué à créer un lien entre eux. Melanie ne disait pas grand-chose – en tant qu'avocate de Gage, elle avait une obligation de réserve –, mais il avait vu qu'elle buvait comme du petit-lait tout ce qu'il lui racontait. Et bien sûr, ça ne faisait pas de mal qu'elle soit si jolie. Grande, blonde, avec ce profond regard bleu, à la fois sceptique et honnête...

Évidemment il n'avait pas parlé de ça avec elle. À ce moment-là, c'était hors de question. Il était au FBI. Elle était l'un des avocats de Gage. En outre, et plus important encore, ils étaient tous les deux mariés. Le soir de l'exécution de Gage, il était resté avec elle la plus grande partie de la nuit. Par la suite, il s'était souvent demandé ce qui serait arrivé s'ils avaient été libres l'un et l'autre. Après son divorce, il avait brièvement songé à reprendre contact avec elle. Mais il croyait qu'elle était toujours mariée. Et à quoi bon, dans ce cas ?

Il consulta sa montre. Un quart d'heure depuis la visite de l'infirmière. Il se demandait où diable la famille de Melanie était passée ; il espérait que quelqu'un viendrait bientôt lui rendre visite.

Il se pencha en avant, les mains posées sur les genoux.

– Melanie ? Est-ce que vous m'entendez ?

Aucune réaction. Rien.

La brève fenêtre de conscience après l'opération paraissait déjà presque miraculeuse. À ce moment-là, elle lui avait parlé, l'implorant d'appeler Callie Thayer. Elle était groggy, elle s'exprimait d'une voix à peine audible, mais elle avait réussi à se faire comprendre.

La police de New York avait libéré l'appartement

de Melanie la veille en fin d'après-midi. Sous prétexte d'y prendre quelques affaires personnelles pour la malade, Mike s'était glissé là-bas avant le départ des agents. Même s'il savait à quoi s'attendre, le spectacle l'avait choqué. Tout ce mobilier blanc. Tout ce sang séché. Sur un bras du canapé, des traces de doigts, des traînées en zigzag, comme si elle avait lutté pour se redresser. L'image s'était gravée dans son esprit. Il regrettait d'avoir vu ça.

Un flic ventru et peu souriant l'observait avec attention tandis qu'il ouvrait tiroirs et placards pour y prendre une chemise de nuit, des chaussons, une robe de chambre rose matelassée. Ne sachant où chercher ce qu'il espérait trouver, il avait procédé au hasard – et c'est avec un soulagement immense qu'il avait déniché la lettre anonyme et la montre dans un tiroir de commode.

Une ondulation, un mouvement sous le drap immaculé. Au début, il crut avoir mal vu. Puis il entendit un son :

– Nooooo...

Le mot fusait doucement d'entre ses lèvres, comme un gémissement ténu.

En une seconde, Jamison fut à la porte et se précipita dans le couloir.

– Elle a parlé ! cria-t-il à l'infirmière. Je crois qu'elle se réveille.

De retour au chevet de Melanie, il lui saisit la main. L'infirmière fit irruption dans la chambre avec le neurochirurgien de garde. Le jeune médecin, regard sombre et air concentré, se plaça en face de Jamison.

– Madame White, m'entendez-vous ? demanda-t-il. Pouvez-vous ouvrir les yeux ?

Jamison fixait la bouche de Melanie, attendant

qu'elle parle de nouveau. Pendant de longs instants, rien ne vint. Et puis, de nouveau :

– Noo... Noo... Noooo ! marmonna-t-elle.

Sa voix était plus forte. Elle semblait inquiète, ou même apeurée.

– Tout va bien, dit Jamison. Ici, vous êtes en sécurité. Personne ne vous fera de mal. Celui qui vous a attaqué est parti. Tout va bien.

– Noooooo, répéta Melanie.

Ses paupières s'agitèrent. Ses yeux s'ouvrirent. Pendant un instant, elle le regarda fixement, avant que ses paupières ne retombent. Ses lèvres se mirent à trembler.

– Mooo, fit-elle.

Mooo ? Jamison ne comprenait pas. Puis il se raidit. Elle n'avait pas essayé de dire *non* comme il l'avait cru. Pas du tout. Elle essayait de dire autre chose. Quelque chose qui confirmait un soupçon qu'il nourrissait, sans réussir vraiment à le formuler, depuis le début de cette affaire.

Il se pencha si près de Melanie que sa joue effleura ses cheveux.

– *Mot*. C'est ça que vous voulez dire ? Vous avez reçu un mot anonyme comme Callie ?

Pendant un moment, il ne se passa rien.

Puis elle étreignit sa main.

Lundi 1ᵉʳ mai

Callie quitta l'autoroute 91 pour s'engager sur la route 2A, direction l'Est et Boston. En moins de trois heures, elle arriva à la frontière de l'État du Maine. Elle traversa Bath et ses chantiers navals, puis passa par la pittoresque ville de Wiscasset. Peu après midi, elle s'arrêta pour déjeuner dans un restaurant de bord de route, le Moody's Diner.

Elle s'assit dans un box aux banquettes de skaï vert et attendit qu'on lui apporte le menu. La saison touristique était encore loin, mais la salle grouillait de monde. Des clients solitaires, pour la plupart des hommes, mangeaient au comptoir en formica jaune. Dans un box voisin du sien, deux femmes aux cheveux gris mangeaient de la tourte.

– De la bisque ? Vous vous régalerez, à coup sûûû', entendit-elle une serveuse affirmer à un couple assis de l'autre côté.

Elle avait oublié que les habitants du Maine laissaient le plus souvent tomber les *r* finaux. Oublié à quel point leur accent était particulier.

On lui apporta son friand au homard avec de la salade de chou et des frites minuscules. Elle mangea rapidement ; elle avait hâte de reprendre la route. Quand elle avait appelé la police d'État du Maine, elle avait craint qu'ils ne veuillent lui rendre visite à Merritt. Mais ils ne demandaient pas mieux, avait-elle découvert avec soulagement, que de la laisser venir à eux. Merritt était une si petite ville ! Les gens y voyaient tout. Déjà, elle avait eu un peu de peine à justifier ce déplacement imprévu. Elle avait raconté à Rick qu'elle avait besoin de rester seule une nuit, d'avoir du temps pour se reposer et réfléchir. Comme elle venait tout juste de terminer avec Martha le rapport de la Cinquième réunion, un travail éprouvant, son histoire tenait plus ou moins la route. En remerciant Mimi avec effusion, elle avait envoyé Anna chez les Creighton.

Elle faillit manquer les quartiers de la police d'État, qui se constituaient pour l'essentiel d'une grande maison blanche de plain-pied. Elle s'engagea dans l'allée d'accès en courbe et se gara juste devant la porte. Après avoir donné son nom au réceptionniste, elle se dirigea vers le canapé turquoise qu'il lui désignait. Mais à peine s'était-elle assise qu'un homme s'avançait à sa rencontre.

– Jack Pulaski.

Il lui tendit la main. Il avait une poigne ferme et chaude. De taille moyenne, il portait un costume gris clair et il avait l'air d'un homme au contact facile. Cheveux châtains, yeux marron, un visage agréable sans aucun trait particulièrement remarquable. En le regardant, sans pouvoir s'expliquer pourquoi, Callie se sentit d'emblée en sécurité.

Le bureau de Pulaski, petit mais impeccable, donnait sur une courette herbeuse. On y trouvait le mobilier habituel dans ce genre d'endroit – classeurs, chaises pour les visiteurs, table de travail. Au coin de la table, deux cadres dont Callie ne pouvait voir les photos qu'ils contenaient. Son épouse, supposa-t-elle.

Ses gosses. C'était à ça qu'elle s'attendait, en tout cas. Face à elle, une plaque en cuivre annonçant : Jackson D. Pulaski, Inspecteur de police.

Il demanda si elle voulait boire quelque chose.

– De l'eau, ce serait parfait. Merci.

Quand il revint, un verre à la main, un homme l'accompagnait.

– Je vous présente Stu Farkess. Il assistera à notre entretien.

Farkess était plus grand et plus mince que Pulaski, avec des cheveux roux et des taches de rousseur sur tout le visage.

Pendant un moment, ils bavardèrent de choses et d'autres. La météo – il faisait chaud pour la saison. Son voyage – les indications qu'ils lui avaient données étaient parfaites. Callie savait qu'ils s'efforçaient de la mettre à l'aise et, dans une certaine mesure, ça marchait. Elle sentait peu à peu les muscles de son dos se détendre, ses mains se décrisper sur les accoudoirs de la chaise. Lorsque vint le moment d'aborder la raison de sa visite, elle avait les bras calmement croisés sur ses genoux.

– Alors voilà, Callie, commença Pulaski – ils en étaient rapidement venus à s'appeler par leurs prénoms. Au téléphone, vous nous avez fait comprendre que vous étiez soucieuse de nous parler en confidence. Nous voulons respecter votre désir. Comme je vous l'ai déjà dit, nous ferons tout notre possible. Maintenant... si nous arrivions à un procès, eh bien, à ce moment-là, vous pourriez avoir à témoigner. Là, nous ne pourrions rien pour empêcher que votre identité soit dévoilée. Mais pendant l'enquête elle-même, il n'y a aucune raison pour que ce que vous nous direz aujourd'hui ne reste pas entre vous et nous. Nous deux, ou les autres enquêteurs impliqués dans l'affaire.

– Et les médias ? demanda-t-elle. Que se passe-t-il avec les journalistes ?

– Ne vous tracassez pas pour ça. Nous leur disons très peu de chose pendant que l'enquête suit son cours. Ils ne sauront même pas que vous existez.

– Merci.

Il avait l'air tellement sincère, et honnête, que Callie songea qu'elle l'appréciait vraiment. Elle savait que pour une part, il s'agissait d'une tactique – elle ne faisait que succomber à une technique. Mais une autre partie d'elle-même s'en fichait. Elle aimait bien cet homme de toute façon.

– Bien. Nous pourrions partir de la montre que vous avez trouvée, reprit Pulaski. Si vous nous disiez, déjà, comment elle est arrivée entre vos mains... ?

Elle avait répété pour elle-même cette partie de l'entretien. Elle se mit à parler sans difficulté, racontant comment elle avait caché, dans un tuyau de gouttière, un panier rempli d'œufs de Pâques en chocolat. Comment, le lendemain matin, quand Anna l'avait trouvé, son contenu avait été modifié, etc.

Les deux hommes l'écoutaient ; elle les sentait très attentifs. Et perplexes. Ils demeuraient affables, mais elle percevait que quelque chose leur échappait.

– Attendez un peu, l'interrompit Pulaski. Cette chasse aux œufs de Pâques, ça concerne bien tout le quartier ?

– C'est exact.

– Alors les gosses cherchent les œufs et les paniers un peu partout. Pas seulement dans leur propre jardin.

– Tout à fait.

– Donc ce panier-là, en particulier, il n'y avait aucun moyen d'être certain que ce serait votre fille qui le trouverait ?

– Je suppose que non, admit Callie à contrecœur.

276

À moins, à moins... Une pensée se fit jour dans son esprit, mais s'évanouit avant qu'elle ait pu la saisir.

– Cependant, vous avez des raisons de penser que le panier était destiné à votre fille. Vous pensez que la personne qui a caché la montre *voulait* qu'elle la trouve.

– Oui.

– Pouvez-vous nous expliquer pourquoi vous pensez ça ?

Elle le sentit arriver droit sur elle : le point de non-retour. Pour la première fois en presque dix ans, elle allait livrer son secret à quelqu'un qui ne savait rien à son sujet. Mais, contrairement à ce qu'elle avait pu imaginer, la peur était étrangement absente de ses émotions actuelles. Elle était plutôt la proie d'un sentiment d'insouciance et d'euphorie.

Callie prit une profonde inspiration.

– Je suis certaine que vous connaissez, l'un comme l'autre, Steven Gage.

– Bien sûr, répondit Pulaski. Le tueur en série. Diane Massey a écrit un livre sur lui.

Elle hocha la tête.

– Je... j'ai été une des principales sources de ce livre. Pendant plusieurs années, j'ai été la compagne de Steven Gage. À l'époque, je m'appelais Laura Seton.

Un silence de plomb tomba sur la pièce. L'atmosphère devint électrique.

– Ce n'est pas tout, enchaîna Callie. Le 5 avril dernier, soit environ dix jours avant que ma fille trouve la montre, j'ai reçu une lettre anonyme. Sans cachet de la poste. Elle avait été déposée devant chez moi, glissée dans la porte. Une unique feuille de papier blanc, tapée à la machine, sans signature. Elle disait : « Joyeux anniversaire. Je ne t'ai pas oubliée. »

Pulaski et Farkess échangèrent un regard. Et un bref froncement de sourcils.

– Quoi ? fit-elle.

– Nous avons cette lettre, dit Farkess. Jamison nous en a envoyé une copie avec la montre de Diane. Il pensait que nous voudrions la voir.

Callie eut une soudaine étincelle de perspicacité.

– Diane ! Est-ce qu'elle avait reçu un mot, elle aussi ?

Ils ne répondirent pas. Callie comprit qu'elle avait raison.

– Je regrette, nous ne pouvons pas en parler, dit finalement Pulaski. C'est comme tout ce que vous nous dites aujourd'hui. Les détails de l'enquête doivent rester confidentiels.

– Je vois.

Callie ne trouvait pas ça très juste, mais elle n'avait guère moyen de faire pression sur eux. Elle reprit son explication :

– Melanie White, la femme qui a été attaquée chez elle à New York, était l'avocate de Steven. Elle l'a représenté quand il a fait appel. Elle a été avec lui jusqu'au bout.

De nouveau, les deux hommes hochèrent la tête ; ils ne semblaient pas étonnés.

– Donc nous sommes trois, enchaîna Callie, réfléchissant à voix haute. Trois femmes, toutes trois associées à Steven. Quelqu'un a tué Diane. Quelqu'un a essayé de tuer Melanie.

Pulaski la regarda droit dans les yeux.

– Je suppose que je n'ai pas à vous dire que vous devez prendre des précautions.

Callie hocha la tête en se mordillant les lèvres.

– Maintenant, voyons le mobile, dit Pulaski. Imaginez-vous pourquoi quelqu'un voudrait faire tout ça ?

Et avez-vous une idée de *qui* pourrait être responsable ?

– Eh bien... je crois qu'il est maintenant assez clair que toute l'affaire est, d'une façon ou d'une autre, liée à Steven. Nous sommes toutes les trois des femmes. Nous le connaissions toutes les trois. L'autre chose que nous avons en commun, c'est que nous l'avons toutes trahi. En tout cas, c'est comme ça qu'il aurait vu les choses. C'est comme ça qu'il les *voyait*. J'ai témoigné contre lui au procès. J'étais même le témoin clé de l'accusation. Melanie, si elle a essayé de le sauver, n'a pas réussi. Quant au livre de Diane... Vous l'avez sans doute lu. Steven n'en sort pas grandi. Il voulait être considéré comme quelqu'un de très brillant. Diane n'a pas gobé ça du tout. Elle a été la première – la seule – analyste à douter de son intelligence. Elle a déniché ses bulletins scolaires. Les résultats des tests psychologiques auxquels il s'était soumis. Tous montraient qu'il était à peine dans la moyenne. Je suis certaine que ça l'a rendu fou de rage. Il méprisait la médiocrité.

Pulaski réfléchit un moment en se caressant le menton de la main gauche. Il portait une épaisse bague en or à l'annulaire.

– Donc, vous pensez qu'il s'agit d'une... vengeance ?

– Oui. Je crois.

– Vous avez une idée de *qui* exécuterait cette vengeance ?

– Là, heu... je n'arrête pas de penser à Lester Crain. Vous le connaissez ?

Pulaski et Farkess hochèrent la tête. Une fois de plus, Callie se rendit compte que ses déclarations ne les étonnaient pas. Melanie devait avoir parlé à Jamison, qui avait déjà transmis les infos à ces hommes.

– D'autres pistes ? demanda Pulaski. En dehors de Crain, je veux dire ?

Callie le dévisagea.

– Vous ne croyez pas que ce soit lui.

– Sans trop entrer dans les détails, disons que c'est assez improbable. Les psychopathes sexuels respectent certains schémas. Ni le meurtre de Mme Massey, ni l'attaque de Mme White n'entrent dans ceux de Crain.

En l'entendant prononcer ces mots, Callie se rendit compte, brutalement, que ce n'était pas du tout ce qu'elle voulait entendre. Avec Crain, au moins, elle tenait quelque chose de concret, un point d'ancrage pour ses angoisses. À présent, privée de son objet, la peur était partout. *Si ce n'est pas Crain, qui est-ce ?*

– Il y a la famille de Steven, dit-elle d'une voix sourde. Ils l'ont soutenu jusqu'au bout. Il avait deux frères cadets. Drake et Lou. C'est leurs prénoms. Aux dernières nouvelles, ils vivaient encore à Nashville. Drake travaillait dans le bâtiment. Lou était dans l'informatique ou quelque chose comme ça.

– Ils ont aussi Gage comme nom de famille ?

C'est Farkess qui avait parlé. Depuis le début de l'entretien, il avait à peine dit un mot ; il prenait des notes en silence.

– Ils étaient demi-frères, précisa Callie. Leur nom de famille est Hollworthy. Le père de Steven les a quittés, lui et sa mère, quand il était tout gosse. Ensuite, elle s'est remariée.

– Quelqu'un d'autre en tête ? demanda Pulaski.

– Eh bien... il pourrait aussi y avoir sa mère, Brenda. Une femme hypernerveuse. Instable. Elle dépendait totalement de son mari et de ses fils, je veux dire elle était à peine capable de se débrouiller toute seule. Quand Steven était gamin, elle a essayé de se suicider. Je crois qu'il ne le lui a jamais pardonné. Il l'a découverte dans la salle de bains, presque morte, gisant dans une mare de sang. Ceci dit, je n'arrive pas à l'imaginer en train d'organiser cette vengeance, et encore moins la mettre en application. D'un autre côté... je suppose que les gens peuvent changer. C'était son fils, après tout.

– Elle vit aussi à Nashville ?

– Aux dernières nouvelles, oui. Mais ça remonte déjà à plusieurs années, répondit Callie, et elle poussa un petit rire amer. Je ne suis évidemment pas restée en contact avec elle !

Farkess tourna une page de son carnet. Callie se rendit compte qu'elle avait la bouche sèche. Elle but une gorgée d'eau.

– Qui d'autre encore ? demanda Pulaski. D'autres noms vous viennent à l'esprit ?

– Je ne sais pas. Toutes ses groupies, je suppose ! Il en avait un paquet. Elles lui envoyaient des lettres ; elles sont venues au procès. Mais je ne sais pas où vous pourriez trouver leurs noms. Peut-être que quelqu'un a gardé le courrier... C'était bizarre, vous savez. Pendant le procès, ces femmes se jetaient littéralement sur lui. Elles voulaient se marier avec lui, elles lui envoyaient des cadeaux. L'une d'elles, j'ai oublié son nom, lui avait tricoté un pull. Je me suis toujours demandé si elles croyaient qu'il n'était pas coupable, ou bien si elles s'en fichaient.

– Et du côté des amis ? insista Pulaski.

Callie esquissa un sourire.

– Steven n'avait pas d'amis. À part moi, bien sûr. Il disait qu'il était trop occupé. Ce qui, à la lumière de tout ce qui a été révélé par la suite, était assez vrai. C'est drôle, j'ai toujours trouvé étrange qu'il n'ait pas plus de succès dans son travail. Je veux dire, c'était un homme intelligent et sérieux, mais il semblait incapable d'aller au bout des choses. Dans son boulot d'auxiliaire juridique, il était toujours à la traîne. Je lui disais souvent qu'il devait arrêter d'être si perfectionniste. Je pensais que c'était ça, le problème. Mais ce n'était pas du tout ça. Pendant tout ce temps, il avait un autre... un autre job qui comptait beaucoup plus pour lui que tout le reste. Il a dû lui falloir une concentration incroyable pour assassiner toutes ces femmes ! Pour les tuer sans se faire prendre, pendant des années et des années.

À 16 h 30, Callie avait repris la route de Merritt. Elle se sentait complètement épuisée, presque incapable de conduire. Pendant un moment, elle envisagea de s'arrêter dans le premier motel qu'elle rencontrerait pour se mettre au lit et dormir. Mais il restait deux ou trois heures avant la tombée de la nuit.

Elle conduisait depuis une demi-heure, environ, lorsqu'elle se rendit compte que les rues qu'elle empruntait lui étaient totalement inconnues. Elle vit un centre commercial. Un hôpital. Était-elle passée par là en venant ? C'était possible, bien sûr. Elle était préoccupée. Mais il était tout aussi possible qu'elle ait pris un mauvais chemin en quittant la police. Les noms de villes inscrits sur les panneaux qui bordaient la route ne lui évoquaient rien du tout. Augusta. Bangor. Lewiston. Elle ne savait pas où elle était. Comme elle cherchait un endroit où s'arrêter et faire demi-tour, elle aperçut tout à coup quelque chose qui la fit frissonner de la tête aux pieds : FERRIES POUR LES ÎLES DE BLUE PEEK ET CARTWRIGHT. La flèche pointait droit devant.

Son cœur se mit à battre la chamade. Elle freina pour ralentir. Jusqu'à présent, l'île de Blue Peek lui avait paru presque irréelle, un fantasme plus qu'un lieu qui existait vraiment. Mais maintenant *elle y était* – ou quasiment. D'abord, elle trouva stupéfiant d'être tombée sur ce panneau de signalisation. Un de ces hasards du destin, songea-t-elle, qui signifient forcément quelque chose. Mais elle se rendit compte un instant plus tard qu'après tout ce n'était pas si étrange que ça. Il était même très logique que les enquêteurs chargés d'élucider le meurtre de Diane se trouvent quelque part à proximité de l'île.

Elle roulait près de l'eau, à présent, à travers un paysage vaguement industriel. Alentour, il y avait des cheminées d'usines et des bâtiments de tôle ondulée. Le ciel était gris, pesant. Les mouettes volaient bas. Puis, sur la droite de la route, elle aperçut un bâtiment blanc à quelques pas des quais, et une immense structure d'amarrage pour les ferries.

Elle avait le sentiment de n'avoir guère le choix. Elle obliqua vers le parking.

Au bord de l'eau, le vent lui fouetta le visage. Elle entendait des gréements de bateaux claquer, un fracas métallique lugubre dans le lointain, les cris braillards des mouettes qui tournoyaient au-dessus de sa tête. Sur le bâtiment, un affichage électronique à défilement annonçait les arrivées et les départs.

CARTWRIGHT : 8 H 15... 11 H 15... 14 H 15... 17 H 15
BLUE PEEK : 8 HEURES... 10 HEURES... 14 HEURES... 16 HEURES...

Callie regarda sa montre : 16 h 20. Même si elle avait voulu faire la traversée, elle avait raté le dernier bateau. Mais non, pensa-t-elle aussitôt : elle n'aurait de toute façon pas sérieusement envisagé ce voyage. Elle avait déjà fait ce pour quoi elle était venue dans le Maine. Maintenant, elle devait rentrer chez elle.

Elle resta là encore quelques minutes à hésiter, puis

retourna vers sa voiture. Assise au volant, elle prit l'atlas routier pour repérer où elle se trouvait. Il ne lui fallut pas longtemps pour vérifier qu'elle devait bel et bien faire demi-tour. Elle tourna la clé de contact et traversa le parking en direction de la route. Avant de se mêler à la circulation, elle regarda à droite et à gauche. C'est alors qu'elle remarqua l'enseigne d'un hôtel, l'Old Granite Inn, juste en face de la sortie du parking. Derrière l'enseigne, une grosse maison en pierre.

Le flot de la circulation s'interrompit un instant, mais Callie ne démarra pas. Elle hésitait ; elle ne savait plus quoi faire.

Peut-être qu'ils n'auront pas de chambres libres.

Ça ne coûte rien de vérifier.

Il faut bien que tu dormes quelque part.

Pourquoi ne pas aller poser la question ?

Un homme de haute stature vint lui ouvrir la porte, un chat noir au creux des bras. Un autre chat se frottait contre sa jambe en levant le museau vers lui.

— Avez-vous une chambre libre pour cette nuit ? demanda Callie.

— Eh bien oui, à vrai dire. Nous en avons une.

Mardi 2 mai

Huit heures du matin. Le ferry s'écarta du quai avec de bruyants remous. Callie se tenait accoudée à la rambarde du pont supérieur, les cheveux balayés par le vent. Pour la première fois depuis qu'elle se trouvait dans le Maine, le parfum âcre de l'océan lui emplissait les narines.

Le bateau longea une longue digue en granite dont un phare occupait l'extrémité. Callie pensait à Diane, essayant de se la représenter ici. La Diane qu'elle voyait était la jeune femme qu'elle avait connue autrefois. Elle tenta d'imaginer comment les années avaient transformé ce visage farouche et pétillant d'intelligence. Diane devait avoir très bien vieilli. Il n'y avait pas de doute là-dessus. Et ses hautes pommettes, son nez droit et fin – eux ne pouvaient avoir changé.

Quand elle songeait à présent à Diane, elle avait du mal à analyser ce qu'elle éprouvait. Au-delà de l'horreur de ce qui était arrivé à l'écrivain, elle nourrissait à son égard des sentiments complexes. De la tristesse, de la pitié, et de la rancœur. De la colère et de la gratitude. Elle se souvenait à peine de leur première rencontre. C'était à Nashville, à l'occasion d'une réunion des Alcooliques anonymes. À ce moment-là, elle

285

était tellement perdue – et tellement saoule – que tout était flou dans sa mémoire. Diane l'avait suivie dehors et lui avait glissé son numéro de téléphone.

Ensuite... Elle avait eu besoin de parler à quelqu'un. C'était ça, pour une grande part, qui avait tout déclenché. Diane avait une formidable capacité d'écoute ; elle était patiente et compatissante. Elle savait quand parler, quand se taire, quand donner un conseil. Dès le départ, elle lui avait dit qu'elle était journaliste – en lui promettant de ne pas dévoiler leur amitié à son rédacteur en chef. Maintenant, avec le recul et davantage de lucidité, Callie comprenait qu'elle avait en fait déjà un plan en tête. C'était son intérêt personnel, et non sa loyauté, qui lui avait fait garder le secret sur leurs rencontres. Diane ne voulait absolument pas que son journal apprenne ce qu'elle était en train de préparer.

L'écrivain n'avait cependant pas manqué à sa parole. Elle avait attendu la permission de Callie – de Laura – avant de vendre son projet de livre. Au début, Callie avait résisté à ses arguments, puis elle avait changé d'avis. Pour finir, tout s'était réglé avec de l'argent, et elles avaient signé un contrat : cinquante mille dollars à la signature pour Callie, plus dix pour cent des droits d'auteur de Diane. À ce moment-là, Callie n'avait aucune idée de ce que cela pourrait représenter. À présent, elle avait déjà touché un total de plusieurs centaines de milliers de dollars – et les chèques continuaient de tomber de temps en temps. C'était les royalties de *L'Homme fantôme* qui avaient payé sa maison de Merritt et ses études à Windham. Cela lui avait permis aussi d'ouvrir un compte d'épargne bien étoffé pour Anna.

Elle savait que si elle avait dû tout recommencer de

zéro, elle l'aurait fait. N'empêche, elle ne s'était jamais totalement remise de la lecture du livre de Diane. Au début, elle avait été furieuse. Dévastée par le sentiment d'avoir été trahie. Elle lui avait fait entièrement confiance. Était-ce ainsi que l'écrivain la récompensait ? Elle avait songé à porter plainte, elle s'était même assise avec un papier et un crayon pour établir la liste de ses récriminations. Mais rapidement, comme elle relisait le livre, son jugement avait évolué. Elle avait beau chercher, elle ne trouvait pas la moindre inexactitude dans le récit. Chaque mot que Diane lui attribuait, elle l'avait réellement prononcé. La seule différence entre le livre et la vraie vie, c'était... les choses qui étaient laissées de côté. Les jours où il ne s'était rien passé. Les jours où Steven était gentil.

Quoi qu'il en soit, quand on retirait ces interludes, voici ce qui restait : une interminable série de signaux d'alerte très voyants, qu'elle avait fait de son mieux pour ignorer. La chemise maculée de sang. Le masque et les gants. Les absences inexpliquées. La Honda Civic bleue que quelqu'un avait aperçue avant l'assassinat de Lisa Blake. La femme d'Atlanta qui avait eu une expérience terrifiante avec un dénommé Steven. Elle l'avait rencontré dans un bar ; il lui avait offert un verre. Comme elle se plaignait que la boisson avait un goût étrange, il avait proposé d'aller lui en chercher une autre. Quelques minutes plus tard, elle le cherchait des yeux : il avait disparu. Étudiante en maîtrise de biologie, elle avait emporté le verre pour le faire analyser. La boisson contenait du GHB, la célèbre drogue du viol.

Mais tout était tellement confus, à l'époque ! Tout se dissipait tellement dans les vapeurs de l'alcool...

Callie se souvenait de longues nuits sur le canapé, avec sa deuxième bouteille de vin à la main. Mentalement, elle faisait correspondre les absences de Steven avec les dates de disparition de ces femmes – et elle se sentait vaciller au bord d'un précipice. Puis, brusquement, elle battait en retraite en se disant qu'elle était folle. Aurait-il agi sous son propre nom, s'il avait été un meurtrier ? Aurait-il garé sa voiture au vu et au su de tout le monde ? Aurait-il oublié des indices qu'elle risquait de découvrir : la chemise, les couteaux, les os ? Plus tard, elle avait essayé de se dire qu'en fait il avait voulu être capturé. Mais les experts associaient plutôt son apparente désinvolture à un désir de flamboyance.

Elle se souvenait encore de la première fois qu'elle avait eu ce bouleversant sentiment de doute. C'était un vendredi soir. Elle regardait le journal télévisé après que Steven l'eut appelée pour la prévenir, une fois de plus, qu'elle ne devait pas l'attendre avant le lendemain. Elle buvait du vin en s'apitoyant sur elle-même, lorsque le présentateur avait annoncé qu'un nouveau meurtre venait d'être attribué au tristement célèbre Homme Fantôme. La victime s'appelait Lisa Blake ; elle était étudiante à Memphis. Sur la photo, on lui voyait un sourire radieux, de longs cheveux blonds soyeux...

Un moment de vertige, et brutalement les pièces du puzzle s'étaient toutes mises en place. Titubant, Callie était allée chercher son agenda. Pour vérifier où il se trouvait à ce moment-là. Lisa Blake avait disparu un samedi soir, deux semaines plus tôt exactement. Steven avait annulé leur rendez-vous ce soir-là aussi. Il avait dit qu'il avait du travail... Au cours des semaines qui avaient suivi, elle avait pointé les dates d'une demi-douzaine de meurtres. Aucun de ces jours-là, elle n'avait vu Steven. Elle ne notait pas toujours leurs sorties sur son agenda, surtout celles décidées au dernier moment – un repas chez Rotier's, un verre au 12th & Porter. Cependant, les soupçons avaient pris racine. Désormais, elle ne pourrait plus les oublier.

Certains jours, elle était en proie aux doutes, en proie au remords et à la culpabilité. Comment pouvait-elle nourrir des pensées si atroces au sujet de l'homme qu'elle aimait ? Pas étonnant que Steven ne s'intéresse plus à elle ! Il savait qui elle était vraiment. Une fille désespérée, jalouse, râleuse, qui ne cherchait qu'à retenir son petit ami. *Pas étonnant qu'il ne soit pas avec toi*, se disait-elle. *Tu cherches à le détruire.*

Quand ils s'étaient installés à Nashville, la ville d'enfance de Steven, l'idée était qu'ils vivraient ensemble. Steven y était venu le premier pour chercher un appartement, pendant qu'elle l'attendait à Cambridge. Mais ce logement, il avait finalement décidé de le prendre pour lui seul. Il prévoyait de s'inscrire à la fac de droit, voilà son excuse. Il faudrait qu'il bosse très dur pour les examens d'entrée. Il avait besoin de solitude.

Contrairement à son habitude, Callie avait protesté et exigé des explications. S'il ne voulait pas vivre avec elle, quelle raison avait-elle de déménager pour Nashville ? À sa plus grande stupéfaction, il s'était mis à pleurer, la suppliant de rester auprès de lui. « J'ai besoin de toi, avait-il dit – pour la première et la dernière fois. Je t'en prie, je t'en prie, ne me quitte pas ! »

Ses larmes l'avaient rassurée plus sûrement que n'importe quelles paroles. Enfin, depuis tant de temps qu'ils se connaissaient, elle pouvait croire pour de bon qu'il l'aimait.

Après son arrivée à Nashville, néanmoins, les

choses étaient allées de mal en pis. Et plus Steven devenait insaisissable, plus elle s'affolait. Elle dévorait des dizaines de livres de « développement personnel » pour essayer de s'améliorer. Le problème, c'est que ces ouvrages lui donnaient des conseils et des informations contradictoires. Les uns l'incitaient à se montrer compréhensive, à prêter une oreille attentive aux souffrances de Steven. Les autres lui disaient qu'elle se rendait trop facilement disponible. Elle essaya de ne pas lui téléphoner, ou de ne pas répondre quand il appelait. Il mentionna la chose, une fois ou deux, mais au fond il ne semblait absolument pas s'en soucier.

Aussi trouble qu'eût été cette période, ce n'était rien par rapport à ce qui avait suivi. Après l'arrestation de Steven, Callie avait dérivé, complètement absente à elle-même. Elle avait passé des jours et des jours, comme une somnambule, dans le tribunal mal ventilé. Et puis un soir, en regardant le journal télévisé, elle s'était tout à coup réveillée. Elle se rappelait encore le frisson glacial qui l'avait parcourue en entendant l'interview du frère de Dahlia : « Il a détruit ma vie. Il a détruit ma famille, disait Tucker Schuyler. La mort, c'est trop doux pour lui. Ceux qui infligent tant de souffrance, ils devraient souffrir autant à leur tour. »

Les mots l'avaient piquée au vif. Elle avait senti jusque dans sa chair à quel point ils étaient vrais. Glacée, elle avait eu le sentiment que ce garçon ne se remettrait jamais de la perte de sa sœur. Il était en retard à son rendez-vous avec Dahlia ; quand il était arrivé, elle était déjà repartie. Il devrait vivre toute sa vie avec ça, le poids de cette culpabilité. Jusqu'alors, la mort de Dahlia Schuyler avait eu quelque chose d'abstrait aux yeux de Callie. À cet instant, cependant, elle avait pris la pleine mesure du crime de Steven. Il avait détruit cette famille. Et elle, elle avait joué un rôle là-dedans. Pour la première fois, elle avait compris le degré de complicité qui était le sien.

Le vent forcissait, et le roulis était de plus en plus fort. Le ferry passait maintenant devant une île rocheuse hérissée d'arbres déchiquetés. Derrière, des collines bleutées se dressaient vers le ciel. Le paysage semblait se composer de strates de bleus de toutes les tonalités couchées les unes sur les autres.

L'air fraîchissait. Callie descendit se réfugier dans la cabine. Il n'y avait là que très peu de passagers. Elle se glissa sur un siège du fond. L'atmosphère, lourde et humide, sentait le sel et l'orange. Derrière Callie, une femme grisonnante terminait de manger un sandwich. Regardant par le hublot embué, elle aperçut bientôt une autre île. D'abord une pointe rocheuse, puis quelques maisons çà et là. La femme installée derrière elle rassembla ses bagages. Un homme endormi se réveilla. Ils ne devaient plus être loin. Callie sentit son ventre se contracter.

Dix minutes plus tard, le ferry vira pesamment à gauche, et un village apparut. Un amas de bâtiments à bardeaux. Une longue jetée en bois. Ils avançaient maintenant entre deux îles, sur une eau lisse, presque vitreuse. Le village grossit et se précisa tandis que le ferry s'en approchait. Elle aperçut des enseignes sur plusieurs maisons. Un fabricant de bateaux et de voiliers. Un restaurant, le Lobster Pound. Une rude secousse lui annonça que le ferry accostait.

Elle attendit dans sa voiture que l'employé lui fasse signe d'avancer, puis, suivant une camionnette à plateau, s'engagea sur la rampe métallique. Elle n'arrivait pas à croire qu'elle était ici. *Je n'arrive pas à croire que je suis ici*. C'était presque comme si une force extérieure, indépendante de sa volonté, avait pris le contrôle de son corps.

Elle tourna à gauche en quittant le parking. Pas le choix, car la chaussée était à sens unique. Lentement, elle suivit une petite route en lacets. Elle passa devant une bibliothèque et un bureau de poste. Elle vit une galerie d'art, fermée en cette saison. Un panneau d'affichage de la *Légion américaine*. Puis soudain, au sortir d'un virage, apparut la grosse villa où Diane Massey avait vécu ses derniers jours.

Callie savait que c'était là car elle avait vu la photographie dans les journaux. Elle jeta un coup d'œil dans le rétroviseur. Ni voiture ni piéton alentour. Elle s'engagea sur l'allée en gravier, qui montait à flanc de colline en contournant la maison. Tant mieux, ainsi personne ne risquait de voir sa voiture depuis la route.

Callie se dirigea vers la véranda. Les semelles de ses bottes crissaient sur le gravier. Elle monta les quelques marches et s'approcha d'une fenêtre. Les mains autour des yeux pour couper la lumière, elle regarda à l'intérieur et découvrit une cuisine de style rustique. Rien d'extraordinaire. Un poêle. Un frigo. Une table et des chaises. Exactement ce qu'elle avait imaginé. La véranda faisait le tour de la maison ; Callie la suivit, passant devant une deuxième fenêtre donnant sur la cuisine, puis une troisième à travers laquelle elle aperçut un salon enténébré. Là encore, rien de particulier. Aucun signe de ce qui était arrivé.

En fait, c'était un peu déroutant de voir cet environnement aussi intact. Callie se rendit compte qu'inconsciemment elle s'était attendue à tomber sur le site d'une enquête criminelle. Du ruban plastique jaune en travers de la porte, un cordon de sécurité tout autour de la maison. Mais Diane n'avait pas été tuée chez elle. Elle avait été attaquée à quelque distance de là.

En outre, il y avait déjà des jours – des semaines – que le corps avait été retrouvé.

En arrivant devant l'entrée principale, Callie s'immobilisa, hésitant à continuer. Malgré la haie d'arbres qui masquaient la maison de la route, quelqu'un risquait de l'apercevoir. Certaine de trouver la porte verrouillée, elle empoigna la clenche. À sa plus grande surprise, elle tourna et la porte s'entrouvrit.

Un hall ténébreux, vaste et très haut de plafond, dont la partie supérieure disparaissait dans l'obscurité. Callie avait l'impression d'être au seuil de quelque chose – elle n'aurait su dire quoi. Elle n'avait aucune raison de se trouver là ; son comportement était parfaitement irrationnel. Mais elle ne pouvait plus s'arrêter.

Rien que cinq minutes, pensa-t-elle. *Cinq minutes et je m'en vais.*

Elle traversa le hall jusqu'à une porte entrouverte qui, supposait-elle, devait être celle de la cuisine. Comme elle tendait la main pour la pousser, un fracas retentissant ébranla tout à coup la maison. Le noir se fit dans le hall. Callie ne voyait plus rien. Le vertige la saisit. Son instinct de survie prit le dessus, et elle s'accroupit en se plaquant contre le mur.

Un moment passa. Des secondes, puis des minutes. Elle n'aurait su dire combien de temps exactement. Dans le silence obscur et menaçant de la maison, elle entendait presque son cœur tonner dans sa poitrine. Puis, comme ses yeux s'habituaient à l'obscurité, elle scruta le hall. Personne, semblait-il. L'endroit était redevenu paisible. Enfin, elle se redressa et marcha jusqu'à la porte d'entrée, qu'elle ouvrit à la volée. Personne. Rien que le ciel et les arbres.

Elle comprenait maintenant ce qui s'était passé : un coup de vent violent, et la porte avait claqué.

Tremblante, elle s'avança sur la véranda en refermant le battant derrière elle.

Le ronron familier de sa robuste Subaru l'aida à retrouver sa sérénité. Elle descendit l'allée de gravier, s'engagea sur la route. Pendant un moment, elle roula au hasard, sans prêter attention à ce qu'elle voyait autour d'elle, s'efforçant d'oublier la trouille qu'elle venait d'avoir dans la maison. Elle croisa une Chevrolet Blazer et une Ford Escort, tourna à droite sur une route sans signalisation, longea un pré plein de mauvaises herbes et encombré de bateaux, un cimetière, une ferme.

Au bout d'un moment, elle retrouva la mer, qu'elle entrevoyait par instants entre les arbres. Les chemins de terre qui s'enfonçaient dans la forêt à sa droite et à sa gauche ne possédaient aucun panneau de signalisation. Elle s'en étonna un instant, puis songea qu'ils ne serviraient de toute façon à rien. Tous ceux qui se promenaient par ici devaient connaître ces chemins. Mais à peine cette pensée avait-elle traversé son esprit qu'elle vit un panneau. Lettres noires sur bois brut : CARSON'S COVE.

Callie appuya sur la pédale des freins.

C'était là que ça s'était passé.

Elle arrêta la voiture au bord de la route et regarda s'il y avait des véhicules derrière elle. Ni voiture, ni piéton, rien – rien qu'un long ruban plat de bitume. Elle recula jusqu'à l'entrée du chemin signalé par le panneau et tourna à gauche.

Le chemin était cahoteux ; la voiture rebondissait sur les ornières. Elle plongea dans un trou boueux, les pneus crissèrent méchamment sur des branches d'arbres. Callie se félicita d'avoir quatre roues motrices. De part et d'autre du chemin s'élevaient des arbres trop hauts pour qu'elle en voie la cime, bouleaux aux troncs blancs alternant avec des espèces à feuilles persistantes.

Elle avait parcouru quelque mille cinq cents mètres quand le chemin aboutit à une clairière. Impossible d'aller plus loin. Maintenant, il lui faudrait marcher. Une trouée dans le mur d'arbres ouvrait sur un étroit sentier pédestre. Callie se gara, sortit de la voiture, se dirigea vers le sentier.

Sous les frondaisons verdoyantes, elle avança à pas prudents. Elle ignorait ce qu'elle cherchait, mais il lui semblait qu'elle cherchait quelque chose. Le sentier était couvert de petites pommes de pin, de brindilles, de cailloux et de feuilles mortes. L'atmosphère se rafraîchissait, le ciel était maintenant d'un gris plus foncé. Elle passa devant une cabane abandonnée. Quelque part, des oiseaux gazouillaient. Elle entendit le cliquetis d'un pivert sur un tronc d'arbre, incroyablement aigu et rapide. Mais le bruit le plus puissant, et de loin, était celui du vent dans les arbres.

Une fois encore, elle se posa la question : *Qu'est-ce que tu fiches ici ?* La phrase l'obsédait, comme une sorte de refrain lancinant, tandis qu'elle avançait sur le sentier. L'impulsion irrésistible qui l'avait amenée là ne s'expliquait simplement pas. Et il ne s'agissait pas que de Diane, même si le meurtre de l'écrivain jouait un rôle primordial. Callie eut l'idée, frappante, qu'il s'agissait peut-être d'une espèce de pèlerinage. Elle était venue pour faire pénitence – en tout cas il y avait de ça. Pour témoigner du passé. Pour rendre hommage, de manière quelque peu viscérale, à toutes les femmes qui étaient mortes. Toutes ces femmes auxquelles pendant si longtemps elle avait essayé de ne pas penser, en tout cas pas comme à des individus. Même au procès concernant l'assassinat de Dahlia Schuyler, elle s'était efforcée de refouler ces choses.

Sans s'en rendre compte, elle avait ralenti l'allure. S'était immobilisée, perdue dans ses pensées. Elle sursauta en entendant un bruit de pas derrière elle. Un bruit lointain, mais qui s'accroissait ; quelqu'un approchait sur le chemin. Pour la seconde fois en moins d'une heure, une flambée d'adrénaline jaillit à travers son corps. Paralysée, elle resta là quelques instants à tendre l'oreille. Puis elle se remit à marcher d'un pas vif. Quelques dizaines de mètres devant, elle apercevait une trouée ensoleillée. Elle accéléra encore le pas, puis courut carrément vers la lumière.

Elle entendait encore le bruit de pas. Quelqu'un, ou quelque chose, pas très loin derrière elle. Sans cesser de courir, elle ouvrit son sac à main et tâtonna à la recherche de son téléphone. Son « poursuivant » semblait avoir accéléré lui aussi, pour ne pas se faire distancer. Énergiquement, elle courut de toutes ses forces jusqu'à la lisière de la forêt et déboucha sur une plage battue par les vents. L'eau noire lapait le rivage, une large étendue de rochers et de sable couvert d'algues. Elle avait espéré trouver des maisons, ou même des gens, mais le coin était désert. À sa gauche, la côte prenait un brusque virage vers l'intérieur des terres ; elle ne voyait pas ce qu'il y avait derrière. Ne sachant trop quoi faire, elle courut dans cette direction.

Elle s'efforça de ne pas trébucher tandis qu'elle appuyait gauchement sur les touches du téléphone. Le carillon sonore qu'elle entendit quand l'appareil s'alluma l'emplit soudain de joie. Elle jeta un regard pardessus son épaule et vit qu'un homme avait émergé d'entre les arbres. Il portait des vêtements noirs et une casquette de base-ball. Il s'était arrêté et scrutait la plage d'un air impatient. Callie essaya de courir plus vite, mais pour aller où ? Elle se rendit compte avec désespoir qu'elle était piégée. Le seul endroit où elle pouvait peut-être se cacher, c'était l'amas de gros rochers, là-bas, au bout de la plage. Mais l'homme l'aurait rattrapée bien avant qu'elle ne les ait atteints.

– Hé ! cria-t-il. Attendez. Je veux vous parler.

Elle avait déjà composé le numéro de la police et attendait que la communication s'établisse. Le téléphone collé à l'oreille, elle jeta de nouveau un coup d'œil vers l'homme. Les vagues se brisaient sur le rivage, explosant en torrents d'écume.

Le téléphone ne sonnait pas.

Elle regarda l'écran. PAS DE RÉSEAU !

Elle contempla l'affichage, incrédule. Ça, ça ne lui était jamais arrivé. La veille au soir encore, elle avait appelé Anna de sa chambre de l'Old Granite Inn. Une flambée de terreur la submergea. Qu'est-ce qu'elle allait faire ?

Avec sa parka et ses bottes, elle se sentait lourde, empotée. Tournant une fois de plus la tête, elle vit que l'homme se rapprochait rapidement. Elle se pencha, saisit un gros caillou et se remit à marcher. Ses semelles dérapaient sur les galets humides ; elle avançait en trébuchant. Son sac à main, qu'elle avait mis en bandoulière, cognait contre sa hanche.

– Hé ! Hé ! criait-il.

Enfin, elle arriva aux gros rochers. Elle grimpa sur le premier, sauta sur le voisin, qui était un peu plus haut, en s'efforçant de rester bien campée sur ses jambes.

Puis, comme elle s'élançait vers le rocher voisin, elle perdit soudain l'équilibre. Son pied dérapa, sa cheville se tordit. Callie agita les bras pour tenter de se rattraper – et tomba douloureusement sur la hanche. Aussitôt, elle voulut se relever. C'était difficile, car ses doigts glissaient sur la mousse qui couvrait la roche. Quand elle réussit enfin à se remettre sur ses jambes, une douleur atroce fusa dans sa cheville.

Au prix d'un terrible effort, elle atteignit le rocher suivant en traînant sa jambe blessée. Elle entendait le martèlement des pas. Quelque part en chemin, elle avait lâché son caillou. Elle n'avait aucun moyen de se protéger. Tout à coup, il lui vint à l'esprit que l'homme ignorait qu'elle avait un problème avec le téléphone.

Elle vira pour lui faire face. Il était encore plus près qu'elle ne l'avait cru. Il avait atteint le pied des rochers et levait la tête vers elle. De si près, elle se rendait compte qu'il n'était pas très costaud, et à peine plus grand qu'elle. Il avait les traits fins, la peau grêlée, des épaules étroites et avachies. L'espace d'un instant, elle se demanda si elle ne pouvait pas le terrasser, mais repoussa vivement cette idée. Sans même parler de sa cheville blessée, quelque chose la dissuadait de prendre un tel risque. Elle sentait en cet homme une sorte d'énergie, de force nerveuse, qui ne collait pas avec sa silhouette fragile.

À présent, il la dévisageait avec un sourire qui dévoilait deux rangées de petites dents jaunes. Il lui rappelait les méchants renards des contes de fées qu'elle lisait à Anna.

— Faut que vous fassiez attention, dit-il. Ces rochers sont drôlement glissants.

Callie soutint son regard.

— Ne vous approchez pas. J'ai déjà appelé au secours.

Le sourire vacilla, puis disparut.

— De quoi vous parlez, là ?

— J'ai un téléphone portable. J'ai déjà appelé la police. Elle sait que je suis ici et que vous m'avez suivie. Elle va arriver d'une minute à l'autre.

298

Il secoua la tête, leva les mains et s'écarta lentement du rocher à reculons.

– Là, madame, vous vous trompez. J'veux pas vous faire de mal, moi ! Je venais juste vous dire que vous devriez pas vous promener par ici toute seule. Y a une femme qu'a été tuée dans le coin, y a pas si longtemps.

Sa cheville commençait à l'élancer. Elle le regarda, indécise. Disait-il la vérité ? Elle n'avait aucun moyen de le savoir.

– Écoutez... Je suis un peu nerveuse. Je ne voulais pas me montrer agressive. C'est juste que... quand je vous ai entendu derrière moi, eh bien, je crois que j'ai un peu paniqué.

– Vous êtes au courant, pour le meurtre ?

– Oui. Je suis au courant.

Il la dévisagea d'un regard plus perçant, avec une pointe de méfiance.

– Vous êtes qui, vous ? Un genre de... reporter ? Vous êtes envoyée par un journal ?

– Non. Je... je connaissais la femme qui a été tuée. J'étais son amie, en quelque sorte.

– Ah, fit l'homme, et il hocha la tête, lentement, sans cesser de la dévisager. Vous voulez de l'aide, pour descendre de là-haut ? Vous vous êtes fait mal quand vous êtes tombée ?

– Non, mentit Callie. Vraiment. Je vais bien.

– Dans ce cas... D'accord, dit-il en penchant la tête de côté. Eh ben... il vaut mieux que je m'en aille, alors. Vous faites bien attention à vous, OK ?

Il s'éloigna d'un pas nonchalant, le long de la plage, en direction des bois. Callie le suivit du regard. Quand il eut disparu entre les arbres, elle commença à redescendre.

Maintenant, elle n'avait plus besoin de se dépêcher. Elle resta à genoux, s'aidant de ses mains pour crapahuter à travers les rochers. Cette seule manœuvre était déjà douloureuse. Une fois en bas, elle se redressa complètement. Une douleur lancinante, de plus en plus intense, irradiait de sa cheville vers le pied et la jambe. Elle se mit à marcher en boitant, un pas après l'autre, vers le chemin qui la ramènerait à sa voiture.

Arrivée à la lisière de la forêt, elle sortit de nouveau son téléphone. Toujours pas de réseau. En dépit des publicités tapageuses de l'opérateur de téléphonie mobile, il n'y avait pas de couverture ici.

Il était bientôt 13 heures. Le prochain ferry partait à 15. Elle devait regagner la route principale et aller à l'embarcadère.

Comme elle s'engageait sur le sentier ténébreux couvert par les arbres, sa gorge se serra. La peur l'envahit de nouveau. Et s'il avait menti ? Elle se dit pour se rassurer que s'il avait voulu l'attaquer, il l'aurait déjà fait. Il y avait de fortes chances, aussi, pour qu'il soit juste celui qu'il disait être : un promeneur inquiet pour sa sécurité à elle. En outre, elle ne pouvait pas rester plantée là toute la journée. Elle devait retourner à sa voiture.

Un soleil pâle, poudroyant, filtrait à travers les arbres. Callie avançait avec peine. Comme elle souffrait de la cheville gauche, elle essayait de faire porter le poids de son corps sur la droite. N'empêche, la plus légère pression sur son pied blessé lui provoquait un douleur cuisante. Quand elle aperçut enfin sa voiture, elle faillit éclater en sanglots. Elle se rendit compte qu'une partie d'elle-même avait craint de ne pas la retrouver à sa place. Une chance, aussi, se dit-elle, qu'elle ait réussi à ne pas perdre son sac à main. Elle l'ouvrit pour en sortir ses clés.

À l'intérieur, elle retrouva l'odeur familière de plastique frais et de café de sa voiture. Sur le siège passager, l'atlas routier était encore ouvert à la page du Maine. Sur la banquette arrière, il y avait son sac de voyage, exactement là où elle l'avait laissé. C'était presque miraculeux de revoir ces simples objets ; elle ne put s'empêcher de tendre la main pour les toucher. En tournant la clé de contact, elle éprouva une immense bouffée de gratitude envers le monde. Quelle chance elle avait d'être là ! Quelle chance elle avait d'être en vie ! Elle recula, fit demi-tour, prit la direction de la ville. Roula vers le ferry qui la ramènerait chez elle, à la maison et aux gens qu'elle aimait.

Caché dans la cabane abandonnée, Lester Crain regarda la femme s'éloigner.

Elle regagnait sa voiture en boitant – il savait depuis le début qu'elle était blessée. Le moteur fiable de la Subaru démarra au quart de tour. Pétrifié, il observa la voiture bleue manœuvrer dans la clairière. Le rugissement du moteur se mêla au tintamarre qui avait envahi son esprit depuis tout à l'heure. Il savait ce qu'il signifiait ; il essaya de le refouler, il essaya de penser à autre chose. Mais le roulement de tambour ne faisait qu'amplifier. Il ne pouvait rien contre.

Une petite voix, dans un coin de sa tête, lui disait qu'il avait salement foiré son coup. Il n'aurait pas dû venir sur l'île. Il n'aurait pas dû rester là si longtemps. Il avait de plus en plus de difficultés à se contrôler. La nuit, quand il dormait, il entendait des cris, il sentait presque l'odeur du sang. Il voyait leurs visages, lèvres ensanglantées et regard désespéré...

Tout s'emmêlait dans sa tête ; le passé entrait en collision avec le présent. Parfois, il oubliait pourquoi il était là, il oubliait que Steven Gage était mort. Quand il l'avait vue, *elle*, apparaître sur le sentier, il s'était demandé s'il avait perdu la raison. Mais non, il n'avait pas d'hallucinations. Elle était réelle. Elle était *ici*.

Il se demanda si elle savait à quel point elle était passée près de la mort. Il lui avait fallu un terrible effort de volonté pour ne pas se jeter sur elle. Même si elle n'était pas son genre, il avait failli céder à l'impulsion. C'était quand elle avait parlé du téléphone qu'il avait réussi à faire marche arrière. Cette salope mentait sûrement, mais il n'en était pas certain. Et il n'était pas maboul au point de courir un tel risque.

N'empêche, il avait beau lutter de toutes ses forces, il ne pouvait se la sortir de la tête. Il leva les yeux vers la poutre qui passait au-dessus de sa tête et l'imagina suspendue là, la bouche bâillonnée, les yeux exorbités, avec cette expression pleine de terreur qu'elles avaient toutes quand elles se demandaient ce qui allait suivre. Le tintamarre qui emplissait sa tête était de plus en plus violent, maintenant, et commençait à prendre possession de son corps. Vivement, il ouvrit sa braguette et y glissa la main.

Quand il eut terminé, il s'adossa au mur en attendant que ses pensées s'éclaircissent. Le soulagement n'était pas complet ; il lui fallait quelque chose de plus. Il n'arrivait pas à se débarrasser de l'impression horrible qu'il avait laissé passer une belle occasion. Bien sûr, c'était ce qu'il avait appris à faire. Gage lui avait expliqué tout ça. Les règles à respecter. La stratégie. La discipline. Le self-control. Il avait bien compris ses leçons. Il avait appris à évaluer les chances qui se présentaient. Il avait appris à cacher les corps.

Mais le rugissement, dans sa tête, refusait de s'atténuer. Les règles s'effondraient. Depuis Diane Massey, les choses avaient changé.

Comme la voiture disparaissait au bout de la route bordée d'arbres, une idée lui vint. Il se répéta plusieurs fois de suite les chiffres et les lettres, jusqu'à les connaître par cœur : *23LG00.*

Sa plaque d'immatriculation dans le Massachusetts.

Jeudi 4 mai

Une douce lumière orangée baignait la salle du restaurant le *Rebecca's*. Boitillant sur ses encombrantes béquilles, Callie suivit l'hôtesse. Quand la jeune femme s'arrêta et leur désigna une table pour deux, Callie hésita. Elle serait assise le dos à la porte, cette idée la mettait mal à l'aise.

– Je... pourrions-nous avoir une table le long de la banquette ? Celle qui est là-bas, par exemple ?

L'hôtesse eut le sourire affable de celle pour qui la question n'avait pas la moindre importance. Sa queue-de-cheval, attachée presque sur le sommet de son crâne, donnait à sa tête l'allure d'une fleur dodelinante.

Rick prit ses béquilles tandis qu'elle s'installait sur la banquette matelassée. Elle lui avait expliqué qu'elle s'était foulé la cheville en sortant de sa voiture. L'hôtesse proposa de déposer les béquilles au vestiaire. Callie refusa.

– Je vais les mettre contre le mur. Elles ne gêneront personne.

Pour la première fois, la jeune femme parut légèrement contrariée, mais elle ne fit aucune objection. Elle se contenta, quand Rick fut assis, de marmonner :

– Bon appétit.

Callie ouvrit le menu en jetant un coup d'œil vers la porte du restaurant. Elle n'avait pas très envie de sortir ce soir-là, mais pour une fois Rick avait insisté. Il fallait qu'ils parlent, avait-il dit. Une expression qui sonnait comme un mauvais présage. Une semaine avait passé depuis la soirée chez elle avec Martha et les autres invités. Ils s'étaient à peine parlé depuis. La veille, Rick avait même manqué la soirée pizza du mercredi.

— Tu as choisi ? demanda-t-il.

Sa voix était polie, mais froide, impersonnelle. Ils faisaient penser à un couple mal assorti dînant pour la première fois ensemble. Le genre de soirée dont on a envie qu'elle se termine rapidement.

— Du canard, je pense, dit-elle.

De l'autre côté de la table, dans son blazer marine, Rick était un séduisant inconnu. Il lui paraissait aussi distant et étranger qu'un modèle dans un magazine. Callie ne s'était pas donné la peine de s'habiller pour l'occasion ; elle n'avait tout simplement pas pu faire cet effort. Concession de dernière minute, elle avait mis des boucles d'oreilles : des pendants en lapis-lazuli.

Une serveuse s'approcha pour prendre leur commande, puis ils se retrouvèrent de nouveau seuls.

— Donc je...

— J'étais...

Ils avaient parlé tous les deux en même temps et se turent aussitôt, avec une politesse exagérée. Du coin de l'œil, Callie observa un couple qui entrait dans le restaurant. Comme l'homme prenait son manteau à la femme, il lui dit quelque chose qui la fit éclater de rire.

— Callie, nous devons nous parler.

— Oui. Je sais.

Voilà le moment qu'elle avait redouté, pourtant elle se sentait curieusement détachée de la scène. Comme si cela ne l'avait pas vraiment concernée. Comme si elle était quelqu'un d'autre. Il y avait quelque chose de reposant, presque d'agréable, à se trouver dans un tel état d'esprit. Elle n'avait plus à se battre. Elle pouvait laisser les choses filer, tout simplement. Elle était tellement fatiguée d'essayer de réguler sa vie, d'essayer de garder le contrôle. Ça lui rappelait cette expression entendue chez les Alcooliques anonymes : elle n'avait qu'à *tourner la page*.

Calmement, elle prit un petit pain dans le panier et le beurra. Puis elle mordit dedans. C'était du pain au levain, excellent.

Elle savait que Rick l'observait ; elle sentait son agacement de plus en plus intense. Mais, une fois encore, ça n'avait aucun rapport avec elle. Tout ce qu'elle pouvait faire, c'était attendre.

Il se pencha en avant, coudes sur la table, en joignant les mains.

– Je veux que tu me dises ce qui t'arrive. Je veux savoir ce que c'est. Il se passe quelque chose. Entre nous... ça ne peut pas durer. J'ai l'impression que tu ne me fais pas confiance. Je ne t'ai posé aucune question. Je n'ai pas voulu te harceler. J'ai continué d'espérer que tu arriverais – que *nous arriverions* – au point où tu voudrais bien m'ouvrir la porte. Où tu voudrais me confier tes secrets. Où tu voudrais me parler de *ça*.

Avant qu'elle ait pu réagir, il lui saisit le bras et le retourna en remontant la manche de son pull ; il toucha ses cicatrices.

À ce moment-là, Callie décrocha. Son esprit se mit à dériver. Au lieu d'écouter Rick, elle pensait à Melanie. Il fallait qu'elle appelle l'hôpital pour prendre de ses nouvelles. Lui diraient-ils comment elle allait, là-bas, si elle téléphonait pour poser la question ? Elle aurait dû la protéger. Elle aurait dû protéger les autres. Une fois de plus, elle avait essayé de se raisonner. Elle n'avait pas fait confiance à son instinct.

– Callie ? Tu m'écoutes ?

La voix de Rick la ramena au présent.

– Je m'excuse. Je crois que j'ai eu un instant d'absence.

– As-tu entendu la moindre chose de ce que je t'ai dit ?

– Je... j'ai entendu le début.

Il la dévisagea, mâchoire crispée.

La serveuse arriva avec leurs plats.

Le canard doré et croustillant semblait délicieux, mais elle n'avait pas faim. Rechignant à croiser le regard de Rick, elle saisit son couteau et sa fourchette. Elle coupa un minuscule morceau de viande et le déplaça sur le pourtour de son assiette. C'est alors qu'elle remarqua la rose dans le vase posé au centre de la table. Une rose jaune, et d'un jaune très pâle – pas rouge. N'empêche, elle se raidit de tout son corps.

– Je veux un pistolet, dit-elle tout à trac.

Rick eut l'air sidéré.

– Y a-t-il une raison particulière à ça ?

Elle n'appréciait pas le ton sur lequel il lui parlait.

– Je suis une citoyenne responsable, rétorqua-t-elle. J'ai le droit de me protéger.

– Callie, tu vis à Merritt. Te protéger de *quoi* ?

Soudain, elle éprouva de la colère. Elle estimait ne pas avoir à se justifier. L'arme, c'était une décision qui lui appartenait. Ça n'avait rien à voir avec Rick.

– Tu sais, dit-elle en soutenant son regard, il y a des choses que tu ignores. À mon sujet. Certaines sont... importantes.

Il se pencha en avant contre la table.

— Qu'est-ce qui se passe, nom de Dieu ?

Elle avait l'impression que, s'il avait osé, il aurait tendu les bras pour l'agripper par les épaules et la secouer. Puis quelque chose en lui sembla faire machine arrière et il se renversa contre le dossier de sa chaise. Quand il releva les yeux, il avait l'air vaincu. Callie éprouva un pincement de culpabilité. Tout à coup, elle pensa au père de Rick, à ses problèmes de cœur qui ne s'arrangeaient pas. Depuis combien de temps n'avait-elle pas pris de ses nouvelles ?

— Je suis désolée, dit-elle d'une voix apaisante. Je suis désolée, pour tout.

Rick la regarda longuement, puis secoua la tête. Son expression était impénétrable.

— Il faut que ça change, dit-il. Nous ne pouvons pas continuer comme ça.

Samedi 6 mai

Il n'aurait pas dû venir ici, il n'aurait vraiment pas dû.

N'empêche, il était ici.

Roulant à petite vitesse, Lester Crain passa devant la maison d'Abingdon Circle. Il sut instantanément qu'il était à la bonne adresse. Sa voiture était garée devant la maison. La Subaru bleue avec la plaque d'immatriculation 23LG00. C'est alors que la porte d'entrée s'ouvrit. Il s'arrêta au bord du trottoir. Il la vit descendre les marches de la véranda en compagnie de deux hommes et d'une femme.

Tous quatre se dirigèrent vers une Jetta toute cabossée stationnée derrière la Subaru. Ils ouvrirent les portes, s'y installèrent et démarrèrent.

Sans prendre le temps de réfléchir, il les suivit.

Le roulement de tambour, dans sa tête, était plus fort que jamais.

Il savait ce qu'il devait faire.

— Qu'est-ce que c'est, au juste, cette « Grange » où a lieu le bal ?

Ils remontaient l'autoroute 91 dans la Volkswagen Jetta de Martha. Tod et Martha à l'avant, Callie et

311

Rick à l'arrière. Ils se rendaient, à Greenfield, à la contredanse hebdomadaire de la Guiding Star Grange.

– Les Granges sont des fédérations agricoles créées après la Guerre civile, expliqua Martha. Des organisations communautaires destinées à protéger les fermiers, à améliorer leur situation économique, politique, etc. Elles se battaient contre les sociétés de chemin de fer, qui avaient le monopole du transport de la production agricole, mais elles avaient aussi de nombreuses activités sociales. Quadrilles, dîners, soirées musicales, ce genre de choses.

Vu la situation, Callie était bien contente d'être en groupe ce soir-là. Impossible de nier la tension qui grevait désormais sa relation avec Rick. Ils ne s'étaient pas parlé depuis le jeudi, quand il l'avait subitement quittée à la porte de chez elle. Elle avait même pensé qu'il annulerait cette soirée, qu'il dirait juste ne pas avoir envie de la voir. Cependant, peut-être par amitié pour Tod, il n'avait pas choisi de jouer les absents.

– Ce qui s'est passé pour cette Grange en particulier, continua Martha, c'est qu'elle a failli fermer au début des années quatre-vingt-dix. La justice lui imposait d'améliorer l'accès aux installations pour les handicapés, mais il n'y avait pas assez de membres pour payer les rénovations. Nous – je veux dire les danseurs –, nous leur louions la salle de temps en temps. Quand nous avons appris ce qui se passait, nous avons demandé aux fermiers comment nous pourrions les aider. La solution qui s'est présentée, ça a été que les danseurs deviennent membres de la Grange.

– Intéressant, dit Tod.

– En effet, renchérit Callie.

Dans l'obscurité de la voiture, elle distinguait à peine le visage de Rick. Il ne semblait pas écouter la conversation. Callie se demandait comment il réagirait s'il apprenait où elle avait passé sa journée : à Springfield, à la Smith & Wesson Academy, pour suivre un cours de maniement des armes à feu. Sur le stand de tir, elle avait visé des cibles en papier. Elle avait appris à presser lentement la détente, à anticiper le recul de l'arme. Le revolver était plus lourd qu'elle ne s'y était attendue. À la fin de la session, elle s'était sentie... différente. Maintenant, avec son certificat en main, elle était autorisée à faire une demande de permis.

Ils quittèrent la 91 pour s'engager sur la 2A et prirent bientôt la rue principale de Greenfield. Callie eut pendant un moment une étrange impression de déjà-vu ; elle se souvint alors qu'elle était passée par là pour aller dans le Maine. Ils traversèrent la ville, puis tournèrent à gauche dans une rue latérale bordée de maisons en bois.

La Guiding Star Grange était un vaste bâtiment blanc, simple et trapu, qui faisait penser à une église de campagne. Il n'était que sept heures et demie, mais le parking était déjà bien rempli : il leur fallut quelques minutes pour trouver une place. À l'intérieur, la salle était immense, avec un splendide parquet et de hautes fenêtres. Près de la porte, il y avait une table sur laquelle se trouvait une mallette de violon ouverte pleine de billets. Un écriteau, à côté, indiquait que la soirée coûtait sept dollars par tête.

— Je paie pour nous deux, dit Callie à Rick, et elle sortit quatorze dollars de son sac à main.

— Merci, répondit-il en lui jetant à peine un regard.

Ils s'avancèrent dans la salle, et Callie se sentit tout de suite de meilleure humeur. L'orchestre jouait une musique à la fois électrisante et envoûtante, mélange de country américaine et de mélodies celtiques. Il y avait un accordéon et divers instruments à cordes. Devant la scène, quelques couples dansaient déjà avec enthousiasme. Ils tournaient sur place, s'arrêtaient tout à coup, faisaient une sorte de pas chassé, viraient de nouveau, et ainsi de suite.

La foule, de plus en plus nombreuse, couvrait une large gamme de styles vestimentaires – depuis les vieux babas cool jusqu'aux ados tatoués avec piercings. Il y avait même quelques couples particulièrement élégants, en noir des pieds à la tête, qui semblaient débarquer tout droit de Manhattan. Callie souriait en observant cet étrange mélange, lorsqu'elle aperçut Nathan et Posy.

Elle se précipita vers Martha.

– Kabuki Girl est ici ! Avec Nathan.

Martha eut une grimace désolée.

– Oh, j'aurais dû te dire qu'elle vient ici de temps en temps. Mais ça m'était complètement sorti de la tête.

– Ce n'est pas grave, assura Callie.

Mais, quelque part, elle regrettait de ne pas avoir été prévenue. La perspective d'avoir à s'occuper de Nathan ce soir-là lui pesait plus qu'elle n'aurait su le dire. Mais bon... Les gens continuaient d'affluer et de remplir la salle. Peut-être finirait-il par y avoir tellement de monde qu'il ne la verrait pas.

Quelqu'un, sur la scène, avait pris le micro.

– C'est le meneur. Ça va commencer, dit Martha, puis elle regarda Callie et Rick. Vous deux, vous devriez vous séparer. Au moins pour les premières danses. C'est plus facile d'apprendre les pas avec quelqu'un qui sait ce qu'il fait.

– OK, répondit Rick avec un empressement que Callie trouva déconcertant.

Il disparut au milieu de la foule, la laissant avec Martha et Tod.

– Je ne veux pas fatiguer ma cheville, dit-elle. Je viens juste d'abandonner les béquilles.

– À toi de voir comment tu te sens. Tu pourras toujours t'asseoir, si ça ne va pas, insista Martha, et elle regarda par-dessus l'épaule de Callie pour crier : Al ! Viens danser avec mon amie. C'est sa première fois.

Le partenaire de Callie était un homme presque chauve, avec un gros ventre et un sourire malicieux. Sous son short kaki, ses jambes bien blanches s'ornaient de hautes chaussettes blanches et de baskets.

La foule s'était organisée en trois longues rangées de couples. De la scène, le meneur donnait les instructions. Callie fit de son mieux pour suivre :

Partez d'abord vers la gauche. Faites tourner votre partenaire.

Virez à droite...

Certains mouvements lui étaient connus, car c'était les mêmes que ceux des quadrilles de son enfance. D'autres étaient complètement nouveaux pour elle. Le plus difficile, appelé *hey*, impliquait quatre danseurs qui s'entrecroisaient dans une arabesque savante. Callie semblait incapable de s'y faire. Elle n'arrêtait pas de cogner genoux et coudes dans ses partenaires.

– Ne vous tracassez pas, dit Al d'un ton rassurant. Amusez-vous, voilà tout.

Le tempo de la musique accéléra, lui conférant un entrain contagieux.

Avant de comprendre ce qui lui arrivait, Callie fut emportée par la danse. Quelqu'un lui attrapait la main, elle virevoltait, puis Al la saisissait par-derrière et la faisait tourner, lentement d'abord, puis de plus en plus vite...

– Regardez mes yeux, l'entendit-elle dire, alors que la salle commençait à se brouiller devant ses yeux. Ça vous évitera d'avoir le vertige.

Elle leva la tête, chancelante, souriante. Puis une autre personne saisit sa main.

La danse suivait un schéma précis, qu'on ne pouvait pas saisir immédiatement, comprenait-elle maintenant. Al et elle avaient démarré au bout de leur file, et ils se déplaçaient vers l'autre extrémité, dansant avec le couple situé juste devant eux, puis passant au suivant en répétant la même série de pas avec chaque couple successif.

Quand elle eut pigé, elle entra complètement dans le rythme. Bientôt, elle tendit d'elle-même la main, sans attendre d'être attrapée. Quand Al la faisait tourner, désormais, elle se renversait davantage en arrière pour que le poids de son corps ajoute à la cinétique du mouvement. Elle avait l'impression d'être de nouveau une enfant, qui s'amusait à tournoyer aussi vite qu'elle le pouvait, qui prenait plaisir à essayer d'avoir le vertige presque au point de tomber.

Regardant autour d'elle, Callie songea à quel point ce divertissement était *sain*. Comme si tous ensemble, dans cette salle, ils avaient été transportés en un lieu, à une époque, où la vie était simple. La construction d'une étable pour la communauté, un dîner à la bonne franquette devant l'église. Elle s'amusait vraiment beaucoup. C'était à la fois festif et excitant. Si différent du genre de soirées qu'elle avait connues quand elle était plus jeune. Les pièces obscures, la bière et la sueur, la musique bruyante et assommante. *Je suis prête, je suis prête, je suis...*

Elle s'arracha à ses pensées pour revenir à la clarté de ce présent inoffensif.

Quand la musique s'arrêta, tout le monde applaudit. Al la remercia et s'éloigna. Avant qu'elle ait pu chercher Rick, un homme l'aborda pour l'inviter à danser. Elle accepta, puis dansa avec quelqu'un d'autre encore

– un professeur de l'université du Massachusetts. À la fin de cette troisième danse, sa cheville l'élançait. Il fallait qu'elle fasse une pause.

Des chaises bordaient le pourtour de la salle. Elle en aperçut une inoccupée. Comme elle allait s'asseoir, quelqu'un l'apostropha :

– Salut, Callie. Tu veux danser avec moi ?

Le visage de Nathan était rose et luisant. Son t-shirt blanc collait, humide de sueur, à sa cage thoracique maigrichonne.

Callie secoua la tête.

– Désolée, Nathan, mais je suis vannée. Il faut que je m'arrête un moment.

– Alors, je vais faire une pause avec toi. Moi aussi, je suis crevé.

La musique avait repris. Après l'entraînante contredanse, l'orchestre jouait maintenant une valse. Les couples s'inclinaient lentement, puis viraient en rythme, *un*-deux-trois, *un*-deux-trois... De l'autre côté de la salle, Callie aperçut Martha en train de danser avec Al. Elle se demanda à quoi il avait bien pu penser en mettant ces grosses chaussettes blanches.

– Où est Posy ? demanda-t-elle à Nathan.

Il haussa les épaules.

– Sais pas.

Avec soulagement, elle vit Tod venir à leur rencontre.

– Hé ! fit-il. Je te cherchais. Tu veux valser un peu ?

– Bien sûr ! répondit-elle, et elle se tourna vers Nathan. Désolée. Je lui avais promis.

La déception se peignit sur le visage de Nathan tandis qu'elle donnait la main à Tod. Il resta planté là, bouche bée, les yeux fixes, en la regardant s'éloigner vers les danseurs.

– C'était qui, ça ? demanda Tod en la prenant dans ses bras.

Il n'avait pas le même physique que Rick. Il était plus petit et compact ; il donnait une impression de solidité. Il sentait la laine et le tilleul.

– Ça ne vaut pas la peine d'en parler, dit-elle. Quelqu'un que je connais à mon travail.

Ils virevoltèrent un moment en silence. Le bras de Tod, solide, la tenait fermement par la taille. Elle n'avait pas dansé la valse depuis l'adolescence. Pendant un temps, elle avait pris des cours de danse collective. À son plus grand étonnement, elle découvrit qu'elle suivait Tod sans difficulté particulière.

– Tu es doué, dit-elle en souriant. Tu te débrouilles vraiment bien.

– Ça a l'air de t'étonner.

– Non. Oh, si, peut-être. C'est juste qu'aujourd'hui, je vois de moins en moins de gens danser la valse. C'est plutôt un truc de la génération de nos parents, non ?

– Ma femme – mon ex-femme – aimait beaucoup danser, dit Tod. Elle m'a obligé à apprendre.

Il parlait d'une voix neutre. Callie ne pouvait déchiffrer son expression. Elle ne savait pas si elle devait le relancer ou abandonner le sujet.

– Alors... est-ce qu'elle te manque toujours ? demanda-t-elle finalement.

– Je ne sais même plus. Ces derniers temps, je me dis que répondre « oui », c'est peut-être juste une habitude. Quelque chose que je fais sans plus trop y réfléchir. En fait, nous ne nous entendions plus vraiment. Nous sommes trop différents. Mais, pour une raison quelconque, tous les deux nous pensions que nous pouvions changer l'autre. C'est idiot, hein ? Je veux dire, tout le monde sait qu'on ne peut pas changer les gens ! Alors pourquoi est-ce qu'on n'arrête pas de faire comme si c'était possible ?

– C'est une bonne question.

– Martha est quelqu'un de vraiment bien, reprit Tod après un silence. Merci de nous avoir présentés.

Callie en eut chaud au cœur pour lui.

– De rien. Ça me fait plaisir.

Quand la danse se termina, tout le monde applaudit. Callie s'aperçut que Tod la dévisageait.

– Ça va ? demanda-t-il. Tu as l'air un peu fatiguée. Tu veux boire quelque chose ? Je crois qu'il y a un bar au sous-sol.

De nombreux danseurs se dirigeaient vers l'escalier ; Callie et Tod les suivirent. En bas, la foule convergeait vers des tables chargées de rafraîchissements. Ils achetèrent de la limonade, puis s'assirent à une table inoccupée parmi celles qui bordaient le pourtour de la salle. Comme elle buvait, Callie aperçut son amie et lui fit signe d'approcher.

– Salut, vous deux, dit Martha.

Elle était écarlate. Elle repoussa une mèche de cheveux derrière son oreille, puis s'éventa la nuque.

Tod glissa sur la banquette pour lui faire de la place à côté de Callie. Elle lui toucha l'épaule.

– Merci. Mais d'abord, je vais me chercher à boire.

En haut, la musique avait repris.

– Tu as vu Rick ? demanda Callie.

Son amie regarda autour d'elle.

– J'ai dansé avec lui il y a un moment, mais depuis, je ne sais pas...

Comme Martha se dirigeait vers les boissons, Tod se tourna vers Callie.

– Rick va bien ? Je le trouve un peu silencieux, ce soir.

Callie ne savait trop que répondre.

— Oui... Je sais.

— Comment va son père ?

— Mieux, je crois. Enfin... aux dernières nouvelles. En fait, il ne me raconte pas grand-chose.

— Je vois ce que tu veux dire, répondit Tod d'un ton lourd de sous-entendus.

Sa réaction rassura Callie. Au moins, elle n'était pas la seule à s'inquiéter. Mais son soulagement ne dura guère. Le père de Rick était en réalité le dernier de leurs problèmes.

Martha revint, un gobelet à la main, et s'appuya à la table. De l'autre côté de la salle, Callie aperçut Nathan qui venait à leur rencontre.

— Je cherche Posy, dit-il en arrivant devant eux.

Soulagée qu'il ne l'invite pas à danser, Callie réussit à sourire.

— Je ne l'ai pas vue. Il y a foule, ce soir.

Nathan la considéra d'un air méfiant, comme s'il ne la croyait pas.

— Eh ben... si tu la vois, dis-lui que je l'ai cherchée. J'en ai marre. Je rentre chez moi, déclara-t-il avant de s'éloigner.

Martha se tourna vers Tod.

— Alors ? Tu es d'attaque pour une nouvelle danse ?

— Bien sûr. Et toi, Callie, tu viens ?

Callie scruta la salle, qui se vidait rapidement. La plupart des danseurs remontaient. Et toujours pas de Rick en vue.

— Ma cheville me fait encore mal. Je crois que je vais passer cette danse. Mais je remonte avec vous. Je regarderai le spectacle.

Pendant qu'ils étaient en bas, la température de la salle de danse avait grimpé en flèche. Et il y avait encore plus de monde.

Profitant d'une pause dans la musique, Martha et Tod se joignirent à l'une des longues files qui couraient d'un bout à l'autre de la salle. Comme la danse reprenait, Callie marcha lentement en direction des chaises. Une bourrasque de vent s'engouffra par une fenêtre ; elle s'arrêta quelques instants pour en savourer la fraîcheur. Un adolescent avec un piercing dans le sourcil lui demanda si elle voulait danser. Elle déclina poliment. Continuant de marcher, elle scruta les danseurs. Encore et encore, elle chercha Rick des yeux, mais ne le vit nulle part.

Zut ! Mince !

Elle ne pleurerait pas ! Non, elle n'allait sûrement pas pleurer.

Pleurer, c'était complètement nul. En plus, ça ficherait son maquillage en l'air.

Posy Kisch pressa deux doigts au bord de ses paupières, bloquant avec précaution les larmes qui menaçaient d'y surgir. Ses cils laissèrent des traces noires au bout de ses doigts aux ongles vernis noirs. Elle les essuya sur sa courte jupe noire, achetée spécialement pour la soirée. Elle aurait bien aimé avoir un miroir pour vérifier l'état de son visage. Son rouge à lèvres rouge. Le fond de teint blanc. Le rose sur ses pommettes.

Mais bon, qu'est-ce qu'elle en avait à foutre, après tout ?

À quoi bon, de toute façon ?

Elle était tellement stupide ! *Stupide et conne.*

Quand Nathan avait accepté de venir avec elle ce soir-là, elle avait cru que cela signifiait quelque chose. Elle avait cru que c'était un vrai rencard. Il y avait toujours des masses de gens, à la contredanse, mais

Nathan n'y connaîtrait personne. Et vu qu'il était tellement timide, elle avait pensé qu'il resterait tout le temps avec elle.

Quand elle avait vu cette salope de Callie Thayer se pointer dans la salle, elle n'en avait pas cru ses yeux. Bien sûr, Martha venait régulièrement, mais elle n'avait jamais amené Callie. Nathan n'avait pas mis cinq secondes à s'apercevoir de sa présence. Elle était pourtant assez vieille pour être sa mère ! Toute cette histoire était vraiment stupide. D'ailleurs, Callie avait un petit ami. Putain, c'était pas juste.

Elle se trouvait maintenant dans le parking. Derrière son dos, à l'intérieur, elle entendait la musique, les bruits de la foule, les danseurs. En levant les yeux vers les étoiles argentées, elle se demanda une fois de plus : *À quoi bon ?* Elle avait détesté le lycée. Elle détestait la fac. Peut-être qu'elle détestait la vie. Elle n'avait jamais trouvé sa place nulle part. Peut-être qu'elle ne la trouverait jamais.

Une fois de plus, elle sentit les larmes lui monter aux yeux. Une fois de plus, elle les refoula.

Ne pleure pas. Ne pleure pas.

Ne sois pas la dernière des connes.

Elle se croyait seule, mais quelqu'un l'appelait.

— Hé ! Par ici, disait une voix pressante, sourde.

Confuse, elle se tourna. Ça semblait venir de... là, tout près, mais elle ne voyait personne. Peut-être du côté de la salle ? Elle ne voyait pas bien par là non plus. Si la plus grande partie du parking était bien éclairée, ce côté-ci était plus sombre.

— Nathan ? dit-elle avec hésitation.

— Ouais. Par ici.

— Pourquoi tu parles comme ça ? T'es où, en plus ?

Une lumière aveuglante lui éclaboussa soudain le visage.

– Nath...

Avant qu'elle ait pu en dire davantage, deux mains se refermèrent autour de son cou.

Lundi 8 mai

Le silence régnait dans le sous-sol de la bibliothèque de Windham. Callie s'assit dans son box, l'endroit où elle trouvait toujours refuge quand elle avait
du travail. Le box n'était pas vraiment le sien : il était
assigné à un professeur d'histoire qui était parti en
laissant au bord de la table quelques livres sur la
France médiévale.

Elle sortit ses affaires de son sac en se faisant mentalement un petit topo d'encouragement. C'était
compréhensible, se dit-elle, qu'elle n'ait pas réussi à
suivre le rythme des cours les semaines précédentes.
Le meurtre de Diane. L'attaque de Melanie. Le voyage
dans le Maine, avec une nuit sur place. Difficile de
croire que toutes ces choses s'étaient passées en si peu
de temps. Juste quelques semaines. Melanie, au moins,
allait de mieux en mieux ; ça, c'était un immense soulagement. En appelant l'hôpital quelques jours plus
tôt, elle avait appris que l'avocate était rentrée chez
elle. Elle lui avait envoyé une carte et un bouquet de
fleurs printanières, mais elle ne lui avait pas encore
téléphoné. Vu les circonstances, elle ne savait pas trop
si Melanie apprécierait qu'elle la dérange.

Mais il fallait qu'elle laisse toutes ces pensées de
côté, ne serait-ce qu'une heure ou deux. Elle était là

pour se concentrer sur le devoir qu'elle devait rendre dans deux semaines. Elle allait passer en revue les lectures recommandées par son professeur et se fixer sur un sujet. Elle voulait écrire sur la mémoire, mais pour ça elle avait besoin d'une thèse sur laquelle s'appuyer. D'une chemise, elle sortit la photocopie d'un extrait d'un livre écrit par un psychologue de Harvard. Le passage portait sur ce que l'auteur appelait les « péchés » de la mémoire. Il y en avait sept.

Les plus fascinants, de l'avis de Callie, étaient les péchés dus à de mauvaises associations : les cas où la mémoire intervenait de façon soit imprécise, soit malvenue. Des quatre péchés qui entraient dans cette catégorie, le premier était la méprise – par exemple, croire qu'un ami vous a dit ce qu'en fait vous avez lu dans le journal. Le concept lui paraissait familier ; elle se demanda pourquoi. Et se rendit compte que ça lui rappelait ses lectures sur le déplacement inconscient.

Un peu plus loin, elle découvrit qu'il y avait en effet un lien. Cet extrait retraçait lui aussi l'histoire de l'innocent marin accusé à tort de vol parce qu'il avait acheté auparavant des billets au guichetier cambriolé. De nouveau, également, elle lut le récit du psychologue accusé de viol parce la victime l'avait vu à la télévision juste au moment de l'agression.

De telles erreurs, écrivait l'auteur, pouvaient être qualifiées d'« associations manquées », car le sujet échouait à associer un souvenir donné au lieu et au moment réels de l'événement. C'était là, se dit Callie, un sujet sur lequel elle pouvait écrire ; un sujet qui retiendrait son attention. On pouvait parfois être certain de savoir quelque chose, et pourtant se tromper totalement.

Elle songeait qu'elle devait maintenant aller chercher le livre du psychologue de Harvard sur les étagères, lorsqu'un frisson la saisit. Tout à coup, elle prit conscience qu'elle était seule dans la bibliothèque. Elle avait allumé la lampe de son box, mais les allées de rayonnages étaient plongées dans l'obscurité. Derrière elle, une rangée de box vides disparaissait dans les ténèbres. Elle tourna subitement la tête, avec un sursaut, comme si elle avait cru voir quelque chose, une lueur, un mouvement, quelqu'un qui essayait de se cacher. La tranquillité des lieux avait quelque chose de suspect ; elle lui donnait une impression... bizarre. Une fois encore, elle regarda autour d'elle, scruta la salle en tordant le cou pour voir dans les recoins. Elle voulut parler à voix haute, tester la force de sa voix. L'entendrait-on, si elle criait ? Se pouvait-il que quelqu'un l'ait suivie jusqu'ici ?

Subitement, elle eut envie de prendre ses affaires et de filer vers l'ascenseur pour remonter vers le royaume bien peuplé de la grande salle de lecture, avec son bureau si animé. Mais une partie d'elle-même l'exhorta sévèrement à rester à sa place. Le tueur lui avait déjà pris beaucoup, elle ne lui en donnerait pas davantage. Elle était venue ici pour avancer dans son travail. Elle ne bougerait pas tant qu'elle n'aurait pas terminé.

Elle resta assise quelques secondes, immobile, le cœur battant à cent à l'heure. Puis son estomac se mit à gronder – un bruit peu séduisant – et elle opta pour un compromis. Au fond du sous-sol, il y avait une petite cafétéria avec des distributeurs. Elle allait faire une pause, avaler quelque chose, puis revenir à sa lecture.

Ses pas résonnèrent étonnamment fort sur le ciment gris. Les étagères de livres, imposantes et poussiéreuses, semblaient flotter dans les ténèbres caverneuses de la salle. Dans un film, ç'aurait été le moment où l'héroïne est attaquée. Un mauvais pressentiment l'envahit ; elle accéléra le pas.

Elle pénétra dans la pièce lugubre, sans fenêtre, comme on entre dans un bain. Même l'éclairage au néon, d'une blancheur agressive, lui parut accueillant et joyeux. Deux jeunes femmes étaient assises à une table, penchées sur des livres. L'une d'elles tapotait du pied contre sa chaise. À un autre moment, ce bruit aurait pu énerver Callie, mais là, elle le trouva plutôt apaisant.

Au distributeur, elle choisit une barre aux raisins secs et des crackers au fromage. Elle mangea debout, en regardant le tableau d'affichage. Cours de yoga. Un bureau à vendre. Quelqu'un qui cherchait un colocataire. Quand elle eut fini de grignoter, elle décida de prendre un café. Elle glissa trente-cinq *cents* dans la fente : la machine remplit un gobelet.

S'asseyant sur une chaise, elle sirota le breuvage tiède à petites gorgées. Le malaise qu'elle avait éprouvé quelques minutes plus tôt s'était complètement dissipé. Son cœur avait retrouvé un rythme normal ; elle ne le sentait plus tonner dans sa poitrine. De nouveau, elle avait les idées claires. Elle pouvait réfléchir à son travail.

Méprise.

Déplacement inconscient.

Pourquoi, se demanda-t-elle, ces théories l'intéressaient-elles à ce point ? Les erreurs – les *péchés* – de la mémoire... Était-ce ce qu'elle avait autrefois espéré ? Que les femmes qui croyaient l'avoir vu aient pu se tromper ? Pendant un instant, elle nourrit l'idée insensée que ces femmes s'étaient *bel et bien* trompées. Que le meurtrier de Diane dans le Maine était aussi le responsable des autres meurtres. Si c'était vrai, *si ça avait été vrai*, Steven aurait été innocent. Mais bien sûr ce n'était qu'un fantasme, et un fantasme délirant par-dessus le marché. Elle n'avait aucun doute sur la culpabilité de Steven. Elle n'avait aucun doute sur sa propre culpabilité.

Alors, qui avait tué Diane ? Et qui lui avait apporté la montre et la lettre ? Avec la force d'une désagréable habitude, son esprit la ramena une fois de plus à Lester Crain.

Elle avait l'impression que la police d'État du Maine l'avait écarté comme suspect. Mais, malgré leur belle assurance, elle n'était pas convaincue, en tout cas pas complètement. Ça paraissait tellement logique que Crain soit le meurtrier ! Il avait admiré Steven ; il lui devait la vie. Personne ne savait où il était passé. Cette idée selon laquelle la signature d'un tueur en série ne changeait jamais lui semblait quelque peu discutable. Les théories étaient, par définition, des travaux en cours. Elles étaient vraies jusqu'à ce qu'elles soient démenties. C'était comme ça que ça fonctionnait. Ce qui restait sûr, c'était que lorsqu'elle pensait au meurtrier de Diane, elle voyait Lester Crain. Enfin, non, elle ne le voyait pas à proprement parler, car elle ne se rappelait pas son visage. Elle devait sans doute avoir vu des photos de lui au moment où il s'était évadé de prison, mais elle n'en avait pas souvenir.

— Salut, Callie. Comment ça va ?

Elle sursauta. Releva la tête pour découvrir Nathan à côté d'elle.

— J'allais retourner à mon travail, dit-elle en se mettant debout. Comment vas-tu, Nathan ?

— Comment ça se fait qu'on ne se voie plus jamais, toi et moi ? demanda-t-il d'un ton plaintif.

Elle le regarda droit dans les yeux. OK. C'était le moment de vérité.

— Nathan, il faut que tu aies des amis de ton âge.

Je suis désolée, mais moi, je suis trop occupée. J'ai un travail. J'ai une fille. J'ai d'autres amis.

Voilà. Enfin, elle l'avait dit. Mais, au lieu de se sentir soulagée, elle continua d'avoir de la peine pour lui. Le visage de Nathan se chiffonna ; elle eut l'impression qu'il allait se mettre à pleurer.

– Allons, Nathan ! dit-elle en poussant un petit rire pour essayer de détendre l'atmosphère. Toi aussi, tu as d'autres amis. Je crois que toi et Posy, ça marche bien.

Il secoua la tête.

– Aucun risque. Elle m'a plaqué à cette connerie de bal, à Greenfield.

– Plaqué ? Tu veux dire qu'elle a rompu avec toi ?

– Non. Elle est juste partie sans moi. Je l'ai vue parler avec un autre type. Je pense qu'elle s'est barrée avec lui. J'ai essayé de l'appeler un tas de fois, mais elle ne répond pas au téléphone. Elle doit filtrer ses appels. Elle ne veut plus me parler.

Callie ne savait trop que répondre.

– Peut-être que ça va s'arranger, dit-elle sans grand espoir.

Si Posy l'avait laissé tomber l'autre soir, eh bien..., ça n'était pas très prometteur. Mais bon, ce n'était pas son problème. *Ce n'est vraiment pas mon problème.*

Un groupe d'étudiants entra dans la pièce en hurlant de rire. L'une des femmes avait une natte qui lui descendait presque jusqu'à la taille. Callie ramassa les emballages de confiseries et les jeta dans la corbeille.

– Appelle-la encore une fois, conseilla-t-elle. C'est peut-être un simple malentendu.

En se tournant pour partir, elle essaya d'ignorer le chagrin qui se lisait sur le visage de Nathan.

Samedi 13 mai

POUR LES PERMIS DE PORT D'ARMES, SONNEZ ICI
POUR TOUTE AUTRE DEMANDE, VOYEZ L'AGENT DE SERVICE
AU BUREAU SITUÉ DERRIÈRE VOUS

La sonnette était sur le comptoir, juste sous le panneau. Callie frappa dessus avec la paume. Un tintement aigu, puis une voix de femme :

– J'arrive ! Une seconde.

Nerveuse, Callie scruta le petit hall d'accueil du poste de police. Elle avait beau savoir que Rick était une fois de plus en visite chez ses parents, elle s'attendait presque à le voir surgir d'une porte ou d'une autre.

– Qu'y a-t-il pour votre service ?

La femme qui s'avançait au comptoir avait des cheveux châtains coupés court et la peau impeccable d'un mannequin dans une publicité pour du savon. Callie constata avec soulagement qu'elles ne se connaissaient pas.

– Je viens pour un permis de port d'armes.

– Vous avez rempli le formulaire ?

– Oui.

Callie le sortit de son sac à main et le lui tendit, avec le certificat de sa formation chez Smith & Wesson.

La policière ouvrit un tiroir et agita la main en l'air.

– Ça vous fera trente-cinq dollars.

Après avoir pris son argent, elle se pencha sur le formulaire. Callie l'observa discrètement, en essayant de déchiffrer son expression. Il y avait plusieurs rubriques, dans les quatre pages du formulaire, où elle avait hésité sur la réponse à donner.

Êtes-vous ou avez-vous déjà été soigné(e) ou incarcéré(e) pour usage de stupéfiants ou pour alcoolisme ?

Comme elle n'avait jamais suivi de cure de désintoxication – même si elle aurait peut-être dû le faire –, elle avait estimé que la réponse était non. Les réunions des Alcooliques anonymes ne constituaient pas un programme de soin ; elles tenaient davantage de... l'entraide.

Avez-vous déjà vécu ou été connu(e) sous un nom différent que celui que vous portez aujourd'hui ?

Si oui, précisez ce nom et justifiez.

Sa première impulsion, face à cette question, avait été d'en rester là, de tout arrêter, d'oublier cette histoire de permis. En caractères gras, le formulaire la mettait en garde contre le risque de fournir des informations erronées et énumérait les pénalités encourues – qui allaient d'une amende de cinq cents dollars à une peine de prison de deux ans. Peut-être l'avertissement était-il exagéré, mais elle n'avait pas envie de le tester. La seule solution, alors, était d'écrire d'emblée son nom de jeune fille.

Laura Seton.

Laura Caroline Seton.

Laura C. Seton.

Elle avait gribouillé sur une feuille les différentes versions possibles, en essayant de les voir avec des yeux neufs. Même si le nom évoquait vaguement quelque chose à ceux qui liraient le formulaire, y accorderaient-ils davantage qu'une pensée fugace ? Il y avait des milliards de gens dans le monde. Beaucoup portaient le même nom. Au final, elle avait opté pour son nom complet : Laura Caroline Seton. C'était à la fois la version la plus précise et, croyait-elle, la moins facilement reconnaissable.

La policière leva les yeux vers elle.

– À la rubrique « Motif de la demande », vous avez répondu : « Protection personnelle ».

– Oui.

– Il va falloir que vous rencontriez le lieutenant Lambert.

– C'est... c'est normal ? De le rencontrer, je veux dire ?

– Oui, si vous voulez une arme pour votre protection personnelle. Pas si c'est pour vous entraîner au tir.

Mince.

Un instant, Callie songea à modifier la case qu'elle avait cochée. Mais cela n'aurait pas été discret. Mieux valait s'en tenir à la réponse qu'elle avait donnée, comme si elle n'avait rien à cacher. Et ce Lambert, au moins, n'était pas quelqu'un qu'elle connaissait – Rick ne lui en avait jamais parlé.

Elle fut photographiée, puis la policière releva ses empreintes digitales. Un doigt après l'autre, Callie regarda les tracés noirs sinueux apparaître sur le papier. C'était la deuxième fois en deux semaines qu'elle faisait cela. Dans le Maine, ils avaient eu besoin de ses empreintes pour pouvoir les comparer à celles qu'ils relèveraient peut-être sur la montre et la lettre.

Après la main droite, elles passèrent à la gauche, puis firent une deuxième série. Enfin, la policière prit une empreinte supplémentaire de son index droit.

– Celui-ci, c'est pour votre permis, expliqua-t-elle.

– Pourquoi ? Pourquoi seulement celui-là ?

– Pour la plupart des gens, c'est le doigt de la détente.

– Oh...

En moins de vingt minutes, tout fut terminé. Callie allait sortir du bureau, quand une question lui vint à l'esprit :

– Sur le formulaire, il est dit que ça peut prendre plus d'un mois. Pour avoir le permis, je veux dire. Y a-t-il moyen d'accélérer les choses ? d'activer la procédure ?

– Ça, vous devrez en parler directement avec le lieutenant Lambert. Je n'en sais vraiment rien.

Lambert. Callie avait oublié ce petit détail.

– Je crois qu'il est ici, reprit la policière. Vous voulez que je voie s'il est libre ?

La femme décrocha le téléphone et parla quelques instants à son interlocuteur. Puis elle regarda Callie en reposant le combiné.

– Il peut vous recevoir tout de suite. Je vais vous conduire à son bureau.

– Lieutenant Mark Lambert. Heureux de faire votre connaissance, madame Thayer.

Vu son nom, elle se n'était pas attendue à se retrouver face à un Asiatique. Il était grand et mince, avec des pommettes hautes et des cheveux très noirs coupés court. Au lieu de l'uniforme, il portait un pull ras du cou et un pantalon en toile impeccablement repassé.

Il y avait une table avec deux chaises dans le petit bureau blanc où il la reçut. Il lui fit signe de s'asseoir. Prit place en face d'elle et la dévisagea.

– Donc, madame Thayer, vous voulez avoir une arme pour votre protection personnelle. Pouvez-vous m'en dire un peu plus à ce sujet ?

Ses yeux noirs étaient rivés sur le visage de Callie.

Elle eut un instant le sentiment déroutant qu'il était capable de lire dans ses pensées.

– Eh bien... il n'y a pas grand-chose à dire, répondit-elle avec un petit rire embarrassé. Je vis seule. J'ai une fille de dix ans. Ça m'a paru une bonne idée d'avoir une arme, voilà tout. Quand j'étais gosse, mon père en avait une, et ça m'a toujours aidée à me sentir en sécurité.

Ce dernier argument n'était que pure invention, mais qui allait vérifier ?

– Je vois, dit Lambert d'un ton égal. Êtes-vous soucieuse de quelque chose, pour une raison particulière ?

– Non, répondit Callie – d'une manière peut-être trop empressée. Non, pas du tout.

– Où habitez-vous, madame Thayer ?

– Abingdon Circle. Pas très loin à pied du centre-ville.

– C'est près de l'université, n'est-ce pas ?

– Oui.

– Quasiment pas le moindre délit à déplorer dans ce quartier. Un cambriolage de temps en temps, quand des gens quittent leur maison pour les vacances et que la boîte aux lettres déborde de courrier. La dernière fois, ça remonte déjà à un an ou deux.

– Chez les Reilly, précisa Callie. Il y a deux Noël de ça.

– C'est exact, me semble-t-il.

Un nœud d'anxiété gonflait dans la poitrine de Callie. Elle ne s'était pas attendue à être ainsi passée au gril.

– Je n'ai pas dit que j'envisageais de me *servir* de cette arme, précisa-t-elle. Je veux juste... l'avoir.

– Je suis certain que vous avez conscience des dangers qu'il y a à posséder une arme chez soi. Aussi prudente que vous soyez, il y a toujours le risque que votre fille, ou un de ses camarades, mette la main dessus.

— Alors... Je ne comprends pas, répliqua Callie. Est-ce que je dois vous convaincre de quelque chose ? J'ai suivi la formation de sécurité réglementaire. Je n'ai jamais été condamnée pour quoi que ce soit. Je n'ai jamais fait une seule des choses mentionnées dans le formulaire qui interdisent d'avoir le permis.

Lambert la considéra un long moment en silence, avant de déclarer :

— Dans une certaine mesure, c'est à moi d'en juger.

Quelque chose, dans son regard, troublait Callie. Elle avait l'impression qu'il soupçonnait une ruse. Ou qu'il en savait davantage qu'il ne voulait le dire.

Il se renversa contre le dossier de sa chaise, sans la quitter des yeux.

— L'agent Evans est passé me voir. Il se fait un peu de souci à votre sujet.

Callie se redressa, stupéfaite.

— Qu'est-ce qu'il vous a dit ?

— Il s'inquiète de vous savoir avec une arme dans votre maison. Il pense que ces temps-ci vous êtes un peu... tendue, et que vous ne voyez peut-être pas les choses telles qu'elles sont vraiment.

Tendue. Il avait bien choisi son mot. Mais, ce qu'il voulait dire, c'était *instable.* Maudit soit Rick de se mêler de ses affaires ! pensa Callie. Ce n'était pas son problème ! Avant qu'elle ait pu réfléchir, elle s'emporta :

— C'est parfaitement ridicule ! Si l'*agent Evans,* enchaîna-t-elle d'un ton acerbe, avait quelque chose à me dire, il aurait dû me le dire lui-même.

Lambert la dévisagea d'un air intrigué.

— J'avais cru comprendre que c'était fait.

— Il pense que je n'ai pas besoin d'arme. Je le sais

très bien. Mais je ne suis pas une enfant. Et il n'est pas mon père. C'est une décision qui me revient. Je suis citoyenne de cette ville, comme n'importe qui. Ce n'est pas à l'homme avec qui je *sors* qu'il revient de prendre les décisions qui me concernent.

– Wouaou ! fit Lambert en levant les mains. Écoutez, madame Thayer, je crois que nous allons dans la mauvaise direction. L'agent Evans se fait simplement du souci pour votre sécurité. Il ne s'agit pas que qui que ce soit veuille contrôler votre vie ou vous dire ce que vous avez à faire.

– Je crois que je suis la meilleure juge dans cette affaire. Mais en ce moment, de mon point de vue, vous me donnez exactement l'impression du contraire.

Un long silence. Callie avait le feu aux joues et son cœur battait à tout rompre dans sa poitrine. Une petite voix, quelque part dans sa tête, murmura : *Là, tu n'aides pas ta cause.*

Elle pinça les lèvres, puis expira longuement.

– Je regrette de me mettre ainsi en colère, reprit-elle plus calmement. Mais, sérieusement, tout ceci ne regarde pas Rick. À moins qu'il ne vous ait dit quelque chose de précis qui vous donnerait à penser que je représenterais un danger pour la société si je possédais une arme. Si c'était le cas, j'aimerais avoir une chance de répondre. Je crois que j'ai au moins droit à ça.

Lambert la regarda encore quelques secondes, avant de déclarer :

– Je laisse la demande de permis suivre son cours. Mais j'aimerais vous conseiller de réfléchir encore une bonne fois à tout cela, quand vous aurez l'esprit plus tranquille. Demandez-vous si c'est vraiment raisonnable d'avoir une arme chez vous.

Callie s'empressa de quitter Lambert et ses questions importunes.

Quand elle se retrouva dans la rue, elle s'immobilisa pour inspirer profondément. Le soleil matinal brillait fort. Elle cligna des paupières, tandis que ses yeux s'adaptaient à la lumière.

C'était une des premières journées chaudes de ce début de printemps, avec un petit vent à la fois doux et tonifiant. Le ciel était du même bleu pur que le matin de Pâques. Le bâtiment de la police se trouvait dans une rue bordée de boutiques aux devantures alléchantes. Les gens allaient et venaient devant les vitrines – mais Callie les remarquait à peine.

À l'ombre d'un arbre, elle sortit son téléphone portable. Elle n'avait même pas le numéro des parents de Rick. Il lui faudrait laisser un message chez lui. Il avait un portable, mais il l'utilisait rarement – de toute façon, elle n'en avait pas non plus le numéro.

Quand elle alluma l'appareil, il émit un bip signalant qu'elle avait un message sur sa boîte vocale. Elle écouterait ça plus tard. Quand elle aurait parlé à Rick. Elle appela son domicile et, quand le répondeur s'activa, elle lui demanda de la contacter rapidement. Comme elle se remettait en route, elle décida, exceptionnellement, de laisser son portable allumé.

Elle traversa la ville en passant par la rue principale, où les commerces abondaient. Merritt était déjà bien réveillée et pleine de vie. Il y avait des mères poussant leurs landaus et des adolescents en skate-board, des musiciens et des étudiants. Une minuscule femme vêtue d'un cafetan orange tendait un cône de glace à son teckel.

Callie arriva bientôt chez elle. Elle monta les marches du perron et introduisit nerveusement la clé dans la serrure. Heureusement, Mimi avait emmené

Anna et Henry au parc d'attractions Six Flags pour la journée. Elle alla droit au téléphone. Un message l'attendait sur le répondeur.

Au début, elle crut à une erreur. Quelqu'un qui était saoul, peut-être. La voix de la femme était voilée et ténue, à peine audible. Mais elle entendit son propre nom, et puis un autre : *Melanie*.

Melanie l'avait appelée.

Callie retint son souffle.

Elle approcha son oreille du haut-parleur, puis pressa de nouveau sur le bouton lecture. Le message était décousu, difficile à comprendre. Des excuses marmonnées, puis un numéro de téléphone. Callie dut écouter encore deux fois le message avant de réussir à le noter en entier. Il restait encore un chiffre qu'elle ne saisissait pas. Soit six, soit cinq.

Elle essaya d'abord avec cinq. Le téléphone sonna plusieurs fois. Elle allait raccrocher quand une voix groggy répondit :

– Allôôô ?

– Melanie ?

– Hmm...

– Callie à l'appareil. Vous m'avez appelée.

– Oh... B'jour, Callie, fit Melanie, qui semblait complètement dans le brouillard. Ah oui, je vous ai appelée...

Elle donnait l'impression de ne pas en être très sûre.

– C'est bien ça, dit-elle doucement. Vous avez laissé un message sur mon répondeur. Je voulais justement vous parler, pour prendre de vos nouvelles.

– Je... il m'est arrivé quelque chose. J'étais à l'hôpital.

– Je... je sais. Je suis désolée pour vous.

– Je suis désolée, moi aussi. Et puis...

Melanie semblait encore confuse, mais sa voix se

raffermissait, comme si elle venait de se rappeler une chose qu'elle tenait à lui dire.

– Je ne savais pas, en fait. Je croyais savoir, mieux que vous, mais je ne savais pas. J'étais jeune, mais ça, ce n'est pas vraiment une excuse. J'étais simplement... perdue, et je ne comprenais pas, mais... mais... je suis désolée.

De quoi parlait-elle ?

– Vous n'avez aucune raison d'être désolée, dit Callie. Vous n'avez rien fait de mal.

– Non, non, non. *Si !* Mais je ne voulais pas ! Je ne voulais pas, je ne....

– Chhhh, fit doucement Callie, alarmée par cette soudaine agitation.

Mais Melanie ne l'écoutait pas. Elle s'était remise à parler. Et ses phrases, d'ordinaire si concises, jaillissaient en salves brusques, hachées :

– Je croyais que je valais mieux que vous. Que jamais, jamais je ne serais comme vous. Je croyais que c'était votre faute, avec Steven, que vous auriez dû *comprendre* ce que...

Callie n'en revenait pas. Elle écarquillait les yeux. Cependant... n'avait-elle pas toujours su, à un certain niveau, ce que Melanie pensait d'elle ? Elle avait toujours été sensible à son attitude envers elle, à ses réactions. Qui, après tout, ne faisaient que refléter les siennes.

– Vous avez raison, répondit-elle. J'aurais dû savoir. Vous aviez raison à ce sujet.

– Mais parfois on ne... on ne sait pas, voilà tout. Quand je suis tombée amoureuse de Frank, je croyais que c'était parfait. Je croyais qu'il m'aimait vraiment. Et il était tellement... tellement *sûr* – de tout ! Il savait toujours ce qu'il fallait faire. Mais le truc, c'est que... il n'était jamais réellement là.

340

Le cœur de Callie se serra. Elle se souvenait avoir ressenti exactement la même chose, elle aussi.

L'Homme Fantôme. À présent encore, l'ironie de ce surnom ne manquait jamais de la frapper. L'expression était apparue dans les colonnes d'un quelconque journal à scandale, elle ne se souvenait plus duquel, et s'était répandue comme une traînée de poudre à travers les médias : télévision, radio, presse écrite. Les témoins qui avaient vu les victimes de Steven pour la dernière fois se souvenaient souvent... d'un homme. Mais, à part le fait qu'il était « plutôt séduisant », ils ne pouvaient pas vraiment le décrire. Ou plutôt, les descriptions qu'ils donnaient ne semblaient jamais correspondre les unes avec les autres. Certains disaient qu'il était blond ; d'autres affirmaient qu'il était châtain. Il mesurait un mètre soixante, un mètre soixante-dix, un mètre quatre-vingts... Tous ces témoins n'avaient eu de lui qu'un bref aperçu. Il était là un instant, puis il s'était volatilisé.

Mais il y avait une autre signification, beaucoup plus personnelle, à cet *Homme Fantôme*. Celle de toutes ces nuits où elle l'avait attendu, seule, terrifiée à l'idée de l'avoir perdu, terrifiée qu'un jour il ne disparaisse, ne la quitte pour ne jamais revenir. Elle l'avait soupçonné d'avoir une aventure, elle lui avait même posé la question. Mais non, il ne couchait pas avec d'autres femmes. Il les tuait, voilà tout.

Pourtant, elle l'avait aimé. Et elle n'avait pas pu le laisser partir.

Le jour où il avait été condamné à mort, elle avait voulu lui dire ça. Assise dans le public, elle avait attendu qu'il se tourne vers elle et la regarde. Elle avait voulu qu'il sache qu'il n'était pas seul, qu'elle ne l'avait pas abandonné.

— Vous connaissez la loi sur les fraudes boursières ?

La voix de Melanie était presque rêveuse, à présent, comme si elle dérivait dans ses pensées.

– Non, je ne crois pas.

– Eh bien, il existe un... un... un *truc*, dit Melanie, qui semblait avoir de la peine à trouver ses mots. C'est... c'est une loi qui stipule qu'on a le devoir de divulguer les informations pertinentes qu'on a en sa possession. C'est le mot : *pertinentes* !

Une note de satisfaction perçait dans sa voix ; elle était heureuse d'avoir prononcé le mot juste.

– Ne pas mentir ne suffit pas. On doit se présenter et communiquer les informations propres à clarifier les choses. Pour être sûr que les autres choses qu'on a dites ne sont pas... ne sont pas trompeuses.

– Hmm, fit Callie.

– Je crois que ça devrait être la même chose quand les gens disent être amoureux.

– La même chose que quoi ?

– Eh bien, ça ne suffit pas de ne pas mentir. Ne pas mentir, ce n'est pas pour autant dire toute la vérité. Quand j'ai trouvé Frank avec Mary Beth, il m'a envoyé dans les dents que j'aurais dû moi-même lui poser la question. Il a dit qu'il ne m'avait jamais menti. Comme si ça faisait la moindre différence !

– Steven m'a menti, ne put s'empêcher d'observer Callie.

– C'est ce que je veux dire ! s'exclama Melanie d'un ton de nouveau exalté. C'est la même chose. *C'est exactement la même chose !* Ils vous disent un truc. Ils ne vous disent pas un truc. C'est quand même *toujours* pareil !

En entendant Melanie parler ainsi, Callie songea que cette conversation ne pouvait pas lui faire de bien.

– Écoutez, ma douce, dit-elle, s'étonnant elle-même de cette marque d'affection. Je crois que je devrais vous laisser maintenant. Vous devez vous reposer.

Melanie ne semblait pas l'avoir entendue.

– Ils disaient que j'étais trop maigre, mais ce n'était pas ça. On n'a pas besoin de manger tant que ça. J'ai lu des tas de trucs là-dessus. Je ne suis pas... anorexique.

Callie eut un déclic ; les pièces du puzzle se mettaient en place : elle comprenait pourquoi Melanie lui avait paru si fragile.

Un bip dans l'écouteur. Appel en attente. Callie songea à Rick.

– Est-ce que je peux vous rappeler un peu plus tard ? demanda-t-elle doucement.

– OK.

Melanie paraissait à moitié endormie, comme si l'excitation des dernières minutes l'avait épuisée.

Avant de la quitter, Callie avait une dernière question à lui poser :

– L'homme qui vous a attaquée, quand il s'est présenté chez vous, est-ce qu'il vous apportait des fleurs ?

– Oui, des roses. Enfin, c'est ce que m'a dit la police.

Après avoir raccroché, Callie composa le numéro du service d'identification des appels pour savoir qui lui avait téléphoné pendant qu'elle parlait à Melanie. Mais aucun numéro n'était en mémoire. Le portable de Rick ? Avant d'écouter le message sur la boîte vocale, elle alla à l'évier se remplir un verre d'eau. Elle le but en regardant dehors par la fenêtre.

Le fait de savoir que les fleurs étaient des roses simplifiait les choses. Le lien qu'elle avait soupçonné existait bel et bien. Tout était lié, d'ailleurs. L'attaque contre Melanie avait un rapport, d'une façon ou d'une autre, avec ce qui lui était arrivé ici à Merritt. Maintenant qu'elle en avait la certitude, elle allait téléphoner à Mike Jamison. Elle lui parlerait des roses – des siennes et de celles de Melanie. D'une certaine manière, c'était un soulagement d'avoir une réponse à ces interrogations.

Elle avait deviné juste, le message était de Rick. Elle le rappela aussitôt. Mais à peine avait-elle entendu sa voix que sa colère se raviva.

– Bon sang, de quel droit t'es-tu permis de discuter de moi avec Lambert ?

Il ne répondit pas tout de suite. Mais, quand il parla, elle sentit qu'il était lui aussi très en colère :

– Tu sais quoi ? Je me fiche que tu sois en rogne. Tu n'as aucune raison d'avoir une arme, Callie. Tu ne sais même pas t'en servir !

S'était-elle attendue à ce qu'il lui présente des excuses ? Elle n'en savait trop rien. Mais ce qu'elle n'avait pas prévu, c'était qu'il lui réponde avec autant d'animosité. Jamais, auparavant, elle ne l'avait vu réagir de cette façon. Il se montrait toujours si patient et si calme, au contraire !

– J'ai suivi la formation requise, dit-elle d'un ton égal.

– Oh ! Génial ! Donc, tu as quoi ? Trois, quatre heures d'expérience ? Et sur un stand de tir ! C'est vraiment génial. C'est parfait.

Les sarcasmes, c'était la dernière goutte d'eau. Callie s'emporta :

– Est-ce que tu vas me foutre la paix, à la fin ! Laisse-moi tranquille ! Tout ça ne te regarde pas.

Il y eut un long silence.

– OK, fit Rick, puis d'un ton acide il ajouta : Très heureux de t'avoir connue.

Un clic. La communication était coupée.

Callie resta assise un moment, le téléphone à la main, immobile. Il y avait quelque chose de définitif dans la voix de Rick. Elle savait que c'était terminé. Il avait fait partie de sa vie. Maintenant, il était parti. Autour d'elle, rien n'avait changé cependant. La lumière entrait à flots dans la cuisine. Elle s'attendait à avoir du chagrin, mais elle se sentait seulement... engourdie. Elle n'était pas en colère. Elle n'était pas bouleversée. Elle n'éprouvait rien.

Et maintenant ? se demanda-t-elle.

Elle savait qu'elle devait appeler Jamison pour lui parler des roses. Mais elle se sentait tout à coup tellement épuisée qu'elle pouvait à peine bouger. Dieu merci, elle avait encore quelques heures devant elle avant le retour d'Anna. Elle monta l'escalier, s'écroula sur son lit défait, ôta ses chaussures à coups de pied. Elle songea à retirer son pull et son jean, mais elle était trop fatiguée pour faire cet effort. En outre, elle n'allait se reposer qu'un petit moment. Elle n'allait pas dormir.

Quand elle revint à elle, elle entendit une sonnerie ténue, lointaine – qui semblait ne jamais devoir s'arrêter. Désorientée, elle se redressa sur le lit en tendant la main vers le réveil. Mais le bruit ne venait pas de la table de nuit, il venait... d'en bas. *La sonnette de la porte*, pensa-t-elle.

Callie se leva en chancelant.

Le couloir était plongé dans les ténèbres. Elle alluma la lumière et se précipita en bas. Le soleil s'était couché. Elle devait avoir dormi plusieurs heures d'affilée.

Elle alluma la lumière de la véranda et regarda par l'œilleton. C'était Anna, flanquée de Mimi Creighton et de Henry. Mimi tenait à la main un téléphone portable sur lequel elle composait un numéro.

Callie ouvrit la porte.

– Excusez-moi. Je n'entendais pas la sonnette. Je m'étais endormie, expliqua-t-elle, puis elle se pencha vers Anna. Salut, mon cœur. Tu t'es bien amusée ?

Anna tenait entre les mains un ours en peluche vert et une grosse barbe à papa entourée d'un film plastique. Elle avait l'air heureux, les joues roses, les cheveux hirsutes.

– C'était génial ! s'exclama-t-elle.

– Ouais, super, renchérit Henry.

Callie se tourna vers Mimi.

– Vous entrez ?

– Eh bien... Oui, mais juste une minute.

Les enfants filèrent dans le salon, direction la télévision.

– Je vais préparer du thé, dit Callie en faisant signe à Mimi de la suivre à la cuisine.

Elle se sentait encore groggy, et un peu poisseuse dans son pull et son pantalon froissés. Mimi, fidèle à elle-même, portait un twin-set marine et un pantalon assorti. Des boucles d'oreilles en or. Des escarpins Gucci. Un petit sac à main en cuir. Callie ne se voyait pas porter un tel ensemble dans un parc d'attractions. Mais bon, elle ne s'imaginait guère le porter où que ce soit.

Mimi, assise à la table, examinait ses ongles.

– Est-ce que vous avez une infusion ? demanda-t-elle.

– De la camomille ?

– Très bien.

Callie mit de l'eau à chauffer dans la bouilloire, puis s'adossa au plan de travail.

– Pas trop éprouvante, cette journée ? demanda-t-elle.

– Ils ont été adorables, assura Mimi.

Elle ne cessait de regarder ses ongles. Et elle avait l'air préoccupée.

– Merci encore de les avoir emmenés.

– Hmmm. Aucun problème.

Cette fois, quand la conversation retomba, Callie ne s'en soucia pas.

Dans le salon, des bruits de baston s'échappaient de la console Nintendo. Elle mit un sachet de camomille dans une tasse, du thé noir de Chine dans une autre. La bouilloire se mit à siffler. Callie coupa le gaz et versa de l'eau dans les tasses, avant de les apporter jusqu'à la table.

À présent, le silence était lourd. En tournant la cuiller dans son thé, Callie se creusa les méninges à la recherche de quelque chose à dire. Puis il lui vint à l'esprit que leur rencontre offrait une bonne opportunité – une chance de sonder Mimi pour découvrir si elle avait vu quelque chose. Du matin au soir, elle n'arrêtait pas d'entrer et de sortir de chez elle pour aller ici ou là.

Callie s'efforça de parler d'un ton léger, comme si elle avait évoqué un inconvénient mineur :

– Est-ce que vous avez eu des ennuis avec vos livraisons, ces derniers temps ?

Bien. C'était neutre comme il fallait.

– Des livraisons ?

Mimi leva les yeux vers elle comme si elle n'avait jamais entendu ce mot.

– J'avais commandé des livres qui ne sont jamais arrivés. Je veux dire, ils sont arrivés – d'après la compagnie –, mais je ne les ai jamais eus. Et puis il y

347

a quelques jours, j'ai reçu des fleurs que je n'avais pas commandées.

Mimi eut un sourire crispé.

– Un admirateur secret ?

Callie essaya de sourire à son tour.

– Non, je crois que c'était juste une erreur.

– Quelle importance ? J'espère qu'elles vous ont fait plaisir. Seigneur, je ne me souviens pas à quand remonte la dernière fois où Bernie m'a envoyé des fleurs !

– Alors, vous n'avez eu aucun problème ? Ni remarqué quoi que ce soit de bizarre ? Quelqu'un qui traînait dans le quartier ? Quelqu'un qui ne soit pas d'ici ?

Mimi haussa les épaules et but une gorgée. Elle reposa d'une main tremblante la tasse sur la table, et la camomille déborda. Aussitôt, elle essuya la table avec une serviette en papier.

– Bernie a une aventure, dit-elle.

Ses yeux brillaient de larmes.

Callie faillit s'étrangler avec son thé.

– Vous... vous en êtes sûre ? demanda-t-elle. Vous avez l'air tellement heureux, tous les deux.

Mimi eut un sourire peiné.

– Avez l'air, répéta-t-elle. *Avez l'air*. Le fait est que mon mari ne se soucie de personne d'autre que de lui-même. Eh bien, s'il croit que je vais passer là-dessus, il va avoir une grosse surprise.

Callie aurait voulu que Mimi arrête de parler ainsi. C'était embarrassant. Elle était certaine que dans un moment elle regretterait ses propos. En même temps, elle faisait un peu pitié. Cette confidence collait si mal avec son personnage ! Pour se livrer ainsi, elle devait être très malheureuse. Callie essaya de formuler quelques mots réconfortants. Mais, avant même qu'elle ait pu ouvrir la bouche, Mimi se leva.

– Nous devons rentrer, dit-elle vivement. Merci pour l'infusion.

Tout à coup, ce fut comme si leur conversation n'avait même pas eu lieu. Mimi se lissa les cheveux du plat de la main et prit son sac à main.

Callie se leva à son tour, un peu étourdie.

– Je suis heureuse que vous ayez pu vous arrêter un moment, dit-elle. Et merci encore pour aujourd'hui.

Elles dînèrent tard. Anna parla à n'en plus finir de nouvelles montagnes russes sur lesquelles elle était montée l'après-midi.

– Ça s'appelle Batman le chevalier noir, et il n'y a pas de *sol*. C'est genre... comme si tu volais ! Et tu te retrouves la tête en bas, au moins *cinq fois*.

Imaginer Anna suspendue la tête en bas au-dessus du vide mit Callie mal à l'aise. Le monde n'était-il pas déjà assez dangereux comme ça ?

– Il faut que tu essaies, maman, ajouta Anna, les yeux brillants.

Callie se força à sourire.

– Les montagnes russes ? Je ne crois pas.

Anna poussa ses carottes sur le bord de son assiette, sans y avoir goûté. Elle jeta un regard curieux à sa mère.

– Où est Rick ? C'est samedi. Vous ne vous voyez pas ?

– Rick est occupé, ce soir.

À son grand soulagement, Anna n'insista pas. Elle avait amplement le temps de lui expliquer que Rick était sorti de leurs vies pour de bon.

Un moment plus tard, tandis qu'elle chargeait le

lave-vaisselle, Callie se souvint qu'elle avait un message en attente sur son portable. À cause de sa dispute avec Rick, elle l'avait complètement oublié. Elle devait voir qui c'était. N'empêche, elle n'arrivait pas à se sortir Rick de la tête – ni les choses qu'ils s'étaient dites ce jour-là. Il avait eu tort de parler à Lambert. Elle se sentait confortée dans sa position. Pourtant, une partie d'elle-même savait qu'au fond il n'avait pas eu l'intention de la blesser.

Elle finit de nettoyer la cuisine et monta travailler dans sa chambre. Mais, au lieu de s'asseoir à son bureau, elle s'écroula de nouveau sur le lit. Elle décida de s'accorder cinq minutes de répit avant de se relever. Mais dix, vingt minutes passèrent, et elle n'arrivait toujours pas à bouger. Elle songea à aller voir si Anna avait envie de jouer au Monopoly. Puis elle se rappela le message en attente et se leva pour prendre son sac à main.

– Vous avez... un... nouveau message, dit la voix de synthèse.

Puis elle entendit une autre voix. Celle de son ex-mari :

– J'ai discuté avec ma femme, et elle... nous estimons qu'introduire Anna dans notre famille créerait trop de... complications. C'est toi qui as organisé les choses telles qu'elles sont aujourd'hui, et au point où nous en sommes, ce n'est pas juste de vouloir changer les règles du jeu.

Il continuait sur cette lancée, d'un ton froid et vaguement accusateur. Elle écouta le message jusqu'au bout, puis l'effaça.

L'idée que Kevin refuse de voir Anna la chagrinait. Pour la première fois, elle songea que c'était peut-être mieux qu'Anna n'ait jamais accroché avec Rick. La dernière chose dont sa fille avait besoin en ce moment, c'était de perdre de nouveau une figure paternelle.

Mais il y avait une raison plus immédiate pour laquelle le message la perturbait. Elle se rendit compte que, à un certain niveau, elle avait considéré Kevin comme une solution de dernier ressort. Elle s'était imaginé qu'elle avait un endroit où envoyer Anna si les choses tournaient mal. Désormais, elle ne pouvait plus faire semblant de croire que sa vie n'était pas en danger. Ce qu'elle avait appris depuis deux semaines, depuis l'attaque contre Melanie, ne lui laissait aucun doute. En de telles circonstances, Anna devait-elle rester ici, à la maison ? Ne serait-elle pas plus en sécurité loin de Merritt, hors de la ligne de tir ? L'année scolaire s'achevait dans quelques semaines. Le timing, au moins, était bon.

Callie alla à la chambre d'Anna et toqua doucement à la porte.

Sa fille était déjà au lit avec un livre entre les mains. *Harry Potter*.

Elle s'assit au bord du matelas.

– Quoi ? fit Anna en la regardant d'un air méfiant, comme si elle soupçonnait quelque chose.

– Tu sais, dit Callie d'un ton enjoué, comme l'école se termine bientôt, je me disais que tu pourrais aller rendre visite à papi et mamie. Ça fait très longtemps que tu ne les as pas vus.

Anna la regarda fixement.

– Tu veux dire... aller à Indianapolis ? marmonna-t-elle, comme si Callie avait suggéré qu'elle s'installe seule au milieu du désert. Pendant combien de temps ?

– Une semaine. Peut-être deux.

– Mais pour y faire *quoi* ? répliqua sa fille d'un air affligé. Là-bas, je ne connais personne.

– Peut-être que tu te feras de nouveaux amis. Je

suis sûre que mamie connaît des gens qui ont des enfants de ton âge.

— Non, dit Anna d'un ton irrévocable. Non. Je ne veux pas y aller.

Callie soupira.

— Ce sont tes grands-parents. Tu dois aller les voir de temps en temps. En plus, je sais que tu t'amuseras bien quand tu seras là-bas.

— Non ! Je n'irai pas. Tu ne peux pas me forcer.

Maintenant, sa fille se mettait vraiment en colère. Le menton en avant, les yeux brillants, elle semblait prête à batailler. Callie faillit argumenter, mais réussit à se retenir.

— Ça ne sert à rien de parler avec toi quand tu te comportes de cette façon, dit-elle en se levant. Nous en reparlerons quand tu seras plus calme.

— Je n'irai pas !

— Si, répliqua Callie. Tu iras.

— Je n'irai pas, répéta Anna dans un murmure, lorsque la porte se referma sur sa mère.

Elle tendit l'oreille tandis que les pas s'éloignaient dans le couloir, puis se leva et alla s'asseoir à l'ordinateur. Sa mère pensait qu'elle n'avait pas le choix ? Eh bien, elle allait voir qu'elle se gourait.

Anna alluma l'ordinateur. Dès que le bureau apparut, elle se connecta à AOL et examina la liste de ses contacts en ligne. Comme elle s'y attendait, Magicien93 était déjà là. Elle cliqua sur l'icône des messages instantanés, puis se renversa en arrière sur la chaise pour réfléchir à ce qu'elle devait écrire. Est-ce qu'elle voulait vraiment faire ça ? Elle n'arrêtait pas d'hésiter. Rick ne venait plus beaucoup à la maison ces derniers temps, et elle avait cru que les choses allaient s'améliorer. Mais ce n'était plus comme autre-fois, quand elle était seule avec sa mère. Maintenant, Callie lui donnait l'impression de ne plus être la même.

Oui, décida-t-elle, elle était prête.

Et puis d'ailleurs, elle pourrait toujours revenir.

PAPILLON 146. Je veux partir.

Quelques instants après avoir envoyé le message, elle eut une réponse :

MAGICIEN 93. Tu veux partir ce soir ?
PAPILLON 146. Ouais. Je te retrouve à minuit. Comme on a prévu de faire.

Laura Seton venait de fêter ses vingt ans quand elle fit la connaissance de Steven Gage. Les années passées n'avaient pas été faciles, et elle était prête à voir son existence prendre un meilleur tournant.

Contrairement à sa sœur aînée, Sarah, qui avait réussi sans difficulté des études de médecine, Laura avait de la peine à trouver sa voie. Elle avait démarré à l'université de l'Indiana, la grande institution publique dont Sarah elle-même était diplômée. Mais là où sa sœur s'était épa-nouie, Laura avait dépéri, errant comme une âme en peine au milieu de la foule des étudiants. Elle avait commencé par étudier l'anglais comme matière princi-pale, puis elle avait basculé vers la psychologie. Elle envisageait de changer encore une fois de cursus, lorsque l'idée lui vint d'arrêter la fac pendant un an. Une amie de lycée, Sally Snyder, avait une sœur qui vivait à Cam-bridge, dans le Massachusetts – la ville colorée, et très animée sur le plan culturel, qui abrite l'université de Harvard. Sally, qui n'avait pas entamé d'études supé-rieures, proposait qu'elles s'installent là-bas pour un an.

C'était la porte de sortie qu'attendait Laura. Elle décida de suivre son amie.

Sally et Laura emménagèrent à Somerville, une localité voisine. Leur appartement n'était qu'à une station de métro, par la Ligne rouge, des emplois qu'elles s'étaient décrochés l'une et l'autre à Harvard Square. Sally dans une boutique de vêtements, Laura comme serveuse. Elle travaillait de 15 à 22 heures dans un restaurant baptisé The Alps, où l'on servait de copieuses portions d'une nourriture hypercalorique inondée de fromage fondu. La plupart des gens qu'elles servaient lui étaient parfaitement indifférents. Un client, cependant, lui fit une impression très forte dès sa première visite. Ce n'était pas seulement qu'il était séduisant – ce qui était indiscutable. Ce qui la frappait le plus, c'était sa politesse. Et le fait qu'il semblait être attentif à ce qui l'entourait.

Le premier soir où il vint, elle avait une table de trois clients très difficile. La nourriture ne leur convenait pas ; ils trouvaient qu'ils attendaient trop longtemps ; ils se plaignaient sans arrêt. Quand elle arriva à la table du nouveau venu, elle était à bout de souffle. Elle s'excusa du retard ; il lui répondit de ne pas se faire de souci.

– J'ai bien vu leur attitude, dit-il en désignant les trois malotrus d'un petit mouvement de tête.

Plus tard ce soir-là, de retour chez elle, elle s'aperçut qu'elle pensait à lui. Elle fut déçue de ne pas le voir revenir de toute la semaine. Et puis un jour, soudain, il reparut. Assis à la même table. Son visage s'éclaira quand il la vit.

– Ça me fait plaisir de vous retrouver, dit-il.

Quand elle lui apporta l'addition à la fin du repas, il lui demanda si elle voulait aller boire un verre avec lui.

Ils prirent une bière à la Wursthaus, à quelques pâtés de maisons de là. Il se présenta. Il s'appelait Steven Gage. Il avait grandi à Nashville et étudié à l'université du Tennessee. Maintenant, il voulait faire du droit. Harvard était son premier choix.

Un grattement, dehors. Il posa le livre et éteignit la petite lampe électrique. Il scruta la rue à travers les lattes de la cabane. La lumière de la véranda brillait, mais, à part ça, la maison était plongée dans les ténèbres. Le bruit venait-il d'ailleurs ? L'avait-il imaginé ? Il était venu chaque soir, cette semaine-là, dans l'espoir de l'apercevoir. Peut-être la frustration de ces interminables heures d'attente commençait-elle à agir sur ses sens.

Il regarda le cadran éclairé de sa montre : 23 : 53. Et songea à une autre montre, qu'il avait prélevée sur un poignet mince. Cette image le calma légèrement. Il se sentit de meilleure humeur.

Le temps est juste, se dit-il. *En définitive, le temps est juste.*

À cet instant, il entendit de nouveau un bruit. Un léger claquement. Cette fois, il n'y avait pas d'erreur possible. Mais ça ne venait pas de la fenêtre de sa chambre. C'était... plus à droite. Une autre fenêtre, à laquelle apparut une tête. Anna. C'était Anna, qui regardait à droite et à gauche. Qu'est-ce qu'elle fichait là ?

Il l'observa, fasciné, attendant de voir ce qu'elle allait faire. Mais, au bout de quelques instants, elle s'écarta de la fenêtre et le calme revint. C'était terminé ? C'était tout ? Il garda les yeux rivés sur la maison.

La porte d'entrée s'ouvrit. Une petite silhouette apparut sur la véranda : Anna descendit les marches du perron et traversa la rue en courant. Il eut l'impression que son cœur lui remontait dans la gorge. Elle venait droit vers lui ! Mais elle s'arrêta au pied de la cabane et resta là, silencieuse, comme si elle avait attendu quelque chose. Comme si elle avait attendu *quelqu'un*. Elle se trouvait juste au-dessous de lui. Il osait à peine respirer.

Une autre porte s'ouvrit. Cette fois, celle de la maison située derrière la cabane. Un second enfant s'avança dans la nuit. N'était-ce pas le petit Henry Creighton ? Il marchait droit vers Anna. De son perchoir dans la cabane, il les entendit murmurer, mais sans comprendre ce qu'ils se disaient. Puis, soudain, ils se mirent en marche. Il n'avait pas remarqué, jusqu'alors, qu'Anna avait un sac à dos. *Ils fuguent !* C'était clair et net. Une fugue, voilà ce qu'ils faisaient. Au même instant, une idée délicieuse lui vint à l'esprit. Il avait prévu de tuer Laura Seton. Mais pourquoi ne pas tuer son enfant ?

Dimanche 14 et lundi 15 mai

La lampe de bureau jetait un halo doré sur les pages de son livre. Callie prenait des notes, le casque de son walkman sur les oreilles. La musique de Vivaldi l'apaisait. Ce soir-là, elle se sentait libérée de la pression de ses soucis et pouvait se livrer tout entière au travail intellectuel.

Son crayon glissait sur le papier, de plus en plus vite. Elle mettait au point le plan de son devoir sur le déplacement inconscient. Finalement, elle avait décidé de se concentrer sur la question des déclarations de témoins oculaires. L'idée lui était venue à cause des deux études de cas qui ne cessaient de resurgir dans les articles qu'elle lisait : le psychologue accusé par erreur de viol et le malheureux marin qui avait acheté un ticket au guichetier cambriolé. Tous deux victimes d'une erreur d'identification de la part de témoins oculaires. Elle avait décidé de chercher des exemples plus récents et d'essayer de les classifier. Son devoir commencerait par exposer les cas classiques, avant de passer à ceux de sa recherche personnelle.

La cassette se termina. Jetant un coup d'œil à sa montre, Callie découvrit avec surprise qu'il était déjà 1 heure du matin. Elle retira le casque de ses oreilles. Silence. Anna devait dormir profondément. Elle rassembla les documents éparpillés sur le bureau et relut rapidement ce qu'elle avait écrit. Elle avait produit un bel effort, ce qui lui procurait une sensation agréable. Malgré tout ce qui lui arrivait, ce soir-là elle avait reconquis une petite partie de sa vie.

Dans la salle de bains de sa chambre, elle se lava le visage et se brossa les dents. L'arrière-goût de café qu'elle avait encore dans la bouche s'évanouit sous la pâte mentholée. Ensuite, elle utilisa du fil dentaire, avant de se mettre de la crème hydratante sur la figure. Comme elle se massait les pommettes, elle se regarda avec attention dans le miroir. Il y avait un moment qu'elle ne s'était pas examinée ainsi, et ce qu'elle vit la troubla. Il y avait, sur son visage tout entier, une tension qui n'était pas là auparavant. Et puis ce profond sillon entre les yeux. Et la raideur aux commissures des lèvres. Il ne s'agissait pas là des stigmates ordinaires de l'âge, mais du signe que quelque chose clochait. La sensation de bien-être qu'elle avait éprouvée quelques minutes plus tôt seulement vacilla et s'évanouit. Elle avait cru maîtriser son anxiété – mais son visage le démentait. D'ailleurs, il ne s'agissait pas que de son apparence physique. Il y avait aussi son attitude. Elle repensa tout à coup à ce qui était arrivé plus tôt dans la soirée – la façon dont elle avait parlé à Anna.

Elle éteignit dans la salle de bains et sortit de sa chambre pour gagner celle de sa fille. Elle ne voulait pas la réveiller, juste la regarder une minute. Laissant la lumière du couloir allumée, elle tourna doucement la clenche pour entrouvrir la porte d'Anna. Les gonds grincèrent, mais la forme étendue sur le lit ne bougea pas.

Elle resta sur le seuil de la chambre quelques secondes, attendant de voir si Anna allait remuer. Elle semblait dormir profondément. Callie s'approcha du lit sur la pointe des pieds. Elle ne voyait qu'un monticule sombre de couvertures et de draps entouré d'animaux en peluche. Callie se pencha, cherchant la tête d'Anna. Tendant le bras, elle rencontra un nœud de couvertures... qui s'affaissa sous sa main. Elle toucha une autre partie du lit et, de nouveau, aucune résistance. D'un geste vif, elle tira les couvertures en arrière.

Rien. Personne.

Elle sortit de la chambre pour se précipiter jusqu'à la salle de bains du couloir. La porte était ouverte. La pièce était dans le noir.

Sa fille ne s'y trouvait pas.

– Anna ? dit-elle doucement, puis, en élevant la voix : Anna ? !

Peut-être était-elle descendue au rez-de-chaussée ? Peut-être qu'elle avait eu faim ; elle voulait manger quelque chose.

Callie descendit l'escalier quatre à quatre.

– Anna ?

Elle alluma la lumière. Le paysage familier de la cuisine lui sauta aux yeux – mais pas d'Anna ici non plus.

Callie courut d'un bout à l'autre de la maison en appelant sa fille. Un trou se creusait dans sa poitrine – profond, noir, immense. *Ce n'est pas possible*, se répétait-elle. *Il doit y avoir une erreur*. Elle remonta en courant à la chambre d'Anna, passa les mains d'un bout à l'autre du lit – vide –, ouvrit les portes de la penderie, poussa de côté les cintres chargés de vêtements. Personne. À genoux, elle regarda sous le lit : des livres, un puzzle. Elle se redressa en portant une main devant sa bouche.

Réfléchis, Callie. Réfléchis !

Elle alla au sous-sol, scruta des yeux la pièce aux murs de ciment brut. Dieu merci, il n'y avait là rien d'inhabituel. Des étagères chargées de pots de peinture et de boîtes de rangement. Un panier à linge sale plein de draps. Rien d'anormal. Callie marcha jusqu'à la chaufferie, dont elle ouvrit la porte à la volée. Pas trace d'Anna ici non plus. Elle remonta au rez-de-chaussée.

Elle ne connaissait pas le numéro de la police, elle dut le chercher dans l'annuaire. Ses doigts lui paraissaient trop grands, et gourds, comme s'ils n'étaient pas vraiment les siens. Deux fois de suite, elle appuya sur les mauvaises touches du cadran et dut recommencer.

Quand elle réussit enfin à composer le bon numéro, le téléphone sonna brièvement avant qu'un homme ne réponde :

– Police de Merritt.

Un déclic se fit dans la tête de Callie.

Anna était vraiment partie.

Elle se mit à trembler de façon incontrôlable.

– Ma fille. Elle... elle a disparu.

Il y avait un bus pour Boston à 4 heures du matin. Ils allaient le prendre. Quand leurs parents les chercheraient, ils seraient déjà loin.

« Et s'ils appellent la gare routière ? » avait demandé Anna à Henry. Il avait répondu que ce n'était pas un problème. Tout le monde dormait !

Mais d'abord il fallait bien qu'ils y arrivent, à la gare routière. C'était la première étape. Ils marchaient déjà depuis une bonne demi-heure. Anna commençait à avoir mal aux pieds.

– C'est encore loin ?

Henry haussa les épaules.

– Trois kilomètres.

Anna en resta bouche bée. Ça lui paraissait drôlement loin.

C'était bizarre d'être dehors si tard le soir, alors que toute la ville était tellement tranquille. Ils étaient passés par le centre de Merritt, et ils n'avaient pas vu une seule voiture. Les boutiques étaient éteintes, les rideaux baissés. Le ciel était plein d'étoiles. Le chat jaune de la librairie dormait dans la vitrine. Il s'appelait Sebastian. En le voyant, Anna se sentit un peu triste.

– Adieu, Sebastian, murmura-t-elle – tout doucement, pour que Henry ne l'entende pas.

Maintenant, ils marchaient dans Old Kipps Road, la rue où il y avait tous les centres commerciaux. Ils longèrent Staples et Wal-Mart, s'avancèrent vers le Stop & Shop. Dans son sac à dos, Anna avait deux sandwichs au beurre de cacahouète, deux pommes, trois oranges et une boîte de biscuits Oreo. Un change de vêtements et cinquante-sept dollars. Henry, lui, avait quatre-vingt-quatorze dollars. Avec tout cet argent, ils pourraient atteindre la grande ville, acheter à manger et aller au cinéma. Henry disait qu'il y avait des endroits où les enfants qui faisaient des fugues pouvaient dormir. Anna pensait que ces endroits devaient aussitôt prévenir les parents, mais Henry prétendait que non.

Elle aurait pu poser davantage de questions, si elle avait tant que ça voulu savoir. Mais le truc, c'était qu'elle ne prévoyait pas de s'enfuir pour toujours. Juste assez longtemps pour faire passer le message. Assez longtemps pour que sa maman comprenne qu'elle était vraiment super en colère. Pour Henry, c'était différent. Lui, il voulait partir pour de bon. Parce que ses parents ne l'écoutaient jamais – jamais.

Tout ce qui comptait pour eux, c'était ses notes à l'école, et comment il était un garçon *tellement intelligent* ! Pour elle, c'était un peu plus compliqué, parce que sa maman ne faisait plus attention à elle comme avant. Avant, quand elles étaient juste toutes les deux, quand elle n'avait pas encore rencontré Rick.

En pensant à Rick Evans, Anna se sentit un peu mal à l'aise. Bon, d'accord, quelques mois plus tôt, les choses n'étaient pas si horribles que ça. Elle détestait que Rick soit à la maison, mais au moins sa mère était heureuse. Depuis Pâques, n'empêche, les choses avaient changé, et sa mère s'était mise à se comporter de façon bizarre. Comme ce soir, quand elle avait fait irruption dans sa chambre pour lui annoncer qu'elle devait aller à Indianapolis. Sans ça, eh bien, peut-être qu'elle serait restée. Même si Henry la tannait depuis un moment, elle n'était pas sûre de sa décision. Mais l'idée qu'elle puisse être chassée de la maison – ça, c'était la dernière goutte d'eau ! Sa mère voulait se débarrasser d'elle ? Parfait. Elle s'en chargeait elle-même.

Un caillou s'était glissé dans sa tennis. Elle s'arrêta pour le déloger. Comme elle se baissait, une voiture apparut au coin de la rue ; ses phares l'aveuglèrent. Henry s'était déjà précipité sur le côté.

– Ne reste pas dans la lumière ! lança-t-il en chuchotant.

Mais Anna avait déjà le pied à l'air, sa chaussure à la main. Comme la voiture ralentissait, elle commença à reculer vers Henry – mais quelque chose l'arrêta. Elle se rendit compte qu'une partie d'elle-même espérait que quelqu'un les verrait. Maintenant qu'ils fuguaient pour de bon, elle était de moins en moins sûre de sa décision. Voilà pourquoi elle ne bougeait plus. Elle *voulait* que quelqu'un les retrouve.

L'automobiliste s'arrêta au bord de la chaussée, juste devant elle. Il se pencha pour ouvrir la portière passager. C'était le printemps, mais il portait des vêtements d'hiver, un bonnet de ski et une écharpe. Il avait une barbe, une *grosse* barbe, comme un personnage de dessin animé.

Il dit quelque chose, tout doucement, qu'Anna n'entendit pas.

Elle s'approcha un petit peu de la voiture, pas très sûre de ce qu'elle avait envie de faire. Henry n'était visible nulle part ; il avait dû se cacher. Il serait sûrement furieux contre elle qu'elle ait tout fait rater. Mais maintenant elle s'en fichait. Elle voulait rentrer à la maison.

Le conducteur s'était glissé en travers de la banquette et sortait de la voiture. Comme il avançait vers elle, Anna recula. Tout à coup, elle prit peur. Pourquoi est-ce qu'il ne disait rien ? Et pourquoi il avait l'air si bizarre ? Sans prévenir, il se jeta sur elle en agrippant son blouson. Avant qu'il ne puisse l'attraper pour de bon, elle se dégagea d'un coup d'épaules et se mit à courir – *vite, de toutes tes forces* ! Plus vite qu'elle n'avait jamais couru. Ses pieds martelaient le trottoir. Elle hurla :

– Au secours !

Des bras puissants s'abattirent sur ses épaules, l'enlacèrent, la soulevèrent dans les airs. Elle remua, se débattit. Elle chercha Henry des yeux et voulut crier, mais l'homme lui plaqua un tissu sur le visage. Un linge mouillé qui sentait mauvais. Elle essaya de le repousser. Mais ses mains refusaient de lui obéir. Et puis plus rien n'eut d'importance.

– Quand avez-vous vu votre fille pour la dernière fois ?

L'enquêteur portait un t-shirt noir sans manches qui laissait voir ses bras musculeux. Sur le biceps gauche, il avait un tatouage, une longue liane sinueuse entourée de fleurs. Il avait expliqué à Callie qu'il était en tenue « spéciale » pour une mission clandestine qu'il avait achevée moins d'une heure auparavant. N'empêche, son apparence ne faisait qu'ajouter au sentiment de complète irréalité qui accablait Callie.

– Il devait être... vers les neuf heures. Anna était au lit. Comment est-ce qu'ils ont pu entrer dans la maison ? Et sa chambre est en haut !

Callie regarda le policier avec anxiété, les mains nouées sur les genoux.

– Jusque-là, rien n'indique que quiconque soit entré par effraction dans la maison. Pensez-vous que votre fille ait pu faire une fugue ?

Callie le dévisagea, interdite.

– Je suppose... J'imagine que c'est possible.

Elle baissa les yeux. La question ne lui avait pas traversé l'esprit, mais peut-être avait-il raison de la poser.

– Nous nous sommes un peu disputées ce soir, ajouta-t-elle. À propos d'un voyage chez ses grands-parents. Elle ne voulait pas y aller. Je lui ai dit qu'elle n'avait pas le choix.

– Vous savez, en dépit de tout le tapage qu'on fait à ce sujet, les kidnappings sont en réalité plutôt rares.

Pour la première fois depuis qu'elle s'était aperçue de la disparition d'Anna, Callie entrevit une lueur d'espoir. Peut-être sa fille était-elle partie d'elle-même. En ce cas, les policiers la retrouveraient et la lui ramèneraient.

L'enquêteur, qui s'appelait Jeffrey Knight, était

assis en face d'elle. À côté de lui se tenait une policière, la première personne à être arrivée à la maison. Parillo – c'était son nom – portait l'uniforme bleu de tous les agents. Elle avait les cheveux bruns coupés court, une silhouette athlétique, et sans doute moins de trente ans.

– Donc... elle était plutôt énervée ? demanda Knight.

– Oui, admit Callie.

– Qu'est-ce qu'elle a dit, au juste ?

– Qu'elle ne voulait pas aller là-bas. Que je ne pouvais pas l'obliger.

– A-t-elle déjà fugué dans le passé ? ou menacé de le faire ?

Callie secoua la tête.

– Non. Jamais.

– Comment sont vos relations avec elle ?

– C'est... Nous ne nous entendons pas aussi bien qu'avant. Cette année, ça a été difficile. J'ai commencé à fréquenter quelqu'un, à l'automne dernier... Rick Evans. Vous le connaissez sans doute.

– Bien sûr. On connaît Rick tous les deux.

Une pointe d'étonnement dans la voix de Knight, un subtil changement de ton.

– Rick n'est pas en ville en ce moment, précisa Callie. Son père est malade.

Elle ne savait pas très bien pourquoi elle avait dit ça. Knight ne réagit pas.

– Avez-vous entendu quelque chose ? demanda-t-il en pointant un doigt vers le plafond. Des bruits dans la chambre de votre fille ?

Callie secoua de nouveau la tête.

– Non, rien. Mais j'avais mon walkman sur les oreilles. J'écoutais de la musique en travaillant.

À l'étage, Callie entendait les pas et les voix de

deux autres policiers qui se déplaçaient d'une pièce à l'autre. Elle se demandait s'ils avaient trouvé quelque chose. Elle aurait voulu monter les rejoindre.

Son regard glissa sur la cuisine, sans se fixer sur quoi que ce soit de particulier. La vaisselle sur l'égouttoir. Le plan de travail bien propre. Les couteaux dans leur bloc en bois. *La pièce la plus dangereuse de la maison.* C'était l'expression de Rick. Tout à coup, il lui manqua désespérément. Elle aurait tellement voulu qu'il soit ici avec elle !

– Qui sont les meilleurs amis de votre fille ? Y a-t-il quelqu'un à qui elle aurait pu se confier ?

Bien sûr. Pourquoi est-ce qu'elle n'y avait pas pensé elle-même ?

– Henry Creighton. Si Anna a parlé avec quelqu'un de son intention de fuguer, ça ne peut être que lui. Il habite en face.

– Vous avez un numéro ?

– Juste là. À côté du téléphone.

Knight sortit un téléphone portable.

– Vous pouvez appeler avec l'appareil mural, dit-elle.

– Merci, mais je ne préfère pas. Je ne dois pas perturber le site de l'enquête.

Le site de l'enquête. La précision de Knight, pourtant anodine, fit frissonner Callie. Pendant un instant, elle regarda sa maison, son *foyer*, d'un œil complètement différent.

Knight avait déjà composé le numéro des Creighton et attendait qu'on réponde. Au bout d'un long moment, il se mit à parler :

– Je m'excuse de vous déranger, madame, mais je suis de la police de Merritt et... Quoi ? Non, il ne s'agit pas de votre mari. C'est au sujet de votre voisine, Callie Thayer. Sa fille a disparu. Je sais qu'il est tard, mais il faut que nous parlions à votre fils.

Un silence.

– Nous arrivons immédiatement... Oui, bien sûr, je n'y manquerai pas, dit Knight, puis il raccrocha en levant les yeux vers Callie. C'était la mère.

– Mimi.

– Elle vous fait dire que vous devez garder votre calme, que tout va s'arranger.

Facile à dire, pour elle.

– Écoutez..., fit Callie en se mettant à parler très vite, au rythme des pensées qui défilaient soudain dans sa tête. Il y a certaines choses que je dois vous dire. Ça pourrait être important. Récemment, j'ai reçu des menaces. Enfin, pas exactement des menaces. Oh, c'est compliqué, mais...

Tout à coup, le téléphone sonna. Le cœur de Callie fit un bond dans sa poitrine.

– Oh, mon Dieu ! Peut-être que c'est Anna. Peut-être qu'elle...

Knight décrocha avant même qu'elle ait pu se lever. Elle remarqua qu'il portait des gants en plastique.

– C'est Anna ? demanda-t-elle.

Le policier ne l'écoutait pas. Callie crut entendre une voix frénétique dans l'écouteur.

– Qui est-ce ? demanda-t-elle. Je vous en prie, je veux savoir !

Knight leva une main pour la faire patienter.

– Nous arrivons immédiatement, assura-t-il, et il raccrocha.

– Qu'est-ce qu'il y a ? Qu'est-ce qui se passe ? demanda Callie, la gorge nouée.

Knight se leva.

– Henry a disparu, lui aussi.

Quand Anna se réveilla, tout était noir autour d'elle. Elle ne savait pas où elle était. Elle faisait une fugue avec Henry, et puis quelque chose de terrible lui était arrivé. Tout ce qu'elle voulait maintenant, c'était rentrer chez elle et retrouver sa mère.

Mais où était-elle, à la fin ? Elle essaya de se redresser, mais elle n'arrivait pas à bouger. Ses mains et ses pieds étaient attachés. La terreur l'envahit.

Elle essaya de hurler, de crier *très fort*, mais elle avait quelque chose dans la bouche.

Roulant la tête de droite et de gauche, elle tenta de voir ce qu'il y avait autour d'elle. Lentement, ses yeux s'habituaient à l'obscurité. Des formes apparurent. Elle était allongée sur un matelas posé à même le sol. Un sol en ciment. D'un côté, il y avait des cartons empilés. Elle aperçut un lave-linge et un séchoir électrique. Un sous-sol. Voilà où elle était. Elle était dans la cave de quelqu'un.

Elle entendit quelque chose, un léger grincement – une porte qui s'ouvrait.

Une lame de lumière glissa sur son visage. Elle cligna des yeux.

Elle entendit des pas, quelqu'un qui descendait un escalier. Le bruit sembla durer une éternité, tout en se rapprochant de plus en plus. Puis il y eut un bruit différent – des semelles qui claquaient sur le sol en ciment. Elle vit des jambes. Elle tourna la tête, leva les yeux et aperçut un visage. C'était lui. L'homme avec la grosse barbe. Elle se mit à trembler de tout son corps.

Il s'accroupit près d'elle. Il tenait à la main une boîte de collant de femme. Pendant quelques secondes, il essaya de décoller le scotch d'emballage, puis déchira nerveusement le paquet. Le collant était roulé en boule. Est-ce qu'il allait lui demander de l'enfiler ?

Une lueur d'espoir se fit jour en elle. S'il faisait ça, il faudrait qu'il la détache. Elle lui donnerait un coup de pied et prendrait la fuite.

Cela faisait maintenant des heures. Une éternité. La nuit était interminable.

Callie était assise, avachie, à la table de la cuisine. En face d'elle, il y avait un technicien de la police d'État avec une console électronique sur les genoux. Il avait installé un équipement permettant de localiser et d'enregistrer les communications téléphoniques. À côté de lui, l'agent Parillo faisait du point de croix avec du coton bleu pâle.

À l'étage, elle entendait encore des bruits de pas. Pesants. Étranges. Knight et deux de ses collègues allaient et venaient dans la maison. À l'arrivée de la police, elle était vêtue d'un simple peignoir. Ils ne l'avaient pas autorisée à sortir de la cuisine. Le jean et le pull qu'elle portait maintenant, c'était Parillo qui les lui avait descendus de sa chambre.

Une fois encore, elle regarda sa montre. Seulement quelques minutes de plus depuis la dernière fois. Avant, il était *3 :22*. Maintenant, *3 :37*.

Callie se tourna vers Parillo.

— Pourquoi est-ce que c'est si long ? Ce ne sont que des enfants ! Des petits gamins. Est-ce qu'ils ont pu aller si loin que ça ?

La policière la regarda d'un air compatissant.

— Nous faisons le maximum.

— Comme quoi ? demanda-t-elle avec impatience. Quoi précisément, je veux dire ?

— Nous avons une surveillance aérienne par hélicoptère. La police d'État participe aux recherches. L'alerte a été donnée sur le réseau radio régional, et les chiens sont aussi sur le terrain. C'est bien que vous nous ayez fourni une photo récente d'Anna. Tout le monde en a maintenant une copie.

Le technicien de la police d'État – Callie avait oublié son nom – manipulait la console avec un air de concentration intense. Comme il buvait une gorgée de café dans une tasse en papier, elle croisa son regard.

– Est-ce que quelqu'un appelle, en général ?

– Je ne peux pas répondre « en général », madame. Chaque situation est particulière.

– Au moins, ils sont ensemble, murmura-t-elle. Au moins, ils sont deux.

Elle ne parlait pas réellement aux policiers. Elle s'efforçait de se rassurer toute seule.

Le biper de Parillo sonna. Elle composa un numéro sur son portable.

– Nancy Parillo, dit-elle.

C'était une véritable torture, pour Callie, de ne pas entendre ce que son interlocuteur disait. De tout son être, elle voulait *savoir*.

Quand Parillo raccrocha enfin, elle ne parla pas tout de suite. Elle quitta sa chaise et vint s'accroupir près d'elle, en lui prenant les mains.

– Quoi ? fit Callie en se mettant à trembler.

Parillo la regarda droit dans les yeux.

– Henry Creighton vient de rentrer chez lui.

– Et Anna ? Où est Anna ? !

Parillo lui étreignit les mains.

– Écoutez, Callie, je veux que vous gardiez en tête une chose très importante. Nous ne savons encore rien. Nous ne savons pas si Henry dit la vérité. Vous comprenez ?

Callie hocha la tête. La peur lui vrillait le cœur.

– La première partie de l'histoire correspond à ce que nous pensions, reprit Parillo. Ils ont fugué tous les deux ensemble. Leur plan, c'était de prendre un bus pour Boston au milieu de la nuit. Mais, une fois encore, je veux que vous vous souveniez que rien de tout ça n'est confirmé.

– S'il vous plaît, murmura Callie d'une voix implorante, dites-moi...

– OK, fit Parillo en lui serrant les mains encore plus fort. Henry raconte qu'ils étaient en train de marcher dans Old Kipps Road, quand une voiture s'est arrêtée près d'eux. Il dit que l'homme qui conduisait a agrippé Anna et l'a emportée dans la voiture.

Callie fixa Parillo un long moment. Tout à coup, un immense vertige la saisit, et un haut-le-cœur lui souleva l'estomac. Elle eut juste le temps de se tourner pour vomir par terre.

Éperdue, elle vit Parillo se lever et aller prendre le rouleau d'essuie-tout. Elle commença aussitôt à nettoyer le sol.

– Ce n'est pas à vous de faire ça, murmura Callie.

– Aucun problème, dit la policière.

À l'étage, une porte claqua. Callie entendit des voix d'hommes.

– Quand est-ce que ça s'est passé, d'après Henry ?

Parillo jeta l'essuie-tout dans la poubelle, puis se rassit en face d'elle.

– Il n'en est pas très sûr. Il dit qu'ils se sont retrouvés à minuit et qu'ils se sont aussitôt mis en route. Je dirais qu'il leur a fallu au moins une heure pour arriver à Old Kipps Road, et une demi-heure de plus pour atteindre Hicks Plaza. C'est là que ça s'est passé. Juste en face du centre commercial.

Callie releva subitement la tête.

– Mais ça fait... *des heures* ! S'ils sont partis à minuit et que ce... cette chose s'est passée à... disons 1 heure et demie ou 2 heures – ça fait déjà deux heures !

Qu'est-ce qu'il a fait, depuis tout ce temps ? Pourquoi est-ce qu'il vient seulement de rentrer chez lui ?

– Je suis sûre que mes collègues sont en train de lui poser la question.

– Mais pourquoi est-ce qu'ils passent tant de temps avec lui ? Pourquoi est-ce que tout le monde n'est pas à la recherche d'Anna et de l'homme qui l'a kidnappée ?

– L'homme dont Henry *dit* qu'il l'a kidnappée.

– Vous... vous ne croyez pas Henry ?

– Nous ne savons pas encore s'il faut le croire ou non. C'est pour ça que nous sommes en train de parler avec lui.

– Mais s'il ne dit pas la vérité, alors..., poursuivit Callie, interloquée – et tout à coup elle comprit. Vous pensez que c'est *Henry* lui-même qui pourrait avoir quelque chose à voir là-dedans ?

– Nous n'avons encore aucune certitude. Nous sommes en train de rassembler des informations.

– Mais pourquoi aurait-il...

Callie se tut. Parillo ne connaissait pas Henry. Elle, par contre, le connaissait bien. Elle l'avait vu avec Anna des dizaines de fois ; elle les avait observés jouer ensemble. Elle n'imaginait pas Henry faisant le moindre mal à sa fille. En tout cas, pas volontairement.

– Il faut que j'aille là-bas, chez les Creighton. Je dois parler à Henry.

Parillo lui toucha l'épaule.

– Ce n'est pas une bonne idée. En ce moment, nous jouons contre la montre. Les enquêteurs savent les questions qu'il faut lui poser. Ils ont besoin d'être efficaces.

Callie s'apprêtait à protester, lorsque quelque chose en elle abdiqua. Au point où elle en était, elle ne se fiait plus à son propre jugement. Peut-être Parillo avait-elle raison.

Tout ça, c'était trop. Elle se demandait si elle y survivrait. Le désespoir de la disparition d'Anna, sa culpabilité à cause de son attitude... Si seulement elle avait écouté sa fille ! Si elle avait pu éviter de se montrer cassante avec elle. Elle ne doutait pas que c'était leur dispute qui avait déclenché cette fugue. Ce qui s'était passé ce soir-là, elle en était entièrement responsable. Comme autrefois, mais en pire – parce que cette fois il s'agissait de *sa* fille.

Quelqu'un venait d'entrer dans la maison et parlait à l'agent qui montait la garde à la porte. Il apparut quelques secondes plus tard au seuil de la cuisine. Grand. Brun. Les yeux perçants. Elle reconnut aussitôt le lieutenant Lambert.

– Bonjour, madame Thayer. Nous nous sommes déjà rencontrés.

– Qu'est-ce... Que vous faites ici ?

– J'ai plusieurs casquettes, expliqua-t-il. Je m'occupe des permis de port d'arme, mais je suis aussi le chef des enquêteurs.

Tout en parlant, il tira une chaise pour s'asseoir en face d'elle. Sans la quitter des yeux.

– Quand vous êtes venue me voir, vous veniez de déposer une demande de permis de port d'arme. Pour votre protection personnelle. Ce soir, votre fille a disparu. Y a-t-il un lien entre ces deux événements ?

La peur l'engourdissait. *Il a raison*, pensa-t-elle. *Il a raison. Tout se tient.* Elle essaya de répondre, mais ses lèvres étaient comme paralysées ; elle n'arrivait pas à parler. C'était comme vivre un rêve étrange où elle se serait soudain retrouvée muette. Mais il fallait qu'elle leur parle de Diane, de la montre et de la lettre.

Elle devait aussi mentionner les fleurs, ces roses rouge sang...

– Callie ? entendit-elle Parillo demander. Callie, est-ce que ça va ?

De nouveau, elle essaya de remuer les lèvres. Un murmure s'en échappa :

– Steven Gage.

Lambert fronça les sourcils.

– Steven Gage ? Vous voulez dire le tueur en série ?

Callie hocha la tête. Deux fois.

– Steven Gage est mort, dit Lambert, comme s'il s'était adressé à une enfant.

– Je sais. C'est... ce n'est pas ce que je voulais dire.

C'était si difficile de parler, si difficile de tout expliquer, si difficile de savoir par où commencer. Les pensées tombaient dans son cerveau comme des paquets de neige, enfouissant les mots. Tant d'efforts pendant tant d'années, et voilà où ça s'arrêtait. Au plus profond de son esprit, elle entendit quelque chose : Steven Gage qui riait. Alors la colère – la *rage* – l'envahit. Et la parole lui revint :

– Pendant quatre ans, j'ai été la compagne de Steven Gage. Je m'appelais alors Laura Seton. Thayer est mon nom de femme mariée. Je me suis installée à Merritt il y a environ sept ans pour essayer de démarrer une nouvelle vie. Personne, ici, ne connaît mon passé. Je n'en ai jamais parlé à quiconque.

» Le mois dernier, le 5 avril, quelqu'un a déposé un mot devant ma porte. Le 5 avril, c'est la date anniversaire de l'exécution de Steven. Ce mot disait simplement « Joyeux anniversaire, Rosamund. Je ne t'ai pas oubliée ». Une lettre anonyme. Rosamund, c'était un petit surnom affectueux que Steven me donnait de temps en temps. Quelques semaines plus tard, pendant la chasse aux œufs de Pâques, ma fille a trouvé une montre dissimulée dans un panier en osier. C'est moi qui avais caché ce panier, et je n'y avais certainement pas mis la montre. Par la suite, j'ai découvert que c'était celle d'un écrivain qui s'appelait Diane Massey.

– Celle qui a été assassinée dans le Maine ?

– Oui. C'est exact. Elle a écrit un livre sur Steven. Je... je l'ai aidée à l'écrire. Et je crois qu'avant d'être assassinée, Diane avait reçu une lettre, elle aussi. Et puis l'autre jour, je rentre chez moi et je trouve une boîte de roses devant la porte. Là, sur la véranda. Steven avait l'habitude de m'envoyer des roses...

Elle s'efforçait d'être claire, mais tout se mélangeait dans sa tête. Elle n'arrivait pas à raconter son histoire simplement, à placer les événements dans le bon ordre. Lambert la dévisageait avec attention, sans dire un mot. En le regardant, elle eut la sensation qu'il ne la croyait peut-être pas.

– Écoutez, reprit-elle d'un ton pressant. Je sais que ça paraît fou, mais il y a des gens qui savent que je dis la vérité. Un homme qui s'appelle Mike Jamison. Il travaillait autrefois pour le FBI. Ou bien appelez la police d'État du Maine. Je leur ai parlé, à eux aussi. Mais, s'il vous plaît, il faut d'abord que vous retrouviez Anna. Je vous en prie ! Il faut que vous la trouviez.

– Mike Jamison, dit Lambert d'un air songeur. Le type du profilage au FBI ?

Callie hocha la tête en se séchant les yeux. Les larmes coulaient sans retenue sur ses joues.

– Vous avez un numéro où le joindre ? demanda Lambert.

– Oui. Je pense que oui...

Callie fouilla dans son sac à main à la recherche de son organiseur. Elle tourna les pages jusqu'au *J* où, se

375

souvenait-elle, elle avait inscrit le numéro de Jamison. Elle le lut à voix haute. Parillo en prit note.

– Appelez Sheenan. Qu'il s'occupe de ça, ordonna Lambert.

La policière sortit dans le couloir avec son portable.

– Ce mot, la montre – vous avez une idée de qui pourrait les avoir déposés ?

Callie baissa les yeux.

– Je... je ne sais pas.

Lambert plissa les yeux.

– Pas la moindre idée ?

Elle ne voulait pas le dire, elle ne voulait même pas y *penser*. La peur était trop forte. Mais elle savait qu'elle devait parler. Elle n'avait pas le choix.

– Je pense tout le temps à Lester Crain, répondit-elle, les yeux baissés. Jamison dit que ça ne peut pas être lui. La police du Maine est aussi de cet avis. Mais c'est à lui que je pense. Je n'arrive pas à me le sortir de la tête.

Elle s'attendait à ce que Lambert confirme le jugement de ses collègues, qu'il affirme que ça ne pouvait pas être Crain. Mais il marqua un temps, songeur, avant de dire :

– Lester Crain. C'est le type qui s'est évadé de prison ? Dans le Tennessee.

Callie croisa les bras sur son ventre et se plia en deux. Le visage d'Anna apparut devant ses yeux. Elle l'entendit crier « Maman ! ». Elle se balança d'avant en arrière, essayant d'endiguer la douleur qui la submergeait.

Parillo revint dans la cuisine. Callie l'entendit demander :

– Que s'est-il passé ?

– Bien, madame Thayer, fit Lambert. Maintenant, respirez profondément. Tout va s'arranger.

376

Il y avait une douceur dans sa voix qu'elle ne lui avait jamais entendue jusque-là. Mais ça ne changeait rien. Elle avait l'impression de couler, couler, sans plus réussir à reprendre son souffle. Elle voyait Lambert, et Parillo, comme s'ils se trouvaient dans un autre univers. Elle voulait les atteindre, leur parler, mais un courant irrésistible l'empêchait de revenir vers eux.

Il lui fallut un bon moment pour que ce sentiment s'apaise. Elle se força à se remettre à parler, à dire ce qu'ils avaient besoin de savoir.

— Lester Crain et Steven se sont retrouvés ensemble dans le couloir de la mort. Steven s'était formé au droit pénal et il conseillait les autres prisonniers. Il a aidé Crain à obtenir un nouveau procès, et après, Crain a tenu une conférence de presse. Il a déclaré...

Callie se tut une minute, de nouveau envahie par l'angoisse.

— Il a promis qu'il rendrait un jour service à Steven, qu'il trouverait un moyen de le remercier.

Elle s'affaissa sur la chaise et se mit à sangloter.

— Mais pourquoi est-ce qu'il aurait voulu enlever Anna ? *Pourquoi ?* Elle ne lui a rien fait !

Lambert répliqua d'une voix apaisante :

— Rien de ce que vous m'avez dit jusqu'à maintenant ne me donne à penser qu'il a pu faire quoi que ce soit à Anna. Il ne s'agit que d'une hypothèse, madame Thayer. Une simple hypothèse, sans preuve.

— Mais... ce n'est pas tout. Les femmes qui ont été visées – moi, Diane et une autre femme, une avocate de New York... –, toutes les trois nous avons fait défaut à Steven. D'une façon ou d'une autre, nous l'avons trahi.

— Donc, vous pensez que Crain est... qu'il essaie de venger sa mort ?

Dans la bouche de Lambert, l'idée paraissait tirée

par les cheveux. Mais bon, quel autre suspect avaient-ils ? Quelles autres hypothèses ?

Callie le regarda avec désespoir.

– Je vous en prie, allez les aider à la retrouver. Ne restez pas ici avec moi.

– Madame Thayer, nous faisons tout ce que nous pouvons. Et souvenez-vous que nous n'avons même pas la certitude qu'Anna a été kidnappée. Les enquêteurs sont encore en train de parler avec Henry pour vérifier son histoire. Il se pourrait même qu'elle se cache quelque part.

– Vous croyez ? s'exclama Callie, le cœur battant, tandis qu'une pensée soudaine lui venait à l'esprit. Avez-vous cherché dans la maison des Creighton ? Parce que, peut-être qu'elle est juste cachée là-bas quelque part, dans le sous-sol ou au grenier. Ou bien... ils ont une cabane, dans l'arbre devant la maison ! Les enfants adorent jouer là-haut. Peut-être que maintenant elle a peur de rentrer. Peut-être qu'elle s'est cachée.

– La maison et les alentours ont été minutieusement fouillés, dit Lambert, mais je vais faire inspecter la cabane.

Il rapprocha sa chaise de la sienne, au point que leurs genoux se touchaient presque. Il se pencha en avant en prenant ses mains dans les siennes.

– Écoutez, madame Thayer. Maintenant, je vais vous demander de collaborer avec moi encore quelques minutes. Y a-t-il quelqu'un d'autre qui aurait la moindre raison d'enlever votre fille ? Et le père d'Anna ? La garde de l'enfant a-t-elle été un sujet à controverse entre vous deux ?

Callie s'agita nerveusement sur la chaise.

– Non, pas du tout. Quand nous avons divorcé, Kevin et moi sommes tombés d'accord que j'élèverais Anna seule. Il est remarié, maintenant, et il a des enfants. Je lui ai récemment demandé s'il accepterait de revoir Anna. Il a réfléchi, puis il m'a répondu qu'il ne préférait pas.

— Avez-vous de bonnes relations avec lui ?

— Je ne dirais pas qu'elles sont bonnes. Mais ça n'a rien à voir avec Anna.

— Où habite-t-il ?

— À Chicago.

— Son nom exact ?

— Kevin Thayer.

— Avez-vous son adresse, son téléphone ?

— Écoutez, répondit Callie avec impatience, faites-moi confiance. Ce n'est pas lui.

Mais, en prononçant ces mots, elle eut soudain un doute. Il avait eu l'air tellement mécontent, la dernière fois qu'ils s'étaient parlé. Beaucoup plus irrité qu'elle ne l'aurait cru. Et quand elle l'avait appelé la première fois, il n'était pas chez lui. Ni même en ville. *Où était-il ?* se demanda-t-elle.

— Je comprends votre point de vue, mais il faut quand même que nous entrions en contact avec lui.

— Il est dans l'annuaire. Kevin Thayer. Demandez aux renseignements. Chicago.

— L'avez-vous vu récemment ?

— Non. Pas depuis au moins six ans.

— Et le téléphone ? Vous lui parlez souvent ?

— Quand je l'ai appelé au sujet d'Anna le mois dernier, c'était la première fois depuis des années.

— Quand était-ce ?

— Je ne m'en souviens pas précisément.

— Avant ou après le meurtre de Diane Massey ?

— Je... je crois que c'était dans ces jours-là. Juste avant ou juste après.

Lambert prit une minute pour réfléchir, avant de poursuivre :

– OK. Maintenant, le mot et la montre. Ils ont été déposés tous les deux juste devant votre maison. Y a-t-il quelqu'un – ami ou voisin – dont le comportement vous aurait paru étrange ces derniers temps ?

Des visages défilèrent devant les yeux de Callie, et l'un d'eux s'imposa parmi les autres.

– Nathan Lacoste. C'est un étudiant de Windham. Nous sommes en cours ensemble. Il a toujours été un peu étrange avec moi, mais ces dernières semaines, ça a empiré.

– Étrange de quelle manière ?

– Eh bien, on dirait qu'il est obsédé par moi. Il passe à mon bureau sans prévenir. Il m'appelle ici. J'ai fini par lui dire de me fiche la paix. Il a paru... mal le prendre.

– À quand remonte cette conversation ?

Callie frissonna.

– La semaine dernière. C'était dans la cafétéria de la bibliothèque de Windham. Et... il y a autre chose aussi, ajouta-t-elle, le cœur battant à cent à l'heure. J'ai vu Nathan le matin de Pâques. Il passait dans la rue à vélo. Mais... c'est dingue de penser ça ! Ça ne peut pas être lui. Je veux dire, il ne savait pas. Personne n'est au courant pour Steven et moi. Personne ici à Merritt, je veux dire.

– Lacoste. Comment vous écrivez son nom ?

Elle l'épela ; il en prit note. Puis il releva les yeux vers elle.

– Et l'agent Evans ?

– Rick ? fit Callie en le regardant fixement.

– Lui avez-vous parlé de votre passé ?

Elle rougit.

– Je vous l'ai déjà dit. À personne.

Le simple fait d'évoquer Rick déclencha quelque chose en elle – un manque profond, douloureux. Elle se souvenait avoir été en colère contre lui, mais désormais elle n'éprouvait plus ce sentiment. Peu importait ce qui s'était passé. Elle le voulait ici auprès d'elle.

– Rick est chez ses parents. Je dois lui parler. Avez-vous leur numéro quelque part ? Moi, je... je ne l'ai pas.

Lambert et Parillo échangèrent un regard.

– Quoi ? fit Callie.

– L'agent Evans..., marmonna-t-il. Nous allons voir ce que nous pouvons faire.

Callie ouvrait la bouche pour insister, lorsque le portable de Lambert sonna.

– Excusez-moi.

Il écouta son interlocuteur, et se redressa tout à coup sur la chaise.

– Mon Dieu ! Il y a combien de temps ?

Callie avait l'impression que son cœur allait exploser.

– Quoi ? ! Que se passe-t-il ?

Parillo posa les mains sur ses épaules. Elle se dégagea.

– Bon sang, répondez-moi ! dit-elle en élevant la voix.

Lambert, le téléphone à la main, se leva et quitta la pièce. Pour reparaître quelques instants plus tard sur le seuil.

– Cet appel n'avait aucun rapport avec votre fille, expliqua-t-il. Je suis désolé de vous avoir encore plus inquiétée.

Il fit signe à Parillo de le suivre dans le couloir. Callie les entendit murmurer, puis la policière revint dans la cuisine.

– Le lieutenant a dû s'absenter. Il reviendra dans un moment.

– Dites-moi ce qui s'est passé. Qu'est-ce qui est plus important qu'Anna ?

– Ce n'est pas plus important, dit Parillo. C'est juste... qu'il a dû partir.

On aurait dit qu'un mur était tombé entre elles. Subtilement, l'atmosphère avait changé. Callie entendit quelqu'un monter les marches du perron. Son estomac se contracta.

– Je vais voir qui c'est, dit Parillo en s'éloignant.

Callie patienta un instant, puis se leva pour la rejoindre. Mais la policière revenait déjà.

– C'est l'agent Carver, dit-elle. Il voudrait prendre de vos nouvelles.

– Tod ? fit Callie d'une voix dépitée. Il est ici ?

Elle avait espéré de toutes ses forces que ce serait Anna.

– Vous préférez que je lui dise que vous ne voulez voir personne ?

– Non, je veux bien le voir.

Un froid immense l'envahissait. Plus rien n'avait d'importance.

Et pourtant, dès qu'elle vit le visage familier de Tod, quelque chose craqua en elle. Sa fille, Lilly, avait tout juste deux ans de moins qu'Anna. Si quelqu'un pouvait comprendre son supplice, c'était lui.

Il vint droit vers elle en entrant dans la cuisine. Elle se leva, et ils s'étreignirent.

– Je suis tellement désolé, dit-il en la berçant dans ses bras.

Elle l'agrippa. Son torse était solide et dégageait une chaleur réconfortante. Elle s'était remise à sangloter. Tod lui tapota le dos.

– Où est Rick ? Pourquoi est-ce qu'il n'est pas ici ?

Elle s'écarta de lui en se séchant les yeux.

– Il n'est pas en ville. Il est chez ses parents. Et

puis... nous nous sommes disputés. Nous sommes brouillés.

— Ne pense plus à ça, répliqua-t-il d'une voix rauque. Une chose pareille, il voudrait être mis au courant.

— Je n'ai pas de numéro où le joindre, dit-elle, et elle regarda Tod avec espoir. Mais vous, la police, vous devez avoir au moins un numéro. Il doit vous avoir laissé un moyen de le joindre à tout moment...

— Nous l'avons déjà appelé, dit Parillo.

— Ah bon ?

Tod regarda la policière. Elle désigna le couloir, et ils sortirent.

Quand ils revinrent, Tod semblait gêné. Il tripotait quelque chose dans sa poche en évitant de croiser son regard.

— Nom de Dieu ! explosa Callie. Qu'est-ce qui se passe ?

Ni l'un ni l'autre ne répondirent. Parillo regardait ses mains.

Enfin, Tod soupira et dit :

— Callie... il n'est pas là-bas.

— Pas là-bas ? Pas *où ça* ?

— Rick n'est pas chez ses parents. Nous ne savons pas où il est.

Elle ne comprenait pas.

— Vous voulez dire qu'il est sorti ?

— Non. Il n'est pas allé chez eux. Son père... n'est pas malade.

Callie fixa Tod. Elle n'arrivait pas à assimiler ce qu'elle venait d'entendre.

— Mais alors... où... où est-il ?

Tod se tourna vers Parillo, qui prit la parole :

— Nous l'ignorons. Nous lui avons laissé plusieurs messages. Nous attendons qu'il rappelle.

Il lui fallut encore quelques secondes, mais Callie comprit enfin. Depuis des semaines – des mois – Rick lui mentait. La pièce se mit à tournoyer autour d'elle.

– Callie, ne tire pas de conclusions hâtives.

– Des conclusions hâtives ?

Ces mots n'avaient aucun sens. Elle ignorait la raison pour laquelle Rick lui avait menti, et au fond elle s'en fichait. Si les choses avaient été différentes, elle se serait peut-être mise en colère. Mais là, elle n'était plus capable de ressentir quoi que ce soit.

Pendant l'heure qui suivit, personne ne dit grand-chose. 4 heures et demie. 5 heures. Tod partit vers 5 heures et demie.

– Et vous ? demanda-t-elle à Parillo. Quand rentrez-vous chez vous ?

– Je reste.

Callie soutint son regard.

– Merci.

Son esprit ne cessait de battre la campagne entre le passé et le présent. Le passé lointain dans le Tennessee. Le passé récent de cette nuit. Le présent de cette attente abominable. Si seulement elle avait pu effacer ce qu'elle avait dit à Anna quelques heures plus tôt seulement ! Mais on n'avait jamais de seconde chance. Ça, c'était une chose qu'elle savait depuis longtemps.

Je vous en prie, Seigneur, pria-t-elle. *Je vous en supplie. Qu'il ne lui arrive rien !*

Elle pensa à toutes les autres familles qui devaient avoir prié de la même façon. Elle songea au frère de Dahlia exigeant la mort de Steven au journal télévisé. Elle se demanda si elle était à présent punie pour les erreurs, les manquements dont elle avait été responsable à l'époque.

Elle avait sombré dans une espèce de demi-sommeil hébété, lorsque le téléphone retentit. Un tourbillon de mouvement dans la cuisine : tout le monde réagissait en sursaut. Le technicien, casque sur les oreilles, s'activa sur la console. Il regarda Callie et hocha la tête. Elle décrocha.

– Allô ? fit-elle d'une voix entrecoupée.

– Ma chérie. Seigneur. Je viens d'apprendre la nouvelle.

Bêtement, il lui fallut une fraction de seconde pour reconnaître la voix de Rick. Sans un mot, elle passa le téléphone à Parillo. Pendant quelques instants, elle éprouva une rage intense contre lui – de lui avoir donné un faux espoir. Et puis, cette colère elle-même s'évanouit, et la laissa à son accablement.

– Elle va bien, disait Parillo. Vu les circonstances... Bon, mais nous ne pouvons pas occuper la ligne trop longtemps... Bien sûr. OK. Je vais lui dire.

Elle raccrocha et s'approcha de Callie.

– Il voulait vous prévenir qu'il rentre dès maintenant à Merritt. Il sera ici à midi.

Callie regarda fixement le mur blanc.

– C'est trop tard, murmura-t-elle.

L'homme n'arrêtait pas de parler, mais Anna ne le comprenait pas. Il parlait de gens qu'elle ne connaissait pas, et de choses terribles qu'il avait faites. Un homme qui s'appelait Steven Gage, qui avait tué des gens. Une femme qui s'appelait Laura. Il disait qu'elle était sa mère – sa mère à elle, Anna ! Elle aurait bien voulu qu'il retire le truc qu'elle avait dans la bouche pour qu'elle puisse lui expliquer. Sa mère s'appelait Caroline. On la surnommait Callie.

Il tenait toujours le collant à la main. Il le triturait entre ses doigts ; il le glissait parfois autour d'une main, et puis autour de l'autre. Maintenant, il lui disait qu'il était désolé, qu'il savait qu'elle n'était pas responsable. Mais, à cause de ce que sa mère – de ce que *Laura* – avait fait, il devait la tuer. Il ne voulait pas la tuer, disait-il, mais il n'avait pas le choix.

Si, si, vous avez le choix, voulait-elle hurler. *Je ne veux pas mourir. Maman, s'il te plaît, sauve-moi ! Que quelqu'un vienne me chercher !*

C'était comme un terrible cauchemar. Elle voulait se réveiller. Mais elle ne dormait pas. Elle sentait l'odeur de moisi de ce sous-sol humide. Elle sentait les cordes autour de ses poignets. Si seulement il l'avait laissée parler ! Si seulement elle avait pu s'expliquer ! Elle tournait la tête d'un côté et de l'autre, baissait le menton, redressait le front pour attirer son attention. Elle essayait de parler à travers le truc fourré dans sa bouche, mais les sons qu'elle produisait ne formaient pas des mots.

L'homme s'était agenouillé. Et maintenant, il se penchait au-dessus d'elle.

– Je suis désolé, Anna.

Il avait l'air presque triste. Pendant une seconde, elle se dit qu'il avait la voix de quelqu'un qu'elle connaissait, et puis cette pensée s'évanouit.

Courbé sur elle, il lui passa le collant autour du cou, en glissant une main derrière sa nuque. Sa main était large, puissante, et brûlante. *C'est pas vrai*, se dit-elle. *C'est pas vrai !* Il enroula deux fois le collant autour de son cou, puis recula en s'accroupissant. Le tissu irritait la peau d'Anna. Il le resserra petit à petit.

Six heures vingt-cinq du matin. Une immense torpeur s'était abattue sur Callie lorsque la nuit avait cédé le pas aux premières lueurs de l'aube. À l'étage, l'eau coulait dans la salle de bains. Parillo prenait une douche. Le technicien de la police d'État, toujours assis à sa console, lisait un magazine. Les enquêteurs chargés d'examiner la maison avaient plié bagage. Elle était de nouveau libre d'aller et venir chez elle. Mais l'engourdissement qui accablait ses membres l'empêchait de se lever.

– Ça paraît de pire en pire, non ? dit-elle d'une voix blanche. Avec chaque heure qui passe, les chances de la retrouver saine et sauve sont de plus en plus minces.

Le technicien leva les yeux de son journal.

– Ça ne fait que six heures, dit-il. Peut-être un peu moins.

Il réussit à esquisser un sourire, mais un sourire pas très convaincant.

Callie enfouit son visage entre ses mains. Elle n'arrivait pas à chasser les images qui défilaient dans sa tête en multipliant les hypothèses à une vitesse terrifiante. Elle voyait Anna violée, battue, terrifiée, appelant au secours. Ou peut-être – *Je vous en prie, Seigneur, je vous en supplie, Seigneur, pas ça !* – peut-être qu'elle était morte.

Des pas dans l'escalier. L'eau ne coulait plus. Parillo apparut sur le seuil de la cuisine. Ses courts cheveux bruns étaient humides. Elle s'approcha et lui toucha l'épaule.

– Vous êtes sûre que je ne peux appeler personne ? Quelqu'un qui viendrait ici vous soutenir ?

Callie secoua la tête.

Comme Parillo s'asseyait pour reprendre sa veille, une voiture se gara devant la maison. Callie se leva d'un bond et se précipita vers la porte. Mais ce n'était que Lambert et Knight. Ce dernier portait une chemise et une cravate ; il s'était débarrassé de sa tenue de mission « spéciale ». Apathique, Callie les suivit dans le salon.

– Madame Thayer, commença Lambert quand ils furent assis, je sais que nous avons déjà eu cette conversation, mais y a-t-il quelqu'un d'autre à qui Anna aurait pu confier son intention de fuguer ?

Assise sur le canapé en face de lui, Callie eut un pressentiment angoissant.

– Vous croyez Henry. Vous croyez qu'elle a été kidnappée.

Elle comprit alors qu'elle s'était raccrochée à l'espoir qu'ils découvriraient que ce n'était pas vrai – comme Lambert l'avait supposé au début de la nuit –, et qu'Anna était juste cachée quelque part.

– Nous explorons toutes les pistes possibles. Mais... oui, je crains, d'après ce que nous savons, que Henry ne dise la vérité.

– Qu'a-t-il dit à propos du ravisseur ? Il vous l'a décrit ?

– Un dessinateur est avec lui en ce moment même pour établir un portrait-robot. Il a dit que l'homme avait une barbe très fournie. Mais il peut s'agir d'un déguisement.

– Et la voiture ? Henry a-t-il vu la marque ? la plaque d'immatriculation ?

– Il a dit que c'était une berline noire, mais c'est tout ce dont il se souvient. Et il n'est pas certain de la couleur. Peut-être bleu ou vert foncé.

– Lui avez-vous demandé si *lui* il avait dit à quelqu'un d'autre qu'ils voulaient fuguer ?

– Il affirme que personne ne savait rien. Ils s'étaient juré de n'en parler à personne.

– Alors quoi ? Qu'est-ce que ça signifie ? S'ils n'en ont parlé à personne, ça voudrait dire que c'était un inconnu ? Quelqu'un qui se trouvait là par hasard et qui a vu les gosses dans la rue ?

– C'est une possibilité. Ou bien c'est peut-être quelqu'un qui surveillait la maison.

– Avez-vous vu Nathan Lacoste ?

– Nous l'avons interrogé au lever du jour. Il nous a laissés fouiller son appartement, nous n'y avons rien trouvé de suspect. Il dit qu'il était seul chez lui la nuit dernière, qu'il est rentré vers 23 heures.

– Mais il n'a pas d'alibi ?

– Non, dit Lambert, et à ce moment-là son biper sonna. Excusez-moi, dit-il en baissant les yeux sur l'affichage.

Il prit son portable, composa un numéro, entra en communication avec quelqu'un. Et tout à coup il se pencha en avant, comme pétrifié de stupeur. Était-ce bon, ou mauvais signe ? Callie n'aurait su le dire. Elle scrutait son visage pour tenter de déchiffrer son expression, mais...

– Quand ? ! Vous êtes sûr ? Où est-elle maintenant... ? demanda-t-il, puis il leva les yeux vers Callie. Mes collègues viennent de retrouver une fillette qui affirme être votre fille. Ils l'ont aperçue devant le Stop & Shop, sur le parking. Elle est un peu confuse, désorientée. Mais elle semble correspondre à la photo que vous nous avez donnée.

– Oh, mon Dieu !

Callie s'étrangla. Elle poussa un rire hystérique, puis soudain fondit en larmes.

– Oh, mon Dieu, répéta-t-elle. Où est-elle ? Elle va bien ?

– Dans une voiture de patrouille, en route pour l'hôpital.

– L'hôpital ? répéta-t-elle avec effroi. Qu'est-ce qui ne va pas ?

– Rien du tout. Elle va bien. Mais nous voulons en être certains. Un médecin va l'examiner, et puis elle pourra revenir ici, expliqua Lambert, avant de s'adresser de nouveau à son interlocuteur au téléphone : D'accord. Je suis sûre qu'elle en a très envie.

Il tendit le téléphone à Callie.

— Ils vont vous mettre en ligne avec elle. Tout de suite.

— Me mettre en ligne ? Vous voulez dire... Je peux lui parler ? Elle est là maintenant ?

Lambert lui tendit l'appareil. Elle s'y agrippa comme à une bouée de sauvetage. Pendant un moment, elle n'entendit qu'un grésillement sur la ligne, puis une petite voix :

— Maman ?

— Anna, balbutia Callie. Ma chérie, tu vas bien ?

— Je... je crois.

Callie ne put s'empêcher de pleurer. *Anna est saine et sauve ! Indemne !*

— Maman ? Il y a un homme qui m'a forcée à aller avec lui. Il m'a emmenée dans sa voiture. Il m'a enfermée dans une cave.

Anna parlait d'une voix étrangement calme, comme si elle avait raconté une histoire qui ne la concernait pas. Les larmes ruisselaient sur les joues de Callie.

— Tu es hors de danger, maintenant.

— Nous vous emmenons là-bas, murmura Lambert.

— Anna ? Je pars de la maison pour te retrouver. Je t'aime.

Elle raccrocha et se tourna vers Lambert.

— Merci, dit-elle. Merci !

Tout avait changé si vite qu'elle avait du mal à assimiler. Les images qui l'avaient tourmentée toute la nuit étaient encore fraîches dans son esprit. *Anna est indemne*, se répéta-t-elle. *Anna est indemne. Ils l'ont retrouvée.* Mais une partie d'elle-même refuserait d'y croire tant qu'elles ne seraient pas face à face.

Comme ils se levaient, Parillo la regarda rapidement des pieds à la tête.

– Vous voulez peut-être vous coiffer ? vous maquiller un peu ?

Callie eut d'abord un mouvement d'impatience. Quelle importance, la tête qu'elle avait ? Puis elle se rendit compte que Parillo ne pensait pas à elle, mais à Anna.

– Je vais faire ça dans la voiture, promit-elle, et elle se dirigea vers la porte.

Dans le miroir de son poudrier, elle semblait avoir vieilli de dix ans. De profonds cernes violacés bordaient ses yeux ; elle avait le teint gris et la peau parcheminée. Elle se brossa les cheveux, puis se mit du rouge à lèvres. À ce moment-là, la voiture prit un virage serré et le rouge dérapa sur sa bouche. Elle essuya la trace avec un doigt. *Ça ira comme ça*, songea-t-elle.

Cinq minutes plus tard, ils arrivaient à l'hôpital. Ils s'arrêtèrent près d'une porte située à l'arrière du bâtiment et sortirent de la voiture. Le ciel était bleu et lumineux, l'atmosphère sentait les fleurs et la rosée. Difficile de croire que là, dehors, tout autour, le monde avait continué de tourner pareil à lui-même.

Callie marcha jusqu'au bout du trottoir. Elle avait les jambes en coton. Elle scruta l'étendue du parking principal et l'avenue animée qui passait derrière.

Dans le flot dense de la circulation apparut une voiture de patrouille.

– Là ! Je les vois. Ça doit être eux !

Callie saisit la main de Parillo.

Un feu passa au rouge. Pendant quelques secondes interminables, la voiture fut arrêtée. Enfin, le feu passa au vert, et elle démarra. Mais pas assez vite !

Il fallut une éternité pour que la voiture arrive enfin

jusqu'à eux. Comme elle s'avançait sur le parking, Callie courut à sa rencontre. La voiture s'immobilisa, la portière arrière s'ouvrit, Anna en sortit précipitamment. Elle paraissait si petite, si fragile ! Ses grands yeux étaient écarquillés.

– Maman ! cria-t-elle d'un ton plaintif.

Et elle se jeta dans les bras de sa mère.

Il essayait de comprendre, d'analyser ce qui avait cloché. Il était tout près du but, c'était presque fait, quand quelque chose avait arrêté son geste – tout net.

Seul le temps est juste.

Il y croyait encore.

Alors, pourquoi n'était-il pas allé jusqu'au bout ? Pourquoi n'avait-il pas tué Anna ?

Une fois encore, il se repassa la scène, essayant de reconstituer le puzzle.

Elle avait essayé de lui dire quelque chose, il le savait, les bruits qu'elle faisait avec sa bouche le prouvaient clair et net. Il s'était efforcé d'ignorer ses protestations pendant qu'il lui parlait. Calmement, parce qu'il voulait qu'elle comprenne la raison pour laquelle il agissait comme il le faisait. Quoi qu'il en soit, à ce moment-là, il n'avait toujours pas le moindre doute : il était sûr d'aller jusqu'au bout.

Après avoir tout dit, il avait enroulé le collant autour de sa gorge, en le serrant bien. C'est alors que, baissant la tête, il avait vu ces immenses yeux bleus. C'était à cet instant-là, il le comprenait maintenant, que tout avait basculé. Il avait voulu voir Laura à travers elle, mais ce n'était qu'une petite fille.

Un soudain flash de lucidité.

Il ne pouvait pas tuer une enfant.

Si seulement il avait compris ça plus tôt ! Tant d'efforts pour rien. Ça le rendait malade de penser au soulagement de Laura quand elle récupérerait sa fille. Lui qui avait espéré ne lui causer que du chagrin, il avait fini par lui donner de la joie. Son seul réconfort, c'était de penser à ce qu'il prévoyait maintenant de lui faire, à *elle*.

Callie se réveilla dans son lit, chez elle, avec Anna endormie entre les bras. Une lumière dorée filtrait entre les lattes des stores. Dehors, le soleil déclinait.

Sa fille respirait paisiblement. Callie se serra davantage contre elle, inspirant l'odeur moite et familière de sa peau. Les heures qu'elles avaient passées à l'hôpital semblaient déjà loin, comme s'il se fût agi d'une scène qu'elles auraient vue à la télévision, et non d'une chose qu'elles avaient vécue. Elle avait gardé Anna sur ses genoux pendant que les policiers lui parlaient. La petite avait répondu à leurs interminables questions sur un ton d'indifférence polie. Non, l'homme ne lui avait pas fait mal. Non, il ne l'avait pas touchée sous ses vêtements. Un examen médical avait permis de confirmer qu'elle n'avait pas subi d'agression sexuelle.

Quand Anna avait commencé à parler du collant noir, Callie avait à peine pu l'écouter. Elle lui avait caressé les cheveux, lentement, pour tenter de la rassurer. De *se* rassurer.

« Il n'arrêtait pas de répéter que ma mère s'appelait Laura, mais je ne pouvais pas lui répondre, disait Anna. Il avait mis quelque chose dans ma bouche. Je ne pouvais pas du tout parler. Il faisait comme si j'étais quelqu'un d'autre. Sauf qu'il connaissait mon nom. Il... il a dit qu'il était obligé de me tuer. À cause de quelque chose que cette Laura avait fait. Oh, oui, et puis il m'a dit qu'il était désolé. J'ai failli oublier ça. »

Elle se lovait contre Callie en se faisant toute petite entre ses bras, comme si elle avait voulu entrer en elle.

« Est-ce qu'il t'a dit précisément ce que ta mère avait fait ? avait demandé Lambert d'une voix douce.

— Pas ma mère, *Laura* !

— C'est ça, Laura. Est-ce qu'il t'a dit ce qu'elle avait fait ?

— Non... Je ne crois pas. Juste que c'était vraiment pas bien.

— De quoi d'autre est-ce qu'il a parlé ? Il a donné d'autres noms ?

— Il a parlé de quelqu'un qui s'appelle Steven. Il était vraiment furieux contre lui. »

Lambert regarda Anna avec attention.

« Il était furieux contre Laura, ou contre Steven ?

— Je ne suis pas très sûre. Peut-être contre les deux. Je ne me souviens pas exactement. J'avais vraiment peur. »

Callie sentit le petit corps d'Anna se mettre à trembler entre ses bras.

« Est-ce que tu te souviens d'autre chose ? demanda Lambert en se penchant davantage vers Anna. Je sais que c'est difficile, pour toi, de repenser à tout ça, mais il faut que tu nous aides à attraper cet homme. »

Anna secoua la tête.

« Non, murmura-t-elle. C'est tout. »

Les tremblements s'accentuaient. Callie n'en pouvait plus.

« Est-ce que ça ne suffit pas pour le moment ? Anna a besoin de se reposer. »

Elles furent ramenées chez elles dans une voiture de patrouille conduite par un jeune agent à la mise soignée. Comme ils quittaient la rue principale pour s'engager dans Linden Lane, il ralentit l'allure.

« Quand nous arriverons près de chez vous, baissez la tête. Et ignorez les médias.

– Les médias ? répéta Callie d'une voix faible.

– Oui. Vous allez comprendre. »

Ils approchèrent de la maison, et Callie les vit – un fourmillement de journalistes qui encombraient la rue. Armés de carnets et de micros, ils jouaient des coudes pour avoir la meilleure place. Devant la maison se déployait un mur compact de camionnettes de télévision et de caméras. Au-dessus de sa tête, Callie entendit le rugissement pulsé du rotor d'un hélicoptère de la télévision.

Un journaliste les aperçut et se mit à courir vers la voiture. En une seconde, ses collègues le talonnèrent et ce fut la cavalcade. Visages et caméras se pressèrent contre les vitres de la voiture. Des flashs explosèrent devant les yeux de Callie, tandis que les reporters hurlaient un déluge de questions :

« Comment va Anna ?

– Qu'est-ce que vous ressentez ?

– Qu'allez-vous faire maintenant ? »

Se cachant le visage d'une main, elle serra Anna contre elle.

« Garde la tête baissée, murmura-t-elle. Ne les regarde pas. »

La voiture avançait au pas. Et puis soudain, elle fut bloquée par la masse des journalistes et des curieux.

« Mon Dieu, grogna l'agent. Que quelqu'un vienne nous aider ! »

Deux policiers en uniforme ouvrirent de force un passage à travers la foule.

« Écartez-vous ! Dégagez la rue ! » criaient-ils.

Il leur fallut près de dix minutes pour parcourir les

cent derniers mètres. Des barrières de police blo-quaient le passage juste devant la maison. Deux autres agents les écartèrent.

Ils s'arrêtèrent devant le garage. Callie et Anna des-cendirent de voiture et, sous une tempête de flashs, se précipitèrent vers la porte. L'agent qui les avait conduites les accompagna.

« Ça va aller ? demanda-t-il quand ils se retrouvè-rent dans la maison.

– Oui. Merci pour tout. »

Il sourit et les quitta.

Dès qu'elle eut verrouillé la porte, Callie entraîna Anna vers l'escalier. Sa fille portait une tenue d'hôpi-tal – une chemise longue et un pantalon fermé par un cordon. Les vêtements qu'elle avait sur elle pendant la nuit étaient partis au labo de la police d'État.

« Est-ce que tu veux prendre un bain ? demanda Callie quand elles arrivèrent sur le palier.

– Pas maintenant, dit Anna en secouant la tête. Je veux dormir. Je peux aller dans ton lit, maman ? »

Le cœur de Callie se serra d'émotion.

« Bien sûr, murmura-t-elle en enfouissant son visage dans les cheveux de sa fille. Je vais venir m'al-longer avec toi. »

Anna enfila un pyjama et grimpa dans le grand lit de sa mère. Dehors, elles entendaient un vacarme retentissant de voix et de véhicules. Anna, recroquevil-lée sur elle-même, silencieuse, l'ignorait complète-ment. Sans se donner la peine de se déshabiller, Callie s'allongea près d'elle. Le monde s'était réduit à cette seule pièce ; plus rien d'autre n'existait.

Et puis... Callie n'avait pas prévu de s'endormir, mais c'était arrivé quand même. Le réveil de la table de nuit indiquait qu'il était maintenant plus de 18 heures.

Veillant à ne pas réveiller sa fille, elle quitta le lit, marcha sur la pointe des pieds jusqu'à la fenêtre et regarda à travers les stores. La foule s'était considérablement réduite, mais une poignée de journalistes lambinaient encore dans le soleil couchant. Elle laissa retomber la latte du store, descendit au rez-de-chaussée pour se faire du café.

Elle se sentait groggy, désorientée – sans doute à cause de cette longue sieste qui l'avait menée jusqu'à la fin de l'après-midi. En mettant du café dans le filtre, elle prit conscience qu'elle était terriblement seule. Elle avait besoin de parler à quelqu'un. Une personne de la vie normale, pas un de ces enquêteurs ou de ces flics en tout genre avec qui elle avait passé la nuit. Avant d'avoir pu se l'interdire, elle songea à Rick et éprouva un horrible sentiment de manque.

Martha. Elle allait appeler Martha.

En imaginant le visage chaleureux et patient de son amie, elle eut aussitôt le cœur plus léger.

Martha décrocha aussitôt, comme si elle avait attendu près du téléphone qu'elle l'appelle.

– Callie, dit-elle d'une voix émue, j'ai essayé de te joindre déjà dix fois. Dieu merci, Anna est saine et sauve. Et toi ? Comment tu vas, *toi* ? Comment as-tu fait pour tenir le coup ?

– Maintenant, ça va. Comment... comment as-tu su ?

À peine avait-elle prononcé cette question qu'elle se rendit compte de sa stupidité. Tous ces journalistes devant la maison. À l'heure qu'il était, bien sûr, l'histoire courait partout.

Martha parlait ; Callie avait manqué le début de sa réponse. Dans le flot, elle capta le nom de Posy – sans saisir de quoi il s'agissait.

– Je... S'il te plaît, Martha, ralentis un peu. Je ne comprends pas ce que tu me dis.

Son amie s'arrêta un instant, et ajouta seulement :

– Tu n'es pas au courant.

– Au courant de quoi ?

Un long, un très long silence.

– Oh, Seigneur, Callie, je suis désolée. Oublie que j'ai dit quoi que ce soit. Tu n'as pas besoin de penser à ça maintenant. Dis-moi comment va Anna. C'est ça qui compte.

Le cœur de Callie s'emballa.

– Je veux savoir ce qui s'est passé.

À l'autre bout du fil, Martha respirait lourdement.

– Je ne vois pas comment dire les choses autrement, répondit-elle enfin. Posy a été assassinée. Ils ont découvert son cadavre la nuit dernière, pendant qu'ils recherchaient Anna.

Un frisson parcourut Callie, comme un tremblement de terre intérieur. Elle repensa au remue-ménage qu'il y avait eu au petit matin, au coup de téléphone qui avait fait partir Lambert si précipitamment. C'était à ce moment-là que ça avait dû se passer. Qu'ils avaient retrouvé Posy.

– Qui l'a tuée ? demanda Callie. Quelqu'un a été arrêté ?

– Les flics ne disent rien. En tout cas, pas à la presse.

– Il doit s'agir de la même personne. C'est le même homme qui a kidnappé Anna.

– Pas nécessairement. Impossible de savoir pour le moment. Les deux affaires n'ont peut-être aucun rapport entre elles. Je parie que c'est la conclusion qu'ils vont annoncer.

– Tu veux rire, Martha ! Nous sommes à Merritt, pas à New York. Depuis sept ans que je vis ici, il n'y a jamais eu ni meurtre, ni enlèvement. Et maintenant, en moins de vingt-quatre heures, nous avons tout à coup les deux événements.

– Pas en vingt-quatre heures. Posy a été tuée bien plus tôt.

Martha parlait à nouveau si vite, que Callie comprit que quelque chose clochait. Quelque chose qui dépassait le terrible fait que Posy ait été assassinée.

– Que lui est-il arrivé ? demanda Callie.

Elle ne répondit pas.

– Martha ? insista-t-elle un ton plus haut. Dis-moi ce qui est arrivé à Posy.

– Je ne connais pas tous les détails de l'affaire, esquiva son amie. La police n'a pas dit grand-chose.

– Alors, dis-moi ce que tu sais.

Encore un silence.

– Je ne veux pas que ce soit moi qui t'en parle. Je suis désolée, Callie. Non.

Le café était prêt. Callie sortit une tasse du placard et y versa le liquide fumant. Mais sa main tremblait beaucoup. Du café se répandit sur le plan de travail.

– Je comprends. OK. Maintenant, je dois y aller.

La carte de Lambert était dans son sac à main. Elle la sortit, composa le numéro. Le téléphone sonna deux fois avant qu'il ne réponde.

– Madame Thayer, je suis content que vous m'appeliez. Nous nous apprêtions à vous rendre visite.

Malgré ses efforts, sa voix trahissait de l'inquiétude. Callie entendait plusieurs personnes derrière lui.

Elle alla droit au but :

– Parlez-moi de Posy Kisch.

Un bref silence, pendant que Lambert encaissait le coup.

– Vous avez dû voir ça à la télévision.

– Non, c'est une amie qui m'a mise au courant.

Elle... nous travaillions toutes les deux avec Posy. À Windham, au bureau des anciens élèves.

– Oui. Je sais. Il faut que nous parlions de ça.

Callie but une gorgée de café. Il était chaud, mais il lui paraissait n'avoir aucun goût.

– Pensez-vous que l'assassin de Posy et le ravisseur d'Anna soient une seule et même personne ?

– Nous n'en savons encore rien, dit Lambert. Nous essayons de tirer les choses au clair.

Callie prit une profonde inspiration, lentement, en essayant de se préparer au pire.

– Qu'est-il arrivé au juste ? Comment Posy a-t-elle été tuée ?

Une nouvelle pause, plus longue cette fois.

– Nous en parlerons bientôt. Pour le moment, il y a quelque chose de plus urgent. Nous devons voir Anna pour lui montrer des photographies.

Lambert ouvrit le dossier qu'il avait apporté avec lui et en sortit une liasse de photographies. Ils étaient assis tous les trois à la table de la cuisine, Anna sur les genoux de Callie.

– Anna, je vais te montrer quelques photos. J'ai besoin de ton aide. Je veux que tu me dises si tu reconnais l'homme qui t'a enlevée la nuit dernière.

Anna était encore en pyjama. Ses cheveux étaient hirsutes et tout emmêlés. Elle regardait Lambert avec des yeux brillants de sommeil. Elle n'était pas complètement réveillée.

Le lieutenant posa une photo devant elle. Elle se frotta les yeux et la contempla. L'homme avait le visage fin, une coupe en brosse châtain clair, un bouc taillé avec soin sur le menton.

Anna remua sur les genoux de Callie.

– Ce n'est pas lui.

Lambert écarta la photo et lui en présenta une autre. Cet homme-là avait un visage grassouillet et des yeux tristes, pathétiques. Ses cheveux étaient blond roux, sa barbe plus rousse encore.

– Non, dit Anna en fronçant les sourcils. Ce n'est pas lui non plus.

Lambert retira la photo. Comme il en posait une nouvelle devant elles, Callie sentit sa gorge se nouer. Cet autre homme avait l'air plus jeune, et il avait une barbe, mais les traits étaient les mêmes. Le nez fin et pointu. Des yeux de renard.

– Oh, mon Dieu, murmura-t-elle.

Lambert leva subitement la tête vers elle. Il lui jeta un regard de mise en garde.

Anna se tourna pour la dévisager.

– Qu'est-ce qui ne va pas, maman ?

Callie lui étreignit doucement l'épaule et poussa un petit rire.

– Rien du tout, ma chérie. Je me suis trompée. Ça va bien. Continue.

– Anna, fit Lambert d'une voix égale, as-tu déjà vu cet homme ?

– Non, je ne crois pas. Ce n'est pas l'homme qui m'a emmenée.

Il y avait huit photos en tout. Devant chacune, Anna avait secoué la tête. Enfin, Lambert lui sourit gentiment.

– OK. Je te remercie de ton aide. Maintenant, je dois parler une minute avec ta maman. Tu veux bien nous laisser seuls ?

Callie garda le sourire jusqu'à ce qu'Anna ait quitté la pièce. Puis elle prit la liasse de photos pour en tirer la troisième.

– Lui. Je l'ai vu dans le Maine. Sur l'île où Diane

a été tuée. J'étais là-bas pour voir les lieux. Il m'a suivie jusqu'à Carson's Cove – c'est l'endroit où Diane a été attaquée. J'ai cru que c'était un habitant de l'île. Il m'a dit qu'il se faisait du souci pour moi.

Lambert la considérait avec une expression lugubre.

– Quand ça, au juste ?

– Il y a environ deux semaines. Le 1er mai, je crois. Cet homme, qui est-ce ?

Lambert saisit la photographie.

– C'est Lester Crain.

Mardi 16 mai

— Je présume que vous avez lu les divers documents du dossier.

Mike Jamison s'adressait aux cinq hommes rassemblés autour de la table de conférence. Ils hochèrent tous la tête.

Jamison jeta un coup d'œil à Lambert, assis à sa gauche. Le lieutenant de Merritt avait constitué ce groupe de travail en collaboration avec Ed Farrell, l'inspecteur de la police d'État ; tous deux avaient demandé à Jamison de présider la réunion. Farrell, la quarantaine bien tassée, les yeux gris et pétillants, était assis un peu en retrait de la table. Il y avait aussi deux inspecteurs du Maine, Jack Pulaski et Stu Farkess, ainsi que Wayne Schute, de la criminelle du Sud Manhattan. Les uns comme les autres avaient exploré en vain toutes les pistes. Ils se retrouvaient donc dans cette salle d'une antenne de la police d'État située à l'extérieur de Merritt pour mettre leurs ressources en commun.

— Bien, reprit Jamison. Nous allons rapidement passer en revue les événements, et puis évoquer les liens possibles entre ces affaires. N'hésitez pas à intervenir, à n'importe quel moment.

Malgré les années passées, il avait gardé l'habitude

de donner cette précision, pour montrer clairement aux gars des différentes polices qu'il les respectait. Il avait toujours pris sur lui pour faire comprendre qu'il n'était pas le connard ordinaire du FBI. Une attitude qui lui valait d'excellentes relations dans la profession. Bien sûr, en cette occasion particulière, il n'avait aucun statut officiel. Même s'il l'avait voulu, il n'aurait pu donner aucune instruction à quiconque.

Jamison récapitula d'abord les faits marquants du meurtre de Diane Massey :

— D'après le rapport du médecin légiste, la mort a été provoquée à la fois par un coup brutal porté à la tête et par étranglement. La victime avait été dépouillée de ses vêtements et de ses bijoux. Un collant noir était enroulé, très serré, autour de sa gorge. Elle avait des hémorragies pétéchiales dans les yeux.

Il n'avait pas à donner d'explication supplémentaire. Tous ces hommes savaient que des caillots de sang gros comme des têtes d'épingle apparus dans les yeux étaient la preuve d'une asphyxie par strangulation.

— Il y avait aussi des incisions rectilignes à l'intérieur des bras de la victime, ajouta-t-il. Elles ont été faites après le décès.

— Ces incisions sur les bras... Gage faisait ça, lui aussi, non ?

La question venait de Schute, qui prenait des notes en écoutant Jamison. Il avait les sourcils broussailleux, un visage buriné et des yeux noirs perçants.

— C'est exact. Gage infligeait lui aussi cette mutilation après le décès de ses victimes, comme l'auteur inconnu de cette affaire.

L'auteur inconnu. Le jargon des profileurs.

— Une autre similitude frappante, continua Jamison, c'est la ligature. Le collant noir. Gage a été jugé et condamné pour le meurtre de Dahlia Schuyler. Dans cette affaire, la victime avait elle aussi été étranglée avec un collant noir.

Fut évoquée ensuite l'agression contre Melanie. De nouveau, Jamison rappela rapidement les faits :

— Dans votre dossier, vous avez une copie du portrait-robot de l'agresseur de Mme White. Vous remarquerez la ressemblance entre ce portrait et celui du ravisseur d'Anna Thayer.

— Côté enregistrement vidéo, ça donne quoi ? demanda Pulaski. L'immeuble est-il équipé de caméras ?

Schute eut un sourire ironique.

— Bien sûr, mais la seule caméra qui aurait pu être utile était hors service ce jour-là. Tous ceux qui s'imaginent qu'en payant le prix fort on est tranquille question sécurité n'ont jamais vécu à Manhattan. Six mille dollars par mois la location de l'appartement, et ils ne sont même pas foutus d'avoir des caméras en état de fonctionnement.

— Et le bruit ? demanda Pulaski. Les voisins n'ont rien entendu ?

— Impossible d'entendre quoi que ce soit à travers ces murs-là, dit Schute. Les locataires paient pour être au calme.

En passant au cas de Posy Kisch, Jamison sentit la tension augmenter autour de la table. Tous les hommes présents autour de la table avaient des enfants. Certains avaient des filles de l'âge de Posy, ou à peu près.

— La victime a été retrouvée près du fleuve Connecticut pendant qu'on recherchait Anna Thayer. L'absence de traces de sang sur le site montre que le meurtre a eu lieu ailleurs. Il y avait des marques de menottes sur ses poignets et ses chevilles. Elle a été agressée sexuellement et torturée avant la mort. En plus d'avoir eu la gorge tranchée, elle a été poignardée quatre-vingt-sept fois. Il semble aussi qu'elle ait été violée avec un couteau, à la fois dans le vagin et dans l'anus. Pas de sperme à l'intérieur de la victime, mais il y en a des traces sur son visage. L'analyse ADN est en cours. Les résultats vont nous être envoyés très bientôt.

» Kisch a été vue pour la dernière fois le samedi 6 mai, à un bal à Greenfield. Elle y était venue avec un autre étudiant qui a eu sa place sur notre liste de suspects. Nathan Lacoste – c'est son nom – est aussi une connaissance de Mme Thayer. Mme Thayer se trouvait également à ce bal, avec son compagnon, un policier de Merritt, et un autre couple.

— Est-ce que ça n'est pas un peu étrange, tout ça ? demanda Schute. Que tous ces gens se soient retrouvés au même bal ?

Farrell haussa les épaules.

— On n'est pas à New York. Les distractions sont limitées.

— Quoi qu'il en soit, enchaîna Jamison, Mme Thayer se souvient que, pendant une pause, Lacoste lui a demandé si elle avait vu la victime.

Encore quelques questions-réponses sur Posy Kisch, puis ils passèrent à Anna Thayer. Jamison relata en bref les circonstances de son enlèvement et de sa libération.

— À votre avis, pourquoi ne l'a-t-il pas tuée ? demanda aussitôt Schute.

— Mon hypothèse, répondit Jamison, c'est que cet auteur a peut-être lui aussi des enfants. Soit c'est le cas, soit il s'identifie fortement à eux pour une autre raison.

Jamison se renversa contre le dossier de sa chaise en regardant les hommes assis autour de lui.

— Si vous voulez bien, je vais aller droit au but. Je crois que nous recherchons deux tueurs. Le premier – appelons-le Auteur 1 – a tué Diane Massey. Il a aussi attaqué Melanie White et kidnappé Anna Thayer. Quelqu'un d'autre – Auteur 2 – a tué Posy Kisch.

— Ça, ça me pose un problème, objecta Schute. Comment savez-vous que ce n'est pas le même type ? Est-ce que ce n'est pas l'hypothèse la plus probable ?

— Je ne dis pas qu'il n'y a pas de lien entre les affaires. Simplement, je suis quasiment certain que nous cherchons deux assassins distincts. Avec Kisch, nous avons affaire à un sadique sexuel. Qui a perdu les pédales. Nous avons retrouvé son sperme sur le corps de Kisch. Le crime n'est pas propre. Auteur 1, lui, est très organisé. Il n'y aucune trace de sadisme, aucun signe de violence sexuelle. Même les entailles sur les bras de Massey ont été faites après la mort. Rien n'indique que l'auteur ait essayé de prolonger ses souffrances.

— Mais le corps était nu, observa Schute. Ce n'est pas sexuel, ça ?

— Dans le cas présent, je crois que non. Je pense que ses vêtements lui ont été retirés pour que le lieu du crime soit propre, pour réduire les risques qu'on retrouve des indices marquants. En tant qu'enquêteurs, nous sommes tous familiers de la théorie du transfert et de l'échange – la théorie selon laquelle un auteur laisse toujours quelque chose de lui-même sur le lieu du crime, et emporte quelque chose avec lui. Ici, nous n'avons rien trouvé. Ni fibres, ni cheveux, rien.

Schute se frottait le menton.

— Alors, un type a tué Posy Kisch et un autre a fait le reste ?

— C'est l'impression que j'ai, répondit Jamison.

Comme je l'ai dit, Auteur 2 est un sadique sexuel. Son crime ressemble à ceux de Lester Crain.

– Vous pensez vraiment que Lester Crain a tué cette fille ? répliqua Schute d'un air toujours sceptique. Mais pourquoi est-ce que tout à coup il resurgit du néant ? Et où était-il passé, depuis toutes ces années ?

– Je ne dis pas nécessairement que c'est Crain. Mais que les signatures correspondent. Si Crain commettait un meurtre, ça donnerait quelque chose comme ça.

– Pourtant, dit Lambert, Callie Thayer affirme avoir vu Crain sur l'île où Massey a été tuée. Le fait qu'elle l'ait trouvé là-bas, vous n'en faites rien ? S'il n'a pas tué Massey, qu'est-ce qu'il fabriquait sur cette île ?

Avant que Jamison ait pu répondre, Pulaski intervint :

– Nous ne sommes pas certains qu'elle l'ait réellement vu. Depuis le tout début de l'affaire, elle a émis l'hypothèse que Crain était l'assassin. Et quand elle a vu sa photo, d'emblée elle a établi le lien.

– Certes, répondit Lambert. Mais elle ne l'a pas identifié par son nom. Quand elle a vu la photo, elle a reconnu le visage, mais elle ne savait pas qui c'était. Elle ne se souvient pas avoir vu de photo de Crain avant celle que j'ai montrée à sa fille.

– C'est ce qu'elle *dit*, répliqua Pulaski. Et elle y croit probablement. Mais qui peut dire quels souvenirs sont enfermés dans sa mémoire ? Elle voit la photo que vous montrez à la gosse, et l'image déclenche quelque chose. Elle croit que c'est le type qu'elle a vu récemment, mais en fait ça peut remonter à beaucoup plus loin dans le temps. Ce genre de chose arrive, vous savez. C'est un des problèmes qui se posent avec les témoins oculaires.

Jamison intervint :

– Écoutez, les deux scénarios sont possibles, mais ni l'un ni l'autre ne modifient mon hypothèse fondamentale. Que Crain se soit ou non trouvé sur l'île, je ne pense pas qu'il ait tué Massey.

Autour de la table, les visages se firent dubitatifs, mais personne ne le contredit.

– Qu'en est-il du profil des victimes ? demanda Pulaski.

– Encore un lien de plus, dit Jamison. La plupart des victimes de Crain étaient des prostituées, avec un look assez particulier. Vêtements moulants, chevelure voyante, beaucoup de maquillage très épais. Kisch, bien sûr, n'était pas une prostituée, mais elle avait un style similaire.

– Et du côté du type qui était avec elle ce soir-là ? Qu'est-ce qu'on a sur lui ?

Jamison se tourna vers Lambert, qui dirigeait l'enquête sur Nathan Lacoste.

– Nous lui avons parlé plusieurs fois. Pour le moment, nous n'avons aucune preuve contre lui, même si nous ne l'avons pas totalement blanchi. Il a accepté de passer au détecteur de mensonges. Les résultats n'étaient pas concluants.

Farrell, silencieux depuis un moment, secoua la tête.

– Je suis de l'avis de Wayne. J'ai encore beaucoup de mal à croire que nous avons deux assassins différents. Je veux dire... je suppose que c'est possible, mais comment pouvez-vous être si sûr de vous ? Comment savez-vous que ce n'est pas un tueur qui a changé de mode opératoire ?

– Ce n'est pas une question de mode opératoire, dit Jamison. Quand nous parlons de mode opératoire, il s'agit simplement des aspects pratiques du crime, les outils et les gestes particuliers auxquels le tueur a recours. La signature, c'est autre chose. C'est la carte de visite du tueur, le truc en plus qu'il fait parce que c'est avec ça qu'il prend son pied. Le mode opératoire change en fonction des circonstances. La signature reste la même. Elle peut évoluer, elle peut se radicaliser, mais le noyau ne change pas. Chez Crain, la torture et les violences sexuelles étaient les éléments centraux de sa signature. Vous avez les deux dans le meurtre de Kisch, mais ni l'un ni l'autre dans celui de Diane Massey.

– OK, je vois ce que vous voulez dire, dit Farrell d'un air songeur. Bon, et Steven Gage ? Que me donne la comparaison de sa signature avec celle que nous avons ici ?

– Elle est différente, répondit Jamison. Gage ne prenait pas son pied en faisant souffrir. Ce qu'il voulait, c'était les corps. Il était même incapable d'avoir des relations sexuelles avec ses victimes tant qu'elles n'étaient pas mortes. Le fait de les tuer était presque accessoire – un simple moyen d'en prendre le contrôle. Même les incisions sur les bras des victimes étaient faites après le décès.

– Comme pour Massey ? fit remarquer Farrell.

– Pour ce détail, c'est la même chose, oui.

– OK, dit Schute en se carrant sur sa chaise. Parlons un peu du tueur de Massey. Celui que vous appelez Auteur 1. Qu'est-ce que nous savons à son sujet ?

– Comme je l'ai dit, il est extrêmement organisé. Il a des connaissances sur les enquêtes criminelles. Il a peut-être reçu une formation policière, ou même en médecine légale. S'il est marié, il a organisé sa vie familiale de façon à ne pas avoir à répondre de ses absences. Peut-être qu'il voyage beaucoup pour son travail et qu'il n'est pas souvent chez lui.

– Qu'est-ce qu'on a sur le petit ami de Callie Thayer ? demanda Schute en se tournant vers Lambert.

– Il a bonne réputation, répondit le lieutenant. Personnellement, je ne le connais pas bien. Bien entendu, nous avons vérifié son emploi du temps, en particulier pendant le week-end. Il avait menti sur l'endroit où il se trouvait, ce qui nous a évidemment inquiétés. Mais, sans entrer dans les détails, disons qu'il a des circonstances atténuantes. Il était à New York pendant la période qui nous intéresse. Et son alibi tient la route.

Pulaski s'était penché sur un document du dossier préparé par Jamison.

– Et en ce qui concerne les mots d'anniversaire ? Des pistes, de ce côté ?

Jamison secoua la tête.

– Melanie White a détruit le sien. Nous avons analysé les deux autres, mais sans en tirer grand-chose. Papier coûteux mais banal, acheté chez Staples. Trop courant pour nous être utile. La seule enveloppe que nous avons, c'est celle qui a été déposée devant chez Mme Thayer. C'est une enveloppe commerciale numéro dix, blanche, elle aussi de chez Staples, elle aussi très courante. Pas de traces de salive sur le rabat.

Le téléphone sonna sur une table dans un coin de la salle. Farrell se leva d'un bond pour répondre. Il écouta quelques instants son interlocuteur, avant de dire d'un ton brusque :

– Merci.

Puis il raccrocha et se tourna pour les regarder d'un air stupéfait.

– L'ADN du meurtrier de Kisch a été analysé. Il correspond à celui de Lester Crain.

– Callie, je sais que tu es là. S'il te plaît, décroche. Si seulement tu voulais...

Elle saisit brusquement le téléphone.

– OK. Je suis là. Maintenant, veux-tu bien arrêter de m'appeler ?

Un long silence à l'autre bout du fil, entrecoupé par la respiration de Rick.

– Nous devons nous parler, reprit-il enfin.

– Parfait. Là, tout de suite, nous parlons. Tu es content ?

– Je veux dire face à face. Il faut que je te voie, pour t'expliquer.

– Tu m'as menti. Je n'ai pas besoin d'explication supplémentaire.

Il y eut un bip dans l'écouteur – un appel en attente. Elle laissa la boîte vocale prendre le relais. Si la tempête médiatique s'était calmée, de nombreux journalistes continuaient encore de l'assiéger.

– Je pense que ça ne suffit pas, dit Rick. Tu ne sais pas tout. Et je crois que tu es en colère parce que tu avais besoin de moi et que je n'étais pas là pour toi.

Callie resta silencieuse. Par la fenêtre de la cuisine, elle voyait un ciel gris et menaçant. Il allait bientôt pleuvoir.

– Je me trompe ? insista-t-il.

– Écoute... Je te demande de nous laisser tranquilles. Pour Anna et moi, c'est déjà assez dur comme ça. Le kidnappeur est encore en liberté. C'est vraiment... c'est vraiment trop.

Encore un bip dans l'écouteur. Les journalistes n'avaient-ils donc pas de vie privée ? Pas d'autres centres d'intérêt ? Le monde était vaste pourtant ! Il y avait des milliers d'histoires à raconter.

– Je ne veux pas te compliquer la vie. Je veux t'aider, affirma Rick.

Le ton de sa voix et son insistance la firent hésiter. Soudain, le visage de Rick lui apparut, ses traits réguliers et familiers. Elle aurait voulu tendre la main et le toucher, mais, bien sûr, il n'était pas là.

Elle resta pétrifiée de longues secondes, ne sachant trop quoi faire. D'une façon ou d'une autre, elle le sentait, elle raccrocherait en ayant l'impression d'avoir pris la mauvaise décision.

– OK, dit-elle, si tu veux, tu peux passer me voir ce soir, quand Anna sera couchée. Mais pas plus d'une heure. Je suis complètement vannée.

– Je viendrai vers neuf heures. Est-ce que ça te va ?

– Disons plutôt dix heures.

Elle raccrocha, mal à l'aise, hésitant encore. Elle avait presque envie de le rappeler immédiatement pour lui dire qu'elle avait changé d'avis. Ce qu'elle ferait, songea-t-elle, si elle était encore dans cet état d'esprit plus tard dans la journée.

Se souvenant des bips des appels en attente, elle composa le numéro de sa boîte vocale. La plupart du temps, quand elle ne répondait pas, les journalistes raccrochaient. Réalistes, ils savaient très bien qu'elle ne les rappellerait jamais. De temps en temps, cependant, ils laissaient des messages vibrant de sincérité et d'émotion, pour lui dire qu'*ils comprenaient*, qu'ils voulaient raconter son histoire *comme* elle *le souhaitait*.

Le premier message était celui d'une reporter de la *Merritt Gazette*. Elle avait l'air hésitante – et très jeune. Pas très sûre de ce qu'elle devait dire. « Madame Thayer, nous avons des informations... à propos desquelles nous aimerions avoir votre point de vue. Elles concernent... votre passé. Des choses qui sont arrivées dans le Tennessee. » Elle laissait un nom et un numéro de téléphone, que Callie ignora.

Elle resta assise, le regard dans le vague, en se demandant ce que les médias savaient exactement.

Le message suivant venait d'un journaliste du *Boston Globe*, qui s'appelait Charlie Hammond. Cette fois, pas d'équivoque, pas la moindre place pour le doute : « J'appelle pour connaître votre réaction à la rumeur selon laquelle vous seriez Laura Seton. »

Après la réunion du groupe de travail, Mike Jamison se rendit à l'Orchard Inn, un petit hôtel que Lambert lui avait recommandé, près de l'université de Windham. Sa chambre était meublée d'un lit à baldaquin et de rideaux blancs. Il eut la satisfaction d'y trouver également un petit bureau en bois vernis avec une lampe de travail. Il prévoyait de louer une voiture le lendemain pour se rendre à New York. Schute lui avait proposé de l'y emmener le soir même, mais il avait envie de passer un peu de temps seul.

Quand il eut rangé son costume dans la penderie, il ouvrit la sacoche en nylon noir de son ordinateur portable, posa le mince appareil sur le bureau, le brancha et l'alluma. Il s'était mis à pleuvoir – une pluie fine qui tombait à un rythme soutenu. Jamison avait ouvert une fenêtre ; les rideaux battaient sous les rafales de vent frais qui pénétraient dans la chambre.

En attendant qu'apparaisse le bureau de l'ordinateur, il repensa à la journée qui venait de s'écouler. L'analyse ADN prouvait que Crain avait tué la jeune Kisch. Cette découverte l'avait stupéfié, comme tous ceux qui se trouvaient dans la salle avec lui. Jusqu'à ce jour, s'il avait dû parier sur Crain, il aurait plutôt pensé qu'il était mort depuis longtemps. Un tueur de ce genre ne s'arrêtait pas de commettre des crimes, cela allait sans dire. Or Jamison ne connaissait pas un seul crime inexpliqué qui portât la signature de Crain. Steven Gage avait été maître dans l'art de cacher les cadavres de ses victimes. Se pouvait-il qu'il ait transmis ce savoir à Crain dans le couloir de la mort du Tennessee ?

Quelle que fût l'explication, cette fois quelque chose était allé de travers. Ses efforts pour dissimuler le corps de Kisch étaient, au mieux, superficiels. Même si les flics n'avaient pas cherché Anna Thayer cette nuit-là, l'étudiante aurait été découverte tôt ou tard. Et puis restait la question – irrésolue – du lien entre les différentes affaires. S'il y avait, comme il le croyait, deux auteurs inconnus, quel rapport avaient-ils entre eux ? Si Lester Crain n'avait pas tué Diane, pourquoi s'était-il trouvé sur l'île de Blue Peek ?

Les questions tournoyaient dans son esprit. Il établit divers scénarios. Il ressentait, quelque part au plus profond de lui-même, ce frémissement familier qui précède une intuition – un instant de clairvoyance. Il était désormais établi que Lester Crain était obsédé par Gage. Et si Crain s'était rendu sur l'île après avoir entendu parler de Massey ? Peut-être avait-il lu quelque chose à propos du meurtre de Diane. Et du collant noir. Intrigué par le rapport évident entre Gage et ces éléments, il avait été attiré par le lieu du crime. Puis, quand il s'était retrouvé là-bas, quelque chose avait craqué en lui. Le meurtre de Diane pouvait tout à fait avoir été le déclic qui l'avait fait basculer. Le contrôle qu'il avait jusqu'à ce moment-là réussi à exercer sur ses pulsions meurtrières s'était alors volatilisé. Ensuite... du Maine il s'était rendu à Merritt, où il avait torturé et tué Posy Kisch.

Il décida de prendre note de ses réflexions sur l'ordinateur. Quand il se relisait, ensuite, de nouvelles idées lui venaient parfois. Mais, avant ça, il devait consulter la boîte vocale de son bureau. Il avait fait place nette dans son emploi du temps, mais on n'était jamais à l'abri d'un appel imprévu.

Deux messages. Mince.

Soulagement quand il entendit la voix chaleureuse de son copain de poker Joe Carnowski. Lui et quelques autres envisageaient de descendre à Atlantic City ; est-ce qu'il désirait se joindre à eux ?

Un bip, puis une autre voix : Callie Thayer.

Elle parlait si doucement qu'il l'entendait à peine. Mais il devina qu'elle était bouleversée. Elle lui demandait de la contacter le plus vite possible en lui donnant deux fois son numéro.

Le téléphone sonna chez elle quatre fois, avant que le répondeur ne se déclenche. Il laissa son nom et son numéro. Avant même qu'il se soit rassis devant l'ordinateur, elle rappelait :

– Je m'excuse, dit-elle d'une voix presque inaudible. Je suis obligée de filtrer, à cause des journalistes.

– Est-ce que vous pouvez parler un petit peu plus fort ?

– OK, fit-elle un ton plus haut. Mais je ne veux pas que ma fille m'entende.

Un silence, avant qu'elle ajoute :

– Je pense que maintenant vous savez qui je suis.

– Oui. Je sais.

– Je suis désolée de ne pas vous l'avoir dit dès le début. Je... je n'étais pas prête. Mais maintenant, eh bien... la presse a découvert la vérité. C'est pour ça que je vous appelle. Les journalistes n'arrêtent pas de téléphoner chez moi. Je ne sais pas quoi faire. J'ai essayé de joindre Lambert, mais il est introuvable, alors... j'ai pensé à vous. C'est juste que... Tout est tellement compliqué ! J'ai besoin de conseils.

416

– Ne parlez pas aux médias. Ça ne vous apportera rien de bon. Pour le moment, vous ne savez même pas s'ils en savent assez pour écrire quoi que ce soit. Si vous gardez profil bas, ça pourra peut-être les dissuader.

– Les dissuader, répéta-t-elle, sceptique.

La pluie tombait plus fort, à présent. Par la fenêtre, Jamison distinguait à peine les contours des collines avoisinantes.

– Tout le monde va découvrir la vérité, reprit-elle. Tout le monde va savoir !

Elle semblait malheureuse, désespérée. Jamison chercha ses mots. Quelque chose pour la convaincre qu'elle s'en sortirait, que tout ça, ce n'était pas la fin du monde.

– Vous vous inquiétez peut-être trop, dit-il d'un ton apaisant. Je sais qu'au début ce sera très difficile, mais cela pourrait aussi vous apporter un grand soulagement. Ça n'a pas dû être facile, pour vous, de garder un tel secret.

– Ce n'était pas si dur que ça, répondit-elle d'une voix sinistre.

– Vous disposez peut-être encore d'un jour ou deux. Et au moins, vous êtes prévenue.

– Vous ne pensez pas qu'ils vont sortir ça demain dans la presse ?

– Ça dépend s'ils ont vérifié ou non leurs informations.

– Mais si je ne les rappelle pas, est-ce que ça ne confirme pas leurs soupçons ?

– Si vous rappelez, que direz-vous ? objecta-t-il. Maintenant, vous ne pouvez pas mentir. Ça ne ferait qu'aggraver la situation.

Dès qu'il eut terminé avec Callie, il appela Lambert. Il essaya sa ligne directe, puis son biper. Comme il n'obtenait aucune réponse, il laissa un message au poste de police.

– Dites-lui de me rappeler le plus vite possible, ordonna-t-il, agacé.

C'était insensé que Lambert soit injoignable ! À un moment pareil, en tant que chef des enquêteurs, il aurait dû être sur le pont vingt-quatre heures sur vingt-quatre et sept jours sur sept. Les petites villes étaient différentes des grandes agglomérations, mais bon, pas si différentes que ça. Il s'agissait là d'une enquête majeure pour la juridiction de Lambert.

Il était près de 19 heures. Jamison décida de sortir manger un morceau.

Dehors, l'atmosphère était humide et agréablement parfumée, presque tropicale. Son parapluie à la main, il marcha jusqu'au centre-ville. La pluie tombait dru, et de biais : bientôt son pantalon fut trempé. Il se réfugia dans un restaurant mexicain signalé par une immense enseigne rouge. Il commanda au comptoir des tacos au poisson cajuns, puis s'assit à une table pour patienter.

À côté de lui, une jeune mère anxieuse se disputait avec son bambin.

– Tu aimais ça l'autre jour, disait-elle, tandis que l'enfant, le menton en avant, la défiait du regard.

– Cent neuf ! cria la caissière.

Jamison consulta son ticket, c'était lui.

Il mangea rapidement, à la fois parce qu'il avait faim et parce qu'il voulait vite retourner à l'hôtel. La mère et son gosse lui rappelaient Callie ; le cauchemar qu'elle avait enduré. Il ne savait pas précisément où elle habitait. Ça ne devait pas être très loin d'ici. S'il était resté plus longtemps en ville, il aurait cherché à la rencontrer, mais là, c'était impossible. N'empêche, il aurait bien aimé revoir la femme qu'il avait autrefois observée à la barre des témoins. L'ancienne Laura Seton. La compagne de Steven Gage.

C'était Callie qui, la première, avait suggéré que Crain pût être mêlé à l'affaire. Elle ignorait, encore maintenant, à quel point elle avait eu horriblement raison. À la fin de la réunion, ils avaient pris la décision de ne pas révéler au public que l'analyse ADN avait désigné Crain comme coupable. Ils ne voulaient surtout pas qu'il sache qu'ils avaient cette preuve. S'il l'apprenait, il n'en faudrait pas davantage pour qu'il quitte l'État – si ce n'était déjà fait. Les flics s'inquiétaient aussi pour la sécurité de la population en général quand la vérité serait dévoilée. Pour le moment, tous les membres du groupe de travail étaient d'accord : garder le secret était fondamental.

Il semblait évident que Crain était l'Auteur 2.

Mais qui était l'Auteur 1 ?

Il termina son repas, porta le plateau jusqu'à la poubelle et rentra à l'hôtel. Ses pensées le ramenèrent à ce que Callie Thayer avait dit à propos de la famille de Gage au cours de la conversation qu'elle avait eue avec Pulaski dans le Maine. Il n'avait jamais personnellement rencontré la mère ou les frères de Steven, mais il les avait vus de nombreuses fois. La mère était une femme obèse et nerveuse. Les deux fils, des gars immenses dont il avait oublié les noms. Le prénom de la mère, c'était Brenda. Elle portait le nom de son second mari. Ça commençait par un *H*, se souvenait-il.

Holiday. Halliburton. Hallowell...

Non. Aucun de ces noms ne sonnait juste.

Dans sa chambre, le voyant des messages du téléphone était éteint. Lambert n'avait toujours pas rappelé.

Jamison mettait sa veste sur un cintre quand le nom lui revint enfin : *Hollworthy*. Brenda Hollworthy.

C'était ça le nom qu'elle utilisait. Certes, elle avait peut-être déménagé, ou bien elle s'était remariée... Mais ça valait le coup d'essayer.

Pas de Brenda Hollworthy à Nashville, lui répondit-on aux renseignements, mais il y avait un *B.W.* Il nota le numéro, raccrocha et reprit le combiné en main.

« Le Seigneur Jésus-Christ reviendra parmi nous. L'accueillez-vous comme votre Sauveur ? »

Une voix de femme sur le répondeur – un accent du Sud sur une voix rauque. Trop de cigarettes et de cocktails avant que Dieu n'entre en scène.

« Je ne peux pas vous parler pour le moment, disait-elle encore. Mais laissez-moi un message et je vous rappellerai. »

Il ne se souvenait pas avoir jamais entendu Brenda parler ; il était incapable de reconnaître cette voix. Il n'aurait jamais imaginé cette femme impliquée ainsi dans la religion, mais bien sûr, c'était *avant*. Avant que son enfant ne soit condamné pour meurtre. Avant qu'il ne soit exécuté. Peut-être qu'elle aussi, comme tant d'autres, avait trouvé une consolation dans la foi.

Il raccrocha sans laisser de message. Il réessaierait plus tard.

Il y avait un autre appel qu'il voulait passer avant qu'il ne soit trop tard. Le lendemain il se rendait à New York pour rendre visite à Melanie. Elle était sortie de l'hôpital, mais elle dormait encore beaucoup. Il voulait la joindre avant qu'elle ne se couche.

Il prit son téléphone portable et appuya sur la touche d'appel rapide réservée à Melanie.

– Allô ? répondit-elle d'un ton hésitant – et peut-être un peu apeuré.

– Melanie, Mike à l'appareil. Comment ça va, aujourd'hui ?

– Plutôt bien, dit-elle d'une voix plus détendue. Je

veux dire, ça va mieux... je crois. C'est lent. La convalescence, vous comprenez.

– Oui... je crois que je peux être en ville chez vous demain matin, vers 10 heures.

– C'est... est-ce qu'on pourrait se voir un petit peu plus tard ? J'ai des choses à faire.

– OK. Sans problème. Quelle heure vous convient ?

– 11 heures ?

– Parfait. C'est entendu.

– Mike, je suis désolée de vous abandonner comme ça, mais... j'ai du monde qui arrive. Le portier vient juste de me prévenir.

– OK. Je vous laisse. On se reparle demain matin.

Il raccrocha avec l'impression désagréable que quelque chose clochait. Même si les médecins tenaient des propos rassurants, elle ne paraissait pas tout à fait elle-même. Et cette visite dont elle avait parlé – ça aussi, ça le tracassait. Tout à coup, il prit peur. *Et si c'était quelqu'un qu'elle connaissait ? Oui, peut-être qu'elle connaissait le tueur.* Quand il l'avait interrogée, elle semblait certaine de ne l'avoir jamais vu. Mais... et si elle s'était trompée ? Et si, dans la confusion du moment, elle avait mal vu son agresseur ?

Il ne put s'en empêcher : moins de cinq minutes après avoir raccroché, il la rappela.

– Désolé de vous déranger, mais je ne retrouve pas votre adresse, mentit-il.

– Sans problème, dit Melanie, et elle lui donna son adresse complète.

– Vous... vous allez bien, alors ? demanda-t-il encore.

– Oui. Ça va bien.

La question semblait l'étonner. Après tout, ils venaient juste de se parler. Pourquoi n'irait-elle pas bien ?

Jamison raccrocha. Il se sentait un peu ridicule. Néanmoins, Melanie lui occupait l'esprit comme une mélodie impossible à oublier. Il s'était senti étrangement proche d'elle pendant les heures qu'il avait passées à son chevet à l'hôpital. Comme si, avec elle, il était à sa place – un sentiment qu'il avait presque oublié. Il l'éprouvait pourtant souvent, autrefois, au FBI, quand il travaillait à l'étude du profil de Steven Gage, juste avant son exécution. Il se demanda si son attachement à Melanie ne venait pas de là, si elle n'était pas une sorte de talisman qui lui ramenait son passé.

Dehors, il tombait des cordes. Il entendait la pluie, mais ne la voyait pas. Il faisait encore jour quand il était sorti dîner. Maintenant, le ciel était noir. Il allait essayer de joindre Brenda Hollworthy encore une fois, puis il prendrait une douche.

– Allô ?

La même voix rauque que tout à l'heure, mais pas sur un message enregistré.

– Madame Hollworthy ?

– Qui est-ce ?

– Je m'appelle Mike Jamison. Nous nous sommes rencontrés... il y a longtemps.

– Comment vous dites que vous vous appelez ?

– Mike. Mike Jamison. Nous nous sommes vus... dans le Tennessee.

– Ah... le garçon du FBI ?

– Je... Plus maintenant.

Jamison sentait son cœur s'accélérer ; l'adrénaline fusait à travers son corps. Le passé déferlait sur lui comme une vague irrésistible. Il était au téléphone avec *la mère de Steven Gage*.

Avant qu'elle ait pu lui raccrocher au nez, il s'empressa de combler le silence :

– Ça remonte à loin.

– Et comment ! répondit-elle d'une voix égale.

Il s'attendait presque à ce qu'elle le plante là. Mais elle resta au téléphone, patiente.

– J'espérais que vous accepteriez de répondre à quelques questions au sujet d'une femme, Diane Massey. Vous vous souvenez sans doute du livre qu'elle a écrit...

Brenda Hollworthy l'interrompit :

– Voyez-vous, le Seigneur dit que nous devons pardonner, et Dieu sait si j'essaie ! Chaque soir, je prie pour avoir la force de pardonner. Mais certaines choses sont tout simplement trop difficiles. Vous avez des enfants, monsieur Jamison ?

Un silence.

– Oui. J'ai des enfants.

– Combien ?

– Deux.

– Garçon ? fille ?

– Un de chaque.

– Autrefois, j'avais trois fils. Maintenant, j'en ai deux. C'est une chose qu'on ne surmonte jamais. Vous auriez dû faire quelque chose, monsieur Jamison. Vous auriez dû faire quelque chose pour le sauver. Le Seigneur n'a pas créé les hommes pour qu'ils s'entre-tuent. On ne répare pas une injustice par une autre injustice.

Sa voix ne trahissait aucune émotion, comme si elle récitait un discours. Comme si elle avait passé toutes ces années à se préparer à cet appel.

– Je ne peux pas imaginer ce que vous avez enduré, admit-il.

Ça, au moins, c'était indéniable.

– C'est pour ça que vous téléphonez aujourd'hui, hein ? C'est à cause de cette femme, la Massey ! Vous pensez que moi ou mes garçons nous sommes mêlés à cette histoire ? Eh ben, je ne peux pas dire que je suis désolée de la savoir partie, Dieu me pardonne. Mais vous cherchez dans la mauvaise direction, si vous pensez à nous de cette façon. Je suis une bonne chrétienne, et mes fils sont de bons garçons. Ils ont chacun une famille, aujourd'hui.

– S'il vous plaît, madame Hollworthy, laissez-moi vous expliquer. Ce n'est pas ça du tout.

– Vous pensez que c'est quelqu'un d'autre qui l'a tuée ?

– Absolument.

La vérité, bien sûr, c'était qu'il n'en savait rien. Mais que pouvait-il répondre d'autre ?

– Je voulais juste vous poser quelques questions sur certaines personnes que Steven connaissait. Je voulais avoir vos impressions à leur sujet. Ça ne nous prendra pas longtemps.

– De qui vous voulez parler ?

Il la sentait encore sur ses gardes, quoique de moins en moins hostile.

– Vous souvenez-vous d'une femme qui s'appelait Melanie White ?

– Sûr ! C'était un des avocats de Stevie.

– Est-ce qu'il vous a jamais parlé d'elle ?

– Il en parlait, oui... Un peu. Il l'aimait bien. Il pensait qu'elle était drôlement futée.

– Avez-vous jamais eu l'impression qu'il était en colère contre elle ? Contrarié qu'elle ne puisse pas en faire davantage pour lui ?

– Eh ben... Sûr, oui, il était contrarié. Je veux dire, il était dans le couloir de la mort. Il savait qu'on voulait le tuer. Il était très, très contrarié, monsieur Jamison ! À sa place, je parie que vous le seriez aussi.

– Mais est-ce qu'il parlait de Mme White en parti-

culier ? Est-ce qu'il était en colère contre elle, spécifi-
quement ?

— Non, je ne pense pas. Elle a fait tout son possible.
Je veux dire, c'est ce qu'il répétait le plus souvent.

— Et Laura Seton ?

Un halètement bruyant à l'autre bout du fil.

— Cette petite salope. Ne parlons pas d'elle !

Pour la première fois, Brenda s'emportait. Il avait
touché un point sensible.

Son instinct lui commanda de garder le silence, de
la laisser reprendre elle-même la conversation.

— Je suis désolée, Dieu me pardonne, dit-elle au
bout d'un moment, mais elle ne mérite rien d'autre,
cette sale petite pute de menteuse. Si elle l'avait aimé
comme elle le prétendait, elle n'aurait pas raconté
toutes ces salades. Elle, je voudrais bien qu'elle soit
morte, à l'heure qu'il est ! Dieu me pardonne, mais ça,
ça me plairait bien. Si je savais seulement où la trouver, je pourrais même la tuer de mes propres mains.

— Si quelqu'un témoignait comme ça contre un de
mes gosses, je suis sûr que j'aurais les mêmes sentiments que vous.

— Je n'ai jamais compris pourquoi Stevie ne la
détestait pas. Mais il se mettait toujours en rogne
quand je disais du mal d'elle. Il avait le cœur tendre,
mon Stevie. Au fond, c'était un gentil garçon. « Elle
est désorientée, maman. » Voilà ce qu'il disait. Il ne
se mettait jamais en colère contre elle !

Désorientée ? *Tu parles*, songea Jamison. Il se souvenait de Laura à la barre, les doigts entortillés. Elle
parlait d'une voix si fluette qu'on l'entendait à peine.
Terrifiée, pas désorientée.

— Et Diane Massey ? Est-ce que Steven vous a parlé
d'elle ?

Un halètement pesant qui se transforma en un long

soupir rauque. Les poumons de Brenda n'étaient pas en grande forme.

– Vous savez, je l'ai souvent mis en garde contre cette fille. Je lui disais de ne pas lui causer. Tout ce qu'elle voulait, c'était l'argent.

– Qu'est-ce qu'il a pensé du livre ? Est-ce que vous savez s'il l'a lu ?

– Oh oui ! Et comment qu'il l'a lu ! Au moins cinq ou six fois.

– Est-ce que ce livre l'a mis en colère ?

– En colère ? Non, je ne me souviens pas de ça. Je l'ai regardé, ce bouquin, moi, une fois. Il m'a donné envie de vomir. Mais Stevie... Il s'est fait envoyer un exemplaire dédicacé, par la Massey elle-même. Je lui disais : « Stevie, tu vois pas ce qu'ils te font ? Tu vois pas qu'ils profitent de toi, tous ces gens ? » Mais lui, il haussait les épaules, comme s'il s'en fichait. Je me souviens qu'un jour il a dit : « Maman, elle ne fait que son boulot. – Son *boulot* ? que j'ai répondu. OK, très bien, mais pourquoi est-ce que tu l'as aidée ? »

On frappait à la porte de la chambre. Sans doute une erreur. Jamison essaya d'ignorer ce bruit, mais il continua, de plus en plus insistant.

– Excusez-moi, madame Hollworthy, dit-il, et il se précipita à la porte.

À travers l'œilleton, il reconnut la standardiste aux jolies boucles brunes.

– Je suis au téléphone, dit-il à travers le battant. Je peux vous rappeler quand j'ai fini ?

Elle regarda la porte avec concentration, comme si elle essayait de croiser son regard.

– Désolée de vous déranger, monsieur Jamison, mais j'ai un message urgent pour vous. Le lieutenant Lambert voudrait que vous le rappeliez immédiatement.

Sous le halo jaune de l'applique de la véranda, Rick semblait nerveux. L'averse s'était calmée, mais il tombait encore une pluie fine et insistante. Vêtu d'un pantalon et d'une veste en jean, un parapluie à la main, il se balançait d'un pied sur l'autre en la dévisageant. Pendant quelques instants, elle se radoucit à son égard – il avait l'air si vulnérable. Mais c'était une mauvaise réaction, due à une funeste habitude. Elle refusa d'y céder.

Elle prit une profonde inspiration et ouvrit la porte.

– Callie, murmura-t-il.

Elle sentit qu'il se retenait de tendre les bras vers elle pour l'enlacer. Vivement, elle se dirigea vers le salon. Il la suivit.

Elle lui fit signe de s'asseoir sur le canapé. Elle prit place sur une chaise, à quelques mètres de distance. Ils se dévisagèrent. Le gouffre entre eux semblait immense.

Rick s'avança tout au bord du siège en se penchant légèrement en avant. Comme s'il essayait, par cette posture, de se rapprocher un peu d'elle.

– Je te dois une explication, dit-il.

– Ça n'a pas vraiment d'importance.

Une expression peinée passa sur le visage de Rick.

– Ça en a pour moi.

Il n'était qu'à trois mètres d'elle, mais il lui semblait se trouver dans un autre univers. Elle se demanda confusément pourquoi elle s'en fichait, pourquoi elle n'était pas plus curieuse.

Un bourdonnement incessant résonnait dans un coin de sa tête : *ils savent, ils savent, ils savent.* Bientôt, son passé allait être imprimé dans les journaux. Ce n'était qu'une question de temps.

– Callie ? Est-ce que tu m'écoutes ?

– Oui. Sûr.

Rick soupira, fit craquer ses doigts et regarda ses mains. Il semblait ne pas savoir par où commencer. Peut-être attendait-il de l'aide de sa part ? Comme les secondes passaient sans qu'elle dise un mot, il se mit enfin à parler :

– Quand j'étais gamin, j'avais un copain qui s'appelait Billy O'Malley. On était en classe ensemble, on faisait du sport ensemble, en terminale on sortait les filles ensemble... Et aussi au bal de fin d'année. Mon père était professeur d'anglais. Celui de Billy était flic. Tu imagines, quand tu es gosse, lequel des deux te paraît le plus cool. Les O'Malley avaient une grande maison, assez bordélique et pleine de vie. Cinq enfants, deux ou trois chiens. J'étais toujours fourré là-bas. Je ne connaissais pas de meilleur endroit où passer mon temps.

Callie avait l'impression de se statufier sur sa chaise. Cette histoire sur l'enfance de Rick n'avait aucun rapport avec elle. Vaguement, elle se demanda ce qu'il avait en tête, pourquoi il lui racontait tout ça. Mais, pour lui poser cette question, il aurait fallu qu'elle parle. C'était trop d'efforts à fournir.

– Quand j'avais douze ans, j'ai annoncé à mon père que je voulais entrer dans la police. Billy et moi, nous avions tout organisé. Nous voulions travailler en équipe. Mon père a essayé de me dissuader, il disait que je pouvais faire mieux que ça. Le fait qu'il s'oppose à moi n'a servi qu'à renforcer ma détermination.

Jusqu'alors, il avait parlé les yeux baissés. Soudain, il regarda Callie. Elle avait une expression impénétrable – le visage aussi lisse que du marbre. Il fixa de nouveau ses mains.

– J'ai fait mes études dans le nord de l'État de New York. Billy et moi, nous partagions la même chambre. Nous avons passé ensemble l'examen d'entrée dans la police de New York. « Engagé à vingt ans, retraité à quarante », c'était le refrain du père de Billy. La fac nous a un peu retardés, mais seulement de deux ans.

» Après, ça s'est passé à peu près exactement comme nous l'avions prévu. Nous faisions équipe. Et nous bossions de nuit. Des tas de gars ne voulaient pas être de service après minuit, mais nous, ça nous plaisait, à tous les deux. Il y avait moins de surveillance à faire, et on gagnait un petit peu plus. Le seul truc, c'était que Billy s'était marié, et sa femme n'aimait pas ses horaires de boulot. Il lui promettait sans arrêt qu'il allait changer... Mais il ne le faisait pas.

» Dès le début, j'ai adoré être flic. Chaque jour était différent. J'aimais être dans la rue, et protéger les gens. Ça fait un peu cul-cul, je sais bien, mais c'est vraiment ce que je ressentais. Et puis...

Le visage de Rick s'assombrit. Il prit une profonde inspiration, avant de poursuivre :

– Quand tu es flic, tu sais certaines choses, tu as des règles qui deviennent comme une seconde nature. Ne jamais tenir sa radio de la même main que le pistolet. Viser le centre de la cible. Et puis une autre règle, que je n'avais jamais oubliée jusqu'à... jusqu'à un certain soir. Dans une situation de violence domestique, il faut sortir de la cuisine.

La pièce la plus dangereuse de la maison. Callie avait des frissons, tout à coup, et la bouche sèche. Elle aurait voulu lui dire qu'elle en avait entendu assez, mais il continua :

– C'était le 20 novembre, un mardi. Juste avant Thanksgiving. Carla était enceinte de quatre ou cinq mois, et Billy était fou de joie. Nous avons reçu un appel radio vers 2 heures du matin. Engueulade chez des particuliers dans la 110e Rue. Quand nous sommes arrivés à l'appartement, tout était calme. Nous n'entendions pas un bruit. Un type nous ouvre la porte. Un Blanc, en pantalon et en t-shirt. Il a l'air étonné de nous voir. « Vous devez vous tromper d'appartement », qu'il dit. Quand nous demandons si nous pouvons quand même entrer, il répond : « Bien sûr, pas de problème. »

» C'était un de ces appartements new-yorkais aménagés dans de vastes espaces industriels. Quand tu entres, tu te retrouves d'emblée dans la cuisine. Mais, pour une raison quelconque, je ne pense pas à ça. Billy non plus, je suppose. Peut-être parce que le type a l'air si détendu, nous supposons qu'il dit la vérité. Ou bien peut-être parce que, quand tu rentres chez quelqu'un, tu ne penses pas immédiatement *cuisine*. Quelqu'un avait dû faire à manger peu de temps auparavant. Il y avait une odeur d'oignons frits.

» Billy reste avec le type en le tenant à l'œil, pendant que moi je vais vers le fond de la pièce. « Est-ce qu'il y a quelqu'un d'autre ici ? » demande Billy. Le type répond que non. C'est alors que derrière une porte, j'entends une espèce de gémissement.

» Après quoi... tout s'embrouille. Je crois me souvenir que je me rapproche de cette porte et du bruit. Mais, au même moment, Billy se met à hurler. Les choses se passent très, très vite, mais j'ai l'impression que tout se déroule comme au ralenti. Je me retourne. Billy est par terre. Le type se jette sur moi avec un couteau à découper. Sans trop savoir comment, je réussis à sortir mon arme. Je lui tire dans la poitrine et je continue de tirer jusqu'à ce que mon chargeur soit vide. Ensuite, je me souviens juste que je me retrouve par terre à côté de Billy. Il a la gorge tranchée. Le sang jaillit à flots. Il me regarde d'un air implorant, comme s'il voulait dire *Fais quelque chose*. Et puis sa tête retombe en arrière et... c'est terminé.

» Après avoir appelé des renforts, je suis resté assis là, à pleurer, en tenant sa tête. Je n'arrêtais pas de repenser à notre passé, à des trucs de notre enfance. Genre, que c'était Billy qui m'avait expliqué que le Père Noël n'existe pas. Ou les ennuis qu'on avait eus le jour où on était entrés au cinéma sans payer, parce qu'on était fauchés. Je repensais aussi à son mariage. J'étais le garçon d'honneur. Comment nous avions l'air bébête dans nos smokings. Et puis je n'arrêtais pas de penser à Carla et au gamin qu'il ne connaîtrait jamais.

» Quand mes collègues sont arrivés, j'étais toujours assis avec sa tête entre les mains. J'avais complètement oublié le bruit derrière la porte. Elle était morte, elle aussi, à ce moment-là. Au moins cinquante coups de couteau. Le médecin légiste a dit qu'elle serait décédée de toute façon, mais je me suis toujours posé la question. Après ça... Pendant les deux mois qui ont suivi, ç'a été le brouillard. La culpabilité m'avait complètement terrassé. Certains jours, j'étais incapable de sortir de mon lit. Je voulais mourir, moi aussi.

Soudain, il se tut. Le silence retomba sur la pièce. Les phares d'une voiture qui passait devant la maison balayèrent son visage. La pluie crépitait sur les fenêtres ; l'averse avait repris de la vigueur.

– Mais ce n'était pas ta faute, dit Callie. Vous étiez là-bas tous les deux.

– C'est moi qui en suis sorti vivant. Ça ne pouvait être que ma faute.

– Et aujourd'hui ? C'est encore ce que tu penses ?

Il contempla de nouveau ses mains. Elle les connaissait bien, ces mains. Ses longs doigts, le cal léger sur ses paumes.

– Je ne sais pas. Même si je ne suis pas complètement responsable, j'aurais pu empêcher ce qui s'est passé. C'est ce que le père de Billy pensait. J'ai vu ça dans ses yeux. À l'enterrement, il m'a à peine regardé et il n'a pas dit un mot. Après l'enquête, j'ai essayé de reprendre le travail. Mais je n'y arrivais pas. Je ne pouvais pas supporter la situation. La nuit, je sortais mon arme et j'avais des idées de suicide. Plusieurs fois, j'ai pointé le canon sur ma tête et j'étais sur le point de tirer. Un jour, le sergent me convoque. Il me regarde un bon moment, et il dit : « Rick, il faut que tu arrêtes ce boulot, sinon tu vas finir par bouffer ton flingue. » J'ai fait comme si je ne comprenais pas, mais je savais qu'il avait raison.

» Pendant les deux années qui ont suivi ma démission, je n'ai pas fait grand-chose. J'ai passé quelques mois dans le Colorado, à travailler dans une station de ski. À un moment, pendant ce premier été, je me suis rendu compte que Carla devait avoir eu son bébé. J'ai eu envie de l'appeler, mais je n'en ai pas trouvé la force. Elle ne voulait pas que Billy travaille la nuit, et c'était à cause de moi qu'il était resté. Sans moi, il aurait encore été en vie. Je savais que c'était ce qu'elle pensait.

» Après, je suis venu m'installer dans la région. Ça m'a paru une bonne idée. Faire quelque chose, me remettre à mon travail de flic, mais dans un environnement complètement différent. C'est comme ça que le temps a passé, jusqu'à l'automne dernier. Jusqu'au moment où je vous ai rencontrées, toi et Anna. En regardant ta fille, je me suis remis à penser à Carla et au bébé, je me demandais ce qu'ils devenaient. J'ai passé quelques coups de fil, j'ai appris qu'elle était remariée et qu'elle vivait à Forest Hills.

» Ça m'a pris un moment de trouver le courage, mais j'ai enfin décroché mon téléphone. Quand j'ai dit mon nom, elle s'est mise à pleurer. Mais elle était contente d'avoir de mes nouvelles. Le bébé n'était plus un bébé. Il a déjà six ans, il s'appelle William Junior – Will – et il est intelligent comme tout. Mais, quand Carla s'est remariée, il a commencé à avoir des problèmes. Il y a un an, elle a eu une fille et les choses ont empiré. Nous avons discuté pendant deux bonnes heures, en parlant de tout. Et puis, au moment où j'allais raccrocher, elle m'a demandé si j'accepterais de venir leur rendre visite. Elle pensait que si je rencontrais Will, ça l'aiderait peut-être.

» Bien sûr, je réponds que oui, je veux venir ! Nous convenons d'une date. Et ensuite... Le truc, c'est que j'ai voulu te le dire, mais je n'arrivais pas à en parler. Toi et moi, on ne se connaissait que depuis deux mois. Je n'étais pas prêt, voilà tout. Alors j'ai inventé cette maladie de mon père. Il avait effectivement été malade, deux ou trois ans plus tôt, et... Enfin, bon... tu connais la suite. Je pensais que je n'irais voir Carla qu'une fois, mais ça ne s'est pas terminé comme ça. J'ai voulu t'en parler, mais à chaque fois je ne savais pas comment m'y prendre. Je savais que tu serais furieuse que je t'aie menti au départ. Je ne savais pas quoi faire.

Rick leva les yeux vers elle, comme s'il attendait une réaction de sa part. Tout à coup, Callie prit conscience qu'ils étaient dans la même situation, tous les deux. Elle se reprochait la mort de Dahlia Schuyler. Il se reprochait celle de Billy. C'était tellement idiot – et *triste*, aussi – qu'ils aient eu à lutter seuls chacun de leur côté. Ils avaient leurs raisons, bien sûr. N'empêche, c'était dommage.

Callie prit une profonde inspiration.

– Moi aussi, je dois te dire quelque chose. Je suppose que c'est la soirée des confidences.

Est-ce qu'elle pouvait continuer comme ça, tout

simplement, et tout lui déballer ? Ça paraissait beaucoup trop facile. Mais si, bien sûr, c'était exactement ça ! Quelques mots à prononcer, et voilà.

— Comme toi, je me suis installée à Merritt pour fuir quelque chose. Je voulais recommencer à zéro, quelque part où personne ne saurait qui j'étais. Avant de me marier, quand je vivais à Nashville, je...

Callie hésita. Raconter tout, pour de bon, à Rick, était plus dur qu'elle ne l'avait imaginé.

— J'étais... la compagne de Steven Gage. Tu sais, le tueur en série ?

Les yeux de Rick s'arrondirent. Elle ne lui laissa pas le temps de l'interrompre :

— Quand Steven a été arrêté à Nashville, nous étions ensemble depuis plusieurs années.

— Seigneur, fit-il d'une voix incrédule. Cette... cette jeune femme qui a témoigné contre lui, c'était... c'était toi ?

Callie hocha lentement la tête.

Voilà. Maintenant, il sait.

Avant qu'elle ait pu faire un geste, Rick avait quitté le canapé pour s'approcher d'elle. Il lui saisit les bras et, d'un geste ferme, releva les manches de son pull pour découvrir ses cicatrices.

— C'est lui qui t'a fait ça ? C'est de cette époque que ça date ?

Sa voix tremblait d'émotion. Il était en colère, mais pas contre elle. Vivement, Callie baissa ses manches et croisa les bras sur son ventre.

— Non, dit-elle doucement. Ça, je l'ai fait moi-même.

Rick la dévisagea. Il ne la croyait pas vraiment. Mais le temps des mensonges était terminé. Il était l'heure, maintenant, de dire toute la vérité.

— Quand j'étais gamine, j'étais déjà déprimée, mais

434

ce n'était pas encore trop grave. Au lycée, par contre, c'est devenu horrible. Parfois, j'avais le sentiment bizarre de ne pas exister. Quand je me lacérais les bras, ça disparaissait. Je vivais ! Et je n'avais pas mal, en tout cas pas au début. Ça me rendait euphorique. Mes douleurs, mes angoisses s'envolaient. Je reprenais le contrôle, et j'avais l'impression que personne ne pouvait m'atteindre.

– Gage... il faisait ça aux femmes qu'il tuait. Il leur lacérait les bras de la même façon.

Hochant la tête, Callie se palpa le bras à travers le pull. Les cicatrices s'étaient atténuées avec le temps, mais elles ne disparaîtraient jamais.

– Le soir où j'ai fait la connaissance de Steven, il a tout de suite vu ces marques. Je travaillais comme serveuse dans un restaurant, avec un uniforme à manches courtes. Je vois encore le chemisier – en coton blanc avec une ganse orange. D'une certaine façon, c'était bien, parce que ça m'obligeait à me contrôler. De nouvelles entailles, surtout si elles avaient été profondes, auraient attiré l'attention. J'avais vraiment besoin de ce travail. Je me répétais que je ne pouvais pas prendre le risque de le perdre.

» Mais, deux soirs avant que Steven ne vienne pour la première fois au restaurant, j'ai eu une rechute. Je me suis saoulée à la vodka et je me suis fait une nouvelle série de coupures. Le lendemain, j'ai appelé pour dire que j'étais malade, mais j'avais peur de recommencer le jour d'après. J'ai mis des pansements sur les plaies les plus visibles, et j'ai essayé de garder les bras baissés. Mais, pendant que je prenais la commande de Steven, je voyais bien qu'il regardait mes blessures. Il me disait ce qu'il voulait manger, et ses yeux étaient rivés sur mes bras. Il n'a rien dit ce soir-là. Il est revenu une semaine plus tard. Cette fois, il m'a demandé si je voulais boire un verre avec lui.

» Nous sommes allés au Wursthaus, sur Harvard Square, et nous avons bu beaucoup de bière. Au début, j'ai cru qu'il était psy et qu'il voulait me prendre comme patiente. Il n'a pas parlé des coupures tout de suite, mais il n'arrêtait pas de les regarder. Et puis, au bout d'une heure et quelque, il a tendu la main pour les toucher. Il m'a dit qu'elles étaient magnifiques, belles comme une œuvre d'art. J'étais déjà assez saoule, mais pas au point de ne pas penser que la remarque était plutôt bizarre. En même temps, j'ai aussitôt éprouvé un incroyable sentiment de soulagement. Quelqu'un comprenait enfin cette partie de moi dont j'avais le plus honte. Ce n'était pas vraiment moi qu'il voyait, bien entendu, mais à ce moment-là je ne le savais pas.

– Comment ça, ce n'était pas toi ?

Callie baissa les yeux.

– Ça avait plutôt à voir avec sa mère. Quand Steven avait trois ans, elle a essayé de se suicider. Il l'a retrouvée nue, étalée par terre dans la salle de bains, les poignets tailladés, pissant le sang. On ne dirait jamais ça aujourd'hui en la voyant, mais sa mère... elle ressemblait autrefois à ses victimes. Mince, blonde, une vraie beauté. Comme les filles qu'il tuait.

– Je ne savais pas ça.

– Parfois, quand je me réveillais la nuit, je trouvais Steven en train de contempler mes bras. Les cicatrices sur mes bras, je veux dire. Je crois qu'il s'en servait pour alimenter ses fantasmes. Je lui rappelais sa mère.

– Ça, tu ne peux pas en être sûre, objecta Rick.

– J'en suis quasiment certaine.

Elle attendit qu'il la contredise de nouveau, mais il garda le silence. Puis il demanda juste :

436

— Ces entailles, pendant combien de temps tu t'en es fait ?

Il parlait avec douceur. Callie sentait qu'il ne lui reprochait pas de lui avoir menti, qu'il s'en fichait. Avec émerveillement, elle se rendit compte qu'il l'aimait encore. Et pourtant, ça ne la touchait pas. Son propre cœur était glacé.

— Pendant huit ou neuf ans. Ça a commencé quand j'étais au lycée, et je n'ai arrêté qu'à la naissance d'Anna.

— Est-ce que ça te manque ? demanda-t-il encore.

Elle haussa les épaules, embarrassée.

— Ce qui me manque, c'est le soulagement que ça me procurait. Mais je sais que ça ne marcherait plus. C'est comme la boisson, ou quoi que ce soit d'autre qu'on puisse faire pour se fuir soi-même. On se sent mieux pendant un temps, et ensuite les choses ne font que s'aggraver. Ce qui me manque, c'est ce que je *croyais* que cela pouvait m'apporter, comme me libérer de mes angoisses. Mais ce n'était qu'une illusion de toute façon. Alors, je crois que... Non. En définitive, ça ne me manque pas.

Rick s'approcha de la fenêtre et regarda la pluie tomber. Pour une raison étrange, Callie se sentit soudain infiniment seule en voyant ainsi sa silhouette immobile.

— Pourquoi est-ce que tu ne m'en as jamais parlé ?

C'était la question qu'elle attendait.

— Je... je ne sais pas. J'ai du mal, beaucoup de mal à faire confiance aux gens, aux hommes en particulier. Pourtant, toi, je te faisais confiance, beaucoup plus qu'à quiconque, et depuis très, très longtemps. Mais tu avais un secret, toi aussi. Tu devrais comprendre.

— C'est différent. Je t'ai menti. Mais il n'y avait pas

de solution facile. Mais toi... ce que tu as fait, c'est tout garder en toi. Ce n'est vraiment pas pareil.

Callie réfléchit un moment.

— Je crois que je ne vois pas les choses comme ça. Il n'y a pas longtemps, j'ai discuté avec une avocate que je connais. Elle m'a parlé d'une loi qui exige qu'on livre toutes les informations pertinentes que l'on détient, une loi qui dit que le fait de ne pas mentir ne suffit pas. Cette avocate pense qu'une relation amoureuse, ça devrait fonctionner sur le même mode. Qu'on devrait avoir le devoir de se dévoiler. Je crois que je suis assez d'accord avec ça.

— Nous sommes des êtres humains, Callie. Nous faisons tous des erreurs.

— Et les erreurs ont des conséquences, répliqua-t-elle trop vite.

Il grimaça.

— Je ne voulais pas dire ça..., commença-t-elle. Je pensais...

Encore un long silence, interrompu par le seul battement de la pluie.

— Je ne comprends toujours pas, dit Rick en lui faisant face, pourquoi tu ne m'en as pas parlé. Je te connais, Callie. Tu es honnête. Tu ne veux pas vivre de cette façon. Dans le non-dit. C'est une des raisons pour lesquelles je me sentais si mal de t'avoir menti.

Elle se raidit.

— Eh bien, tu ne me connais pas si bien que ça ! Est-ce que tu t'en rends compte, maintenant ?

— Je crois que je te connais, répondit Rick d'une voix posée. Parfois mieux que tu ne te connais toi-même. Et je sais que ça ne te ressemble pas. Ce n'est pas le genre de choses que tu fais.

Un frisson électrique parcourut le corps de Callie – l'avertissement du danger qui approchait. Il y avait encore tant et tant de choses qu'elle ne lui avait pas dites. Mais il était temps qu'il s'en aille.

– Il se fait tard, dit-elle en désignant la porte.

Mais Rick resta immobile, une expression étrange sur le visage.

– Anna, murmura-t-il. C'est Anna, n'est-ce pas ?

Callie se passa la langue sur les lèvres.

– Je ne comprends pas ce que tu veux dire.

Les yeux de Rick s'écarquillaient, comme s'il comprenait tout à coup quelque chose de terrible.

– Anna est la fille de Steven Gage. Et tu ne voulais pas lui dire.

Un froid glacial saisit Callie. Son cœur s'emballa.

C'était impossible ! Ça ne pouvait pas arriver vraiment.

Comment peut-il savoir ça ?

Il tombait des trombes d'eau qui brouillaient la route devant lui. Mike Jamison roulait à cent vingt kilomètres-heure sur une autoroute qu'il ne connaissait pas. Les faisceaux des phares étaient avalés par la tempête nocturne. Les essuie-glaces allaient et venaient sur le pare-brise, lui apportant tout juste les flashs de visibilité dont il avait besoin pour conduire.

Mais il ne s'intéressait pas à la pluie. Son esprit restait concentré sur Lester Crain. *Lester Crain a été arrêté*. Il n'arrivait toujours pas à y croire. Crain avait été appréhendé un peu plus tôt dans la soirée après avoir brûlé un feu rouge ! Comme il refusait de s'arrêter, la patrouille l'avait pris en chasse jusqu'à finir par le coincer au volant d'une Toyota Camry volée. Il avait un faux permis de conduire et affirmait s'appeler Peter Welch, mais ses empreintes correspondaient à celles de Crain.

Jamison s'engagea enfin sur le parking de la police d'État, là même où il avait commencé la journée. Il y avait une poignée de voitures devant la porte. Pas encore de camionnettes de la télévision. L'appel radio devait être passé comme une simple infraction à la circulation. Les journalistes seraient furax quand ils comprendraient ce qu'ils avaient manqué.

Il donna son nom au standardiste et fut rapidement conduit jusqu'à la salle d'observation, où il se joignit au groupe de personnes qui regardaient à travers la vitre sans tain. Il aperçut Lambert au bout de la file et plusieurs types qu'il ne connaissait pas. Le taciturne en complet sombre devait être du FBI. Il y avait aussi une femme en tailleur-pantalon avec des lunettes à monture d'écaille et des cheveux blonds coupés au carré. Elle lui rappelait Melanie.

En silence, il prit place dans le groupe et regarda Lester Crain.

Il y avait quelque chose de surréaliste à voir Crain dans ce poste de police d'une petite ville. Pendant des années et des années, les meilleurs policiers du pays n'avaient pas réussi à le capturer, et tout à coup, alors qu'on avait presque renoncé à le retrouver, il était là.

Lester était menu, avec le torse bombé et un visage de furet. Il n'avait rien de particulièrement frappant. Il ressemblait au voyou de base. Son t-shirt vert était taché et froissé. Il avait l'air de l'odeur qu'il devait dégager.

Ed Farrell, l'inspecteur de la police d'État, était auprès de Crain. Il se tenait contre le mur, fixant Crain avec une expression mauvaise. Sa voix leur parvenait, grésillante, par l'interphone :

– Tu ne te rends pas service, Lester. Nous savons déjà que tu mens.

– J'mens pas. Vous savez que dalle, putain, répliqua Crain, et il s'avachit sur la chaise en bois avec une grimace de défi. Crétins de flics, marmonna-t-il.

Une main se posa sur l'épaule de Jamison.

– Hé, fit Lambert.

– Félicitations, dit Jamison à voix basse.

– Merci, répondit Lambert dans un murmure. C'est presque incroyable, n'est-ce pas ?

– Et comment ! fit Jamison sans quitter Crain des yeux. Comment ça se passe jusqu'à maintenant ?

– Il nous a beaucoup étonnés, juste avant que vous arriviez. Il nie avoir quoi que ce soit à voir avec le meurtre de Posy Kisch. Mais il reconnaît avoir tué Diane Massey et enlevé Anna Thayer.

Impossible, songea Jamison. *Il ne travaille pas comme ça. Si Crain avait kidnappé Anna Thayer, elle ne serait plus en vie à l'heure qu'il est.*

– Il ment. Je suis catégorique. Nous savons qu'il a tué Kisch. L'ADN, la signature du crime – tout se tient. Mais il n'a pas tué Massey, et il n'a pas enlevé la petite Thayer. Pour une raison ou une autre, il veut nous le faire croire... La question, c'est pourquoi ?

De l'autre côté du miroir, Farrell avait repris la parole :

– OK. Tu as tué Diane Massey. Parle-moi un peu de ça, Lester. Je veux connaître les détails. Raconte-moi comment ça s'est passé.

Les lèvres de Crain se crispèrent en un sourire glacial.

– Je l'ai frappée. J'étais bourré. Je ne me souviens pas avec quoi. Un truc que j'ai trouvé sur place, j'imagine. Je me souviens pas.

– *Tu ne te souviens pas*, dit Farrell. Mais pourquoi est-ce que je devrais te croire ?

Crain ignora la question.

– Et je l'ai étranglée, grogna-t-il.

– Tu l'as étranglée. Je suppose que tu ne te souviens pas non plus de quoi tu t'es servi pour le faire ?

– Ça s'appelle une ligature, dit Crain.

– OK. Une ligature.

Crain sourit, comme s'il se remémorait la scène.

– C'était un collant de femme. Noir.

De l'autre côté de la vitre sans tain, Jamison secoua la tête.

– C'était dans la presse. Crain a lu ça dans le journal.

– De quelle taille, le collant ? demanda Farrell.

– Chais pas.

– Quelle marque ?

– Hé ! J'avais pas l'intention de le porter, ce foutu collant ! J'ai pas fait attention à ces machins-là.

– Où tu l'as acheté ?

– J'me souviens pas. Je l'avais depuis un moment.

– Des semaines ? des mois ? des années ?

– Ouais.

– Ouais quoi ?

– J'me souviens pas.

Jamison secoua de nouveau la tête.

– Il n'a dit que ce qu'on pouvait lire dans les journaux. Les trucs que la presse n'a pas précisés – la taille, la marque –, il est incapable d'en parler.

– Comme il dit, observa Lambert, il a pu oublier ces détails.

– Pas lui. Pas ce genre de chose.

– Mais pourquoi est-ce qu'il mentirait ? Pourquoi avouer un meurtre qu'il n'a pas commis ?

– Il aimerait bien être l'auteur de ces crimes, dit Jamison. C'est une explication plausible.

Il se passa alors quelque chose qui donna l'impression que Crain entendait leur conversation. Jusqu'alors, il avait regardé le sol en jetant de temps à autre un coup d'œil vers Farrell. Soudain, il se tourna vers la vitre sans tain – en les regardant *droit dans les yeux*.

– Je lui ai tailladé les bras, dit-il.

Jamison le fixa attentivement, le cœur battant à cent à l'heure. Pour la première fois, Crain fournissait un détail que seul le tueur pouvait connaître. La police n'avait parlé de ça à personne pour cette raison précise. Pour avoir un moyen de faire le tri entre les vraies et les fausses confessions.

– Tailladé les bras ? Comment ? demanda Farrell.

– Avec un couteau. Je lui ai coupé l'intérieur des avant-bras, en partant des poignets.

Lambert secouait lentement la tête, d'un air stupéfait.

– Seigneur, Callie Thayer avait vu juste. C'est ce putain de Lester Crain !

Jamison garda le silence. Que pouvait-il dire ? Il avait été tellement certain d'avoir raison, tellement sûr de ses hypothèses. Et maintenant ? Maintenant, que pensait-il ? La voix de Crain résonna dans sa tête : *Je lui ai coupé l'intérieur des avant-bras, en partant des poignets.*

Se pouvait-il que quelqu'un ait communiqué cette information à Crain ? Très, très improbable. Mais comment, alors, à moins d'être le tueur, connaissait-il ce détail-là ? Pour la première fois depuis son arrivée à Merritt, Jamison était en proie à l'incertitude. Avait-il laissé sa fierté – son arrogance – l'aveugler ?

– Avec quoi lui as-tu entaillé les bras ?

C'était Farrell, de nouveau, qui questionnait.

Crain sourit largement. Il paraissait d'excellente humeur, comme s'il se rendait bien compte de l'effet qu'il produisait.

– Vous êtes un cas, vous, vous savez ? Je crois que

je vous en ai déjà donné assez à ruminer. Je ne dirai plus rien.

Farrell s'était assis à la petite table placée au milieu de la salle. En face de Crain.

— Est-ce que tu as averti Diane, d'une façon ou d'une autre ? Que tu avais l'intention de la tuer, je veux dire ?

— Le mot, murmura Jamison. C'est là qu'il veut en venir.

Crain leva les mains.

— Vous êtes bouché ou quoi ? J'ai dit que je ne parlais plus. Vous croyez pas que j'ai tué Massey ? Parfait. Laissez-moi partir.

— Et Anna Thayer ? Comment ça se fait que tu ne l'aies pas tuée ? Ça ne te ressemble pas, Lester, de ne pas avoir torturé et assassiné cette petite fille.

Les yeux de Crain pétillèrent. Mais il ne répondit pas.

— Parlons un peu de Kisch. L'étudiante que tu as tuée.

— Je vous dis que j'en ai marre !

Farrell se leva, étira les bras et bâilla la bouche grande ouverte.

— Ça ne m'ennuie pas. Je suis payé en heures sup'. Je peux rester ici toute la nuit.

Crain se renfrogna et regarda le mur.

Une minute ou deux passèrent, puis Lambert dit :

— J'ai l'impression que c'est tout pour le moment. Alors, qu'en pensez-vous ?

Jamison se frotta le menton.

— Je ne sais pas. Il y a quelque chose... Je n'y crois toujours pas, que Crain ait tué Massey.

— Mais les entailles sur les bras, objecta Lambert. Comment peut-il savoir, si ce n'est pas lui ?

– Combien de temps le cadavre est-il resté sur place après avoir été découvert ?

– Je ne sais pas exactement. Mais vous connaissez les procédures. Ça n'a pas dû être très long. Pas assez long, en tout cas, pour que Crain apprenne le meurtre et rapplique sur l'île.

– Vous savez quoi... ? dit Jamison, songeur. Peut-être qu'il a deviné, tout bêtement. Ces entailles, c'est ce que Gage faisait à ses propres victimes. Crain a pu s'en souvenir et...

Lambert le considéra d'un air dubitatif.

– Vous pensez encore que nous avons *deux* tueurs, tous deux obsédés par Steven Gage ? L'un qui copie son œuvre, l'autre qui prétend le faire ?

De nouveau, l'incertitude. Se trompait-il ? Il y avait des années qu'il avait quitté le FBI. Le temps avait-il émoussé son instinct ?

Percevant son hésitation, Lambert insista :

– Nous avons établi le lien entre Crain et le meurtre de Kisch. Nous sommes certains qu'il a été actif. Je sais ce que vous pensez de la signature de Crain, mais sa signature telle que vous la connaissez remonte à loin. Peut-être que Crain est une exception à la règle. La plupart des règles ont des exceptions, n'est-ce pas ?

– Je suppose que c'est possible, admit Jamison après un silence – et au prix d'un gros effort sur lui-même.

Lambert lui donna une tape sur l'épaule.

– C'est tout ce que je voulais entendre.

Mercredi 17 mai

Callie se réveilla en sursaut, en ayant l'impression que quelque chose n'était pas normal. Elle se précipita dans la chambre d'Anna. Sa fille dormait à poings fermés. Elle s'accroupit au bord de son lit, savourant le bonheur de l'avoir près d'elle. Se délectant de ses joues roses, de sa bouche en cerise, de sa douce odeur de savon. Puis, à contrecœur, elle se releva pour partir. Elle ne voulait pas la réveiller.

Comme elle retournait à sa chambre, son anxiété se raviva. Pourtant, elle savait maintenant qu'Anna était en sécurité dans son lit. *Qu'est-ce qui cloche ? Que se passe-t-il ?* Il n'était même pas 5 heures du matin. Il fallait qu'elle dorme davantage. Mais, alors qu'elle se remettait au lit, la réponse lui vint tout à coup : les appels des journalistes, la veille ! Voilà pourquoi elle se sentait si mal. Le silence qu'elle leur avait opposé avait-il réussi à les arrêter, ou bien avaient-ils publié ce qu'ils avaient déjà sous la main ?

Le walkman était sur le bureau, là où elle l'avait laissé le dimanche matin. Elle mit les écouteurs sur ses oreilles et tourna la molette de la radio pour trouver un bulletin d'informations. Le journaliste évoquait des coupes budgétaires à l'université du Massachusetts. C'était bon signe, pensa-t-elle.

En chemise de nuit, elle descendit à la cuisine se préparer du café. La voix du journaliste devint un bourdonnement lointain, un fond sonore à ses pensées. Anna n'était pas allée à l'école de toute la semaine. Elle risquait de prendre du retard. Callie prit note mentalement de demander qu'on lui envoie les devoirs à la maison.

Elle remplissait la cafetière d'eau quand elle entendit le nom de *Lester Crain*. Elle lui échappa des doigts et tomba dans l'évier avec un bruit mat.

– D'après la police d'État, Crain a été arrêté sur l'autoroute 91 après avoir brûlé un feu rouge. Sa capture met un terme à une chasse à l'homme qui aura duré près de dix ans. Crain s'était évadé d'une prison du Tennessee alors qu'il attendait un nouveau procès pour le meurtre d'une adolescente du Tennessee. D'après Ed Farrell, inspecteur de la police d'État, des éléments concluants permettent d'inculper Crain du meurtre de Posy Kisch, l'étudiante de Windham dont le cadavre a été retrouvé dans la nuit de dimanche au bord du fleuve Connecticut. Par ailleurs, la police examine aussi l'hypothèse selon laquelle Crain serait derrière l'enlèvement, samedi soir dernier, de la petite Anna Thayer, âgée de dix ans. L'écolière de Merritt a été relâchée saine et sauve le lendemain.

Prenant appui sur le plan de travail, Callie inspira profondément. Dans sa tête, c'était le chaos. *Ils l'ont attrapé*, songea-t-elle tout d'abord. Mais avec l'euphorie venait autre chose, une pensée atroce : l'enfant qu'elle aimait plus que tout s'était trouvée entre les mains de ce monstre. Cette idée était obscène, insupportable. Elle n'arrivait pas à l'assimiler.

Le temps qu'elle reprenne ses esprits, le journaliste avait changé de sujet ; il parlait à présent du plan de rénovation de la bibliothèque publique de Merritt. Callie trouva la carte de Lambert dans son sac à main. Elle éteignit son walkman, ferma la porte de la cuisine, s'assit et composa son numéro.

Il décrocha à la deuxième sonnerie.

– C'est vrai ? demanda-t-elle tout à trac. J'ai entendu ça à la radio. Vous avez capturé Crain ?

– J'allais vous appeler, répondit-il d'une voix qui trahissait une grande fatigue.

– Alors, c'est terminé maintenant ? demanda-t-elle encore. Je veux dire, c'est lui ?

– Nous l'avons lié au meurtre de Posy Kisch. Nous ne savons pas s'il a kidnappé Anna.

Le monde parut se figer devant les yeux de Callie.

– Mais... je ne comprends pas. Je veux dire, comment est-ce que ça pourrait *ne pas* être lui ? Deux attaques ici même, à Merritt. Toutes les choses en rapport avec Steven...

– Nous avons des... éléments qui compliquent nos conclusions.

– Lui avez-vous posé la question, pour Anna ?

– Oui.

– Qu'a-t-il répondu ?

– Je ne peux pas vous le dire.

– Comment ça, vous ne pouvez pas ? Mon Dieu, je suis sa mère !

– Madame Thayer, l'enquête est en cours. Dès que nous pourrons dire quoi que ce soit au public, je veillerai à vous prévenir.

– Donc ce que vous dites..., marmonna-t-elle, choisissant ses mots avec précaution. Vous pensez que le ravisseur est peut-être encore en liberté.

– C'est possible. Nous ne savons pas.

– Et pour Diane et Melanie ? Et les lettres que nous avons reçues ? Comment pourrait-il y avoir deux tueurs, tous les deux liés à Steven ? À moins... à moins

449

qu'ils ne travaillent ensemble ! Est-ce que c'est de ça qu'il s'agit ?

– Madame Thayer, je regrette, mais je ne peux rien vous dire de plus. Je vous promets de vous contacter dès que nous aurons du nouveau.

– Et d'ici là ? demanda-t-elle avec colère. D'ici là, qu'est-ce que je fais ?

– Votre maison est sous surveillance constante. Vous êtes parfaitement en sécurité.

– Mais combien de temps ? Combien de temps ça va durer ?

– Je regrette de ne pas avoir la réponse à cette question.

Il était 10 heures passées quand Anna entra en pyjama dans la cuisine. Elle s'assit à table en marmonnant :

– B'jour.

Callie lui servit un verre de jus d'orange et en prit un aussi. Elle aurait aimé boire encore du café, mais elle avait déjà terminé celui qu'elle avait préparé un moment plus tôt.

– J'ai envie de faire des pancakes, dit-elle d'un ton joyeux. Ça te plairait ?

Anna se frotta les yeux.

– Je n'ai pas très faim.

– Tu veux des céréales ? Un œuf brouillé ?

– Un morceau de pain, peut-être.

Callie faillit lui répliquer qu'elle *devait* manger quelque chose de consistant, mais elle réussit à se refréner. Le monde s'arrêterait-il de tourner si Anna prenait ou non le petit déjeuner aujourd'hui ? Elle glissa deux tranches de pain de mie dans le toaster, sortit de la confiture de fraises du placard. Dehors, une lourde chape de nuages gris assombrissait le ciel. L'atmosphère était lourde et humide. Une nouvelle tempête approchait.

Le pain jaillit du toaster. Callie y étala de la confiture et passa l'assiette à Anna.

– Tu es sûre de ne rien vouloir d'autre ?

– Pas maintenant.

En regardant sa fille manger, Callie songea qu'elle aurait bien aimé rallumer la radio. Juste avant qu'Anna ne descende, elle était passée d'une station à l'autre. On parlait encore de la capture de Crain, mais sans donner de nouvelles informations. Et toujours rien, non plus, sur son propre passé. Tant mieux.

Quoi qu'il en soit, Jamison avait raison. Ce n'était qu'une question de temps. Elle se demanda s'il aurait mieux valu qu'elle dise la vérité dès le départ. Mais maintenant encore, elle n'imaginait pas ce qu'elle aurait pu raconter à Anna. C'était déjà assez dur de grandir ; un enfant n'avait pas besoin d'avoir ce genre de poids en plus sur les épaules. Elle-même, elle avait eu deux parents qui l'aimaient, et une sœur aînée qui était très attachée à elle. Et pourtant, elle avait toujours eu le sentiment profond d'être... inadaptée à ce monde. Alors, apprendre que son père est un tueur en série – elle ne pouvait même pas se représenter ça. Si cela lui était arrivé, elle y aurait vu la confirmation de ses angoisses les plus profondes. Elle avait voulu épargner un tel traumatisme à sa fille ; c'est la raison pour laquelle elle ne lui avait jamais rien dit. Anna n'avait pas choisi son père. Elle méritait d'avoir une enfance normale.

Malgré tout... Callie s'efforça de se voir assise avec Anna en train de lui exposer les faits. Elle essaya d'imaginer sa réaction – mais son esprit s'y refusait.

– Ma chérie, il faut que je te parle. De quelque chose de très important.

Anna leva vers elle des yeux apeurés.

– C'est... à cause de l'homme qui m'a emmenée ?

– Non, mon cœur, non. C'est autre chose, dit Callie, et elle désigna son assiette. Tu as terminé ?

– Hmm, oui.

– Allons dans le coin télé.

Le coin télé était une petite pièce ouverte sur le salon, où elles regardaient la télévision et jouaient à des jeux de société. Le salon donnait sur la rue. Le coin télé, à l'arrière de la maison, offrait un meilleur refuge.

Il y avait là un vieux canapé en velours marron aux coussins agréablement ramollis et élimés. Callie s'assit la première et prit Anna sur ses genoux. En temps normal, sa fille se serait dégagée. Elle était beaucoup trop âgée pour ce genre de chose. Ce jour-là, cependant, elle ne semblait pas demander mieux que de se lover dans les bras de sa mère.

Callie la fit pivoter pour la regarder dans les yeux.

– Bien, voilà... Il y a certaines choses que je dois te dire. Je comprendrai si tu te mets en colère.

Elle contempla Anna, son petit visage innocent. Elle aurait tout donné pour éviter ce qu'elle s'apprêtait à faire.

– Tu te rappelles, il y a quelques semaines, que nous avons parlé de ton père ?

– Hmm, fit Anna.

– Eh bien, en fait..., dit Callie, et elle la serra plus fort dans ses bras avant d'ajouter : Tu as un autre père.

Anna la regarda avec perplexité.

– Tu veux dire que j'ai *deux* pères ?

– Ton papa qui vit dans l'Indiana, je l'ai rencontré après ta naissance.

– Donc, ce n'est pas mon vrai papa.

Ce n'était pas une question. Anna avait bien compris. Mais sa voix était étrangement neutre.

– Il aurait pu l'être. Il le voulait. Il allait t'adopter. Mais nous nous sommes séparés avant.

À présent, Anna semblait à peine l'écouter. Elle regardait ses mains et faisait tourner un index au-dessus de son genou.

– Alors, il est où, mon père ? murmura-t-elle.

– Il... il est mort, dit Callie. Il est mort il y a long-temps.

– Tu veux dire avant ma naissance ?

– Non. Après.

Les lèvres d'Anna tremblotaient.

– Pourquoi tu ne me l'avais jamais dit ? Il ne voulait pas me voir ?

– Il était trop malade. Il était malade dans sa tête. Quand tu es née, je ne lui ai pas dit que tu étais là. Je ne voulais pas qu'il le sache. Mais, Anna..., dit Callie, et là, elle saisit sa fille par les épaules : Il t'aurait beaucoup aimée. Si je lui avais parlé de toi, il se serait battu jusqu'à ce qu'on m'oblige à le laisser te voir.

Les larmes brillaient dans les yeux d'Anna.

– Qu'est-ce qui lui est arrivé ?

– Il... il a fait des choses terribles. Il a dû aller en prison. Après... Ça se passait dans le Tennessee. Après, ils ont décidé de le condamner à mort.

– Qui, *ils* ?

– Les jurés. Et le juge.

– Sur une chaise électrique ? demanda la fillette, les yeux écarquillés.

– Non, répondit Callie en la berçant doucement entre ses bras. Ils lui ont injecté une substance chimique. C'était comme s'il s'endormait. Comme avant une opération.

Ça, elle n'y croyait pas – pas une seconde –, mais que pouvait-elle dire à sa fille ? L'horreur de cette période lui revenait en pleine face : ce qu'il avait fait, ce qu'on lui avait fait. C'était encore pire que ce qu'elle avait envisagé, de dire ainsi la vérité à son enfant.

– Est-ce qu'il avait tué quelqu'un ?

Callie soutint son regard.

– Oui.

– Une personne, ou plusieurs ?

– Plusieurs personnes.

– Et il s'appelait Steven, c'est ça ? C'est ça le nom de mon vrai papa ?

Callie fut un moment interloquée, puis se rappela les divagations du ravisseur d'Anna. Voilà comment elle connaissait ce nom. Elle avait elle-même fait le lien.

– Est-ce que ton vrai nom c'est Laura, maman ? demanda sa fille d'une petite voix.

– Mon nom complet, c'est Laura Caroline Thayer. Les gens m'appelaient autrefois Laura.

– Oh...

Callie attendit une autre question, mais Anna resta assise tranquillement entre ses bras, comme si elle s'efforçait d'assimiler ce qu'elle venait d'entendre. Elle attrapa un coussin et le serra contre sa poitrine.

– Maintenant, je veux qu'on arrête de parler.

– Très bien, dit Callie, et elle caressa les cheveux de sa fille en regrettant de tout son cœur que les choses ne soient pas différentes.

L'appartement de Melanie était immaculé et inondé de soleil. Jamison avait peine à croire qu'il s'agissait du même appartement. Il était assis dans un large fauteuil, face à Melanie qui avait pris place sur le canapé. Les deux meubles étaient blancs comme neige – soit neufs, soit récemment rénovés.

– Je vous suis tellement reconnaissante de ce que vous avez fait pour moi, disait-elle.

Elle avait le visage pâle et les yeux du bleu intense dont il avait toujours gardé le souvenir.

Elle avait replié les jambes sous elle ; les ongles de ses orteils étaient vernis en rose. Elle portait un pantalon de survêtement gris et un chemisier rose pâle à manches longues.

Jamison secoua la tête.

– Je n'ai rien fait de particulier.

– Mais si ! Vous avez été là d'un bout à l'autre. Je ne sais pas comment vous remercier.

La chaleur de ses propos collait mal avec sa voix, qui était tout juste polie. Son expression ne révélait rien de ses sentiments. Depuis son agression, elle semblait s'être retirée en elle-même. Peut-être toute son énergie était-elle absorbée par le processus complexe de la guérison.

Il repensa à la première fois où ils avaient parlé au téléphone, quand elle avait soudainement resurgi du passé en l'appelant. Sur le moment, il avait cru que c'était plus qu'un simple appel professionnel. Quand ils avaient évoqué l'idée de se rencontrer pour dîner, il l'avait sentie heureuse. Mais ensuite, tout avait changé à cause de cette terrible nuit.

Maintenant qu'il était près d'elle, il se sentait étrangement mal à l'aise. Il était venu en ami, pour lui rendre visite, mais après tout il la connaissait à peine. Il jeta un regard vers les étagères où se trouvait une petite collection de photographies encadrées. Son regard s'arrêta sur un cliché où l'on voyait une jeune femme noire posant devant la tour Eiffel.

– Ma meilleure amie, Vivian, dit Melanie. Quand elle a appris ce qui s'était passé, elle a aussitôt quitté la Grèce, où elle était en vacances, pour revenir ici.

Il remarqua qu'elle choisissait ses mots avec soin et qu'elle évitait de laisser paraître le moindre sentiment. Il voulait l'interroger sur ses parents – étaient-ils venus la voir ? Mais, encore une fois, il ne la connaissait pas assez pour aborder un sujet aussi sensible. Il opta pour une remarque d'ordre plus général :

– Je suis content que vous ne soyez pas restée seule en sortant de l'hôpital.

– Mon fiancé, Paul, a été merveilleux. Il est venu ici tous les jours.

C'est à ce moment-là qu'il le remarqua : un diamant taillé brillait à son annulaire gauche. La bague n'était pas à son doigt à l'hôpital, il en était certain. Mais peut-être retirait-on systématiquement leurs bijoux aux malades.

– Donc, vous allez vous marier. C'est merveilleux, dit-il en réussissant même à sourire. Je ne savais pas. C'est récent, ce projet ?

– Pas exactement.

Melanie tritura le diamant entre ses doigts. Comment pouvait-il ne pas l'avoir vu ?

– Nous... nous avions quelques problèmes, mais nous avons réussi à les dépasser. Après ce qui m'est arrivé, j'ai compris qu'il était temps pour moi de grandir. Paul m'a montré que je pouvais compter sur lui. Ça, ça compte énormément.

– Oui, dit calmement Jamison. C'est une qualité importante.

Tandis qu'il la regardait sur ce canapé, blessée et fragile, il eut un éclair de clairvoyance. Auparavant, Melanie avait mené une sorte de combat intérieur, elle exigeait davantage de la vie – et maintenant elle avait renoncé. Quelque chose dans sa voix, quand elle évoquait Paul, lui disait qu'elle ne l'aimait pas réellement. Mais l'amour était toujours un jeu très risqué, et Melanie avait choisi de se retirer de la partie. Jamison faillit lui en faire la remarque, puis se ravisa. Après tout, qui était-il pour remettre ses choix en question ?

Elle le regardait, la tête penchée de côté. Ses yeux s'assombrirent, et elle changea de sujet :

– Comment avance l'enquête ? Y a-t-il de nouveaux développements ?

– Rien d'important.

Un silence. Leur conversation languissait.

– Je ne crois toujours pas que Lester Crain soit l'homme qui m'a attaquée. J'ai vu beaucoup de photos, et je... je n'y crois pas.

Jamison hocha la tête.

– Je sais. Les policiers ont écouté avec attention tout ce que vous leur avez dit.

– Ils m'ont donné l'impression qu'ils avaient *envie* que ce soit Crain. Je veux dire, ce n'est pas qu'ils ont fait pression sur moi ou quoi que ce soit, mais... Ils me disaient de prendre mon temps. Ils voulaient que je sois sûre de moi à cent pour cent...

Ils bavardèrent encore un moment, de tout et de rien. De nombreux sujets – les plus importants – leur semblaient interdits. Le mariage était prévu en septembre, dans la propriété de la mère de Paul à Southampton. Ils voulaient une petite cérémonie, discrète, avec seulement les amis proches et la famille. Elle évoqua son désir de retourner travailler, peut-être dans un mois ou deux. Elle avait encore des migraines et des crises de vertige, mais de moins en moins fréquentes. Son cabinet l'avait soutenue, bien plus qu'elle ne l'aurait imaginé. Les associés fondateurs avaient accepté de reconsidérer son élection l'année prochaine.

Quand il se leva pour partir, elle insista pour l'accompagner jusqu'à la porte. Ce simple effort sembla la fatiguer. Avant de partir, il s'étonna lui-même en la prenant dans ses bras et en la serrant quelques instants contre lui.

– Prenez bien soin de vous, murmura-t-il, puis il referma rapidement la porte sur lui.

J'étais quelqu'un de mieux, autrefois.

La phrase résonna dans la tête de Melanie, adossée à la porte. Elle sentait encore les bras de Mike Jamison autour d'elle. Ses mains chaudes sur ses épaules. Vu son absence de réaction, il avait dû se dire qu'elle ne remarquait même pas qu'il se montrait affectueux. Mais elle était fatiguée, tellement fatiguée... Elle avait fait le maximum qu'elle pouvait.

Sa vie n'était peut-être pas celle qu'elle avait rêvée, mais c'était la vie qu'elle avait. On avait beau essayer de tout bien faire, les choses se disloquaient quand même. Ce dans quoi on avait investi pouvait échouer. Les maris s'en allaient. Des événements terribles se produisaient. Il fallait jouer avec les cartes qu'on avait en main. Voilà ce qu'elle s'efforçait de faire.

Inutile de regarder en arrière, inutile d'imaginer ce qui aurait pu être. Elle traversa la pièce, décrocha le téléphone et composa le numéro de Paul.

Jeudi 18 mai

— Callie ? Je viens de lire le journal.

Martha n'avait pas besoin d'en dire davantage. Callie savait maintenant que la nouvelle était sortie dans la presse.

— Quel journal ? demanda-t-elle.

Non que la question eût beaucoup d'importance. Avec *Associated Press*, ce genre d'informations se répandait comme une traînée de poudre. Si un journal l'avait, tous l'avaient.

— C'était dans le *Globe*, dit Martha. Je ne sais pas pour les autres canards.

Le soleil matinal scintillait à travers la fenêtre de la cuisine. 9 heures dans quelques minutes. Le début d'un nouveau jour. Callie était surprise du calme avec lequel elle accueillait la nouvelle. Peut-être parce qu'elle attendait ce coup de tonnerre depuis déjà plusieurs jours. Elle y était préparée.

— Qu'est-ce qu'ils racontent ?

— À part la partie sur... sur ton passé, il n'y a pas grand-chose de nouveau. Ils racontent une fois de plus le kidnapping d'Anna. Et ils parlent pas mal du Tennessee.

— Est-ce qu'ils ont fait le lien ?

— Le lien ?

– Oh, peu importe, fit Callie. Je ne sais même pas très bien ce que je veux dire moi-même.

Elle percevait que Martha avait envie qu'elle lui en raconte davantage. Mais tout ce qu'elle voulait maintenant, c'était raccrocher et prendre un moment pour assimiler la nouvelle. Et elle voulait aussi voir le journal de ses propres yeux. Lire les mots imprimés sur le papier.

– Martha, je regrette, mais il faut que j'y aille. Je dois parler avec Anna. J'essaierai de te rappeler très vite, OK ?

À peine avait-elle posé le téléphone qu'il se remit à sonner. Supposant que c'était Martha qui avait oublié de lui dire quelque chose, elle décrocha aussitôt. Mais ce n'était pas Martha. C'était une voix d'homme. Mike Jamison.

– Vous avez vu les journaux, alors, dit-elle sans préambule.

– Les journaux ? Je... non, j'ai dormi tard. En fait je me réveille tout juste.

– Une amie vient de me téléphoner. Ça y est, c'est sorti. Les choses sur mon passé.

À l'autre bout du fil, elle l'entendit feuilleter un journal.

– Ah... oui.

– Quel journal regardez-vous ?

– Le *Washington Post*. Ce n'est pas grand-chose, comme article. Une petite colonne dans les pages intérieures.

– Oh...

Elle regarda dehors par la fenêtre. La cour, derrière la maison, était déserte, tranquille, verdoyante – comme un jour normal. Le soleil avait glissé derrière un nuage. La température allait baisser.

460

– Je suis désolé pour vous si ça doit vous compliquer encore la vie, dit Jamison.

Elle haussa les épaules, puis prit conscience qu'il ne la voyait pas.

– Ça ira. Il s'est passé tellement de choses, ces dernières semaines, que je suis encore complètement sonnée. Peut-être que ça me tombera dessus plus tard, mais pour le moment, ça va.

– Écoutez... Je vous appelle ce matin pour être sûr que vous vous protégez comme il faut. Je doute encore très fort que Crain soit le seul tueur.

– Vous ne croyez pas que c'est lui qui a kidnappé Anna, n'est-ce pas ? demanda-t-elle d'une voix sourde.

– J'aimerais pouvoir dire le contraire. Mais non, je ne crois pas.

Callie se laissa tomber sur une chaise.

– Alors *qui* ? De qui pourrait-il s'agir ?

– Le profilage n'est pas une science ; à vrai dire, c'est plutôt une forme d'art. Mes estimations sont en général assez justes, mais pas à cent pour cent.

– Qu'avez-vous en tête ? insista-t-elle. Avez-vous une idée quelconque ?

– Je crois qu'il s'agit de quelqu'un qui connaît votre quartier. Quelqu'un, aussi, qui a peut-être des enfants. Les techniques d'enquêtes criminelles lui sont familières. Il est méticuleux, et il s'est organisé sur le long terme.

– Vous pensez... que c'est quelqu'un de la police ? ou quelqu'un qui a ce genre de formation ?

– Il y a encore quelques années, j'aurais répondu oui. Mais plus aujourd'hui. Avec tous les livres qui racontent des enquêtes criminelles, tous les programmes télé, etc. Les informations sont accessibles à tout le monde, désormais.

– Vous savez, ils ont enquêté sur mon ex-compagnon. Mais il avait un alibi. Il était à New York la nuit où Anna a été kidnappée.

– C'est une procédure standard de vérifier les emplois du temps des amis et des maris. Ils sont tellement souvent coupables ! C'est toujours sur eux qu'il faut se pencher en premier.

– Ils ont aussi interrogé un de mes camarades de fac. Mais je crois qu'il est innocenté, lui aussi.

Quelque chose titillait l'esprit de Callie, mais elle n'arrivait pas à saisir ce dont il s'agissait. Un frémissement d'intuition, une pensée obscure, qui s'efforçait de filtrer...

– Nous sommes en sécurité, reprit-elle. Nous sommes sous surveillance permanente. J'ai aussi une alarme. Et puis, avec tous les journalistes qui assiègent la maison, je vois mal un agresseur s'aventurer jusqu'ici. Je n'ai pas encore regardé dehors, mais... j'imagine. Je veux dire, après ce que les journaux ont publié ce matin, je ne veux même pas y penser.

Comme elle prononçait ces mots, le rugissement d'un hélicoptère se fit entendre juste au-dessus de la maison – incroyablement près du toit.

– Là ! Vous entendez ça ? La brigade de choc des médias !

– J'ai parlé à la mère de Steven, dit Jamison tout à trac.

– Vous avez parlé à Brenda ? répliqua-t-elle, décontenancée.

– Je voulais voir ce qu'elle avait à dire.

– Et... ça a donné quoi ?

– Elle a dit quelque chose qui me paraît intéressant. Elle affirme que Steven ne vous en a jamais voulu, ni à vous ni aux autres femmes qui ont été prises pour cibles.

– Ne nous en a jamais voulu, répéta Callie. Je ne suis pas sûre de comprendre.

– Votre hypothèse selon laquelle il s'agirait d'une vengeance, souvenez-vous. Vous aviez émis l'idée que Crain exécutait peut-être une vengeance mise au point par Gage. Que Gage ne pouvant se venger de sa propre mort, Crain s'en chargeait à sa place. Mais, d'après ce que Brenda m'a dit, Steven ne vous a jamais accusée. Et pas seulement vous, les deux autres femmes non plus. C'est ce qu'elle affirme. Steven pensait que Melanie avait fait de son mieux pour le défendre dans le procès en appel. Il a beaucoup aimé le livre de Diane, et il se fichait qu'elle ait dressé un portrait négatif de lui. J'imagine qu'il était assez égocentrique pour préférer n'importe quel livre à pas de livre du tout.

– Ah bon ? Ça m'étonne. Mais vous savez... Même si c'est ce qu'il a dit à Brenda, ça n'est pas nécessairement vrai. Steven mentait beaucoup. Qui sait ce qu'il avait réellement dans la tête ? Il se pourrait même que ça fasse partie de son plan. Pour que personne ne se doute de quoi que ce soit.

– Certes.

– Et même si Steven ne voulait pas se venger, Crain peut avoir décidé d'agir en son nom. C'est peut-être Lester qui a eu cette idée. Peut-être qu'il a tout imaginé lui-même.

– Je comprends votre point de vue, mais écoutez-moi jusqu'au bout. Quand j'ai parlé à Brenda, j'ai eu presque l'impression que Steven vous était reconnaissant de ce que vous aviez fait pour lui. Reconnaissant aux deux autres femmes, aussi, mais à vous en particulier.

– Reconnaissant de m'être retournée contre lui ?

– Reconnaissant de ce qui s'était passé *avant*. Vous

êtes ce qu'il a connu de mieux sur le plan des relations humaines. Les vraies relations. D'une façon ou d'une autre, il devait s'en rendre compte. Peut-être est-ce pour cela qu'il avait de la reconnaissance envers vous.

– Alors, où voulez-vous en venir ? répliqua vivement Callie, que la conversation commençait à agacer.

– OK. Voilà un scénario plausible. Crain est resté discret depuis qu'il s'est évadé de prison. Il a continué à tuer, mais il a caché les corps. Gage lui a appris comment faire. C'est alors qu'il apprend le meurtre de Massey. Et, sans doute, qu'il entend parler du collant noir. Cet incident l'aiguillonne, c'est ce que nous appelons un facteur de déclenchement. À ce moment-là, il commence à moins bien se contrôler. Il va dans le Maine, juste par curiosité. Il veut voir le lieu du crime. C'est là que, par hasard, il tombe sur vous.

– Sacrée coïncidence, objecta Callie.

– Admettons. Disons qu'il était peut-être là-bas depuis un moment. Il n'a pas passé qu'une seule journée sur place. Quoi qu'il en soit, après vous avoir vue, ses pulsions sont devenues de plus en plus fortes. Il vous suit jusqu'à Merritt. Il vous surveille. Il n'est pas sûr de ce qu'il doit faire, mais il a besoin de faire quelque chose. À ce stade, il décompense. Il fait tic-tac comme une bombe à retardement. Il vous suit jusqu'au bal de Greenfield et aperçoit Posy Kisch. C'est la victime parfaite. C'est là qu'il perd les pédales pour de bon. Il n'est même pas capable de cacher correctement le cadavre.

– Alors, vous pensez que Crain est une fausse piste ? Sauf pour Posy, je veux dire.

– Exact.

– Et Anna a été enlevée par quelqu'un d'autre ?

– Exact, répéta Jamison.

– C'est assez difficile à croire...

Cependant, se dit-elle, est-ce que *tout* n'était pas difficile à croire, dans cette histoire ?

Après avoir raccroché, elle alla retrouver sa fille. Anna était recroquevillée sur le canapé, devant la télé, une vache en peluche violette serrée entre les bras. Par terre, à côté d'elle, une assiette avec un sandwich à moitié entamé. Callie se rendit compte qu'elle traitait en ce moment sa fille comme si elle avait la grippe.

La télévision était allumée sur un épisode de l'antique série *The Lucy Show*, mais Anna ne la regardait pas vraiment. Callie baissa le volume et s'assit à côté d'elle.

– C'est dur d'être coincé comme ça à la maison, tu ne trouves pas ?

Anna hocha la tête en caressant sa peluche.

– J'ai pensé à un truc, reprit Callie. Tu n'es pas obligée, si tu ne veux pas, mais papi et mamie seraient très contents de te voir. Tu pourrais aller chez eux deux ou trois jours, juste le temps de changer d'air.

– OK, murmura Anna.

Callie la considéra avec étonnement.

– Tu... tu veux y aller ?

Des larmes envahirent les yeux de sa fille.

– J'aime pas rester ici. Il y a trop de gens dehors. Et puis, j'arrête pas de penser que l'homme qui m'a enlevée, il va peut-être revenir.

Callie la prit dans ses bras.

– Personne ne te fera de mal, ma chérie.

L'idée d'être séparée de sa fille était presque insupportable. Après tout ce qu'elles avaient enduré, elle voulait qu'Anna reste auprès d'elle. Mais elle savait, au plus profond de son cœur, que c'était une bonne décision de la faire partir.

Pendant quelques instants, elle songea à l'accompagner – à laisser Merritt derrière elle. Mais non. L'idée

465

était absurde. D'abord, elle ne pouvait pas infliger ça à ses parents, leur mettre un tel fardeau sur les épaules. Où qu'elle aille, en ce moment, les journalistes la suivraient. Pas question de leur imposer ça. Plus important encore, il y avait la question de leur sécurité. De la sécurité d'Anna. C'était elle, et non Anna, la cible ultime du tueur. Où qu'elle aille, le danger la suivrait. Elle devait en écarter sa fille.

Une volée de coups de téléphone, et deux heures plus tard tout était organisé. La mère de Callie viendrait à Boston en avion le lendemain matin pour prendre Anna en charge. Comme la nouvelle du kidnapping n'avait pas atteint les journaux du centre du pays, c'est Callie qui apprit à ses parents le supplice qu'avait vécu leur petite-fille. À son grand soulagement, ils accueillirent la nouvelle avec un calme remarquable. Ils se souciaient avant tout de la façon dont Anna réagissait maintenant face à l'événement.

– Je regrette de vous imposer ça, dit Callie avec sincérité.

– Ne dis pas de bêtises, dit sa mère d'un ton enjoué. Bien sûr que nous voulons t'aider !

Sa mère était petite, moins d'un mètre soixante, mais son port droit et autoritaire la faisait paraître plus grande. Dans le passé, Callie aurait parfois aimé qu'elle soit plus douce, plus encline aux câlins et aux baisers. Ce jour-là, cependant, il n'y avait personne d'autre qu'elle aurait préféré avoir à ses côtés pour traverser cette période difficile.

Après avoir raccroché le téléphone, elle resta un moment assise au bord de son lit. Elle avait beaucoup de choses à faire – il fallait qu'elle s'y mette. Mais elle était à bout de forces. Elle devait descendre chercher la valise d'Anna dans le placard du sous-sol. Et d'abord, la prévenir qu'elle partait dès le lendemain matin.

Mentalement, elle dressa la liste de ce qu'elle allait mettre dans son bagage. Son blouson rouge au cas où il ferait froid. Un pyjama. Ses chaussons.

Enfin, elle trouva la force de se lever. Elle se dirigea vers la porte du couloir, hésita, puis revint sur ses pas pour aller jusqu'à la penderie. Elle ouvrit les portes. Dans le tiroir du haut, il y avait un petit coffret en merisier qu'elle posa sur le lit. La clé était dans sa boîte à bijoux. Elle la glissa dans la serrure, souleva le couvercle et contempla son Magnum .357. Sa demande de permis avait été accélérée ; elle avait acheté l'arme la veille. Avec précaution, elle sortit le pistolet de son compartiment matelassé de velours bleu.

Vendredi 19 mai

De tout ce qui est écrit, je n'aime que ce que l'on écrit avec son propre sang. Écris avec du sang et tu apprendras que le sang est esprit.

Il portait ces mots sur lui sur une fiche de bristol. Assis en tailleur dans la cabane, il la sortit de sa poche pour la relire :

Écris avec du sang et tu apprendras que le sang est esprit.

Il glissa la fiche dans sa poche et en prit une autre.

Il y en a beaucoup qui meurent trop tard et quelques-uns qui meurent trop tôt...

Les paroles du philosophe allemand renforçaient sa détermination. Laura avait vécu beaucoup trop longtemps, mais bientôt elle serait morte.

Seul le temps est juste. Le temps était ce qui donnait un sens à la vie. Quand elle serait morte, sa vie à lui commencerait enfin. Plus aucun poids ne l'accablerait.

Il songea au livre de Diane Massey, à la façon dont il lui avait rongé l'esprit. Pour finir, cependant, cet ouvrage lui avait servi d'aiguillon. Il lui avait donné de la force.

Samedi 20 mai

— Alors, qu'est-ce que vous avez fait aujourd'hui, papi, mamie et toi ?

— Un gâteau, répondit Anna. Un gâteau au chocolat avec un glaçage sur le dessus.

— Super ! C'est ton dessert préféré.

Tout en parlant à sa fille au téléphone, Callie tenait sa photo entre les mains : un cliché un peu flou où l'on voyait Anna en train de faire un bonhomme de neige devant la maison. La table de la cuisine disparaissait sous des centaines de photos qu'elle avait sorties en vue de les trier. Elle avait choisi cette tâche un peu bébête, mais utile, pour passer le temps.

— Je t'aime, maman, dit Anna.

Callie sentit les larmes lui monter aux yeux.

— Je t'aime aussi, mon cœur. Tu me manques très fort.

— Tu es en colère contre moi ? Que j'aie fait une fugue ? demanda Anna d'une voix apeurée.

— Non. Je suis juste heureuse que tu sois saine et sauve.

Elle avait beaucoup d'autres choses à lui dire, bien sûr, mais ça pouvait attendre. Quand elles se retrouveraient.

— Je regrette de t'avoir donné des soucis, maman.

— Je regrette de t'avoir rendue malheureuse. De n'avoir pas su mieux t'écouter.

— C'est pas grave. Et... maman ?

— Oui, ma chérie ?

— Quand est-ce que je pourrai revenir à la maison ?

— Bientôt, promit Callie. Dès que les choses seront un petit peu plus calmes. Quand la police n'aura plus rien à me dire. Quand ils seront sûrs d'avoir attrapé le méchant.

Anna resta silencieuse.

— Bon, reprit Callie, ce ne serait pas l'heure que tu ailles te coucher, maintenant ?

— Oui, je crois.

— Alors, tu ferais bien de filer au lit. N'oublie pas de te brosser les dents.

— Hmmm... D'accord.

Gros soupir bougon. Pendant un instant, Callie pensa qu'Anna était déjà redevenue elle-même.

— Bonne nuit, ma chérie. Fais de beaux rêves. Ne laisse pas les punaises te mordre.

Elle souffla un baiser dans le téléphone. Anna le lui rendit. Mais ce baiser sans contact ne fit que souligner la distance, les centaines de kilomètres qui les séparaient. Callie fut submergée par le besoin de toucher et de sentir sa fille.

Elle raccrocha avec le sentiment d'être perdue, à la dérive – plus encore que les jours passés. Les piles de photos ne compensaient pas l'absence d'Anna. Nerveuse, elle se leva et traversa la pièce pour ouvrir le réfrigérateur. Elle n'avait pas faim, mais il fallait tout de même qu'elle mange. Le relâchement de son jean lui prouvait qu'elle avait perdu du poids.

Elle regarda fixement, pendant de longues secondes, l'intérieur de la grande boîte froide et lumineuse. Des œufs. Du fromage. Des carottes. Du beurre de cacahouète. Du pain. Elle se décida pour un sandwich au fromage avec du pain toasté, sortit les ingrédients qu'il lui fallait, mit un poêlon sur la gazinière et y jeta une noix de beurre.

Quand ils seront sûrs d'avoir attrapé le méchant.

Combien de temps est-ce que ça allait prendre ?

Pendant des semaines, elle avait été certaine de la culpabilité de Lester Crain. Mais, depuis sa conversation avec Jamison, elle ne savait plus quoi penser. Elle ressassait son hypothèse selon laquelle la mort de Diane aurait « réactivé » Crain. Qu'au lieu d'être son œuvre, le meurtre de l'écrivain avait été pour lui une source d'inspiration... Attiré dans le Maine après les faits, il rencontre par hasard Callie sur l'île de Blue Peek. Il reconnaît en elle l'ex-compagne de Steven et la suit jusqu'à Merritt. Posy est ensuite victime de ces circonstances. Au mauvais endroit, au mauvais moment... Posy était différente des trois autres femmes. Et elle n'avait jamais connu Steven. Ces éléments, eux aussi, pesaient en faveur de la théorie d'un second tueur.

Le beurre grésillait. Callie baissa le feu. Elle posa deux toasts dans le poêlon, y ajouta du fromage en tranche.

Quelqu'un qui connaît votre quartier.

Quelqu'un qui a peut-être des enfants.

Qui connaît les techniques d'enquêtes criminelles.

Méticuleux.

S'est organisé sur le long terme.

Elle retourna les pains pour les dorer sur l'autre face, tandis que les éléments du profil élaboré par Jamison défilaient dans son esprit. De nouveau, elle eut le sentiment déconcertant d'être au bord de quelque chose. D'une intuition. Il y avait un nom, et un visage, juste sous la surface, mais elle n'arrivait pas à les voir.

Elle glissa le sandwich sur une assiette et se servit un verre de lait, puis repoussa les photos pour faire de la place sur la table.

Mordre, mâcher, avaler.

Le sandwich avait un goût de carton huileux, mais elle se força à le manger.

Derrière la fenêtre, une étrange lumière éclaboussait la clôture en bois de la cour. Deux jours plus tôt, une entreprise de sécurité avait installé là un projecteur surpuissant à la demande de la police. Callie songea à Henry Creighton, en se demandant comment il allait. Maintenant que la peur et la colère étaient passées, elle pouvait penser à lui avec compassion. Comme Anna, il devait avoir été submergé par des sentiments auxquels il n'arrivait pas à faire face. Elle repensa à sa dernière rencontre avec Mimi, ici même, à cette table – à sa stupéfaction quand elle lui avait dévoilé l'infidélité de Bernie. Manifestement, il y avait dans la maison Creighton des tensions qu'elle n'avait tout simplement jamais soupçonnées. Comme Anna, Henry était un enfant sensible. Évidemment, les problèmes de ses parents l'affectaient.

Une fois encore, Callie perçut tout à coup une sorte de frémissement mental – une image qui cherchait à pointer. Et cette fois elle réussit à la capter. C'était un visage : celui de Bernie Creighton. Le regard quelque peu suffisant de cet homme, son expression trop confiante s'imposèrent à son esprit. Elle avait toujours expliqué le malaise qu'elle éprouvait en sa présence par le fait qu'ils étaient trop différents l'un de l'autre. Ils avaient des valeurs différentes, ils évoluaient dans des mondes différents, voilà tout. Mais maintenant, non sans embarras, elle se demandait s'il pouvait y

474

avoir une raison plus profonde au jugement qu'elle portait sur lui.

Bernie était aux premières loges pour surveiller ses allées et venues, et celles d'Anna. Et qui était en meilleure position que lui pour découvrir les projets secrets de son fils Henry ? Bernie était présent le jour de la chasse aux œufs de Pâques. Il pouvait avoir caché la montre dans le panier. Il avait un emploi du temps professionnel irrégulier, et il avait même un appartement à Boston. Avec un frisson, Callie repensa au coup de fil passé chez les Creighton après la disparition d'Anna. « Non, il ne s'agit pas de votre mari », avait dit le policier à Mimi.

Donc, Bernie n'était pas chez lui cette nuit-là. Où était-il ?

Callie poussa l'assiette de côté et se prit la tête entre les mains. Pendant un petit moment, cette hypothèse dansa la gigue dans son esprit, puis la réalité revint avec force. Anna n'aurait-elle pas reconnu Bernie s'il avait été son ravisseur ? Sans parler de Henry ? Quel mobile Bernie aurait-il bien pu avoir pour commettre ces méfaits ? Et comment aurait-il été au courant de son histoire, de son passé ?

À l'instant où elle chassait Bernie de ses pensées, un autre visage lui apparut. Un autre homme qui avait des enfants. Son ex-mari, Kevin Thayer. Elle avait à peine songé à lui depuis que Lambert l'avait interrogée. Au début, l'idée que Kevin soit impliqué lui avait paru absurde. Elle l'avait rejetée sans hésitation. Mais maintenant, ici, pendant qu'elle réfléchissait assise à la table de la cuisine, les doutes revenaient. Le connaissait-elle si bien que ça ? Non, pas bien du tout. Même autrefois, quand ils étaient mariés, il y avait un mur entre eux. Quelques semaines plus tôt, quand elle avait essayé de le joindre, il était absent de chez lui –

de la ville. Elle se creusa la tête pour se rappeler quel jour elle avait appelé.

C'était sûrement de la paranoïa de sa part, mais à présent elle savait ce qu'elle devait faire. Il s'agissait de comparer les dates et les heures. C'était comme ça qu'il fallait commencer.

Dans sa chambre, Callie s'assit à son bureau et alluma l'ordinateur. Connectée à AOL, elle ouvrit la page du moteur de recherche Google, tapa les mots *Diane Massey* et cliqua sur « Rechercher ». Une liste de liens s'afficha aussitôt à l'écran. Elle sélectionna les notices nécrologiques et dut en lire plusieurs avant d'en trouver une où les dates étaient précises. Le cadavre de Diane avait été retrouvé le 18 avril. Elle était morte depuis environ une semaine. Ce qui situait le meurtre aux alentours du 10 avril.

Callie prit un carnet à spirale qu'elle ouvrit à une page vierge. Elle sortit son organiseur, chercha le mois d'avril, et commença une liste chronologique.

5 avril –	Lettre anniversaire (Merritt)
10 avril (? ?) –	Diane tuée (Maine)
16 avril –	Pâques (Merritt)
26 avril –	Melanie attaquée (New York)
14 mai –	Anna enlevée (Merritt)

Les roses, songea-t-elle. Encore un élément de plus. Il les avait déposées devant la porte. Elle les avait trouvées en rentrant d'avoir fait ses courses pour le dîner avec Martha et les autres invités. Elle plissa les yeux, essayant de se souvenir du jour exact où cela s'était produit. La semaine avait été très chargée. Rick avait quitté la ville. Elle était seule le mercredi soir, la veille du dîner. Elle devait avoir fait ses courses le mardi. Lundi, ç'aurait été trop tôt.

476

En parcourant les pages de son organiseur, elle se rendit compte à quel point elle avait été occupée pendant ces quelques semaines. Le 23 avril, elle était allée à New York, la semaine suivante dans le Maine. Il lui revint en mémoire qu'elle avait appelé Kevin le jour où Rick était rentré chez lui. Ce devait être le 11 avril. Callie frissonna. Kevin était absent de chez lui au moment où Diane avait été tuée.

Mais pourquoi Kevin aurait-il tué Diane ? Ça n'avait aucun sens ! Elle feuilleta l'organiseur, allant jusqu'au 26 avril, le soir où Melanie avait été attaquée, la veille du repas avec Martha. À l'encre bleue, elle avait griffonné *Rick à Springfield.* Il allait là-bas pour une histoire de formation continue.

En tout cas, c'est ce qu'il lui avait dit.

Ce qu'elle avait accepté de croire.

Il n'y eut pas vraiment d'instant *i* où l'idée s'imposa à son esprit. Ou plutôt, c'était comme si cette idée avait toujours été là, attendant d'être prise en considération...

Les techniques d'enquêtes criminelles lui sont familières.

Qui connaît votre quartier.

Quelqu'un qui a peut-être des enfants.

Peut-être, mais pas nécessairement. Et tout le reste collait.

Elle n'avait pas à réfléchir pour savoir ce qu'elle devait faire maintenant. Elle l'avait déjà fait par le passé. L'une après l'autre, elle compara les dates des différents événements aux notes qu'elle avait dans son organiseur. Le 5 avril, quand elle avait trouvé la lettre anonyme. Mercredi. Soirée pizza. Elle était entrée dans la maison, la lettre fourrée dans son sac à main. Rick était dans la cuisine. Au moment de l'assassinat de Diane, il était parti – soi-disant chez ses parents.

Parti aussi quand Melanie avait été attaquée. Parti quand Anna avait été enlevée.

Les enquêteurs l'avaient interrogé, avaient vérifié son alibi. Mais, après tout, il était des leurs, c'était un collègue en qui ils avaient confiance. Dans quelle mesure avaient-ils examiné les preuves qu'il leur avait fournies ? Elle repensa à l'histoire poignante qu'il lui avait racontée à propos de son ami d'enfance. S'agissait-il d'un astucieux subterfuge ? Pouvait-il avoir inventé cette histoire ? Et en ce qui concernait Anna... ? Rick avait-il réellement deviné que Steven était son père ? Ou bien était-ce une chose qu'il avait découverte depuis déjà bien longtemps ?

Les doutes qui l'assaillaient, étrangement familiers, la ramenaient à son passé. Elle se revit dans son appartement de Nashville, se demandant : *Est-ce que c'est lui ? Est-ce que c'est lui ? Est-ce que c'est lui ?*

Mais à l'époque c'était Steven. À présent il s'agissait de Rick. Ils n'avaient rien en commun.

Rien ? répondit une voix venue du fond de son esprit.

Toi. Ils ont toi !

Il faisait sombre dans la cabane, et un peu froid, mais Rick Evans avait une vue idéale, à travers les branches noires de l'arbre, sur la douillette maison blanche de l'autre côté de la rue. Une seule lumière brillait à l'intérieur, derrière les stores baissés de la fenêtre de sa chambre. Devant, garée au bord du trottoir, une voiture de patrouille protégeait discrètement la propriété. Dans le véhicule était assis Tod Carver – soi-disant son ami. Maintenant, la seule question pressante, c'était de savoir comment se débarrasser de lui.

Elle perdait la tête. Vraiment, elle perdait les pédales.

Elle décida de prendre un bain.

De Bernie à Kevin, de Kevin à Rick. À qui allait-elle penser maintenant ? Ses soupçons n'avaient pas le moindre fondement. Quelques coïncidences dans le timing. Rien de plus. Elle fourra son organiseur dans son sac à main et éteignit l'ordinateur.

La baignoire commençait à se remplir lorsque Callie entendit la sonnette de l'entrée. Sa première impulsion fut de l'ignorer, de faire semblant de n'être pas chez elle. Mais c'était idiot ; son visiteur devait savoir qu'elle était là. Écartant les lattes du store, elle aperçut la voiture de patrouille devant la maison. Rassurée par cette fidèle présence, elle descendit l'escalier.

Elle s'approcha de la porte sur la pointe des pieds et regarda dans l'œilleton. En voyant l'uniforme, elle eut tout à coup la bouche sèche – jusqu'à ce qu'elle se rende compte que ce n'était pas Rick. Même uniforme, visage différent. L'homme qui se tenait sur la véranda, c'était Tod.

Soulagée, elle éteignit l'alarme et ouvrit la porte.

Tod se balançait d'un pied sur l'autre, les mains fourrées dans les poches.

– Salut, Callie. J'te dérange pas, j'espère ? dit-il d'un air un peu gêné, puis il désigna du menton la voiture de police. C'est moi, ce soir. Je suis de service. J'ai vu la lumière là-haut. J'ai eu envie de passer te dire un petit bonjour.

– Tu ne me déranges pas du tout. Je suis ravie d'avoir un peu de compagnie. Entre donc un moment. Je vais nous préparer du thé.

Il jeta un coup d'œil hésitant vers la voiture, puis, avec un haussement d'épaules, lui sourit.

– J'imagine que je peux te surveiller aussi bien à l'intérieur que dehors dans la voiture.

– Mieux, je pense ! Tu ne me perdras pas de vue une seconde.

Après avoir regardé Tod entrer dans la maison, il attendit encore une minute ou deux.

Il avait fallu plusieurs jours pour que les reporters et les curieux se lassent, mais la rue était enfin complètement déserte.

Avec précaution, Rick descendit les échelons en bois cloués dans le tronc de l'arbre. Au sol, il scruta la rue de tout côté. Silence. Pas de voiture. Aucun piéton.

Une dizaine de mètres le séparaient des buissons qui bordaient le côté de la maison de Callie.

Inspirant profondément, il sortit du couvert de l'arbre et traversa rapidement la rue.

Tod était assis à la table de la cuisine, où se trouvaient encore les nombreuses photos d'Anna.

– Elle est belle, ta fille, observa-t-il.

Callie, qui venait de mettre la bouilloire électrique en marche, se tourna vers lui.

– Elle est toute ma vie.

– Tu as passé un sale moment, quand elle a été...

– Oui. Ça a été très dur.

C'était réconfortant d'avoir Tod ici avec elle. De parler à quelqu'un qui la comprenait.

– Tu penses que c'est terminé, toi ? demanda-t-elle.

– Terminé ? Comment ça ?

– Certaines personnes pensent qu'il y aurait peut-être deux tueurs. Crain et quelqu'un d'autre.

Tod secoua la tête.

— Moi je ne suis qu'un simple flic. Je laisse ces trucs-là aux enquêteurs.

— Et eux, qu'est-ce qu'ils pensent ? Qu'est-ce que pense Lambert ?

— Je n'en sais rien. Je veux dire, je peux faire des suppositions, mais je ne sais rien de précis.

— OK. Alors, fais des suppositions, l'encouragea Callie. Qu'est-ce que tu *penses* qu'il pense ?

— Eh ben... Il est lieutenant de police dans une petite ville universitaire où le tourisme a un poids économique important. Il est sous pression pour que les gens se sentent de nouveau en sécurité, et le plus vite possible. En même temps, il ne va pas vouloir prendre des risques inutiles.

Callie hocha la tête.

— C'est à peu près ce que je me disais. Ils jouent sur les deux tableaux. Ils laissent croire aux médias qu'ils ont attrapé le bonhomme, mais vous continuez de me surveiller.

La bouilloire se mit à siffler.

— Café ou décaféiné ? demanda-t-elle.

— Café. Sans rien.

Elle versa une cuiller de café soluble dans une tasse, mit un sachet de camomille dans une autre, versa de l'eau bouillante et apporta les tasses sur la table.

— Attention, c'est brûlant, dit-elle en désignant le café. Attends un peu.

Elle tira une chaise en face de Tod et écarta quelques photos pour poser sa tasse devant elle.

— Comment va Rick ? demanda-t-elle d'un ton détaché.

— Il va bien, je suppose. Ces deux dernières semaines, je ne l'ai pas beaucoup vu.

Callie saisit sa tasse et souffla sur l'infusion. Encore

trop chaude. Elle se demanda si Tod répondait franchement ou s'il éludait la question. Il était l'ami de Rick avant d'être le sien ; il se montrait loyal envers Rick au premier chef.

– Est-ce que tu es allé avec lui à cette séance de formation continue qui a eu lieu juste avant le repas que j'avais organisé ici ?

– Formation continue ?

– Oui. Un cours, ou quelque chose comme ça. Je ne suis pas très sûre...

Tod baissa les yeux.

– Il vaut mieux que tu parles de ça directement avec Rick.

– Alors, ce n'est pas un truc où tout le monde devait aller ?

– Tu sais, je préfère ne pas entrer là-dedans.

Peut-être, mais maintenant qu'elle avait abordé la question, Callie voulait savoir. C'était plus fort qu'elle. Et elle se fichait de mettre Tod dans une position délicate.

– Est-ce que tu as déjà rencontré la veuve de son ancien partenaire ? Cette femme à qui il prétend avoir rendu visite ?

– Prétend ? répéta Tod, l'air déconcerté. Tu... tu crois qu'il ment ?

– Je ne sais pas quoi penser, répondit-elle avec un sourire pincé.

Elle hésita quelques secondes, puis décida de se lancer :

– J'ai passé en revue les notes que j'ai prises dans mon organiseur. Le meurtre de Diane. L'attaque contre Melanie. L'enlèvement d'Anna. À ces trois occasions, Rick avait quitté la ville. En tout cas, c'est ce qu'il a dit.

Une expression stupéfaite se peignait sur le visage

de Tod. Elle leva une main pour l'empêcher de l'interrompre.

– OK, tu penses que c'est ridicule. Peut-être que tu as raison. Mais il répond aux critères du profil de Mike Jamison. Et il avait l'occasion d'agir.

Tod secouait la tête, lentement, de droite et de gauche.

– Ce n'était pas Rick, Callie. Je peux te le promettre.

– Mais comment le sais-tu ? Comment peux-tu en être sûr ?

– Parce que je connais Rick. Je sais le genre de garçon qu'il est.

Callie cilla. Alors... quelque chose se produisit... Un kaléidoscope, dans sa tête... Tod lui avait toujours rappelé son ancien petit ami, Larry Peters. Mais à présent elle se demandait soudain pourquoi – où avait-elle trouvé cette ressemblance ? Les cheveux de Larry étaient châtain foncé. Ceux de Tod, presque roux. Elle ne s'était jamais rendu compte, avant ce soir-là, à quel point il avait des mèches claires. Sa voix, aussi, était différente ; beaucoup plus lente, presque traînante.

Lester Crain s'imposa à son esprit, oblitérant Tod. Quand elle l'avait rencontré sur l'île, dans le Maine, elle avait dû remarquer son accent. Elle n'en avait peut-être pas pris conscience, mais, à un certain niveau, elle avait dû le capter. Le Sud. Il avait l'intonation d'un homme du Sud. Comme Tod. Comme Tod, maintenant qu'il se trouvait devant elle. Tod avait vécu en Virginie, voilà pourquoi il avait cet accent. Et pourtant... pourtant, il y avait autre chose. Ou bien était-ce son imagination qui lui jouait des tours ?

Son cerveau, hors de contrôle, décochait des pensées en rafales. Elle se rappela le dimanche de Pâques – la façon dont Tod avait surgi derrière elle. Ça l'avait terrifiée, pendant une seconde ou deux, parce que c'était une chose que Steven avait l'habitude de faire.

Elle s'aperçut qu'il la dévisageait avec une expression soucieuse.

– Qu'est-ce qui ne va pas, Laura ?

Laura. Il l'avait appelée Laura.

Confuse, elle le regarda fixement. Les pensées tourbillonnaient dans sa tête. Bien sûr, il était au courant désormais – tout le monde savait. Mais pourquoi utilisait-il ce prénom ? De nouveau, sans raison particulière, elle repensa à Larry Peters. Qu'y avait-il au juste, chez Tod, qui lui rappelait son petit ami d'autrefois ? Elle avait toujours considéré que c'était son sourire, mais maintenant elle en doutait. Et si ce n'était pas ça, alors quoi ? Ces deux hommes étaient assez différents, au fond.

Méprise. Déplacement inconscient.

Les mots apparurent en lettres brillantes devant ses yeux.

La confusion d'une personne avec une autre.

Une erreur de la mémoire.

Une image – un visage – s'élevait du brouillard dense de son passé. Callie se retrouva sur le canapé de son appartement de Nashville, regardant le journal à la télévision. Elle sentait les ressorts saillants sous les coussins trop mous, elle sentait son ventre gonflé par la grossesse. Elle entendait la rage et la haine qui jaillissaient de la bouche du frère de Dahlia Schuyler.

« Il a détruit ma vie. Il a détruit ma famille. La mort, c'est trop doux, pour lui. »

Tod lui rappelait quelqu'un, mais ce n'était pas l'homme qu'elle avait cru.

Son visage, c'était celui de Tucker Schuyler.

Tod était le frère de Dahlia.

– Tu sais qui je suis, dit-il d'une voix neutre. Je le vois sur ton visage.

– Je sais ? répondit nerveusement Callie.

Elle se leva en vacillant sur ses jambes.

C'est alors que Tod – Tucker – dégaina son pistolet. Ses yeux étaient durs et froids. Il pointa l'arme sur elle.

– Tu ne vas nulle part, Laura.

Callie se figea. Son esprit se mit à battre la campagne. Elle songea à son pistolet, tout récemment acheté, rangé là-haut dans le tiroir de sa penderie. Pas moyen de l'atteindre, car Tucker lui barrait le passage vers la porte de la cuisine.

– Si tu me tues, ils sauront que c'est toi. Tu es censé me protéger.

– Quelqu'un est entré dans la maison par la porte de derrière, répliqua Tod, qui semblait réfléchir à voix haute. Il faisait sombre. Je ne m'en suis pas aperçu. Je ne peux pas avoir les yeux partout à la fois !

– Il y a une lumière, derrière. Un projecteur. Ils ne te croiront jamais.

– C'est possible. Mais ça n'a pas vraiment d'importance de toute façon. Les vies ne se mesurent pas en années, Laura. J'aurai accompli ce que j'avais à faire. *Il y en a beaucoup qui meurent trop tard.* Tu sais qui a dit ça ?

– Non.

– Nietzsche. C'est un philosophe allemand.

– Ah oui ? fit-elle avec un sourire aimable. Je ne peux pas dire qu'il m'est très familier.

N'importe quoi pour gagner du temps. Pour avoir une chance de réfléchir.

Mais Tod ne semblait pas l'entendre. Il suivait le fil de ses pensées.

– Tu sais, au moment de l'exécution de Gage, j'ai

cru que j'allais me sentir mieux. Mais quand je me suis réveillé le lendemain matin, tout était pareil. Pendant trois mois, je n'ai rien fait du tout. Je suis resté au lit, à méditer. Et pour finir j'ai compris où était le problème. Vous tous qui l'aviez soutenu, vous n'aviez pas encore payé. Vous étiez ici ou là, à continuer à mener vos petites vies. Et vous n'aviez rien à foutre de ce qui était arrivé à Dahlia.

– Ce... ce n'était pas comme ça du tout, objecta Callie, la bouche sèche.

Un basculement se produisait dans sa tête. Il lui semblait tout à coup qu'elle observait la cuisine d'en haut, d'une position dominante. Une partie d'elle-même était avec Tucker, l'autre était détachée et indépendante. Alors, tandis qu'elle le regardait, tout s'éclaircit : elle comprit la raison pour laquelle il agissait comme il le faisait.

– Ce n'était pas ta faute, dit-elle.

À ces mots, il tressaillit.

– La ferme ! cria-t-il en agitant le pistolet.

Mais ses yeux étaient pleins de frayeur.

Si seulement il était arrivé à l'heure. Si seulement il ne l'avait pas fait attendre. Elle voyait tout cela très clairement, à présent, comme si elle était à l'intérieur de sa tête. Elle voyait comment la culpabilité qu'il avait éprouvée face à la mort de Dahlia avait grandi en lui comme un cancer. Il avait attendu que ses sentiments s'apaisent, cessent de le hanter, mais ils n'avaient fait que se renforcer. Au point de devenir insupportables. Quelque chose en lui avait cédé. Et, pour finir, il avait affronté sa haine de lui-même en la projetant sur d'autres – sur elles.

– Tu n'as rien fait de mal, dit Callie d'une voix posée. C'est Steven Gage qui l'a tuée. C'est lui qu'il faut accuser. Nous, les autres... nous avons fait du mieux que nous pouvions, vu les circonstances. Toi et nous, nous ne sommes pas responsables. Nous n'avons pas tué ta sœur.

Un étrange sentiment de légèreté descendait sur Callie.

— Nous ne sommes pas responsables, dit-elle encore. Nous n'avons pas tué Dahlia.

L'œil gauche de Tucker était secoué de spasmes convulsifs. Il ouvrit et ferma la bouche plusieurs fois. Un combat se jouait en lui, qui se lisait sur son visage. Si seulement elle pouvait réussir à lui faire voir, à lui faire *comprendre*. Mais son regard redevenait glacial.

— Si, c'est votre faute !

— Tuck...

Comment devait-elle s'adresser à lui ? Quel prénom était le moins provocant ?

— Ça n'arrangera rien de me tuer. Pense à ta fille.

Là, elle avait commis une erreur. Tucker bondit de sa chaise et lui agita son arme devant les yeux.

— Ma fille ? hurla-t-il. La ferme ! La ferme !

Il lui agrippa le bras, la forçant à se retourner.

— Assez discuté. Viens. On descend au sous-sol.

Accroupi au milieu des buissons sous la fenêtre de la cuisine, il avait du mal à les voir. Ils devaient être assis près de la table, hors de son champ de vision. Il entendait leurs voix, mais sans saisir ce qu'ils se disaient.

Veillant à ne faire aucun bruit, Rick se déporta sur la gauche. Il savait qu'il se comportait comme un dingue, mais c'était plus fort que lui. Elle ne voulait pas le voir. Elle le lui avait clairement fait comprendre. Pourtant, il voulait croire qu'elle l'aimait encore et qu'elle avait besoin de lui. Il savait qu'il l'avait blessée.

Il était prêt à attendre. Malgré quoi, il était incapable de rester loin d'elle.

Il savait ce qui le motivait : la jalousie, purement et simplement. Un sentiment qui ne lui procurait aucune fierté. Mais c'était comme ça. Tod, Rick s'en était aperçu ces derniers temps, appréciait Callie plus qu'un peu. Ses soupçons lui étaient venus pour la première fois quand Tod avait accepté d'aller à ce bal. Et ce qui avait enfoncé le clou, c'était de l'avoir vu tellement enthousiaste à l'idée de prendre le tour de garde devant la maison de Callie.

« Et en quoi est-ce que ça te concerne ? »

La repartie de Tod lui avait fait l'effet d'une gifle.

Tout à coup, Rick fut consterné de se trouver dans cette situation. À se comporter comme un désaxé ; à la suivre partout, incapable de renoncer à elle. Si elle ne voulait plus rien avoir à faire avec lui, il devait respecter sa décision. Comment en était-il arrivé là ? Il devait partir. Maintenant.

Et puis, à l'instant où il se tournait, ils passèrent dans son champ de vision. Il écarquilla les yeux face à la scène encadrée par la fenêtre. Ça n'avait pas de sens ! La colère tordait le visage de Tod. Callie avait l'air terrifié. Tod tenait son Glock à la main – et le pointait sur Callie.

Même si elle avait voulu s'enfuir, ses jambes ne la soutenaient pas. Elles lui donnaient l'impression d'être toutes molles, en caoutchouc, incontrôlables. Une fois qu'il l'aurait emmenée au sous-sol, elle le savait, tout serait terminé. Elle n'avait d'autre choix que d'agir tout de suite, mais comment pouvait-elle se battre avec Tucker ? Il était plus costaud, plus fort, plus rapide qu'elle. Et il avait une arme.

La pièce la plus dangereuse de la maison.

Les mots de Rick lui revinrent soudain en mémoire. Elle songea aux couteaux sur le plan de travail, dans leur bloc en bois. Ils n'étaient qu'à cinq ou six pas d'elle, mais elle n'aurait jamais le temps de les atteindre. Sur la gazinière, il y avait le poêlon qu'elle avait utilisé pour son sandwich – mais lui aussi était hors de portée. Elle pouvait se précipiter vers la porte de la cour, mais elle n'aurait pas le loisir d'ouvrir les verrous. Pendant un moment, l'ironie de la situation la fit presque sourire. Les mesures qu'elle avait prises pour se protéger l'empêchaient à présent d'échapper à son agresseur.

Ses yeux tombèrent sur la tasse, juste devant elle, qui refroidissait. Avec l'espoir fugace que le liquide était encore chaud, elle la saisit et la jeta. Le récipient heurta Tucker en pleine mâchoire. Le thé partit dans toutes les directions. Callie aperçut son air étonné tandis que sa tête basculait en arrière. Déjà, elle avait pris son élan et se précipitait vers la porte. Mais elle n'avait fait que trois pas quand il la saisit à bras-le-corps.

Il l'agrippa par les cheveux, à pleines mains, et la tira en arrière. Callie hurla de douleur. Il la poussa sans ménagement contre la gazinière ; elle se plia en deux et sa joue heurta un des feux avec un bruit mat.

– S'il te plaît ! Arrête ! cria-t-elle.

Tandis que la douleur irradiait à travers sa joue, Tucker lui tordit un bras derrière le dos. Elle hurla, puis éprouva une vive sensation de brûlure tandis qu'il lui enfonçait l'arme entre les côtes.

– Nom de Dieu ! grogna-t-il. Qu'est-ce que tu fous, putain ?

Tremblante, elle attendit la détonation. Mais rien ne vint.

Son bras droit était posé, immobile, à côté d'elle.

Lentement, elle le déporta sur la gazinière, vers le poêlon en fonte.

– Putain, qu'est-ce...

Tucker la tira en arrière, mais pas assez vite.

Elle avait saisi le poêlon. De toutes ses forces, elle
balança le bras de côté.

L'objet s'écrasa contre le visage de Tucker et Callie
entendit un terrible craquement d'os. Il poussa un long
hululement de douleur. Le pistolet tomba par terre.

Pendant quelques secondes tendues, ils restèrent là
sans bouger. Callie tenait encore le poêlon à la main.
Elle le balança d'avant en arrière. Tucker recula précipitamment.

Elle se rapprocha du pistolet, jusqu'à l'avoir entre
les pieds. Mais elle n'osa pas essayer de le ramasser,
et offrir ainsi une chance à Tucker de l'attaquer. Elle
donna un coup de pied dans l'arme qui valdingua sur
le sol jusqu'à l'autre bout de la cuisine. Tucker eut le
réflexe de se tourner pour le suivre des yeux. Mais il
réussit à maîtriser son impulsion, à rester immobile et
à garder les yeux rivés sur elle.

– Tu n'as aucune chance de t'en sortir, dit-il d'une
voix méprisante.

Callie fit un pas en avant et balança le poêlon vers
la tête de Tucker. Il réussit à se baisser. Et se jeta
aussitôt sur elle.

Ils se retrouvèrent tous les deux par terre. Callie fut
forcée de lâcher le poêlon. Tucker l'empoigna par la
gorge ; elle lui mordit le bras.

– Salope !

Il la cogna en pleine face, puis l'écrasa de tout son
poids, rudement, sur le sol.

Callie sentit quelque chose de chaud et d'humide
couler sur son visage. Elle y porta un doigt. Du sang.
C'était du sang !

490

Elle se rendit compte que Tucker l'avait lâchée, et tenta de se lever. Elle avait réussi à se redresser sur un coude quand il revint vers elle. Avec désespoir, elle vit qu'il avait glissé son arme dans sa ceinture. Le poids de son corps pesa de nouveau sur elle. Il la chevaucha, la prenant en tenaille entre ses genoux. Puis ses mains se refermèrent autour de son cou. Il se mit à l'étrangler lentement.

– Je ne veux pas faire ça trop vite. Je veux être sûr que tu sens ce qui t'arrive.

Arquant le dos, elle se débattit pour le repousser. Mais les genoux de Tucker s'enfonçaient rudement dans ses côtes. Elle ne pouvait plus bouger du tout.

Il l'étouffait petit à petit, et les poumons de Callie devenaient brûlants. Devant ses yeux lui apparut le visage de sa fille.

Je suis désolée, Anna, je suis désolée.

Rick fit exploser la fenêtre d'un coup de coude, le verre partant dans toutes les directions, et se précipita dans la cuisine. Avant que Tod ait pu tirer son arme, il se jeta sur lui. Ils roulèrent au sol en se battant comme des enragés, mais Rick n'arrivait pas à prendre le dessus.

– Nom de Dieu ! Qu'est-ce que tu fais ? Laisse tomber, Tod !

Pas de réponse, sinon la respiration hachée de Tod, dont il ne voyait pas non plus le visage. Du coin de l'œil, il aperçut Callie, prostrée sur le sol. Ses yeux étaient fermés. Elle ne bougeait pas. *Qu'est-ce que Tod lui a fait ?*

Une fraction de seconde de déconcentration : il n'en fallut pas plus à Tod pour prendre l'avantage. Dans un mouvement puissant, il lui envoya un coup de poing

491

en pleine figure. La douleur, intense, se propagea dans tout un côté de sa tête.

Désorienté, il essaya de se redresser – et reçut un autre coup. Le sol monta brusquement vers ses yeux ; c'était terminé.

Des bruits et des lumières surgissaient et s'évanouissaient. Elle était allongée par terre. Elle avait couru, couru dans la nuit noire et dense, mais il l'avait rattrapée. Son cou lui faisait mal, quelque chose clochait, mais ça n'avait pas vraiment d'importance. Enfin, tout était terminé. Enfin, elle pouvait se reposer.

Je suis prête, je suis prête, je suis...

Quelque part, il y avait de la musique. Elle entendait des paroles. Et Steven. Il était là lui aussi, pas très loin.

Et puis les bruits d'une lutte à mort – tout près. *Abandonnez, abandonnez*, voulut-elle dire. *C'est plus facile comme ça.*

Lentement, elle laissa sa tête rouler de côté pour voir ce qui se passait. La douleur qu'elle éprouvait dans le cou la rendait perplexe. Dans les rêves, on ne sent pas la douleur...

Et tout à coup une décharge d'adrénaline jaillit à travers son corps. Elle se rappela où elle était.

Elle ne dormait pas.

Ce n'était pas un rêve.

Tout lui revint subitement.

Tod avait sonné à la porte un moment plus tôt. Tod, qui était en fait Tucker Schuyler.

Mais avec qui se battait-il par terre ? Rick apparut devant ses yeux. Tucker était assis sur lui, comme il l'avait fait avec elle. Son poing heurtait le ventre de Rick avec un bruit écœurant.

Tucker lui tournait le dos. Elle se dit qu'il ne la voyait pas. Elle imagina le pistolet, là-haut dans sa chambre, mesura mentalement le chemin qui l'en séparait. Puis elle se redressa et se précipita dans le couloir. Presque aussitôt, Tucker bondit sur ses jambes.

Comme elle arrivait sur le palier, au sommet de l'escalier, elle l'entendit s'engager sur les marches. Elle eut un terrifiant aperçu de son visage quand elle lui claqua au nez la porte de sa chambre.

Elle tourna le verrou en cuivre à l'instant où Tod se précipitait sur la clenche. Une fraction de seconde, elle envisagea d'appeler la police. Mais ça aurait pris trop de temps. Elle se précipita vers la penderie, ouvrit le tiroir, sortit le coffret du pistolet. Ses doigts refusaient de lui obéir ; une fois, la clé lui échappa. Mais elle réussit enfin à déverrouiller le coffret et à y prendre l'arme.

Les balles étaient dans le tiroir de sa table de chevet. Elle déchira frénétiquement l'emballage. Les balles roulèrent sur le sol. Elle s'agenouilla, les rassembla, chargea le cylindre.

Crac ! La porte s'ouvrit sur Tucker, immobile dans l'embrasure. À couvert derrière le lit, Callie leva son arme.

Tucker scrutait la pièce d'un regard frénétique.

Viser le centre de la cible.

S'efforçant de ne pas trembler, elle pressa la détente.

Elle tira, et tira encore autant qu'elle put. Il s'écroula par terre. Le pistolet qu'il tenait à la main lui échappa. Callie se précipita pour le ramasser. Elle resta là un moment à le contempler, le souffle court, incapable de faire un geste, incapable de penser. Puis, tremblante, elle décrocha le téléphone pour appeler les secours.

Épilogue

Merritt, Massachusetts
Mercredi 28 juin

Callie, assise à la table de pique-nique, écossait des épis de maïs. À quelques pas de là, Rick retournait des hamburgers sur le barbecue. Il était un peu plus de 18 heures, c'était une belle soirée de début d'été. Ils avaient troqué la pizza hebdomadaire contre un barbecue en plein air.

Le soleil, encore lourd, diffusait une lumière brillante sur la végétation verdoyante et humide du jardin. Rick avait tendu un filet de badminton sous un érable. Un léger *schtak !* retentit à travers les airs tandis qu'Anna envoyait pour la énième fois le volant par-dessus le filet. Henry agita frénétiquement sa raquette, sans succès. Callie ne put s'empêcher de sourire. Pour autant qu'elle sache, ni Anna ni Henry n'avaient retourné le moindre service depuis qu'ils avaient commencé à jouer.

Elle s'aperçut que Rick la dévisageait et souriait de la voir sourire. Elle soutint son regard en se délectant de le savoir ici avec elle. *Vue.* Avec Rick elle se sentait véritablement vue. Il lui avait donné ça. Et maintenant, enfin, elle pouvait elle aussi le voir pour de bon. Ils se voyaient mutuellement.

Les hamburgers grésillaient.

– Combien de temps encore ? lança-t-elle.

Rick planta une fourchette dans la viande.

– Cinq minutes, à peu près.

Callie tira les dernières feuilles d'un ultime épis de maïs. Elle le jeta dans la bassine et se dirigea vers la cuisine.

Tandis qu'elle rinçait les épis dans l'évier, elle ne cessait de regarder Rick et Anna. Elle était incapable d'oublier – elle ne *voulait* pas oublier – le chemin qu'ils avaient fait pour arriver jusque-là. Tucker Schuyler, l'homme qu'ils avaient connu sous le nom de Tod, se trouvait encore à l'hôpital. Pendant les deux premières semaines, il était resté entre la vie et la mort, mais maintenant il allait mieux. Callie en éprouvait un soulagement immense, en dépit de tout ce que cet homme avait fait. Jamais elle ne pourrait oublier qu'elle avait presque tué un être humain. Quoi qu'il en soit, aussi horribles que ces événements aient été, il y avait des leçons à en tirer. Depuis un mois, elle avait déjà appris beaucoup de choses, et chaque jour elle en comprenait davantage.

Pendant cette interminable confrontation avec Tucker dans la cuisine, elle s'était aussi parlé à elle-même. *Nous ne sommes pas coupables*, avait-elle dit. Et elle savait que c'était vrai. C'était Steven Gage qui avait tué Dahlia et toutes les autres femmes – un nombre incalculable. Callie, elle, n'avait pas été la vedette de cette tragédie, mais un second rôle. Pendant plus de dix ans, elle avait laissé Steven contrôler ses pensées et ses actes. Ensuite, il l'avait aussi bien contrôlée dans la mort que de son vivant. À cause de Steven, elle avait menti à sa fille, menti à ses amis, menti à Rick – terrifiée de ce qui risquait d'arriver si elle avouait la vérité.

Et pourtant, maintenant que la vérité était dite, aucune de ses craintes ne s'était justifiée. Quand les journalistes avaient compris qu'elle ne parlerait pas, ils avaient fini par renoncer. Peu à peu, sa vie avait retrouvé le chemin de la normalité – les courses, la cuisine, les études, le retour au travail. Elle avait essayé de s'excuser auprès de Martha, au sujet de Tod, mais son amie lui avait dit de ne pas s'en faire. « Quoique je doive admettre, avait-elle ajouté avec une pointe d'ironie amère, que ça me décourage un peu de rencontrer des hommes. » Et puis Anna... Avec le temps et l'aide d'un thérapeute, elle allait de mieux en mieux. Jusqu'à maintenant, elle avait manifesté peu d'intérêt pour les détails de la vie de son père. Quand elle poserait des questions, Callie lui dirait la vérité. Il n'y avait qu'à attendre le moment.

Ce qui ne signifiait pas, bien sûr, que le passé pouvait être oublié. Le but n'était pas de l'effacer, mais de sonder ses profondeurs pour en comprendre le sens. C'était son refus de l'accepter qui avait conduit Tucker à ce déchaînement meurtrier. Au lieu d'aller de l'avant, il s'était ligoté dans son passé, incapable de trouver un sens à son existence autrement que par des actes de vengeance. *Tod*. En allemand, le mot signifiait « mort ». Voilà pourquoi il l'avait choisi comme nom.

Une odeur de charbon de bois et de gazon fraîchement tondu lui parvint par la fenêtre ouverte. Anna et Henry avaient abandonné les raquettes et rejoint Rick près du barbecue. Callie entendit Anna demander :

– Est-ce qu'on pourra griller des marshmallows, après le repas ?

– Pourquoi pas ? répondit-il. Et peut-être qu'on fera aussi autre chose.

En voyant Rick et Anna ensemble, Callie sentit son

cœur se gonfler de bonheur. Les deux êtres qu'elle aimait le plus au monde se rapprochaient lentement l'un de l'autre. Depuis qu'Anna avait appris la vérité au sujet de Kevin, quelque chose avait commencé à changer. « Elle pensait que son père l'avait abandonnée, avait expliqué son psychologue à Callie. C'était encore plus difficile pour elle que de savoir la vérité. Maintenant, elle comprend enfin pourquoi votre ex-mari avait disparu. Avec le temps, elle sera peut-être prête à laisser quelqu'un d'autre prendre le rôle du père. »

– Avec le temps, murmura Callie.

Ces mots, c'était comme un cadeau précieux.

Henry et Anna retournèrent à leur jeu, se remirent à essayer de se lancer le volant. Callie s'émerveillait encore de les voir sortis indemnes, ou apparemment indemnes, de toutes ces épreuves. Henry, lui aussi, avait fui une maison où la vérité était réprimée. Peu de temps après la fugue catastrophique des enfants, Bernie avait tout avoué. Non seulement il avait une aventure, mais il était gay. Il s'installait à Boston avec John Casey, le collègue qu'il avait invité au dîner de Callie. Curieusement, cependant, ce bouleversement semblait, lui aussi, avoir eu des conséquences positives. Mimi paraissait plus calme. Elle aussi, elle pouvait enfin se détendre.

Le maïs dansait dans l'eau bouillante. Callie saisit une louche. Comme elle sortait les épis fumants de la casserole, son esprit bondit entre passé et présent. Elle pensa à Diane et à *L'Homme fantôme*. Elle pensa à Lester Crain. Elle pensa à Mike Jamison – à quel point il avait eu raison. Elle pensa à Melanie. Elles s'étaient brièvement parlé au téléphone, la semaine précédente. Callie avait appelé. Après avoir pris des nouvelles de sa santé, elle avait évoqué leur dernière conversation...

« Vous vous souvenez ? Quand vous disiez que nous étions pareilles, vous et moi ? » avait-elle demandé.

Un long, un très long silence avait suivi.

« Vous savez, non, je ne me souviens pas. Je prenais tellement de médicaments !

– Vous ne vous souvenez pas de quoi nous avons parlé ?

– Je ne me souviens pas de ce coup de téléphone », avait déclaré Melanie.

Et rapidement elle avait ramené la conversation sur un terrain neutre. Son mariage à venir avec un avocat ; son intention de reprendre le travail. *Melanie avait-elle réellement oublié leur conversation ?* Callie se posait encore la question. Mais c'était une des nombreuses choses, dans la vie, auxquelles elle n'aurait sans doute jamais de réponse.

– Callie ? T'es bientôt prête ?

La voix de Rick. Elle leva les yeux. Les enfants étaient assis à table. La louche en main, elle sortit le dernier épis de maïs de l'eau et le posa avec les autres sur le plat.

– J'arrive !

NOTE DE L'AUTEUR

En écrivant ce livre, j'ai essayé – pour l'essentiel – de dépeindre de façon réaliste les procédures d'enquêtes criminelles et médico-légales. J'ai cependant pris certaines libertés. À savoir, l'application de la peine de mort dans le Tennessee, interrompue pendant quarante ans, a repris en fait en avril 2000 avec l'exécution de Robert Glen Coe – pour le meurtre, commis en 1979, d'une fillette de huit ans, Cary Ann Medlin. Du fait de la lenteur de la procédure d'appel, près de vingt années ont passé entre la condamnation de Coe, en mai 1981, et son exécution.

REMERCIEMENTS

J'ai une dette immense envers toutes les personnes nommées ci-dessous, qui m'ont soutenue et guidée pendant l'écriture de ce livre.

Merci à mon éditrice, Judy Clain, dont la formidable sagacité éditoriale m'a aidée à donner de la force à mon récit, ainsi qu'à sa remarquable assistante, Claire Smith. Merci à Pamela Marshall pour son superbe travail de correction du manuscrit, à Yoori Kim qui a conçu la splendide illustration de couverture, et à mon agent de publicité, Shannon Byrne, envers qui ma dette continue de s'alourdir au moment même où j'écris ces lignes.

Comme toujours, un énorme merci à mon agent, Nick Ellison, qui, dès le départ, m'a prodigué sans condition ses encouragements, son amitié et ses précieux conseils, ainsi qu'à ses acolytes compétents, Jennifer Cayea, Abigail Koons et Katie Merrill.

Sur le front des recherches, je suis immensément reconnaissante aux policiers et aux spécialistes de médecine légale qui ont eu la gentillesse de prendre le temps de répondre à mes questions et de relire certains passages de mon manuscrit. Bien sûr, les erreurs ou les libertés créatives sont entièrement de mon fait.

Merci à Vernon J. Geberth, lieutenant principal retraité de la police de New York, et à Raymond

M. Pierce, fondateur de l'*Unité de profilage et d'évaluation* de la police de New York, qui m'ont déjà aidée pour deux de mes livres.

Merci à C. Dawn Deaner, avocat de l'assistance judiciaire à Nashville, et à Kathy A. Morante, procureur adjointe, pour leur aide concernant les procédures de droit pénal dans le Tennessee.

Dans le Massachusetts, merci à l'inspecteur Kenneth Patenaude et au lieutenant Brian Rust, de la police de Northampton, qui m'ont aidée à décrire les procédures de police de la ville imaginaire de Merritt. Merci à Kenneth Frisbie, mon professeur de tir à la Smith & Wesson Academy de Springfield.

Dans le Maine, merci à l'inspecteur Joseph W. Zamboni de la police d'État du Maine, au Dr Margaret Greenwald, médecin légiste principal du Maine, et à tout le bureau du shérif du comté de Knox, en particulier le shérif Daniel G. Davey, l'adjoint en chef Todd L. Butler et l'adjoint John Tooley, qui m'ont aidée à imaginer l'enquête sur l'île imaginaire de Blue Peek. Merci à Vicki M. Gardner, sergent de la police d'État, de m'avoir fait visiter les installations policières de Skowhegan.

À New York, merci aux sergents Richard J. Khalaf et James F. Kobel du 20e district de la police de New York, ainsi qu'au sergent Benedict Pape et à tous les dévoués instructeurs de l'Académie de police de New York.

Pour l'inspiration, mes remerciements vont au médecin légiste en chef du Delaware, le Dr Richard T. Callery.

Pour leurs réponses à diverses questions de médecine, je suis reconnaissante au Dr Brian Smith du Baystate Medical Center, et à mon deuxième – anonyme – conseiller (il se reconnaîtra).

Pour leur soutien dans d'autres domaines – dont leur critique du manuscrit et leur aide pour mes recherches –, merci à Gordon Cotler, Ruth Diem, Susan Garcia, Penny Geis, Theresie Gordon, Kirk Loggins, Anne Paine, Kirstin Peterson, Marissa Piesman, Polly Saltonstall, John Shiffman, Louisa Smith et Kerstin Olson Weinstein.

Ce livre est de nouveau dédié à ma famille, qui m'a soutenue de bien des manières dans mon travail d'écriture comme pour tout le reste : à ma mère Janet Franz, à mon frère Peter, à mon père et à ma belle-mère, Froncie et Bonnie Gutman, à mes sœurs Karin et Megan. Sans vous, je n'y serais jamais arrivée.